글
누
림
한
국
소
설
전
집

# 만세전

염상섭 중·단편선

**책임편집·해설-김경수**

문학평론가. 서강대학교 국어국문학과 교수.
저서로는 『염상섭 장편소설 연구』, 『현대소설의 유형』, 『공공의 상상력』,
역서로는 『영화와 소설의 서사구조』, 『소설구성의 시학』 등이 있음.
1988년 조선일보 신춘문예로 등단.

**일러스트-이지현**

청년작가전 '21C 시대와 정신전', 청년작가 초대전 참여.
샤마트전, 세계미술교류협회전 비구상부문 입선. 현재 그림책 작업 다수 진행.

**글누림한국소설전집 3**

만세전 염상섭 중·단편선

**초판발행**  2007년 12월 3일

**지 은 이**  염상섭
**펴 낸 이**  최종숙
**펴 낸 곳**  글누림출판사

**편집기획**  홍동선
**진　행**  이태곤
**본문편집**  김주현 김지향
**편　집**  권분옥 이소희 양지숙 허윤희
**마 케 팅**  안현진 나현명 정태윤

**주　소**  서울시 서초구 반포4동 577-25 문창빌딩 2층(137-807)
**전　화**  02-3409-2055(대표), 2058(영업), 2060(편집)
**팩　스**  02-3409-2059
**전자메일**  nurim3888@hanmail.net
**등록번호**  제303-2005-000038호(2005. 10. 5)

**값**  9,900원
ISBN 978-89-91990-70-8-04810
ISBN 978-89-91990-67-8(세트)

**출력**·안문화사 **스캔**·삼평프로세스 **용지**·화인페이퍼 **인쇄**·서정인쇄 **제책**·동신제책

글누림한국소설전집
③

# 만세전

## 염상섭 중·단편선

韓國現代小說

글누림

# '글누림한국소설전집'을 새롭게 간행하며

디지털 환경에 익숙해진 문학 독자들을 위해 '글누림한국소설전집'을 새롭게 간행한다.

세계의 유수한 고전적 저작들의 목록 절반 이상이 소설이라는 것은 놀라운 일도 이상한 일도 아니다. 잘 짜인 한 편의 이야기인 소설은 사회가 지향하는 꿈과 소망을 고스란히 담고 있다. 소설을 언어로 직조한 시대의 세밀한 풍경화라고 하는 말은 그래서 가능하다. 소설이 그 짧은 역사에도 불구하고 인류 문화의 벗으로 자리 잡을 수 있었던 것도 이러한 특성과 무관하지 않다.

시대의 격량 속에 한치 앞도 전망할 수 없는 오늘날의 개인은 소설 속에 담긴 과거의 시공간과 만나면서 인간의 보편성을 확인하고 자신의 개별성을 확장하는 정서적 체험을 하게 된다. 소설과의 만남은 단지 즐거운 독서 체험에 그치는 것이 아니라, 가치의 기준과 삶의 저변을 확장하는 문화의 실천인 것이다.

오늘날의 문학 환경은 과거에 비해 많이 변화되었다. 신세대를 위한 '글누림한국소설전집'은 시대의 디지털적 진화(?)를 고려하여 기획되었다. 무엇보다도 새로운 문화적 감수성으로 무장한 독자들에게 문자로 읽는 텍스트에 그치지 않고, 텍스트가 생산된 시대를 짐작하고 음미하며 즐길 수 있도록 배려한 것이 이 전집의 특징이다. 그 배려는 문학이 우리 삶에 기여하는 정서적·교육적 효과를 깊게 고려한 것이고, 동시에 역사가 주는 교훈과 달리 우리의 삶을 되비추는 거울과도 같은 성찰의 효과를 전제한 것이다.

'글누림한국소설전집'이 지향하는 기획 의도는 다음과 같다.

첫째, 이 기획은 문학교육 전문가들과 대학에서 문학을 강의하는 전공 교수들의 조언을 받아 이루어졌으며, 근대 초기로부터 한국전쟁 이전의 소설 중에서 특히 문학적 검증이 끝난, 이른바 정전(cannon)에 해당하는 작품들을 중심으로 구성되었다. 정전이란 한 시대의 표준적 규범을 뜻하는 말로, 문학 정전이란 현대문학사에서 누구나 인정하는 성과와 질을 담보한 불후의 명작들을 의미한다. 이 전집을 통해서 근대 초기 이후 지금까지 삶의 이면을 관류하는 문학의 근원적 가치와 이념을 확인할 수 있을 것이다.

둘째, 이 전집은 디지털 환경에 익숙한 젊은 독자들의 취향을 고려한 편의성을 최대한 제고하고자 하였다. 이를 위해서 어려운 낱말에는 상세한 단어풀이를 붙여 이해를 돕고자 했고, 동시에 작품 속에 등장하는 인물들의 갈등과 내면세계를 삽화로 제시하는 한편 작품과 관계되는 당대의 풍속, 생활, 풍물 등의 사진을 본문과 함께 배치하여 다양한 볼거리를 제공하고자 했다. 아울러 작가의 산실이 된 생가와 집필 장소, 유품 등을 사진으로 수록하여 작가의 삶과 작품에 대한 총체적인 이해를 돕고자 했다.

셋째, 이 기획은 교양과목을 수강하는 대학생과 시험을 앞둔 수험생, 풍요로운 삶을 소망하는 일반 독자들에게 작가와 작품, 작품의 배경이 된 당대 현실에 대한 이해를 돕는 교양서로 기능하도록 배려하였다. 수록 작품들은 본래의 의미를 최대한 존중하면서 다양한 이본들을 발표 원문과 일일이 대조하면서 현대식으로 표기하였고, 박사과정 재학 이상의 국문학 전공자의 교정 및 교열 작업을 거쳐 모범적인 판본을 만들었다.

현재 우리 소설의 역사는 1백 년을 넘어서 새로운 전통을 쌓아가고 있다. 우리 소설들에는 우리의 선조들이 고심했던 역사와 풍속, 삶의 내밀한 관심과 즐거움이 한데 녹아 있다. 독자들은 소설과의 만남을 통해 우리의 문화가 이룩해온 정체성을 확인하고 상상하는 즐거움을 만끽할 수 있을 것이다.

'글누림한국소설전집'이 디지털 시대를 살아가는 21세기의 젊은 독자들에게 새로운 독서 체험을 제공해 주고 동시에 삶의 풍부한 자양분 역할을 하기를 희망한다.

글누림한국소설전집 간행위원회

# 목차

# 만세전

# 1

조선에 '만세'가 일어나던 전해 겨울이다. 세계대전이 막 끝나고 휴전조약이 성립되어서 세상은 비로소 *번해진 듯싶고, 세계 개조(世界改造)의 소리가 동양 천지에도 떠들썩한 때이다. 일본은 참전국이라 하여도 이번 전쟁 덕에 단단히 한밑천 잡아서, 소위 *나리킨(成金), 나리킨 하고 졸부가 된 터이라, 전쟁이 끝났다고 별로 어깻바람이 날 일도 없지마는, 그래도 또 한몫 보겠다고 발버둥질을 치는 판이다.

동경 W대학 문과에 재학 중인 나는 때마침 반쯤이나 보던 연종시험(年終試驗)을 중도에 내던지고 급작스레 귀국하지 않으면 안 될 일이 생겼다. 그것은 다름 아니라, 그해 가을부터 해산 *후더침으로 시름시름 앓던 아내가 위독하다는 급전(急電)을 받았기 때문이었다.

내가 동경에서 떠나오던 날은 마침 시험을 시작한 지 둘째 날이었다. 그날 나는 네 시간 동안이나 시험장에서 추운 데 휘달리다가 새로 한시가 지나서 겨우 하숙으로 *허덕지덕 나아오려니까, 시퍼렇게 언 찬밥덩이(생기기도 그렇게 생겼지마는, 밤낮 찬밥덩이만 갖다가 주는 하녀이기에 내가 지어 준 별명이다)가 두 손을 겨드랑이에다 찌르고 뛰어나오는 것하고, 동구 모퉁이에서 딱 마주쳤다.

"앗! 리상, 지금 오세요? 막 금방 댁에서 *전보환(電報換)이 왔던데요. 한턱 내셔야 합넨다, 하하하."
하고 지나쳐 간다.

그러지 않아도 사오 일 전에 김천(金泉)의 큰형님이 부친 편지가 생각나서, 어쩌면 오늘 내일쯤 전보나 오지 않을까? 하는, 근심인지 기대

**번해지다**
걱정거리가 어지간히 뜸해지다.

**나리킨(成金)**
벼락부자.

**후더침**
산후더침. 아이를 낳은 뒤에 조리를 제대로 하지 못하여 생기는 여러 가지 병.

**허덕지덕**
정신을 못 차릴 정도로 힘에 부쳐 자꾸 쩔쩔매거나 괴로워하며 애쓰는 모양.

**전보환(電報換)**
우편환의 하나. 발송인의 지급 송금의 청구에 따라 발행국이 전신으로 지불국에 통지하면 지불국은 이에 근거하여 현금 또는 전신환 증서를 수취인에게 보내 준다.

인지 자기도 알 수 없는 막연한 생각을 하며 오던 차에 그런 소리를 듣고 보니, 가슴이 뜨끔하면서도 잘 되었든 못 되었든 하여간 일이 *탁방이 난 것 같아서 실없이 마음이 턱 가라앉는 듯도 싶었다.

　'흥, 찬밥뎅이를 만났으니 무에 되겠니? *그예 나오라는 게로구나!'

　나는 속으로 이렇게 생각을 하며, 그래도 총총걸음으로 들어갔다. 채 문지방에 발을 들여놓기도 전에 주인 여편네가 곁방에서 앉은 채 미닫이를 열고 생글 웃어 보이며,

　"인제 오십니까? 춥지요? 댁에서 전보가 왔는데요……."

하고 전보환 봉투와 함께 하얀 종잇조각을 내민다.

**탁방(坼榜)**
어떤 일 따위의 결말을 비유적으로 이르는 말.

**그예**
마지막에 가서는 기어이.

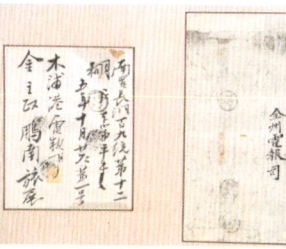

일제시대의 전보

　일전에 김천 형님이 서울 올라가서 편지를 부치시며, 집에서 시급하다는 통기가 왔기로 자기 집 동리의 명의(名醫)라는 자를 데리고 어제 올라왔는데, 아직은 그만하거니와 수일간 차도를 보아서 정 급한 경우면 전보를 놓겠노라고 한 세세한 사연을 볼 때에는, 전보는 쳐서 무얼 하누? 하던 나도 전보를 받고 보니 암만해도 죽으려나? 하는 생각이 나서 손에 든 책보를 내려놓을 새도 없이 당황히 펴보았다. 그러나 일전에 온 편지의 말대로 위독하다는 말은 없고, 다만 어서 나오라는 명령과 전보환을 보낸다는 통지뿐인 것을 보면, 언제라고 그리 걱정을 해본 일이 있었던 것은 아니지마는,

　'아직 죽지는 않은 게로군!'

하고 안심이 되면서도 도리어 좀 의아한 생각도 떠올랐다.

　'그리 시급히 턱을 까부는 것은 아니라도 죽기 전에 한번 대면이라도 시키려구 그러는 것인지? 죽었다고 하기가 안 되어서 이러니저러니 *잔사설 할 것 없이 그저 나오라고만 한 것인지……?'

**잔사설**
쓸데없이 번거롭게 자질구레한 말을 늘어놓음. 또는 그 말.

**불뚝**
무뚝뚝한 성미로 갑자기 성을 내는 모양.

**미구(未久)**
얼마 오래지 아니함.

**과세(過歲)**
설을 쇰.

**생광스럽다**
영광스러워 체면이 서는 듯하다. 아쉬운 때에 요긴하게 쓰게 되어 보람이 있다.

나는 구두를 벗으면서 이런 생각을 하고는, 죽었으면 나 안 가기로 장사 지낼 사람이 없어서 시험 보는 사람더러 나오라는 것인가? 하고, 공연히 *불뚝하는 심사가 일어나는 것이었다.

돈은 그 달 학비까지 얼러서 백 원이나 보내 왔다. 병인은 죽었든 살았든 하여간에, 돈 백 원은 반가웠다. 시험 때는 당하여 오고 *미구에 *과세(過歲)를 하려면 돈 쓸 일은 한두 가지가 아닌데, 우환이 있는 집에다 대고 철없이 돈 청구만 할 수도 없어 걱정인 판에 마침 *생광스럽다. 사실 돈 아쉰 생각을 하면, 시험 본다는 핑계로 귀국은 그만두고 노자를 잘라 써버리고도 싶으나, 아버님 꾸지람이나 집안의 시비도 시비려니와, 실상 묵은 돈을 얻어 오려면 나가는 것이 상책이기도 한 것이다. 시험도 성이 가신 판에 두 번에 질러 보는 것이 유리하였다.

"아주 일어나실 가망이 없으신 게로군요? 얼마나 걱정이 되시구 그립겠습니까?"

내 내자가 앓는 것을 전부터 아는 주부는, 정중한 인사가 아니라 방 안에서 농인지 인사인지 알 수 없는 소리를 하며 해해 웃는다.

"걱정이나마나 요새 밥맛이 다 제쳐졌는데!"

**코대답**
탐탁하지 아니하거나 대수롭지 아니하게 건성으로 하는 대답.

나는 *코대답을 하고 자기 방으로 들어가서 책보퉁이를 내어던지고, 서랍에서 도장을 꺼내 넣고 다시 나왔다. 주부는 내가 문간으로 나오는 기척에 다시 내다보며 역시 농담 진담 반으로,

"아, 점심도 아니 잡숫구 왜 이리 급하슈? 돌아가시기두 전에 진지를 못 잡숫도록 그렇게 *설으셔야 몸이 *축가지 않나요?"

**설다**
섦다. 서럽다.

**축가다**
일정한 수나 양에서 모자람이 생기다.

하며 점심을 먹고 나가라고 권한다. 천생 밥장수란 돈푼 생긴 것을 보면 까닭 없이 금시로 대접이 다른 것이 배냇병 같은 제 버릇이다.

"암, 실상은 그래야 할 거요. 좀 그래 봤으면 좋겠는데, 주머니 밑천

이 든든해지면 계집애한테 문안 갈 생각부터 드니 걱정이지!"

"왜 안 그렇겠어요! 다다미(疊)하구 계집은 새롤수록 좋
다고, 벌써부터 장가가실 궁리부터 바쁘신 게로군?"

주부는 *심심파적으로 이런 실없는 소리도 하고 *새새
웃는다.

다다미방

"세상 남자가 다 그렇대도 나만은 예외니까!"

나는 구두끈을 매고 일어서며 혼자 웃었다.

"하아, 서방님이 그러실 제야, 돌아가는 아씨 마음은 어떨라구!"

주부는 또다시 이렇게 감탄도 한다.

나는 거리로 나오면서, 주부의 지금 말이 딴은 옳은 말일지도 모른
다고 생각하여 보았다. 자식이나 주줄이 달린 중년 상처꾼이면 모르겠
지마는, 그렇지 않은 젊은 놈이면 계집이 죽어 간대도 눈 하나 깜짝 안
하고 제물 이혼이라고 은근히 잘 된 듯싶이 장가들 궁리부터나 하는
것이 *십상팔구일지 모를 것이다. 그렇게 생각하면 나부터도 어려서
정이 들지 않기 때문이지마는, 아무 *통양(痛痒)을 느끼지
않는 것은 아직 젊기 때문이다. 나는 이런 생각을 하며, 큰길
로 빠져나와서 우편국으로 향하였다.

십 원짜리 지폐 열 장을 양복 주머니에 든든히 집어넣고,
우편국에서 나온 나는 우선 W대학 정문을 향하여
총총걸음을 걸었다.

십원짜리 시폐(소선)

교수실에는 마침 H주임교수가 서류가방을 만적
거리면서 나오려고 머뭇거리며 있었다. 나는 H교
수가 모자까지 쓰고 나오기를 기다려서 쫓아 나오
면서 전보를 내보이고 급자기 귀국하여야 할 사정

일제시대의 경성우편국

**심심파적**
심심풀이.

**새새**
실없이 까불며 소리없
이 자꾸 웃는 모양.

**십상팔구(十常八九)**
열에 여덟이나 아홉 정
도로 거의 예외가 없음.

**통양(痛痒)**
가려움과 아픔을 아울
러 이르는 말.

만세전 **13**

을 말하였다. H교수는,

"응, 응, 옳지! 그래서?"

하며 듣고 나서 고개를 한참 기울이고 섰더니,

"사정이 정 그렇다면 하는 수 없겠지. 그러나 추후 시험은 좀 귀찮을 걸! 삼사 일간쯤 어떻게 연기할 수 없을까?"

"글쎄요…… 그러나 사정도 딱하고, \*기위 이렇게 되고 보니 좀처럼 착심이 될 것 같지도 않고 해서 갔다가 곧 오려는데요……."

"응! 그도 그래! 그러면 정식으로 수속을 하게그려."

H교수는 이같이 허가를 하여 준 후에 몇 가지 주의와 인사를 남겨 놓고, 교무실로 분별을 하여주러 들어간다. 나도 뒤따라 섰다.

의외에 얼른 승낙을 하여 주기 때문에, 나는 할인권까지 얻어 가지고 나오기는 나왔으나 시험 치르기가 귀찮아서 하는 공연한 구실이라고 오해나 하지 아니할까 하는 \*자곡지심이 처음부터 앞을 서서, 좀 쭈

뼛쭈뼛한 것이 암만하여도 불유쾌하였다. 전차 종점으로 나와서 K정으로 향하는 전차에 올라앉아서도, 아까 H선생더러 얼떨결에 한다는 소리가,

'어머님 병환이……' 라고 한 것을 다시 생각하여 보고, 혼자 더욱이 찌뿌드드한 생각을 이기지 못하였었다.

'왜 하필 왈 어머님의 병환이라 했누? 내 계집이 죽게 되어서 가겠다면 어디가 어때서 어머니를 팔았더람?'

이같이 뇌고 뇌었으나 공연한 신경질로 그러는 것이었었다.

그럭저럭 시간은 벌써 세시가 넘었었다. 어차피에 네시 차로는 떠날 꿈도 아니 꾸었었지마는, 인젠 열한시의 야행으로나 출발할 수밖에 없다고 결심을 하고, 나는 K정에서 전차를

일제시대의 전차

내리는 길로 쓰카다니야(塚谷屋)로 들어갔다.

반시간 남짓하게나 돌아다니면서 이것저것 뒤적거리다가, 우선 급한 자켓 한 벌을 사가지고 그 자리에서 양복저고리 밑에 두둑이 입고 나서 몇 가지 여행제구를 사들고 거리로 나왔다.

그러나 그 외에는 또 별로 긴급히 갈 데는 없었다. 인제는 그 카페로 가서 점심이나 먹을까 하다가, 돈푼 가진 바람에 그랬던지 아직 그리 급하지도 않건마는 머리치장이 하고 싶은 생각이 나서 근처의 이발소로 찾아 들어갔다.

"다 깎으세요? 아직 괜찮은데요. 면도나 하시지요?"

한 손에 가위를 든 이발장이는 왼손으로 머리 뒤를 살금살금 빗기면서 이렇게 묻는다.

"그럼 면도나 할까!"

나는 이같이 대답을 하고 나서 깎지 않아도 좋을 머리까지 깎으려는 지금의 자기가 별안간 야비하게 생각되는 것을 깨닫고, 앞에 붙은 체경 속을 멀거니 들여다보다가, 혼자 픽 웃어 버렸다······ 가만히 눈을 감고 자빠져서도 이처럼 여유 있고 늘어진 자기의 심리

를 의심스러운 눈으로 들여다보지 않을 수 없었다.

'싫든 좋든 하여간 근 육칠 년간이나, 소위 부부란 이름을 띠고 지내 왔는데…… 당장 숨을 몬다는 지급전보를 받고 나서도, 아무 생각도 머리에 떠오르지 않고 무사태평인 것은 마음이 악독해 그러하단 말인 가. 속담의 상말로, 기가 하두 막혀서 맥힌 둥 만 둥해서 그런가……? 아니, 그러면 누구에게 반해서나 그런다 할까? 그럼 누구에게……?'

그러나 '그러면 누구에게……?'냐고 물을 제, 나는 감히 대답할 수 가 없었다. 그럴 용기가 나지 않았다. 다만 뱃속 저 뒤에서는 정자! 정 자! 하는 것 같았으나 죽을 힘을 다 들여서 '정자'라고 대답하여 본 뒤 에는, 또다시 질색을 하며 머리를 내둘렀다. 실상 말하면 정자가 아니 라는 것도 정자라고 대답하려니만치 본심에서 나온 대답이었었다. 그 러면서도 자기가 지금 머리를 깎으려고 들어온 동기가 애초에 어디 있 었더냐는 것은 분명히 의식도 하고 부인하지도 않았다.

'과연 지금 나는 정자를, 내 아내에게 대하는 것처럼 냉연히 내버려 둘 수는 없으나, 내 아내를 사랑하지 않으니만치 또 다른 의미로 정자 를 사랑할 수는 없다. 결국 나는 한 여자도 사랑하지 못할 위인이다.'

이 같은 생각을 할 제 나는 급작스레 고독을 느끼지 않을 수 없었다. 생활의 목표가 스러져 버리는 것 같았다.

'그러나저러나 지금 이다지 시급히 떠나려는 것은 무슨 때문인가. 내가 가기로 죽을 사람이 살아날 리도 없고, 기위 죽었다 할 지경이면 내가 아니 간다고 *감장할 사람이야 없을까? 육칠 년이나 같이 살아온 정으로? 참 정말 정이 들었다 할까? 입에 붙은 말이다. 그러면 의리로 나 인사치레로? 그렇지 않으면 일가에게 대한 체면에 그럴 수가 없다 거나, 남편 된 책임상 피할 수 없어서 나가 봐야 한다는 말인가. 흥! 그

**감장**
장사(葬事) 지내는 일
을 돌봄.

16 염상섭

런 생각은 염두에도 없거니와 그런 마음에도 없는 것을 하지 않으면 안 될 이유는 어디 있는가?'

여기까지 와서는 더 생각을 이어 할 용기가 없었다. 만일에 어디까지든지 캐물을 것 같으면 자기 자신의 명답을 얻었을지 모르나 그것은 잇몸이 근질근질하는 것 같아서 다시 건드리지도 않고 자기 마음을 살짝 덮어 두었다.

면도를 하고 세수를 하고 치장을 차린 뒤에, 어디로 가리라는 결심도 채 하지 못하고 이발소에서 뛰어나왔다.

'바로 하숙으로 돌아갈까? 정자에게로 가보나?'

혼자 이렇게 또 망설이면서도 머릿속으로는 떼치지 못할 어떠한 그림자를 쫓으면서 길 밖에서 머뭇거리다가 잡지권이나 살까 하고 동경당을 들여다보았다. 공연히 이책 저책을 한참 뒤적거리다가 손에 잡히는 대로 잡지 한 권을 사들고 나와서도 우두커니 길거리를 내다보며 섰다가 아래로 향하고 발길을 떼어 놓았다.—어느덧 ×정 삼거리로 나와 발끝은 M헌(軒) 문전에 와서 뚝 섰다.

아직 손님이 듬성긋한 홀 속은 길거리보다도 음산하게 우중충하고, 한가운데 놓인 난로에도 불기가 스러져 가는 모양이었다.

"에그, 잊어버리게 되었습니다그려! 왜 그리 한 번도 안 오셨세요."

밖에서 들어온 사람의 눈에는 그림자만 *얼쑹덜쑹하는 컴컴스레한 주방문 곁에 서서 탁자를 훔치던 손을 쉬고, 하얀 둥근 상(相)만 이리로 돌리며 인사를 하는 것은 P자이었다.

나는 난로 앞으로 의자를 끌어당겨 놓고 앉으면서,

"그럼 시험 안 보고 술 먹으러 다닐까? 그러나 오늘은 P자가 보구 싶어 책이 어디 눈에 들어가던가! 허허허."

**얼쑹덜쑹하다**
여러 가지 빛깔로 된 큰 점이나 줄이 고르지 이니하게 뒤섞이어 무늬를 이룬 모양.

"왜 안 그러시겠어요, 흥! 하지만 시험 문제를 내건 칠판 위에는 시즈코상(靜子樣)의 얼굴이 왔다갔다했겠죠? 하하하."

하고 P자는 걸레를 내던지고 이리로 오며 웃는다.

"응, 잘 알았어! 그리구 그 뒤에서는 P코상의 이런 눈이 반짝이구……"

하며 나는 눈을 흘기는 흉내를 지어 보였다.

"그런 애매한 소린 마세요. 두 분이 보따리를 싸시거나, 정사를 하시거나 내게 무슨 상관이나 있게요? 시즈코상!"

**호젓하다**
매우 홀가분하여 쓸쓸하고 외롭다.

P자는 반쯤 웃으면서도 *호젓한 표정으로 정자를 목청을 돋워 길게 빼며 부른다.

아직까지도 조선 유학생이라면 돈 있는 집 자질이요, 인물 좋다고 동경바닥서 평판이 좋은데, 문과대학생이 이런 데에서는 장을 치는 '태평시대' 다. 나는 동창생들에게 끌려 우연히 와본 뒤로 벌써 반년 가까이 드나드는 동안에 이만큼 친숙하여졌다. 이런 자유의 세계에서만도 얼마쯤 무차별이요 노골적 멸시를 안 받는 데에, 감정이 눅어지고 마음이 솔깃하여 내 발길은 자연 찾았던 것이다.

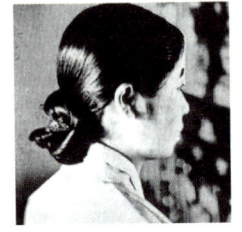

쪽진 머리

**여우(女優)**
여배우.

**어푸수수하다**
성미가 누그러지고 무던하다.

*여우(女優) 머리를 *어푸수수하게 쪽찌고, 새로 빨아 다린 에이프런을 뒤로 매며 살금살금 나오는 정자는 우선 시선을 P자에다가 보내며,

"이거 웬 야단야?"

이렇게 한마디 하고 나서, 그 신경질적인 똥그란 눈을 이리로 향하고 공손히 인사를 한다. 나는 고개만 끄덕 하고 잠자코 말았다.

"시즈코상! 이번에 '이상' 이 성적이 좋지 못하시다면 그 죄는 시즈코상에 있습넨다."

둘의 거동을 한참 건너다보던 P자는 이같이 한마디를 내던지듯이 하고 저리로 다시 가서 탁자를 정돈하고 섰다. 정자는 거기에는 대꾸도 아니 하고,

"참 요새 시험중예요?"

하며 나에게 묻는다. 얼마쯤 반가운 기색이나, 언제나 그러한 자기의 감정을 감추는 정자다.

"그럼, 시험 보다가 말구 보러 왔길래 정성이 놀랍다구 P자상이 놀리는 게 아닌가? 그러나 P자상을 찾아왔는지 시즈코상을 보러 왔는지, 술이 그리워서 왔는지, 그것은 내 염통이나 쪼개 보기 전에야 알 수 없는 일이지. P자! 일이 끝나건 올라와요."

나는 P자에게 일러 놓고 정자를 따라서 위층으로 올라갔다.

이맘때쯤은 제일 한산한 개시머리지마는 이층은 아무도 없다.

난로 앞에 자리를 만들어 나를 앉혀 놓고, 정자는 저편에 가 서서 *영채가 도는 똥그란 눈으로 무슨 기미를 찾아내려는 듯이 내 얼굴을 똑바로 쳐다보다가 눈이 마주치니까 생긋 웃는다. 이 계집의 정기가 모두 그 눈에 모였다고도 할 만하지마는 항상 모든 것을 경계하는 눈치가 역력하다. *혹간은 무심코 고개를 돌릴 만치 차디차고 매정스러울 때도 있다. 그러나 어느 때든지 생긋 웃는 그 입술에는 젊은 생명이 욕구하는 모든 것을 아무리 하여도 감출 수가 없었다. 그러면서도 결코 소리를 내지 않고 웃는 호젓한 미소에서, *침정(沈靜)과 *애수(哀愁)의 그림자를 어느 때든지 볼 수 있었다. 남성이란 남성을 못 믿고 저주하면서도 그래도 내버리고 단념할 수 없는 인간다운 애착이며 성적 요구에서 일어나는 답답한 심정을 그대로 상징한 것이 이 계집애의 그 시선과 미소이었다.

영채(映彩)
환하게 빛나는 고운 빛깔.

혹간
간혹.

침정(沈靜)
감정을 가라앉힘.

애수(哀愁)
마음을 서글프게 하는 슬픈 시름.

"왜 그리 풀이 죽으셨세요. 너무 공부를 하시느라고 얼이 빠지셨습니다그려?"

정자는 남자가 잠자코 있으니까 좀 어색한 듯이 체경 있는 쪽으로 잠깐 고개를 돌리고 머리를 만적거리며 입을 벌렸다. 이 계집애의 나직나직한 목소리에도 좀더 크게 하였으면 좋겠다 하는 생각이 날 만치 절제하고 압축된 탄력이 있었다. 이 계집은 자기의 목소리에서까지 자기를 억제하고 숨기려 하는가 싶었다.

"왜 누가 얼이 빠져? 어서 가서 술이나 갖다 주구려. 벌써 거진 네시나 되었을걸?"

나는 시계를 꺼내 보며 재촉을 하였다. 정자는 나가려다가 돌쳐서며,

"왜 어딜 가세요?"

하고 물으며 가까이 온다. 내가 앉았는 안락의자의

등덜미에 한 손을 걸쳐 놓으며 무릎이 맞닿도록 다가서며 생글 하는 것은 언제나와 같은 애무를 바라는 표정이다.

"가긴 어딜 가!"

"뭘, 인제 시험을 마쳐 놓고 어디든지 조용한 데루 여행을 하시는 게지! 어디 두고 보면 알겠지!"

하며 저쪽 체경 탁자로 가서 그 위에 놓은, 내가 들고 들어온 봉지를 두 손으로 만적거리며 건너다보고 서 있다. 그 속에는 내가 아까 쓰카다니야에서 사가지고 온 *풍침과 여행용 물잔이며, 부친을 위한 여송연상자, 과자상자, 비단 여편네 목도리를 넣은 종잇갑…… 이것저것이 들어 있었다.

풍침(風枕)
공기를 불어넣어 쓰는 베개.

장난꾸러기처럼 먼산을 쳐다보며 한참 만적만적하던 정자는,

"웬 선사품이 이렇게 많은구? 댁에 가시나 보군요?"

하며 체경 속을 들여다보고 생글 웃으며,

"어디 좀 펴봐야! 뭘 이렇게 많이 무역을 해 가시나?"

하고 제멋대로 풀기를 시작한다. 나는 웃으며 하는 대로 내버려두었다.

풍침, 컵, 왜비누, 담뱃갑, 과자상자…… 탁자 위에다가 진열대처럼 벌여놓더니, 맨 밑에 있는 숄갑을 펴들고 생글생글 웃다가 난로 앞으로 와서 서며,

"이건 아가씨 것이군요?"

하며 내민다. 그때의 그의 눈과 그 입술에는 시기에 가까운 막연한 감정을 감추려고 애를 써 웃는 빛이 살짝 지나갔다.

"잘 알았소!"

하며 나는 홱 뺏으며 정자를 껴안듯이 부둥켜안다가 목도리를 다시 개

킨다.

"잘못했습니다. 누가 줄 사람을 주지 말라고 했습니까, 하하하."
하고 정자는 좀 어색한 듯이 웃고 섰다. 그러나 기회가 마침 좋다고 생
각한 나는 벌떡 일어나는 길로, 손에 든 자주 바탕에 흰 안을 받친 목
도리를 눈깜짝 새에 둘둘 말아 가지고 정자의 앞으로 덤벼들며, 목을
껴안으면서 소매 속에 쑥 넣으면서 술취한 사람처럼 장난 비슷이……
하였다. 불의에 난폭한 습격을 받은 정자는 어쩔 줄을 모르면서도 생
글 웃는 낯을 본 법하였다. 일 분쯤 지났을까, 정자는 나의 팔을 뿌리
치고 얼굴이 발개서 내려가 버렸다. 뒷모양을 가만히 노려보고 섰던
나는 두세 걸음 쫓아 나가며,

"노하지 말아요. 그리구 어서 가져와!"
하고 곱게 일렀다.

나의 한 일은 점잖지는 못하였으나, 다른 손이 올라오기 전에 주고
싶고, P자에게 알리기 싫으니 그 외의 수단을 모르는 나는 그리하는
수밖에 없었다.

나는 *멀거니 섰다가 여기저기 흐트려 놓은 물건을 빈 갑까지 싸서
놓고 자기 자리로 와서 앉았다.

위스키병을 들고 올라온 정자는 한 잔 따라 놓고 뾰로통하여 섰다
가, 체경 앞으로 가서 머리를 고치고 다시 와서는 멈칫멈칫하며 바로
앉지를 않았다. 나의 눈에는 부끄러워하는 그 기색이 도리어 기뻤다.
더구나 노기가 있는 것은 인격적 자각의 반영(反映)이라고 생각할 때,
미안하기도 하고 위로하여 주고 싶은 생각이 들었었다.

"왜 그래? 오늘 밤에 어딜 갈 텐데 섭섭하기에 변변치는 않은 것이
나마 사가지고 온 것이야. 조금이라도 어떻게 생각지는 않겠지? 남의

눈에 띄는 것이 재미 없겠기에 그런 거야."

그것도 객기로 산 것이지마는 참답게 주지 못한 것을 나는 후회하
였다.

"천만에요! *되레 미안합니다. 그러나 댁에를 가세요? 지금 떠나실
테에요?"

정자는 될 수 있는 대로 냉연히 물었으나 흥분한 마음을 무리로 억
제하는 양이 역력히 보이었다.

"글쎄, 집엘 좀 가야 할 일이 있는데 밤에 떠날지? 아직 시험이 끝나
지 않아서……."

나는 어느 틈에 정숙한 말씨로 변하였다.

"무슨 볼일이 계시기에 시험을 보시다가 말구 가세요?"
하며 정자는 비로소 고개를 들고 쳐다본다. 그때에 마침 요리가 승강
기로 올라오기 때문에 정자는 일어섰다. 나는 그 길에 P자를 부르라고
일렀다. 정자는,

"예에?"
하고 한참 나를 돌아다보고 섰다가 다시 돌쳐서서 P자를 소리쳐 부른
뒤에 요리 접시를 들어다 놓는다. P자도 뒤따라 들어왔다.

"재미있게 노시는데, 쓸데없이 폐올시다그려, 하하하."
하며 P자는 내가 가리키는 *교의에 털썩 앉으며 식탁에 놓였던 잡지를
들어서 뒤적거리기 시작한다. P자의 푸근푸근한 얼굴은 언제 보아도
반가웠다.

명상적(瞑想的)이요 신경질일 뿐 아니라 아직 순결한 맛이 남아 있
는 정자에게 비하면, P자는 이러한 생애에 닳고 닳아서, 되지 않게 약
은 체를 하면서도 상스럽고 천한 구석이 있지마는 그래도 나는 이러한

여자에게 흥미를 느꼈다.

"올라오라니까 왜 그리 *우자스러운 거야? 꼭 모시러 가야만 하나?"

나는 잡지를 뺏어서 손을 내미는 정자에게 넘겨 주고 P자의 포동포동한 손을 잡아서 만적거리며 시비를 걸었다.

"우자하긴 누가 우자해요? 이런 문학가 양반네들만 노시는 데에는 감히 올 수가 없으니까 그렇지요."

하며 P자는 손을 슬며시 빼고 정자를 살짝 건너다보고는 나를 다시 향하여 방긋 웃었다.

P자에게 대한 정자는, 어떠한 때든지 눈엣가시이었다. 비단 나뿐 아니라 어떠한 손님이든지 P자와 친숙한 사람도 *내종에는 정자에게로 빼앗기는 모양이었다. 그러나 정자가 고등여학교를 졸업하였을 뿐 아니라 문학서적과 소설을 탐독한다는 것이 P자로서는 *경앙(景仰)하는 동시에 한손 접히는 것이다. 그러나저러나 나는 어느 때든지 두 계집애를 다 데리고 이야기하지 않는 때가 없었다. P자나 정자가 다른 손님을 맡은 때에라도 밤이 늦도록 기다려서 만나 보고야 나왔다. 더욱이 P자가 없을 때에 그리하였다. 이것이 정자에게는 눈치를 채이면서도 의문인 모양이었다.

"참 그런데 언제 떠나세요?"

정자는 보던 책을 식탁 위에다가 놓으며 나를 쳐다보고 물었다.

"글쎄……."

나는 어정쩡한 대답을 하며 정자의 기색을 유쾌한 듯이 건너다보고 앉았었다.

"왜 어딜 가세요?"

P자는 일어나서 정자가 앉은 교의 뒤로 가며 물었다.

우자스럽다
보기에 어리석은 데가 있다.

내종
나중.

경앙(景仰)
덕망이나 인품을 사모하여 우러러 봄.

"오늘 밤에 떠나세요?"

또다시 *잼처 정자가 묻는다. 나는 지금 막 들어온 전등불을 쳐다보며 앉았다가,

"실상은 내 마누라가 앓는 모양인데, 턱을 까부니 어서 오라고 야단은 야단이지만 아직도 갈까말까다."

"네, 그래요? 그럼 어서 가보셔야죠. 그 동안에 돌아가셨으면 어떡하나요!"

P자는 나를 책망하듯이, 눈을 똑바로 뜨고 쳐다본다.

"죽으면 죽었지, 어떡하긴 무얼 어떡해."

나는 잠자코 앉았는 정자를 건너다보며 웃었다.

"사내는 다 저래! 저런 남편을 믿고 어떻게 사누?"

P자는 기가 막힌다는 듯이 혼자 탄식을 하며, 정자의 교의 뒤에 매달려서 정자의 얼굴을 들여다보며 동의를 구한다.

"누가 믿구 살라는 것을 사나……?"

하고 나는 실없이 한마디 하다가 다시 정색으로 말을 이었다.

"부부간에 서로 믿는다는 것은 결국 사랑한다는 말이지만, 사랑한다는 것도 극단에 가서는 남이 나를 사랑하거나 말거나 저 혼자의 일이다. 저 사람이 받지 않더라도 자기가 사랑하고 싶으면, 자기가 만족할 데까지 사랑할 것이다. 외기러기 짝사랑이라고 흉을 본다기로 그거야 알 배 아니거든. 그와 반대로 사랑치 않는 것도 자유다. 사람에게는 사랑할 자유도 있거니와 사랑을 하지 않을 자유도 있다. 부부간이라고 반드시 사랑하여야 한다는 법이 어디 있을까. 없는 사랑을 의무적으로 짜낼 수야 있나? 하하하……."

나는 문학청년의 버릇으로 이런 논리를 캐고 깔깔 웃었다.

잼처
어떤 일에 바로 뒤이어 거듭.

정자와 P자는 나의 입을 똑바로 노려보고 앉아서 들으며, 정자는 무엇을 생각하는 것처럼 가끔가끔 고개를 끄떡거리고 있었다. 나는 따라 놓았던 술 한 잔을 들어 마시고 나서 또다시 말을 꺼냈다.

"그러나 문제는 선도 아니요 악도 아닌 그 *어름에다가 발을 걸치고 있는 것이다. 죽거나 살거나 눈 하나 깜짝거리지도 않으면서 하는 공부를 내던지고 보러 간다는 것이 위선이다. 더구나 여기 술 먹으러 오는 것을 무슨 큰 죄나 짓는 것같이 망설이는 것부터 큰 모순이다. 목숨 하나가 없어진다는 것과 내가 술 먹는다는 것과는 별개 문제다. 그러면서도 '내 처' 가 죽어 가는데 술을 먹다니? 하는 *오죽잖은 '양심' 이 머리를 들지만, 그것이 진정한 양심이라기보다도 관념이란 가면이 목을 매서 끄는 것이다. 사람은 관념의 노예가 되는 수가 많다. 가식의 도덕적 관념에서 해방되는 거기에서 참된 생명을 찾는 것이다. 사랑치 않으면 눈도 떠보지 않을 것이요, 사랑하고 싶으면 이렇게 해도 상관이 없는 것이란다!"

하며 나는 벌떡 일어나서, 정자의 어깨를 짚고 꾸부리고 섰는 P자를 껴안으며 키스를 하려는 흉내를 내었다. 무심코 섰던 P자는 질겁을 하며,

"에구머니, 사람을 죽이네!"

하고 깔깔대며 뛰어 달아나서 저만치 가서 앉는다. 그 *사품에 나는, 웃으면서 일어나는 정자와 맞장구를 쳤다. 그대로 얼싸안았다.

술이 얼쩍하게 취하여 문간으로 나오는 나를 앞질러서 따라 나오며 정자는 거진 입이 닿도록 내 귀에다 대고,

"정말 밤차로 가세요?"

하며 소곤거린다.

어름
두 사물의 끝이 맞닿은 자리.

오죽잖다
예사 정도도 못 될 만큼 변변하지 아니하다.

사품
어떤 동작이나 일이 진행되는 바람이나 겨를.

"생각나는 대로 하지…… 그런데 왜?"

"글쎄요……."

하고 나서 정자는 무슨 말을 할 듯하다가, P자가 쫓아 나오는 것을 보고 한걸음 물러섰다.

"하여간 갈 길이니까 어서 가야지. 그럼, 한 달쯤 있다가 올 테니까 그때 또 만납시다."

나는 이같이 한마디 남겨 놓고 길거리로 나왔다.

거리는 아직 초저녁이지마는 첫추위인데다가, 낮부터 음산하였던 일기는 마치 눈이나 오려는 듯이 밤이 들어 갈수록 쌀쌀하여졌다. 사람 자취도 점점 *성기어 가고 길바닥에 부딪는 나막신 소리는 한층더 요란히 들린다. *점두에 매달린 전등불빛까지 졸리운 듯 살얼음이 잡히어 가는 듯 보유스름하게 비치는 것이 더욱 쓸쓸하여 보였다.

나는 곧 차에 뛰어오르려다가, 사람이 붐비는 갑갑한 차 속으로 기어들어갈 생각을 하니, 얼근한 김에 차마 올라설 용기가 나지를 않아서 그대로 돌쳐서서 O교 방향으로 *꼽들었다.

화끈화끈 다는 뺨을 살금살금 핥고 달아나는 저녁 바람에 정신이 반짝 날 듯하면서도, 마음은 어찌하여 그렇다고 꼭 집어 말할 수 없이, *조비비듯 조바심이 나서 못 견딜 지경이다. 자기 자신에게 대한 반항인지, 자기 이외의 무엇에 대한 반항인지 그것조차 뚜렷이 알 수 없으면서, 덮어놓고 앞에 닥치는 대로 무엇이든지 해내려는 듯한 터무니없는 울분이 가슴속에서 *용심지같이 치밀어 올라왔다. 컴컴한 속에서 열병에나 띄운 놈 모양으로 포켓에 찔렀던 두 손을 꺼내 가지고 뿌리쳐 보기도 하고, 입었던 외투나 윗저고리를 벗어서 O교 다리 밑으로

**성기다**
물건의 사이가 뜨다.
반복되는 횟수나 도수가 뜨다.

**점두**
가게의 앞쪽.

나막신

**꼽들다**
가까이 접어들다.

**조비비듯**
조가 마음대로 비벼지지 이니히여 조급하고 초조해진다는 뜻으로, 마음을 몹시 졸이거나 조바심을 냄을 이르는 말.

**용심지**
실, 종이, 헝겊의 오라기를 꼬아 기름이나 밀을 묻히어 초 대신으로 불을 켜는 물건.

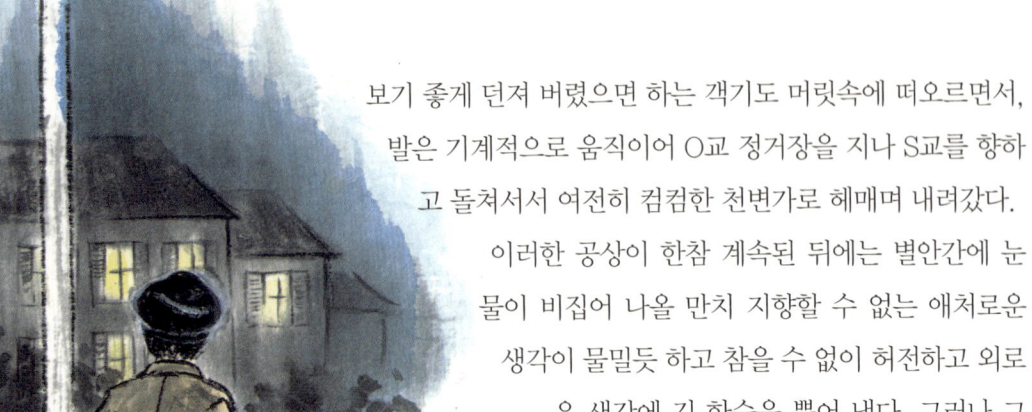

보기 좋게 던져 버렸으면 하는 객기도 머릿속에 떠오르면서, 발은 기계적으로 움직이어 O교 정거장을 지나 S교를 향하고 돌쳐서서 여전히 컴컴한 천변가로 헤매며 내려갔다.

이러한 공상이 한참 계속된 뒤에는 별안간에 눈물이 비집어 나올 만치 지향할 수 없는 애처로운 생각이 물밀듯 하고 참을 수 없이 허전하고 외로운 생각에 긴 한숨을 뿜어 냈다. 그러나 그 다음 순간에는,

'무슨 때문에 눈물이 필요하단 말이냐. 실상 완전한 자유는 고독에 있고 공허에 있지 않은가?'

나는 속으로 이같이 변명하여 보았다.

그것은 마치 종로에서 뺨맞은 놈이, 행랑 뒷골에서 눈을 흘기다가, 자기의 약한 것을 분개하여 보기도 하고 혼자 변명하기도 하여 보는 셈이었다. 그러나 이렇게 *겁겁증이 나서 몸부림을 하는 일종의 발작적 상태는 자기의 내면에 깊게 파고들어 앉은 '결박된 자기'를 해방하려는 욕구가 맹렬하면 맹렬할수록, 그 발작의 정도가 한층 더하였다. 말하자면 유형무형한 모든 기반, 모든 모순, 모든 *계루에서 자기를 구원하여 내지 않으면 질식하겠다는 자각이 분명하면서도, 그것을 실행할 수 없는 자기의 약점에 대한 *분만(憤懣)과 연민과 변명이었다.

나는 참을 수 없어서 포병공창 앞으로 달아나는 전차에 뛰어올랐

**겁겁증**
갑갑증. 갑갑하게 느껴지는 증세.

**계루**
다른 일이나 사물에 얽매임. 다른 일이나 사물에 얽매어 당하는 괴로움.

**분만(憤懣)**
분한 마음이 일어나 답답하다.

다. 이러한 때에 미인의 얼굴이라도 쳐다보면 *캠퍼 주사만한 효과가 있으리라 생각하기 때문이었으나 나의 이지(理智)는 그것조차 조소하였다.

그러나저러나, 노역과 *기한에 오그라진 피부가 뒤틀린 얼굴밖에 내 눈에는 비치지 않았다. 그들은 시든 얼굴을 서로 쳐들고 물끄럼말끄럼 마주 건너다보기도 하고, 곁의 사람을 기웃이 들여다보기도 하고 앉았다. 나는 그들의 얼굴을 이사람 저사람 쳐다보다가,

'여러분, 장히 점잖구 무섭소이다그려!'

이렇게 한마디 하고 일부러 허허허 하며 웃어 보면 좋겠다는 생각을 하고 나서, 나 혼자 제풀에 빙긋 하여 버렸다.

이렇게 안 나오는 거드름을 빼고, 될 수 있는 대로 우자한 태도로 좌우를 돌려다보는 것은 비단 일본 사람이 조선 사람에게만 한한 무의식한 습관이 아니라 사람의 공통한 성질인 동시에 사람이란 동물이 얼마나 약한가를 유감없이 말하는 것이다. 약하기 때문에 조그만 승리와 조그만 자랑을 얻으려 애쓰고, 약하기 때문에 *성세(聲勢)를 *허장(虛張)하며, 약하기 때문에 자기의 주위에 경계망을 쳐놓고 다른 사람을 주시할 필요가 있는 것이다. 상대자의 용모나 옷 입은 것, 행동거지, 말씨…… 이런 것을 가만히 바라보고 음미함으로써, 자기의 비열한 호기심을 만족시키려는 본능적 요구가 있는 것도 물론이겠지마는, 저편을 엿보는 데는 여러 가지 의미가 있는 것 같다.

우선은 자기 방어상 저편의 강약과 빈부의 정도를 감정할 필요를 느끼고, 그 다음에는 의복과 말씨와 행동거지가 남에 빠지면 도회생활에 있어서는 큰 고통이요 수치이기 때문에 신경이 여기에 집중된다. 또한 그들에게는 피차에 구하는 것이 있으니 아첨하고 농락하려는 한편에

캠퍼 주사
심부전에 걸렸을 때 쓰는 강심제 주사. 혈압과 호흡을 증대시킨다.

기한(饑寒)
굶주리고 헐벗어 배고프고 추움.

성세허장(聲勢虛張)
허장성세. 실속은 없으면서 큰소리치거나 허세를 부림.

**추세(趨勢)**
어떤 현상이 일정한 방향으로 나아가는 경향. 어떤 세력이나 세력있는 사람을 붙좇아서 따름.

**비식(鼻息)**
코로 쉬는 숨.

농락되지 않으려는 우월감(優越感)과 경계와 *추세(趨勢)라는 등 잡념으로 말미암아 자연히 저편의 표정이나 *비식(鼻息)을 엿보는 데 명민한 것을 서로 자랑한다. 또 여자는 여자대로 자기의 목숨인 사랑을 얻기에 목이 말라서 그 불순의 도가 한층 더하다. 이런 점으로 보면 제일 순진하고 아름다운 것은 전차 속에서나 거리에서 청춘남녀가 본능적으로 이성의 미(美)를 부산히 찾으면서도 담담히 지나치는 것일지 모른다. 이성(異性)을 꿈꾸는 순진한 청춘남녀에게는 불순한 욕심이 없다. 적어도 물질적 욕심이 없다. 아첨할 필요도 없고 우월감이나 농락하려는 야심도 없고 방어하고 반발하려는 적대심이란 손톱만큼도 없다. 다만 미를 동경하고 감상하며 이에 도취하고 감격한다. 더구나 그러한 생명의 연소가 영원히 흐르는 물결에 뿌려지는 월광의 은박(銀箔)같이 아무 더러운 집착 없이 순간순간에 반짝이며 스러져 버리는 것이 더욱이 향기롭고 깨끗하다. 그러나 위선 없이 살지 못하리라는 것이 오늘날 우리의 운명이다. 그리하여 인생의 움[芽]같은 그들도 미인의 얼굴을 똑바로 보는 법이 없다. 도적질을 해서 본다. 그것이 무엇보다도 고약한 버릇이다.

**기습(氣習)**
집단이나 개인에게서 특징적으로 보이는 습성이나 습관.

그러나 그보다도 순박하고 순진한 것은 소위 하층사회의 *기습(氣習)일 것이다. 노동자에 이르러서는, 자랑할 것도 없고 숨길 것도 없고 부끄러울 것도 없는 대신에 적나라한 자기와, 이웃에 대한 동정과, 방위적 단결이 있을 따름이다. 생활의 실질이나 양식이나 제일 진실되고 본질적이다. 그들은 사람과 사람끼리 만날 때에 결코 노려보거나 음미하거나 탐색하지는 않는다. 가식도 필요 없고 자기네끼리 *아유구용(阿諛苟容)할 필요도 없다. 그러나 그들의 병은 무지일 따름이다. 무질서일 따름이다.

**아유구용(阿諛苟容)**
남에게 아첨하여 구차스럽게 굶. 또는 그런 모양.

하고 보면 결국 사람은 제 소위 영리하고 교양이 있으면 있을수록 (정도의 차는 있을지 모르나) 허위를 되풀이하여 가면서 비굴한 타협이 아니면 옆사람을 자기에게 동화시키지 않고는 살 수 없는 이기적 동물이다. *구구한 타협도, 남의 동화도 강요하려 들지 않는 전아(全我)의 생활, 자유로운 생활을 꿈꾼다면 우선 세속적으로는 낙오자에 *자적(自適)하겠다는 각오를 필요조건으로 한다…….

나는 어느덧 이러한 난데없는 생각에 팔려, 역시 이사람 저사람 쳐다보고 앉았다가, 정자의 지금의 생활을 생각하여 보았다.

정자는 저의 집에서 뛰어나왔다 한다. 사정을 들어 보면 그도 그럴 것이다.

나는 그 애가 반역자라는 점은 찬성이다. 그러나 자기의 생활을 자율하여 나갈 길이 있을까 의문이다. 자기 생활의 중류(中流)에 뛰어들어갈 용기가 있을까? 자각도 있고 영리는 하지만…… 그러나 허영심이 앞을 서기 때문에 믿을 수 없는 것이다…….

전차는 종일 노역에 기진하여, 허덕허덕 다리를 끌면서 잠이 들어가는 집집의 적막을 깨뜨리려는 듯이, 빽빽 기를 쓰는 듯한 외마디 소리를 치며, 에도자와 가도의 컴컴한 길을 겨우 기어나와서 대낮같이 전등이 환한 차고 앞에 와서 한숨을 휘 쉬며 우뚝 선다. 졸음 졸듯이 고요하던 찻간 안은 급작스레 왁자하여지면서 *우중우중 내린다.

나도 검은 양복바지에 푸른 저고리를 입고 벤또갑을 든 사오 인의 직공 뒤를 따라 내려왔다. 쌀쌀한 바람이 확 끼치었다.

"아, 요새도 밤일을 하슈? 오늘은 제법 춥지요?"

"예, 인제 참 겨울인데요."

"이리 들어와 좀 녹여 가시구려."

**구구하다**
떳떳하지 못하고 졸렬하다.

**자적(自適)**
아무런 속박을 받지 않고 마음껏 즐김.

**우중우중**
몸을 일으켜 서거나 걷는 모양.

**수작**
서로 말을 주고 받음.
또는 그 말.

차고 문간에 섰던 차장과 이런 *수작을 하며, 따뜻하여 보이는 차장 휴게실로 끌려 들어가는 직공들의 뒤를 부러운 듯이 건너다보며 나는 그 사잇골짜기로 들어섰다.

하숙으로 휘돌아 들어가는 길에 뒷집에 있는 ×군을 들여다볼까 하며 망설이다가, 결국 들어가 보았다. 알리면 정거장에를 나와 주고 하여 폐가 되겠기 때문에 망설인 것이다. ×군은 내가 이 밤으로 귀국하게 되었다는 말을 듣고, 당자인 나보다도 놀라며 진정으로 가엾어하는 모양이었다. 나는 사람 좋은 ×군을 도리어 웃으면서 하숙으로 함께 돌아왔다.

×군과 같이 짐을 수습하여 주인에게 맡긴 뒤에 인사받을 새도 없이 총총히 가방을 들고 우리 둘이서 동경역으로 향한 것은 그럭저럭 열시 가까워서였다. ×군이 재촉을 하는 대로 나는,

"늦으면 내일 떠났지, 하는 수 있나!"
하면서도 허둥허둥 동경역에 나와 보니까, 내 시계가 틀렸던지 그래도 십 분 가량이나 여유가 있었다.

가방을 뒤에 섰는 ×군에게 맡겨 놓고 차표를 사려고 출찰구 앞에 가서 섰으려니까, 곁에서 누가 살짝 건드리며,

"리상!"
하는 귀에 익은 소리가 들린다. 나는 깜짝 놀라서 돌아다보았다. 역시 정자다. *노르끄레한 곱다란 *보자에다가 네모진 것을 싸서 들고, 옆에 선 ×군의 시선을 꺼리는 듯이 힐끔힐끔 흘겨보고 섰다.

**노르끄레하다**
곱지 않고 엷게 노르다.

"웬일이야? 이 춘 밤에."
나는 의외인 데에 놀라며, 나무라듯 *위무하는 듯이 한마디 하였다.
"난 안 가시는 줄 알았지!"

**보자**
보자기.

**위무**
위로하고 어루만져 달램.

"한참 기다렸어?"

"아뇨, 난 늦을까 봐 허둥지둥 나왔더니……."

"미안하구려, 어서 들어가지. 그럼……."

정자는 거기에는 대답도 아니 하고, 맞은편 출찰구로 입장권을 사러 총총걸음으로 걸어갔다…….

×군이 자리를 잡으려고 앞서 들어간 뒤에 정자와 맨 끝으로 둘이 나란히 서서 걸으며 입을 벌렸다.

"오래 되실 모양이에요?"

"뭘, 고작해야 이 주일쯤이지."

"오래 되시건 편지라도 해주세요. 그 동안에 나도 어떻게 될지 모르지만……."

"왜, 어딜 가겠기에?"

"글쎄 봐야 하겠지마는…… 밤낮 이 모양으로만 하고 있을 수도 없으니까……."

정자는 말을 끊고 잠깐 고개를 기울이고 걷다가 가까이 와서 매달리듯이 몸을 살짝 실리며,

"이렇게 급하지만 않았더면 나도 같이 경도(京都)까지라도 가는 것을……."

하며 나를 쳐다보고 호젓이 웃는다. 나는 잼처 무엇을 물으려다가 ×군이 황망히 손짓을 하며 부르는 바람에, 정자와는 총총히 인사를 하고 차에 올라서 ×군과 바꾸어 앉았다.

친구에게 전송을 받거나 물건을 받는 일은 별로 없었기도 하려니와 도리어 귀찮은 일이지만, 정자가 무엇인지 보자에 싼 채 창으로 디밀며 지금 펴볼 것 없다 하기에, 나는 그대로 받아서 선반에 얹을 새도

없이 차는 움직이기 시작하였다.
반 칸통쯤 떨어져서, 오도카니
섰던 정자의 똑바로 뜬 방울 같은
두 눈이 힐끗하더니 몰려 나
가는 전송인 틈에 사라져
버렸다.


2


　반찬 찬합같이 각다구니를 여기저기 함부로 벌여놓고 꼭꼭 끼여 앉
았는 틈에서 겨우 잠이랍시고 눈을 붙였다가 깨니까, 아직 동이 트려
면 한두 시간이나 있어야 할 모양. 찻간은 야기에 선선하면서도 입김

과 담배연기에 흐렸다. 다시 눈을 감아 보았으나 좀처럼 잠이 들 것 같지도 않고, 외툿자락을 걸친 어깨가 으스스하여, 일어나 앉으며 담배를 피워 물고 나서 선반에 얹힌 정자가 준 보자를 끌어내렸다. 아까 받아 얹을 때에 잠깐 보니까 과자상자 위에 술병 같은 것이 *두두룩이 얹혀 있는 것 같아서 *긴하게 생각이 든 것이다. 네 귀를 살짝 접어서 싼 보자의 귀를 들치고 보니까 과연 갑에 넣은 위스키병이 얹히어 있다. *어한으로 한잔 할 작정으로 병을 쑥 빼려니까 갸름한 연보랏빛 양봉투가 끌리어 나왔다.

'별안간에 편지는 무슨 편지인구⋯⋯.'

그래서 나중에 펴보라고 한 것이라고 나는 혼자 속으로 생각하며 그래도 반갑지 않을 수 없었다. 편지는 포켓에 집어넣고 술부터 따라서 한숨에 켰다.

영리한 계집애요 동정할 만한, 카페의 웨이트리스로는 아까운 계집애다라고 생각은 하였어도 그 이상으로 어떻게 해보겠다는 정열을 느끼는 것은 아니었다. 같은 값이면 정자를 찾아가서 술을 먹는 것이요, 만나면 귀여워해 줄 뿐이다. 원래가 이지적, *타산적(打算的)으로 생긴 나는, 일시 손을 대었다가 *옴칠 수도 없고 내칠 수도 없게 되는 때에는 ㄱ 머릿살 아픈 것을 어떻게 조처를 하나? 하는 생각이 앞을 서는 동시에, 무슨 민족적 감정의 구덩이가 사이에 가로놓인 것은 아니라도, 이왕 외국 계집애를 얻어 가지고 아깝게 스러져 가려는 청춘을 향락하려면 자기에게 맞는 타입을 구하겠다는 몽롱한 생각도 없지 않아서 그리하였다. 그러나 오늘은 무슨 생기가 났다느니보다도 *세찬 삼아서 사다 준 숄 한 개가 인연이 되어 편지까지 받게 되고 보니, 막연히 반갑다는 정도를 지나서 좀 *실답게 자기 태도를 생각해 보아야 하

찬합

**두두룩이**
가운데가 솟아서 불룩하다.

**긴하다**
꼭 필요하다.

**어한**
추위에 언 몸을 녹임. 또는 추위를 막음.

**타산적(打算的)**
자신에게 도움이 되는지를 따져 헤아리는. 또는 그런 것.

**옴치다**
옴츠리는 몸짓의 모양.

**세찬**
연말에 선사하는 물건.

**실답다**
꾸밈이나 거짓이 없이 참되고 미덥다.

겠다는 책임감 비슷한 것을 느끼는 것이다. 귀엽다고는 생각하였지마는 연애를 해보려는 열정이 있는 것도 아니요, 물론 목도리 한 개로 환심을 사려는 더러운 야심이 있었던 것도 아니었다. 진정한 애욕이 타오르면 그런 것을 사주거나 하지는 않았을 것이다. 하여간 젊은 여자와 어울려 노는 것은 좋으나 그 이상 깊게 끌려 들어갔다가 자기 생활에 파탄을 일으키고 공연한 고생을 사서 할까 보아 경계를 하는 자기다.

나는 이런 생각을 하며 두어 잔 술을 마신 뒤에 비로소 편지를 꺼내서 피봉을 들여다보았다. 침착하고도 생기 있는 정돈된 필적은 그 애의 모습과 같이 재기가 발리어 보였다. 나는, 앞사람은 졸고 앉았지만 누가 보지나 않을까 하고 좌우를 돌려다보며 그래도 궁금증이 나서 쭉 뜯어 보았다.

**천착하다**
생김새나 행동이 상스럽고 더럽다.

지금은 이런 편지를 올릴 기회가 아닌지도 모릅니다. 왜 그러냐 하면, 아무리 이 지경이기로 물질로 좌우되는 *천착한 계집이라고 생각하실 것이 너무도 창피하고 원통해서 말입니다. 그러나 그러할수록에……

**허두**
글이나 말의 첫머리.

이렇게 *허두를 내놓고 나의 실답지 않은 태도에 대한 불만과 공격이 있은 다음에, 자기의 지금 처지와 장래에 대한 희망 등을 요령만 간단히 쓴 뒤에, 형편 따라서는 세말쯤, 혹은 경도의 고모 집으로 갈지 모르겠다고 하였다.

나는 한번 쭉 보고 나서 혼자 웃었다. 그러나 그것은 조소거나 나에게 대한 이 여자의 신뢰에 대하여 만족한 미소는 아니었다. 애를 써 설명하자면, 그 계집애의 조리가 정연한 이론과 이지적이요 명민한 그 애의 머리에 만족을 느꼈다 할까?

나는 곧 답장을 써볼까 하다가, 하나 둘씩 일어나 앉는 사람들의 시선이 귀찮아서 그만두어 버렸다.


……왜 우롱을 하세요? 무슨 까닭에 농락을 하세요? P자와 저를 놓고 희롱하시는 것은 유쾌하시겠지요. 그러나 너무 참혹하지 않습니까. 물론 당신 말씀과 같이, 사랑은 유희가 아니라는 것은 아시겠지요.

……누가 당신께서 손톱만큼이라도 나를 사랑하신다는 것은 아니지만, 나에게는 견딜 수 없는 고통입니다. 혹시는 모욕입니다. 당신의 태도가 그밖에는 어떻게 할 수 없으시면 우리는 이 이상 교제를 끊는 것이 옳은 일이겠지요…….


이것이 정자의 제일 큰 불평이었다. 정자는 자기의 과거를 *한만히 이야기하지는 않으나, 흔히 있는 계모시하의 불화와 부친의 몰이해에다가 실연이 한꺼번에 왔던 모양이다. 그러나 좀체 거기에 휘어 넘어가지 않고, *앙버티고 현재의 경우에서 제 손으로 헤어나려고 허비적대는 그 심보가 취할 점이요 동정이 가는 것이다. 지금도 책을 보는 모양이지마는 문학에 대한 감상력이 호락호락히 볼 것이 아닌 데에 나는 귀엽고 경애를 느끼는 것이다. 될 수 있으면 어떻게 붙들어 주고 싶었다. 그러나 그것은 역시 공상이다.

'계집애하고 키스를 하면서도 침맛을 아는 놈에게 사랑이 있다는 것부터 틀린 수작이다.'

이런 생각을 하며, 아까 M헌 이층의 광경을 머리에 그려 보았다. 모

**한만히**
한가하고 느긋하게.

**앙버티다**
끝까지 대항하여 버티다.

욕이란 의식부터 머리에 떠올랐다는 말이나, 제 말마따나 이때껏 한 남자의 입밖에는 몰랐었다는 말이 정말이라면 정자는 그래도 아직은 행복하다. 침맛을 알아내지 않는 것만도 행복하다. 이런 생각을 할 제 사람의 행복은 사람다운 정조를 잃지 않는 데 있는가도 싶다.

'그러나 자기는 이때껏 연애다운 연애를 하여 본 일도 없으면서 청춘의 자랑이요 *왕일한 생명력인 정열이 말라 버린 것은 웬 까닭인가. 하여간 성격이 기형적으로 성장하였다는 것은 사실일지 모른다. 이것은 정열을 식히는 첫째 원인이지만 동시에 인간성의 타락이다. 하지만 자기를 살리기 위하여 어떠한 경우에는 정열을 억제하여야 할 필요도 있으니까, 반드시 성격이 뒤틀렸다거나 인간성이 타락하여 그렇다고만도 할 수 없지……'

그러나 자기를 살린다는 것이 자기의 비열한 쾌락을 만족시킨다는 것이 아닌 이상, 사람을 우롱한다는 것은 죄악이다. 정열이 없으면 없을 뿐이지, 그렇다고 사람을 우롱하라는 것은 아니다. 사람을 우롱한다는 것은 몰염치한 이야기다. 사람을 우롱하는 것은 인생을 유희함이라는 의미로서 결국에 자기 자신을 우롱하고 유희함이다.

무슨 까닭에, 자기는 굳세고 높게 살리겠다면서 가련한, 저 갈 길을 찾겠다고 발버둥질치는 불쌍한 여성을 농락하려는가? 사실 말하자면 오늘까지 나의 정자에게 대한 태도는 실없었다. 저편이 나를 범연히 생각지 않았다면 더욱이 불쾌하고 모욕이라고 생각하는 것은 당연한 책망일 것이다. 그러나 정자 자신이 얼마나 실답고 자기 자신에게 충실한가는 누가 알 일인가? 사랑이니 무어니 머릿살 아픈 노릇이다마는 세상이 경멸하는 조선 청년에게 그런 호소를 하고 오는 것은 실연을 한 일본 남성에게 대한 반항이라는 것인가? 나는 이런 생각을 하며 누

**왕일(汪溢)하다**
아름답게 넘쳐 흐르다.

웠다가 숨이 괴로워서 벌떡 일어나서 데크로 나왔다.

차 안의 전등은 아직 아니 나갔으나, 젖빛 같은 하늘이 허예져 가며, 인기척 없이 꼭꼭 닫은 촌가가 가끔가끔 눈앞으로 날아가는 것을 보면, 동은 벌써 튼 모양이었다. 아침 바람이 너무도 세어서, 나는 무심코 외투깃을 올리며 머리를 식히고 섰다가, 그래도 견딜 수가 없어서 다시 들어와 자기 자리에 드러누웠다.

한 두어 시간이나 잤을지, 사람이 너무 붐비는 바람에 잠이 깨어서 눈을 뜨고 내다보니, 기차는 플랫폼에서 어슬렁어슬렁 기어나가는 모양. 나는 일어나기가 싫기에 지금 바꾸어 들어와 앉은 앞자리의 사람더러 예가 어디냐고 물어 보니까, *명고옥(名古屋)이라 한다.

"에? 인제야 나고야?"

나는 이같이 놀란 듯이 반문을 하고, 암만하여도 중도에서 하루 묵어가야 하겠다는 생각을 채 결심도 못 하고 또 잠이 들어 버렸다.

한잠 늘어지게 자고 나서 보니, 기차는 아직도 기내지방(畿內地方) 어귀에서 헤매는 모양. 시간표를 들쳐 보니 경도에서 내리려면 아직도 세 시간, 신호(神戶)에서 묵어 간다면 다섯 시간 가량이나 있어야 할 터이다.

'을라(乙羅)나 가서 볼까?'

**명고옥**
현재의 나고야. 일본 아이치현 서부에 있는 도시. 일본의 4대 공업 지대의 하나.

내년 신학기에는 동경 음학학교로 전학을 하겠다고 규칙서를 얻어 보내라고 한 을라의 부탁을 이때껏 월여나 되도록 답장도 아니한 것을 생각하여 보았다. 그것은 나의 태만도 .태만이거니와 만 일 년간이나 *음신이 끊였었던 오늘날에 불쑥 편지를 하는 것도 이상하고, 또다시 서신을 왕복하는 것은 피차에 머릿살 아픈 일이기 때문이었다.

'지금 만나면 어떤 얼굴로 볼꾸?'

창턱에 기대어 앉아서 방울방울 방울을 지어 올라가는 담배연기를 물끄러미 쳐다보며 가장 정숙한 듯이, 가장 부끄러운 듯이 꾸미는 을라의 *팔초한 하얀 얼굴을 머릿속에 그려 보았다.

'요샌 히스테리가 좀 낫나? 병화하고는 어떻게 되었누? 그러나 내게 또 불쑥 규칙서를 얻어 보내란 핑계로 편지를 한 것을 보면, 어떠면 별 일은 없이 흐지부지되었는지도 모를 일이다.'

이런 생각을 하고 보니 별안간에, 이왕 고단해서 내릴 바에는 신호에서 내려서 을라를 찾아보려는 객기가 와락 나서, 또다시 시간표를 뒤적거리며 누웠었다.

*도지개를 틀면서 그럭저럭 또 네 시간 동안을 멀미를 내고, 겨우 감방에서 풀려 나오듯이 삼등 찻간에서 해방이 되어 신호역두에 내려 선 것은, 은빛같이 비치는 저녁해가 육갑산(六甲山) 산등성이에 걸리었을 때이었다. 큰 가방은 역에다가 맡겨 두고, *오글오글 끓는 정거장에서 빠져나와 한숨을 돌리니 사람이 살 것 같았다.

동무의 *반연으로 중학교를 이 지방에서 마친 나는 을라를 만나는 것보다도 이 지방이 반갑기도 한 것이다. 전차에 올라탈까 하다가 저녁이나 먹고 나서 을라에게 찾아가리라 하고 원정통으로 향하였다. 작년 방학에 들렀을 때 놀던 생각을 하고, A카페의 아래층으로 들어가

음신(音信)
먼 곳에서 전하는 소식
이나 편지.

팔초하다
얼굴이 좁고 아래턱이
뾰족하다.

도지개를 틀다
얌전히 앉아 있지 못하
고 몸을 이리저리 조며
움직이다.

오글오글
작은 벌레나 짐승, 사
람 따위가 한 곳에 빽
빽하게 많이 모여 자꾸
움직이는 모양.

반연
얽히어 맺어지는 인연.

서, 여기저기 옹기종기 앉았는 다른 손들을 피하여 한구석에 자리를 잡았다. 두세 접시나 다 먹도록 작년에 보던, 두 팔을 *옥여쥐고 *아기족아기족 돌아다니던 그때의 그 계집애는 보이지 않았다. 차를 가지고 온 계집애더러 물어 보니까,

"왜요?"

하고 의미 있는 듯이 웃을 뿐이다.

"왜, 어딜 갔나? 그저 여기 있긴 있겠지?"

"흥! 언제 만나 보셨에요? 아세요?"

"글쎄 말이야!"

"벌써 극락 갔답니다!"

나는 다소 실망이라느니보다도 놀랐다. 작년 여름방학에, 올 적 갈 적 두 번이나 들른 것은 을라 때문도 있고, 고등상업에 있는 중학 동창과 노는 맛에 그랬지마는, 그 계집애가 끄는 힘이 더 많았던 것이다. 별일 있었던 것은 아니요, 그저 만나고 마시고 먹고 노닥거리는 재미로이었지마는 퍽 인상에 남았던 것이다.

"응? 무슨 병으로?"

"폭발탄 정사(情死)라는 *파천황의 죽음을 하였답니다."

하며 계집애는 깔깔 웃다가, 다른 손이 부르니까 뛰어 달아난다.

폭발탄 정사라는 말에 귀가 번쩍해서, 그 계집애가 다시 오기만 어느 때까지 기다려도 돌아본 체도 아니 하고 분주히 돌아다닌다. 기다리다 못하여 불러 가지고 셈을 하면서,

"어쩌다가 그랬어?"

하며 물어 보았으나, 내 얼굴만 말끄러미 쳐다보다가 알아보는 점이 있었던지 생글 웃으며,

"사람이 너무 좋아 그랬죠! 또 오세요. 이야기를 할게요."

하고 바쁜 듯이 팔딱팔딱 신 소리를 내며 가버렸다.

'사실, 그것은 알아 무얼 하나!'

나는 이렇게 혼자 웃으면서도 그 상냥하고 원만한 성격에 홀딱 반한 놈이, 사업에 실패나 하고 자살하려는 길에, 무리 정사를 하는 것은 일본에 얼마든지 있는 일이라고 생각해 보았다. 나는 정자 생각이 났다. 그러나 정자는 현대여성이다. 그런 *어리보기는 아니다.

레스토랑에서 나온 나는 하여간 갈 데가 없으니 C음악학교로 향하였다. 실상은 완행이 하도 지리해서 내렸을 뿐이지 을라를 꼭 찾아보고 싶은 생각은 그다지 없었다.

시간은 아직 늦지 않았으나 밤은 들어가는 것 같았다. 저녁 뒤의 연습인지 아래층 저 구석에서 은근하고도 화려하게 울리어 나오는 피아노 소리에 귀를 기울이며 기숙사 문간에 섰으려니까, 을라는 기별하러 들어간 여하인의 앞을 서서, 발을 벗은 채 통통거리며 이층에서 내려왔다.

"이게 웬일예요, 소식두 없이! 어서 올라오세요."

인사할 말을 미리 생각하였던 사람처럼 이렇게 한마디 한 을라는 미소가 어린 그 옴폭한 눈으로 힐끗 나를 쳐다보고는 부끄럽다는 듯이 눈을 내리깔며 태연히 문설주에 기대어 섰다. 나는 빨간 끈이 달린 발 째진 짚신 위에 가벼이 얹어 놓은 하얀 조그만 발을 들여다보며, 구두 끈을 풀고 올라서서 을라의 뒤를 따라 섰다.

"응접실은 추우니까 내 방으로 가시지요."

을라는 이렇게 한마디 하고 아까 내려오던 층계를 지나서 끌고 들어가다가, 잠깐 섰으라고 하고 사감의 방인지 들어갔다. 방문을 열어 놓은 채 꿇어앉아서 무어라고 한참 *재깔재깔하더니, 생글생글 웃으며 나와서 이층으로 나를 데리고 올라갔다.

"사내를 함부루 끌어들여도 상관없나요?"

나는 자리를 한구석으로 똘똘 말아서 밀어 놓은 것을 돌려다보며 이렇게 말을 붙였다.

"걱정 마세요. 그렇지만, 혹시 이따가 사감이 들어오더라도 서울서 오는 오빠 라구 하세요."

"그런 꾸어다 박은 오빠 노릇은 어려운데……."

재깔재깔
나직한 소리로 조금 떠들썩하게 자꾸 이 야기하는 소리, 또는 그 모양.

이런 실없는 소리를 정색으로 하며, 을라가 권하는 대로 책상 앞에 앉았다.

"그래, 지금 조선 나가시는 길예요? 방학 때두 되긴 했지만."

**사모**
고려 말에서 조선 시대에 걸쳐 벼슬아치들이 관복을 입을 때 쓰는 모자. 검은 사(紗)로 만들었는데 지금은 흔히 전통 혼례식에서 신랑이 쓴다.

**윤광**
윤기.

을라는 방 안에 늘어놓인 것을 부산히 치운다.

"송장을 치러 나가는지? 또 한번 *사모 쓸 일이 있어 좋아서 나가는 셈인지……?"

하고 나는 코웃음을 쳐보였다.

"왜? 아씨가 앓으시는군? 그 안됐군요."

하고 을라는 놀라는 소리로 인사를 하고 나서, 그 *윤광 있는 쌍꺼풀진 눈귀를 처뜨리며,

"그래 그런 급한 길에 여기를 왜 내리셨에요?"

하며 좀 나무라는 어조다.

"당신두 만날 겸, 후보자두 선을 볼 겸…… 허허허."

만나면 어떠한 태도로 대하게 될지 작년 일을 생각하면 어금니에 무에 끼인 것같이 거북하고 근질근질한 것 같더니, 마주 앉고 보니 의외로 소탈하게 이런 실없는 소리도 나왔다.

"기가 막혀! 아씨가 운명도 하기 전에 선보러 다니는 사람이 어디 있단 말예요? 그래 선을 보셨에요?"

"선을 보러 왔더니, 폭발탄 정사를 했다니 기가 막히지 않소!"

"그건 또 무슨 소리예요? 이 양반이 일 년 동안에 이렇게두 변했을까!"

작년 여름 일을 생각하면 그렇게 수줍던 내가 이런 실없는 소리를 탕탕 하는 것이 을라의 눈에는 이상히 보였을 것이다.

"나두 이번 방학에는 나갔다가 들어오려는데, 같이 가셨더면!"

"심심한데 그거 좋지! 그러나 이 밤으루 준비되시겠소?"

"이 밤으룬 좀 어려운데……."

을라는 곧 따라 나서고 싶은 듯이 눈에 영채가 돌며 생긋 웃다가,

"정말 병환이 급하지 않거든 내일 하루만 더 묵어 주시구려?"

하고 *아양스럽고 의논성스럽게 조른다.

**아양스럽다**
귀염을 받으려고 알랑
거리는 태도가 있다.

"무어 할 일이 있어야지. 모처럼 만나려던 사람은 정사를 해버렸구! 나도 정사라도 하겠다는 사람이나 있으면 묵을지 모르겠지만, 허허 허……."

"참 변한다 변한다 하니 인화 씨같이 변하신 양반이 어디 계세요. 아 아, 참……."

을라는 급작스레 무엇에 충격을 받은 듯이 얕은 한숨을 쉬며 고개를 숙인다. 그것이 무엇을 의미하느냐는 것을 직각한 나는, 얄밉기도 하고 일종의 모욕 같은 생각도 나서,

"왜 실연한 남자의 타락한 꼴을 보는 듯싶소?"

하고 나는 커닿게 웃다가,

"나보다는 을라 씨야말로 참 변했구려."

하며 비꼬아 보았다.

"무엇 땜에? 어디가 어때요?"

"세상물이 들어가느라구! 혹은 예술가로 대성하느라구 그런지는 모르지마는."

"세속물도 들겠지만, 그렇다면 예술가로 대성하는 것과는 정반대 아닌가요?"

"그러게 말씀이죠! 연애도 예술적으로 *청고(淸高)하게는 안 되는 것인지?"

**청고(淸高)하다**
맑고 고결하다.

"매우 로맨틱하시군!"

하고 을라는 냉소를 하다가,

"어쨌든 참 정말 모레쯤 나하구 같이 가세요. 같이 못 가시더래두

내일 오후부터는 자유니까 이야기할 것도 있고, 구경도 시켜 드릴게……."

외로운 객지에서 *단조하고 이성이 그립던 그때의 을라에게는, 나의 불시의 방문이 의외일 뿐 아니라 마음으로 반가웠던 모양이다.

"글쎄 그래두 좋지만, 작년과도 달라서 여기에는 인제는 친구가 없으니……."

나는 을라를 위하여 이틀씩 묵기는 싫었다.

"아, 참, 내일은 어차피 대판 공회당 음악회에도 갈까 하는데요. 거기에라도 가시지. 내일은 학생들이 죄다 제 집에 가버릴 텐데……."

을라가 왜 이렇게 지성껏 붙들려는지 알 수가 없다고 생각하면서, 언젠가 기숙사에 들어가기 전에 어떤 절간에 있을 제 일본 중놈하고라던지, 향기롭지 못한 소문이 퍼졌다는 말이 머리에 떠올라 와서 불쾌한 연상이 일어났다.

"그럼 내일 함께 떠나십시다그려…… 한데 요새 병화군 소식 들으슈?"

나는 을라의 얼굴을 한참 쳐다보다가 이렇게 말을 돌렸다.

"별루 소식 없에요. 내가 그 언니한테 편지를 하면 답장이 올 뿐이지. 사실은 이번에두 그 언니 답장을 기대리구 있는 판인데……."

조금도 거리낌없는 이런 대답을 을라에게서 듣는 것은 좀 의외였다.

"왜? 학비라두 대어 오는 거요?"

저편이 노골적으로 수작을 붙이기에 나도 직통 대고 쏘아 보았다. 작년 여름에 만났을 때 그런 말눈치를 귓결에 들었기에 말이다.

"학비는 무슨 학비! 하두 꿀릴 때면 몇십 원씩 올 일년내 두세 번 꾸어다 쓴 일두 있구, 방학에 나갔다가 들어올 제 노잣냥 언니가 보태 주

단조하다
사물이 단순하고 변화가 없어 새로운 느낌이 없다.

기에 받아 가지고 왔을 뿐이지! 인화 씨부터두 그런 데에 무슨 오해가 있는지 모르지만, 그 밖에야 오해받을 일이라군 손톱만큼도 없어요!"

이 말을 하는 을라는 *분연한 어조이었다. 내가 오해하는 듯한 것이 불쾌하여 이 사품에 변명을 하려는 말눈치거니와, 이번도 나갈 노자를 변통해 달라고 편지를 해놓고 기다리는 모양 같다. 그 말을 듣고 보니 혹은 그럴지 모르겠고, 내일이면 방학이라는데 하루를 더 기다려서 같이 가자고 애걸을 하는 것도 노자 때문인 듯싶다. 그렇다면 조금 절약을 해서 서울까지 데려다주고도 싶으나, 병화와의 교제가 그뿐이거나 말거나, 이제는 그런 친절까지 보여 주고 싶지는 않다고 돌려 생각하고 말았다.

을라가 신호로 온 것이, 내가 신호에서 중학을 졸업하고 동경으로 간 뒤이기 때문에 작년 여름방학에 들렀을 때 만난 것이 처음이지마는, 을라의 이야기는 전부터 병화댁에게 들었던 것이다. 을라가 병화댁과의 한반 아래인 동창생이요, 둘이 여학교에서부터 친한 사이인 관계로 병화 집을 제 집같이 드나들고, 학비가 부족한 때면 편지질을 해서 취해 쓰는지도 모르겠으나, 작년 여름방학에 신호에서 만나서 놀다가 함께 서울로 나가서는 의외로 *설면하여졌던 것이다. 그래도 처음에는 퍽 재미있게 지냈었다. 실상은 내가 너무 솔직했던 때문인지도 모르지마는 차차 눈치가 다른 것을 보고는 나는 일체 교제를 끊기로 결심하였던 것이다. 생각하면 내가 지나치게 신경과민한 지레짐작을 하였던 것인지도 모른다. 하여튼 오해이었거나 말거나, 지금 새삼스럽게 *구의(舊誼)를 이어 보고자 여기 내린 것은 아니다. 다만 어째 내렸든지 간에 내린 바에는 을라를 안 만나고 간다는 것도 인사가 아니었다.

**분연하다**
성을 벌컥 내며 분해하는 기색이 있다.

**설면하다**
사이가 정답지 아니하다.

**구의(舊誼)**
예전에 가까이 지내던 정분.

"어, 고단해서 어서 가서 누워야 하겠습니다."

병화 이야기가 나오니까 피차에 흥이 빠지는 것 같아서 나는 일어서 버렸다.

"애써 내리셨다가 이렇게 섭섭하게 가셔서 어떻게 해요. 내일 아침에 못 떠나시거든 오정때까지 기다릴 테니 들러 주세요."

을라는 문간까지 나오면서도, 나를 이대로 놓치는 것을 섭섭해하였다.

"무얼! 서울 가서 만나 뵙죠."

구두를 신고 난 나는 정자나 카페 여자들에게 하던 버릇으로 악수하자고 손을 내밀었다. 을라는 얼굴이 살짝 발개지며 생긋 웃으며 주저주저하는 눈치더니 손을 내밀어 꼭 붙든다.

장난이 아니라 을라를 이성으로 생각한다느니보다도 보통 친구나 같은 뜻으로 악수를 청해 본 것이나, 그래도 컴컴한 거리로 나오도록 내 손바닥에는 여자의 따뜻한 살김이 남아 있는 것을 깨달았다.


# 3


그날 밤은 역 앞의 조고만 여관에서 노독을 풀고, 이튿날 아침차로 떠나서 저녁에는 연락선을 타게 되었다.

하관(下關)에 도착하니, *방죽이 터져 나오듯 일시에 꾸역꾸역 쏟아져 나오는 시꺼먼 사람떼에 섞이어서 나는 연락선 대합실 앞까지 왔다.

어디를 가나, 그 머릿살 아픈 형사떼의 승강이를 받기가 싫어서 배

**방죽**
물이 밀려들어오는 것을 막기 위해 쌓은 둑.

로 바로 들어가고 싶었으나, 배에는 아직 들이지 않기에, 나는 하는 수 없이 대합실로 들어갔다. 벤또나 살까 하고 매점 앞에 가서 섰으려니까 어느 틈에 벌써 알아차렸는지 *인버네스를 입은 낯 서툰 친구가 와서 모자를 벗으며 끄덕 하고 국적이 어디냐고 묻는다. 나는 암말 아니 하고 한참 쳐다보다가, 명함을 꺼내서 주고 훌쩍 가게로 돌아서 버렸다.

"본적은?"

내 명함을 받아 들고 내가 흥정을 다 하기까지 기다리고 있던 인버네스는 또 괴롭게 군다. 나는 그래도 역시 잠자코 그 명함을 도로 빼앗아서 주소를 써서 주고는, 사놓았던 물건을 들고 짐 놓는 자리로 와서 앉았다. 그러나 *궐자는 또 쫓아와서,

"나이는? 학교는? 무슨 일로? 어디까지……."

하며 짓궂이 승강이를 부린다. 나는 실없이 화가 나서 그까짓 건 물어 무엇에 쓰려느냐고 소리를 지르고 싶었으나 꾹 참고 간단간단히 응대를 하여 주고 부리나케 짐을 들고 대합실 밖으로 나와 버렸다.

"미안합니다그려."

하며 좀 비웃는 듯이 인사를 하는 궐자의 흘겨뜨는 눈은 부리부리하고 험상궂었으나, 내 뱃속에서도 제게 지지 않게 바지랑대 같은 것이 치밀어오르는 것을 참는 판이었다.

승객들은 북적거리며 배에 걸쳐 놓은 층층다리 앞에 일렬로 늘어섰다. 나도 틈을 비집고 그 속에 끼었다.

아스팔트 칠(漆)을 담았던 통에 썩은 생선을 담고 석탄산수를 뿌려서 절이는 듯한 고약한 악취에 구역질이 날 듯한 것을 참으며, 제각기 앞을 서려고 우당퉁탕대는 틈을 빠져서 겨우 삼등실로 들어갔다. 참외

**인버네스**
소매 대신에 망토가 달린 남자용 외투

**궐자**
'그'를 낮잡아 이르는 말.

원두막으로서는 너무도 몰풍경하고 더러운 침대 위에다가 짐을 얹어 놓고 옷을 갈아입은 뒤에 나는 우선 목욕탕으로 재빨리 뛰어갔다.

내가 제일착이려니 하였더니 벌써 사오 인의 욕객이 목욕탕 속에 들어앉아서 떠들어 댄다.

"오늘은 제법 *까불릴걸!"

**까불리다**
경솔하게 행동하여 일을 그르치다.

"뭘, 이게 해변가니까 그렇지, 그리 세찬 바람은 아니야."

시골서 갓 잡아 올라오는 농군인 듯한 자가 온유하여 보이는 커다란 눈이 쉴새없이 디굴디굴하는 검고 우악한 상을 이사람 저사람에게로 돌리면서 말을 꺼내니까, 상인인지 회사원 같은 앞의 사람이 이렇게 대꾸를 하는 것이었다.

"조선은 지금쯤 꽤 출걸?"

"그렇지만 온돌이 있으니까, 방 안에만 들어엎디었으면 십상이지."

조선 사정에 익은 듯한 상인 비슷한 위인이 받는다.

"응, 참 온돌이란 게 있다지."

촌뜨기가 이렇게 말을 하니까, 나하고 마주 앉았는 자가 *암상스러운 눈으로 그자를 말끔히 쳐다보더니,

"당신 처음이슈?"

하며 말참례를 하기 시작한다. 남을 멸시하고 위압하려는 듯한 어투며 뾰족한 조동아리가 물어 보지 않아도 빚놀이쟁이의 거간이거나 그 따위 종류라고 나는 생각하였다.

"이 추위에 어째 나섰소? 어딜 가슈?"

"대구에 형님이 계신데 어머님이 편치 않으셔서 가는 길이죠."

"마침 잘 되었소그려. 나도 대구까지 가는 길인데. 그래 *백씨께서는 무일 하슈?"

"헌병대에 계시죠."

"네? 바로 대구분대에 계신가요? 네…… 그러면 실례입니다만, 백씨께서는 누구신지? 뭘로 계셔요?"

시골자의 형이 헌병대에 있다는 말에, 나하고 마주 앉은 자는 반색을 하면서 금시로 말씨가 달라진다. 나는 그자의 대추씨 같은 얼굴을 또 한 번 쳐다보지 않을 수 없었다.

"네, 우리 형님은 아직 군조(軍曹)예요. 니시무라(西村) 군조, 혹 형공도 아시는지? 그런데 형공은 조선에 오래 계신가요?"

"녜, 난 십여 년래로 그저 내 집같이 드나드니까요."

하고 궐자는 시골자를 한참 멀뚱멀뚱 쳐다보다가,

"암, 대구 헌병대의 그 양반이야 알구말구요. 그 양반은 나를 모르실

**암상스럽다**
보기에 남을 시기하고 샘을 잘 내는 데가 있다.

**백씨**
남의 맏형을 높여 이르는 말.

지 모르지만……."

어째 그 말눈치가 안다는 것보다도 모른다는 말 같다.

"어쨌든 십 년이라면 한밑천 잡으셨겠구려."

이번에는 상인 비슷한 자가 입을 벌렸다.

"웬걸요, 이젠 조선도 밝아져서 좀처럼 한밑천 잡기는 어렵지만."

"그러나 조선 사람들은 어때요?"

"*요보 말씀요? 젊은 놈들은 그래도 제법들이지마는, 촌에 들어가면 대만(臺灣)의 *생번(生蕃)보다는 낫다면 나을까. 인제 가서 보슈…… 하하하."

'대만의 생번' 이란 말에, 그 욕탕 속에 들어앉았던 사람들은 나만 빼놓고는 모두 껄껄 웃었다. 그러나 나는 기가 막혀 입술을 악물고 쳐다보았으나, 더운 김이 서리어서 궐자들에게는 분명히 보이지 않은 모양이었다. 욕객은 차차 꾸역꾸역 쏟아져 들어온다.

사실 말이지, 나는 그 소위 *우국지사(憂國志士)는 아니나 자기가 망국(亡國) 백성이라는 것은 어느 때나 잊지 않고 있기는 하다. 학교나 하숙에서 지내는 데는 일본 사람과 오히려 서로 통사정을 하느니만치 좀 낫다. 그러나 그 외의 경우의 고통은 참을 수 없는 때가 많다.

그러나 또 한편으로 생각하면 망국 백성이 된 지 벌써 근 십 년 동안, 인제는 무관심하도록 주위가 관대하게 내버려두었었다. 도리어 소학교시대에는 일본 교사와 충돌을 하여 퇴학을 하고 조선 역사를 가르치는 사립학교로 전학을 한다는 등, 솔직한 어린 마음에 애국심이 비교적 열렬하였지마는, 차차 지각이 나자마자 일본으로 건너간 뒤에는 간혹 심사 틀리는 일을 당하거나 일 년에 한 번씩 귀국하는 길에 하관에서나 부산·경성에서 조사를 당하고, 성이 가시게 할 때에는 귀찮기

요보
일본인이 한국인을 낮춰 부르던 호칭.

생번(生蕃)
교화되지 않은 야만인. 대만의 고사족 가운데 대륙문화에 동화되지 아니하고 야생적인 생활을 하는 번족을 일본인이 부르던 이름.

우국지사(憂國志士)
나랏일을 근심하고 걱정하는 사람.

도 하고 분하기도 하지마는, 그때뿐이요, 그리 적개심이나 반항심을 일으킬 기회가 적었었다. 적개심이나 반항심이란 것은 압박과 학대에 정비례하는 것이나, 기실 그것은 민족적으로 활로를 얻는 유일한 수단이다. 그러나 칠 년이나 가까이 일본에 있는 동안에, 경찰관 이외에는 나에게 그다지 민족관념을 굳게 의식케 하지 않았을 뿐 아니라, 원래 정치 문제에 흥미가 없는 나는 그런 문제로 머리를 썩여 본 일이 거의 없었다 하여도 가할 만큼 정신이 마비되었었다. 그러나 요새로 와서 나의 신경은 점점 흥분하여 가지 않을 수가 없다. 이것을 보면 적개심이라든지 반항심이라는 것은 보통 경우에 자동적, 이지적이라는 것보다는 피동적, 감정적으로 유발되는 것인 듯하다. 다시 말하면 일본 사람은 지나치는 말 한마디나 그 태도로 말미암아 조선 사람의 억제할 수 없는 반감을 끓어오르게 하는 모양이다. 그러나 그것은 결국에 조선 사람으로 하여금 민족적 타락에서 스스로를 구하여야 하겠다는 자각을 주는 가장 긴요한 원동력이 될 뿐이다.

일제시대의 순사

지금도 목욕탕 속에서 듣는 말마다 귀에 거슬리지 않는 것이 없지마는, 그것은 될 수 있으면 많은 조선 사람이 듣고, 오랜 몽유병에서 깨어날 기회를 주었으면 하는 생각을 자아낼 뿐이다.

그들은 여전히 이야기를 계속하고 있다.

"그래 촌에 들어가면 위험하진 않은가요?"

조선에 처음 간다는 시골자가 또다시 입을 벌렸다.

일제시대의 헌병

"뭘요, 어딜 가든지 조금도 염려 없쇠다. 생번이라 하여도 요보는 온순한데다가 가는 곳마다 순사요 헌병인데 손 하나 꼼짝할 수 있나요. 그걸 보면 데라우치(寺內)상이 참 손아귀

힘도 세지만 인물은 인물이야!"

매우 감격한 모양이다.

"그래 촌에 들어가서 할 게 뭐예요?"

"할 것이야 많지요. 어딜 가기로 굶어죽을 염려는 없지만, 요새 돈 몰 것이 똑 하나 있지요. 자본 없이 힘 안 들고…… 하하하."

표독한 위인이 충동이는 수작이다.

"그런 벌이가 어디 있어요?"

촌뜨기 선생은 그 큰 눈을 더 둥그렇게 뜨고 큰 기대와 호기심을 가지고 마주 쳐다보는 모양이다.

"왜요, 한번 해보시려우?"

그는 이렇게 한마디 충동이며, 무슨 의미나 있는 듯이 그 악독하여 보이는 얼굴에 교활한 웃음을 띠고 한참 마주 보다가,

"시골서 죽도록 땅이나 파먹다가 거꾸러지는 것보다는 편하고 재미있습넨다. 게다가 돈은 쓰고 싶은 대로 쓸 수 있고."

**순실하다**
순박하고 참되다.

여전히 뱅글뱅글 웃으면서 이 *순실한, 어머니 뱃속에서 나온 그대로 있는 듯한 촌뜨기를 꾄다.

"그런 선반에서 떨어지는 떡 같은 장사가 있으면 하다뿐이겠나요."

촌뜨기는 차차 침이 괴어 오는 수작이다.

"그러나 밑천이 아주 안 드는 것은 아니지요. 우선 얼마 안 되지만 보증금을 들여놓아야 하고, 양복이나 한 벌 장만하여야 할 터이니까. 그러나 당신이야 형님이 헌병대에 계시다니까 신분은 염려 없을 테니 보증금은 없어도 좋겠지."

**호기만장(豪氣萬丈)**
꺼드럭거리며 뽐내는
기세가 매우 높음.

제단은 누구를 큰 직업이나 얻어 주는 듯싶이, 더구나 보증금은 특별히 면제하여 주겠다는 듯이 오만한 태도로 어깨를 뒤틀며 *호기만

장이다. 일편 촌뜨기는 양복신사가 돼야 하는 직업이라는 데에 속으로 헤에 하는 기색이다. 그러나 정작 그 직업의 종류가 무엇인가는 좀처럼 가르쳐 주지 않는다. 실상 곁에서 엿듣고 앉았는 나 역시 궁금하지만, 이러한 소리를 듣는 시골 궐자는 더한층 호기의 눈을 번쩍이며 앉았는 모양이다. 그러나 그것을 *토설치 않는 것은 나와 그 외의 두세 사람이 들을까 꺼리어서 그리하는 것 같기도 하고, 또는 그 시골뜨기가 좀더 몸이 달아 덤비며 자기의 부하가 되겠다는 다짐까지 받고서야 이야기하려는 수단 같기도 하다.

"그래 그런 훌륭한 직업이 무엇인데, 어디 있단 말요?"

이번에는 그 시골자의 동행인 듯한 사람이 가만히 듣고 있다가 욕탕에서 시뻘겋게 단 몸뚱어리를 무거운 듯이 끌어내며 물었다. 그자도 물 속에서 불쑥 일어서서 수건을 등뒤로 넘겨서 가로잡고 문지르며 한 번 목욕탕 속을 휘 돌아다보고, 다른 사람들이 자기네의 이야기에는 무심히 이구석 저구석에서 멱을 감는 것을 살펴본 뒤에, 안심한 듯이 비로소 목소리를 낮추며 입을 벌린다.

"실상은 누워 떡먹기지. 나두 이번에 가서 해오면 세 번째나 되오마는, 내지의 각 회사와 연락해 가지고 요보들을 붙들어 오는 것인데, 즉 조선 쿨리(苦力) 말씀요. 농촌 노동자를 빼내 오는 것이죠. 그런데 그것은 대개 경상남북도나, 그렇지 않으면 함경, 강원, 그 다음에는 평안도에서 모집을 해오는 것인데, 그 중에도 경상남도가 제일 쉽습넨다, 하하하."

그자는 여기 와서 말을 끊고 교활한 웃음을 웃어 버렸다.

나는 여기까지 듣고 깜짝 놀랐다. 그 불쌍한 조선 노동자들이 속아서 지상의 지옥 같은 일본 각지의 공장과 광산으로 몸이 팔리어 가는

**토설(吐說)**
숨겼던 사실을 비로소 밝히어 말함.

것이, 모두 이런 도적놈 같은 협잡 부랑배의 술중(術中)에 빠져서 속아 넘어가는구나 하는 생각을 하며, 나는 다시 한번 그자의 상판때기를 쳐다보지 않을 수 없었다.

'옳지! 그래서 이자의 형이 헌병 군조라는 것을 듣고 이용할 작정으로 반색을 한 게로군!'

나는 이런 생각도 하여 보며 가만히 귀를 기울이고 앉았었다.

궐자는 벙벙히 듣고 앉았는 그 두 사람의 얼굴을 이리저리 바라보고 빙긋 웃으며 또다시 말을 잇는다.

"왜 남선 지방에 응모자가 많고 북으로 갈수록 적은고 하니, 이 남쪽은 *내지인이 제일 많이 들어가서 모든 세력을 잡았기 때문에, 북으로 쫓겨서 만주로 기어들어가거나 남으로 현해탄(玄海灘)을 건너서거나 두 가지 중에 한 가지 길밖에 없는데, 누구나 그늘보다는 양지가 좋으니까, 요보들 생각에도 일년 열두 달 죽도록 농사를 지어야 주린 배를 채우기는 고사하고 보릿고개(麥嶺)에는 시래기죽으로 *부증이 나서 뒈질 지경인 바에야, 번화한 동경, 대판에 가서 흥청망청 살아 보겠다는 요량이거든. 그러니 촌의 젊은 애들은 말할 것도 없고 계집애들까지 나두 나두 하고 나서거든. 뭐 모집이야 쉽지!"

시래기

"흥…… 그럴 거야!"

"아직 북선 지방은 우리 내지인이 덜 들어갔기 때문에 비교적 편안히 사니까 응모자가 적지만, 그것도 *미구불원에 쪽박을 차고 나설 거라, 허허허."

이자는 자기 설명에 만족한 듯이 대단히 *득의만면이다.

"그래 그렇게 모집을 해가면 얼마나 생기나요?"

촌뜨기는 구수하다는 듯이 침을 흘리며 듣는다.

"얼마가 뭐요. 여비가 있지, 일당이 또 있지, 게다가 한 사람 모집하는 데에 일 원서부터 이 원이니까—그건 회사와 일의 종류에 따라서 다르지만, 가령 방적회사의 여직공 같은 것은 임금도 싼데다가 모집원의 수수료도 헐하고, 광부 같은 것은 지금 시세로도 일 원 오십 전으로 이 원 오십 전까지라우. 가령 천 명만 맡아 가지고 와서 보구려. 이삼 *삭 동안 여비나 일당에서 남는 것은 그까짓 건 다 그만두고라도 일천 오륙백 원, 근 이천 원은 간데없는 것일 게니, 그런 벌이가 이판에 어디 있소? 하하하. 나도 맨 처음에—그건 제주도에서 모집하여 갔지만—그때에 오백 명 모아다 주고 *실살고로 남긴 것이 천 원이었고, 둘째 번에는 올 가을 팔백 명이나 북해도 족미(足尾)탄광에 보내고 이천 원 돈이 들어왔다우."

노동자 모집원이라는 자는 입의 침이 없이 천 원, 이천 원을 신이 나서 *뇌며 목욕탕 속에서 나왔다.

"예에, 예에, 그럴 거예요!"
하며, 일평생에 들어 보지도 못하던 천(千)자가 붙은 돈액수에 눈을 휘둥그렇게 뜨고 귀를 기울이고 앉았던 시골자는, 때를 다 밀었는지 그 장대한 구릿빛 나는 *유착한 몸집을 벌떡 일으키어 다시 욕탕 속에 출렁 집어넣으면서 만족한 듯이 또다시 말을 붙이었다.

"그래 조선 농군들이 가서 그런 공사일을 잘들 하나요?"

"잘 하구 못 하는 것은 내가 아랑곳 있겠소마는, 하여간 요보는 말을 잘 듣고 쿨리만은 못해도 힘드는 일을 잘 하는데다가 삯전이 헐하니까 안성맞춤이지. 그야 처음 데려갈 때에는 품삯도 많고 일은 드러누워서 떡먹기라고 푹 삶아야 하긴 하지만, 그래도 갈 노자며 처자까지 데리

**삭(朔)**
개월.

**실살**
겉으로 드러나지 아니한 실제의 이익.

**뇌다**
지난 일이나 한 번 한 말을 여러 번 거듭 말하다.

**유착하다**
몹시 투박하고 크다.

고 가게 하고, 게다가 빚까지 갚아 주는 데야 제아무런 놈이기로 아니 따라 나설 놈이 있겠소. 한번 따라 나서기만 하면야 *전차(前借)가 있는데 그야말로 독 안에 든 쥐지. 일이 고되거나 품이 헐하긴 고사하고 굶어 뒈진다기루 하는 수 있나, 하하하."

벌써 부하가 되었다는 듯이 득의만면하여 모집방법의 비책까지 도도히 설명을 하여 주고 앉았다.

나는 좀더 들으려고 일부러 머뭇머뭇하며 앉았으려니까, 승객이 다 올라탔는지, 별안간에 욕객의 한 떼가 또 왁자하고 들이 밀려오기에 나는 그만 듣고 몸을 훔치기 시작하였다.

스물두셋쯤 된 책상도련님인 나로서는 이러한 이야기를 듣고 놀라지 않을 수 없었다. 인생이 어떠하니, 인간성이 어떠하니, 사회가 어떠하니 하여야 다만 심심파적으로 하는 *탁상의 공론에 불과한 것은 물론이다. 아버지나 조상의 덕택으로 글자나 얻어 배웠거나 소설권이나 들춰 보았다고, 인생이니 자연이니 시니 소설이니 한대야 결국은 배가 불러서 투정질하는 수작이요, 실인생, 실사회의 이면의 이면, 진상의 진상과는 얼마만한 관련이 있다는 것인가? 하고 보면 내가 지금 하는 것, 이로부터 하려는 일이 결국 무엇인가 하는 의문과 불안을 느끼지 않을 수가 없었다. 일 년 열두 달 죽도록 농사를 지어야 반년짝은 시래기로 목숨을 이어 나가지 않으면 안 되겠으니까…… 하는 말을 들을 제, 그것이 과연 사실일까 하는 의심이 날 만치 나의 귀가 번쩍하리만치 조선의 현실을 몰랐다. 나도 열 살 전까지는 부모의 고향인 충청도 촌속에서 자라났고, 그 후에도 일년에 한두 번씩은 촌락에 발을 들여 놓아 보았지만, 설마 그렇게까지 소작인의 생활이 참혹하리라고는 꿈에도 생각해 본 일이 없었다.

'시를 짓는 것보다는 밭을 갈라고 한다. 그러나 밭을 가〔耕〕는 그것이 벌써 시가 아니냐. 사람은 흙에서 나와서 흙에 돌아간다. 흙의 향기로운 냄새에 취할 수 있는 자의 행복이여! 흙의 북돋아오르는 생기야말로 너 인간의 끊임없는 새 생명이니라.'

언젠가 이 따위의 산문시줄이나 쓰던, 자기의 공상과 값싼 로맨티시즘이 도리어 부끄러웠다. 흙의 냄새가 향기롭지 않다는 것도 아니다. 그 향기에 취할 수 있는 자가 행복스럽지 않다는 것도 아니다. 조반 후의 낮잠은 *위약(胃弱)이라는 고등 유민의 유행병에나 걸릴까 보아서 대팻밥 모자에 *연경이나 쓰고, 아침 저녁으로 호미자루를 잡는 것이 행복스럽지 않고 시적(詩的)이 아니라는 것이 아니다. 그러나저러나, 일 년 열두 달, 소나 말보다도 죽을 고역을 다 하고도 시래기죽에 얼굴이 붓는 것도 시일까? 그들이 삼복의 끓는 햇볕에 손등을 데면서 호미자루를 놀릴 때, 그들은 행복을 느끼는가? 그들은 흙의 노예다. 자기 자신의 생명의 노예다. 그들에게 있는 것은 다만 땀과 피뿐이다. 그리고 주림뿐이다. 그들이 어머니의 뱃속에서 뛰어나오기 전에, 벌써 확정된 단 하나의 사실은 그들의 모공이 막히고 혈청이 마르기까지, 흙에 그 땀과 피를 쏟으라는 것이다. 그리하여 열 방울의 땀과 백 방울의 피는 한 톨의 *나락을 기른다. 그러나 그 한 톨의 나락은 누구의 입으로 들어가는가? 그에게 지불되는 보수는 무엇인가— 주림만이 무엇보다도 확실한 그의 밭을 품삯이다.

나는 몸을 다 훔치고 옷 입는 터전으로 나왔다.

나는 사람, 드는 사람, 한참 복작대는 틈에서 부리나케 양복바지를 꿰며 섰으려니까, 어떤 보지 못하던 친구가 문을 반쯤 열고 중절모자를 쓴 대가리를 불쑥 디밀며, 황당한 안색으로 방 안을

**위약(胃弱)**
소화력이 약해져서 생기는 여러 가지 위장병.

**연경**
알의 빛깔이 검거나 누런색으로 된 색안경.

**나락**
'벼'의 방언.

중절모자

휘휘 둘러보더니,

"실례올시다만, 여기 이인화란 이가 계십니까?"

하고 묻는다.

"네에, 나요. 왜 그러우?"

나는 궐자의 앞으로 두어 발짝 나서며 이렇게 대답을 하였다. 궐자는 한참 찾아다니다가 겨우 만난 것이 반갑다는 듯이 빙글빙글 웃으며, 문을 활짝 열어 젖히고 서서 이리 좀 나오라고 명령하듯이 소리를 친다. 학생복에 망토를 두른 체격이며, 제딴은 유창하게 한답시는 일어의 어조가 묻지 않아도 조선 사람이 분명하다. 그래도 짓궂이 일어를 사용하고 도리어 자기의 본색이 탄로될까 보아 염려하는 듯한, 침착지 못한 행색이 나의 눈에는 더욱 수상쩍기도 하고 마음이 근질근질하기도 하였다. 나의 성명과 그 사람의 어조를 듣고, 우리가 조선 사람인 것을 짐작한 여러 일인의 시선은, 나에게서 그자에게, 그자에게서 나에게로 올지 갈지 하는 모양이었다. 말하자면 우리 두 사람은 일본 사람 앞에서 희극을 *연작하는 앵무새 모양이었다.

"무슨 이야긴지 할 말 있건 예서 하구려."

그래도 나는 *기연가미연가하여 역시 일어로 대답하였다.

"하여간 이리 좀 나오슈."

말씨가 벌써 그러한 종류의 위인인 것을 의심할 여지가 없다고 생각한 나는, 그 언사의 교만한 것이 첫째 귀에 거슬리어서 다소 불쾌한 어조로,

"그럼 문을 닫고 나가서 기다류."

하며 소리를 지르고, 다시 내 자리로 와서 주섬주섬 옷을 마저 입기 시작하였다. 여러 사람의 경멸하는 듯한 시선은 여전히 내 얼굴에 어리

**연작**
이어짓기.

**기연가미연가**
그런지 그렇지 않은지
분명하지 않은 모양.

는 것을 깨달았다. 더구나 아까 노동자를 모집할 의논을 하던 세 사람은, 힐끔힐끔 곁눈질을 하는 것이 분명하였으나, 나는 도리어 그 시선을 피하였다. 불쾌한 생각이 목구멍 밑까지 치밀어오는 것 같을 뿐 아니라, 어쩐지 기운이 줄고 어깨가 처지는 것 같았다.

옷을 다 입고 문 밖으로 나오니까, 궐자는 맞은편에 기대어 웅숭그리고 서서 기다리는 모양이다.

"미안합니다만, 나하고 짐을 가지고 저리 좀 나갑시다."

뒤를 쫓아오면서 애원하듯이 말을 붙이는 양이, 아까와는 태도가 일변하였다.

"댁이 누구길래, 어딜 가잔 말요?"

"녜에, 참 나는 서(署)에서 왔는데 잠깐 파출소로 가십시다."

자기의 직무도 *명언하지 아니하고 덮어놓고 가자고 한 것이 잘못되었다는 듯도 하고, 한편으로는 자기가 일인 행세를 하는 것이 내심으로 부끄럽고, 또한 나에게 '노형이 조선 사람이 아니오?' 하고, 탄로나 되지 않을까 하는 염려가 있어서 앞이 굽는다는 듯이, 언사와 태도는 점점 풀이 죽고 공손하여졌다. 이것을 본 나는 도리어 불쌍하고 가없은 생각이 나서, 층계를 *느런히 서서 내려가다가, 궐자의 얼굴을 쳐다보았다. 아무 의미 없이 빙글빙글 웃는 그 얼굴에는 어색하여 하는 빛이 역력히 보였다. 나는 잠자코 자기 자리로 가서 순탄한 말로,

"나는 나갈 새도 없고 짐이라곤 이것밖에 없으니, 혼자 가지고 가서 조사할 게 있건 조사하고 갖다 주슈."

하고 가방 두 개를 들어 내어 주었다.

"안 돼요, 그건. 입회를 해줘야 이걸 열죠. 그러지 마시고 잠깐만 나가 주세요. 이건 내가 들고 갈 테니."

**명언하다**
분명히 말하다.

**느런히**
죽 벌여서.

선실 안의 수백의 눈은 모두 나에게로 모여들었다. 여기저기서 수군 거리는 소리도 들리었다. 나는 얼굴이 화끈화끈하여 더 섰을 수가 없었다.

"내가 도적질이나 한 혐의가 있단 말이오? 가지고 가서 마음대로 하라는 데야 또 어쩌란 말이오. 정 그럴 테면 이리로 들어와서 조사를 하라고 하구려. 배는 떠나게 되었는데 나가자는 사람도 염치가 있지."

나는 분이 치밀어 올라와서 이렇게 볼멘 소리를 질렀다.

"그러지 마시고 오늘 이 배로 꼭 떠나시게 할 테니, 제발 잠깐만 나가 주세요. 자꾸 시간만 갑니다. 여기선 창피하실까 봐 그러는 것 아닙니까?"

"창피하다? 흥, 창피? 얼마나 창피하면 예서 더 창피할꾸. 그런 사패 볼 것 없이 마음대로 하슈!"

홧김에 이렇게 소리는 질렀으나, 그 애걸하는 양이 밉살스런 중에도 가엾어 보이지 않는 것도 아니요, 어느 때까지 승강이만 하다가는 궐자 말마따나 이로울 것도 없고 시간만 바락바락 가겠기에 나가기로 결심하고 윗저고리를 집어 입고서, 어떻게 될지 사람의 일을 몰라서 아까 사가지고 들어온 벤또 그릇까지 가지고, 가방을 들고 앞서 나가는 형사의 뒤를 따라 섰다. 형사가 큰 성공이나 한 듯이 득의만면하여,

"진작 그러시지요. 별일은 없을 거예요."

하며 웃는 그 얼굴에는 달래는 듯하기도 하고 빈정대는 듯한 빛이 보였다. 나는 무심중에 주먹이 부르르 떨리는 것을 깨달았다.

갑판으로 나와서 승강구까지 불러다가 조사를 하게 하라 하여 보았으나, 그것도 들어주지 않아서 화가 나는 것을 참고 결국 *잔교(棧橋)로 내려섰다.

잔교(棧橋)
절벽과 절벽 사이에 높이 걸쳐 놓은 다리.

대합실 앞까지 오니까, 아까 내 명함을 빼앗아간 인버네스가 양복에 외투를 입은 또 한 사람과 무시무시하게 경계를 하고 섰다가, 우리를 보더니 아무 말 아니 하고 기선 화물을 집더미같이 쌓아 놓은 뒤로 앞서 들어갔다. 가방을 가진 자도 아무 말 아니 하고 따라 섰다. 나는 가슴이 선뜩하는 것을 참고, 아무 반항할 힘도 없이, 관에 들어가는 소처럼 뒤를 대어 섰다. 네 사람이 예정한 행동을 취하는 것처럼, 묵묵하고 *침중한 가운데에 모든 행동을 경쾌하게 하는 것이, 마치 활동사진에서 보는 강도단이나 그것을 추격하는 탐정 같았다. 네 사람은 화물에 가리어 행인에게 보이지 않을 만한 곳에 와서 우뚝우뚝 섰다. 대합실의 유리창에서 흘러나오는 *전광만은, 양복쟁이의 안경테에 소리 없이 반짝 비치었다.

　　"오늘 하루 예서 묵지 못하겠소."

　　양복쟁이가 우선 입을 벌리며 가방을 빼앗아 든다. 좁은 골짜기에서 나직하게 내는 거세고도 굵은 목소리는 이 세상에서 들어 본 목소리 같지 않았다. 나는 얼빠진 놈 모양으로 아무 생각 없이 안경알이 하얗게 어룽어룽하는 그자의 두툼하고 둥근 상을 쳐다보며 섰었다. 그자도 나의 표정을 하나라도 놓치지 않으려는 듯이 입술을 악물고 위협하는 태도로 노려보다가 별안간에 은근한 어조로,

**침중하다**
성격, 마음, 목소리 따위가 가라앉고 무게가 있다.

**전광**
전등의 불빛.

만세전 63

"하루 쉬어서 가시구려."

진객(珍客)
귀한 손님.

하는 양이, 마치 정다운 *진객을 만류하는 것 같았다. 무슨 죄가 있는 것은 아니나, 이같이 으슥한 골짜기에서 을러 보았다 달래 보았다 하는 것을 당하는 것은 나의 수명이 줄어들어 가는 것 같았다. 만일 내가 부호로서 이런 꼴을 당하였더면, *위불위없이 강도나 맞았다고 생각하였을 것이다. 나는 정신을 바짝 차리고 대답을 하려 하였으나, 참 정말 귓구멍이 막혀서 입을 벌릴 기운이 없었다.

위불위없다
틀림이나 의심이 없다.

"묵긴 어디서 묵으란 말이오? 유치장에나 가잔 말씀요? 이 배에 떠나게 한다는 약조를 하였기 때문에 나왔으니까 약조대로 합시다."

이렇게 강경히 주장은 하면서도, 마음은 차차 두근거려지고 신경은 극도로 긴장하여졌다. 대체 나 같은 위인은 경찰서의 신세를 지기에는 너무도 평범하지만, 그래도 이 배만 놓치면 참 정말 유치장에서 욕을 볼 것은 뻔한 일, 하늘이 두 쪽이 되는 한이 있더라도 이 배를 놓쳐서는 큰일이라고 결심을 단단히 하고서도 웬일인지 가슴은 여전히 두근두근하지 않을 수가 없었다.

"그럼 예서 잠깐 할까?"

양복쟁이가, 나와 인버네스를 반반씩 보며 저희끼리 의논을 한다. 나는 우선 마음을 놓았다.

"네, 그러지요."

인버네스가 찬성을 하니까, 양복쟁이는 나에게로 향하여,

"이것 좀 열어 보아도 상관없겠소?"

하고 열쇠를 내라고 한다. 나는 급히 열쇠를 내어 주었다. 가방은 양복쟁이의 손에서 덜컥 열리었다.

어린아이 관(棺) 같은 긴 모양의 트렁크를 유리창 그림자가 환히 비

치는 화물 쌓인 밑에다가 열어 놓고 들쑤시는 동안에, 그 옆에서 인버네스는 조그만 손가방을 조사하고 앉았다. 나는 이편에 느런히 섰는 학생복 입은 자와 함께 두 사람의 네 손길만 내려다보고 섰었다. 큰 트렁크를 맡은 자는 잠깐 쑤석쑤석하여 보더니, 그 위에 얹어 놓은 양복이며 화복들을 손에 잡히는 대로 휙휙 집어서 내 옆에 선 형사에게 주섬주섬 던져 주고 나서, 그 밑에 깔리었던 서류뭉텅이와 서적 몇 권을 분주히 들척거리고 앉았다. 조그만 트렁크 속에서 소득이 없었던지 그대로 뚜껑을 닫아서 옆에 놓고 인버네스도 다시 큰 가방으로 달려들어서 들여다보고 앉았다가 양복쟁이의 분부대로 서적을 한 권씩 들어 보아 가며 일일이 책명을 수첩에 기입하며 앉았다. 가방 속에서 갈팡질팡하는 형사의 네 손은 일분 이분 시간이 갈수록 가속도로 움직인다. 나는 이놈들이 또 무슨 망령이나 부리지 않을까 하는 불안과 의혹을 가지고 전광에 벌겋게 번쩍이는 양복쟁이의 곁뺨을 노려보고 섰었다.

여덟 눈과 네 손길은 앞에 뉘어 놓은 트렁크 한 개에 모든 정력을 집중하고, 일 분의 빈틈없이 극도로 긴장하였으면서도 여덟 입술은 풀로 붙인 듯이, 아무도 입을 벌리려는 사람이 없었다. 절대 침묵이 한 칸통쯤 되는 컴컴한 골짜기에 숨이 막힐 듯이 가득히 찼다. 비릿한 해기(海氣)를 품은 차디찬 저녁 바람이 귓가로 솔솔 지날 때마다 바삭바삭하

는 종잇장 구기는 소리밖에 나에게는 들리지 않았다. 그보다 큰 배에 짐 싣는 인부의 소리도, 잔교 밑에 와서 부딪는 출렁출렁하는 파도 소리도, 아마 이 네 사람의 귀에는 들리지 않았을 것이다. 무겁고 찌뿌드드한 침묵 속에 흐릿한 불빛에 싸여서 서고 앉고 하여 꾸물꾸물하는 양이, 마치 바다에 빠진 시체를 건져 놓고 *검시(檢屍)나 하는 것같이 처량하고 비장하며 엄숙히 보였다. 그러나 일 분, 이 분, 삼 분, 오 분, 십 분…… 시간이 갈수록 나의 머릿속은 귀와 반비례로 욱신욱신하여졌다. 그 세 사람들이 일부러 *느럭느럭하는 것은 아니건마는 뺏어 가지고 내 손으로 하고 싶으리만치 초초하였다. 나는 참다못하여 시계를 꺼내 들고,

"이제 이 분밖에 안 남았소. 난 갈 테요."

하고 재촉을 하였다. 그제야 양복쟁이는 눈에 불이 나게 놀리던 손을 쉬고 서류뭉텅이를 들어 뵈면서,

"이것만은 잠깐 내가 갖다가 보고, 댁으로 보내 드려도 관계없겠지요?"

하고 일어선다. 서두른 분수 보아서는 아무 소득이 없어 섭섭하고 *열적으니, 서류뭉치나 뺏어 두자는 눈치 같다. 나는 두말없이 쾌락하였다. 사실 그 속에는 집에서 온 최근의 편지 몇 장과 소설 초고와 몇 가지 원고 외에는 아무것도 없었다. 애를 써서 기록한 서적이라야 원래 나에게는 사회주의라는 사자나 *레닌이라는 레자는 물론이려니와, 독립이라는 독자도 없을 것은 나의 전공하는 학과만 보아도 알 것이었다. 아니, 설령 내가 *볼셰비키에 관한 서적을 몇 백 권 가졌거나 사회주의를 연구하거나, 그것은 학문의 연구라 물론 자유일 것이요, 비록 독립사상을 가진 나의 뇌 속을 ×광선 같은 것으로나 심사법

(心寫法)으로 알았다 할지라도, 행동이 없는 다음에야 조사하기로 소용이 무엇인가—이러한 생각은 나중에 한 것이지만 그 당장에는 하여간 무사히 방면되어 배에 오르게 된 것만 다행히 여겨 궐자들과 같이 허둥지둥 행구를 수습하여 가지고 나섰다.

짐을 가볍게 하여 준 트렁크를 두 손에 들고, 어서 올라오라는 선원의 꾸지람을 들어 가며 겨우 갑판 위에 올라서자, 기를 쓰는 듯한 경적과 말울음〔馬嘶〕소리 같은 기적 소리가 나며 신경이 자릿자릿한 징〔鉦〕소리가 교향적으로 호젓이 암흑에 싸인 부두 일판에 처량하고도 요란하게 울리었다. 배는 소리 없이 미끄러져 벌써 두어 간통이나 잔교에서 떨어졌다. 전송하러 온 여관 하인들이며 인부들의 그림자가 쓸쓸한 벌판에 성기성기 차차 조그맣게 눈에 띄고 선창 위에서 휘두르

며 가는 등불이 쓸쓸한 바람에 불리어 길어졌다 짧아졌다 한다.

나는 선실로 들어갈 생각도 없이 으스름한 갑판 위에 찬바람을 쐬어 가며 *웅숭그리고 섰었다. 격심한 노역과 추위에 피곤하여 깊은 잠에 들어가는 항구는, 소리 없이 암흑 속에 누웠을 뿐이요, 전시의 안식을 지키는 야광주는 벌써부터 졸린 듯이 점점 불빛이 적어 가고 수효가 줄어 가면서 깜박깜박 졸고 있다. 나는 인간계를 떠나서 방랑의 몸이 된 자와 같이 그 불빛의 낱낱이 어떠한 평화로운 가정의 대문을 지키고 있으려니 하는 생각을 할 제, 선뜩선뜩하게 반짝이는 별보다도 점점 멀리 흐려 가는 불빛이 따뜻이 보였다. 나의 머릿속은 단지 혼돈하였을 뿐이요, 눈은 화끈화끈 단다.

외투 포켓에다가 두 손을 찌르고 어느 때까지 우두커니 섰는 내 눈에는 어느덧 뜨끈뜨끈한 눈물이 비어져 나와서, 상기가 된 좌우 뺨으로 흘러내렸다. 찬바람에 산뜩산뜩 스며들어 가는 것을 나는 씻으려고도 아니 하고 여전히 섰었다.

**웅숭그리다**
춥거나 두려워 몸을 궁상맞게 몹시 웅크리다.

## 4

사람이란 자기보다 우월하거나 열등한 사람에게 대할 때처럼, 자기의 지위나 처지라는 것을 명료히 의식할 때가 없는 모양이다. 동위동격자끼리는 경우가 같기 때문에 서로 *공명(共鳴)하는 점도 많고 서로 동정할 수도 있을 뿐 아니라, 누가 잘난 체를 하고 누가 굽힐 여지가 없다. 그렇지만 우열이 현격하면 공명이나 동정이라는 것보다는 먼저 자기의 지위나 처지에 대한 의식이 앞을 서서, 한편에서는 거드름을

**공명(共鳴)**
남의 사상이나 감정, 행동 따위에 공감하여 자기도 그와 같이 따르려 함.

빼면 한편에서는 고개가 수그러지고, 저편이 등을 두드리는 수작을 하면 이편은 마음이 여린 사람일 지경 같으면 *황송무지해서 긴한 체를 하여 보이기도 하고, 자존심이 굳센 자면 굴욕을 느끼어서 반감을 품을 것이요, 또 저편이 위압을 하려는 태도로 나오면 이편은 꿈질하여 *납청장이가 되거나, 그렇지 않으면 반항적 태도로 나오는 것이다. 사회조직이라든지 교육이라든지, 한층 더 들어가서 사람의 심리가 근본적으로 잘 되어 그렇든지 못 되어 그렇든지 하여간 사람이란 그리하여 보고 싶은 것이다.

그러나 자기가 저편보다는 낫다, 한손 접는다고 생각할 때에 느끼는 자랑과 기쁨이 자기를 행복게 하고 향상게 함보다는 저편보다 못하다, 감잡힌다고 생각할 제에 일어나는 굴욕과 분개가 주는 불행과 고통과 *저상(沮喪)이 곱이나 큰 것이다. 더구나 자존심이 강한 사람에게 대하여는 보통사람보다도 열 곱, 스무 곱, 백 곱이나 큰 것이다. 그뿐 아니라 그 우열감이 단순한 개인과 개인과의 관계를 벗어나서 집단적 배경이 있을 때에는 순전한 적대심으로 변하는 동시에, 좁고 깊게 사람의 마음속에 파고들어 앉아서 혹은 노골적으로 폭발되기도 하고 혹은 은근히 일종의 세력을 기르게 되는 것이다.

그러나 그 중에도 다행한 일은 자존심이 많고 의지가 강한 사람일수록 그 굴욕과 비분으로 말미암아 받는 바 불행과 고통과 저상이 도리어 반동적으로 새로운 광명의 길로 향하여 *용약케 하는 활력소가 된다는 것이다. 그러나 사람이란 얼마나 강한지 의문이다. 약하기 때문에 잘난 체도 하여 보고, 약한 죄로 남을 미워도 하여 보고, 웃지 않을 때에 웃어도 보며, 울지 않아도 좋을 것을 울고야 마는 것이라고 생각하는 나는 나 자신까지를 믿을 수가 없다.

**황송무지**
황공무지(惶恐無地), 위엄이나 지위 따위에 눌리어 두려워서 몸 둘 데가 없음.

**납청장이**
몹시 얻어맞거나 눌리어 납작해진 사람이나 물건.

**저상(沮喪)**
기운을 잃음.

**용약(勇躍)**
용감하게 뛰어감.

되지 않게 감상적으로 생긴 나는 점점 바람이 세차 가는 갑판 위에서, 나오는 눈물을 억제하여 가며 가만히 섰다가, 목욕한 뒤의 몸이 발끝부터 차차 얼어 올라오는 것을 견디다 못하여 가방을 좌우쪽에 들고 다시 선실로 기어들어갔다. 아까 잡아 놓았던 자리는 물론 남에게 빼앗기고 들어가서 끼일 자리가 없었다. 나는 실없이 화가 나서 선원을 붙들어 가지고 겨우 한구석에 끼였으나, 어쩐지 좌우에 늘어앉은 일본 사람이 경멸하는 눈으로 괴이쩍게 바라보는 것 같아서 불쾌하기 짝이 없다. 사가지고 다니던 벤또를 먹을까 하여 보았으나 *신산하기도 하고 어쩐지 어깨가 처지는 것 같아서 외투를 뒤집어쓰고 누워 버렸다.

동경서 하관까지 올 동안을 일부러 일본 사람 행세를 하려는 것은 아니라도 또 애를 써서 조선 사람 행세를 할 필요도 없는 고로 그럭저럭 마음을 놓고 지낼 수가 있었지마는, 연락선에 들어오기만 하면 웬셈인지 공기가 험악하여지는 것 같고 어떠한 압력이 덜미를 잡는 것 같은 것이 보통이다. 그러나 이번처럼 휴대품까지 수색을 당하고 나니 불쾌한 기분이 한층 더하지 않을 수 없었다. 눈을 감고 드러누워서도 분한 생각이 목줄띠까지 치밀어 올라와서 무심코 입살을 악물어 보았다. 그러나 사면을 돌아다보아야 분풀이를 할 데라고는 없다. 설혹 처지가 같고 경우가 같은 동행자를 만난다 하더라도 하소연을 할 수는 없다. 왜 그러냐 하면 여기는 배 속이니까 그렇다는 말이다. 나를 한손 접고 내려다보는 나보다 훨씬 나은 양반들이 타신 배 속이기 때문이다.

날이 새었다. 밝기가 무섭게 하나둘씩 부스스부스스 일어나 쿵쾅거리며 오르락내리락하는 바람에 나도 일어나서 *소세를 하였다. 수백 명이나 되는 식구가 송사리 새끼 끼우듯이 끼여서 자고 난 *판도방 같은 속이 지저분하기도 하고 고약한 냄새에 머릿골이 아파서 나는 치장을 차리고 갑판으로 나갔다. 훨씬 해가 돋지는 못하여서 물은 꺼멓게 보일 뿐이요 훤한 하늘에는 뽀얀 구름이 처져 있는 것이 희미하게 보이나, 아직도 컴컴스레하였다. 춥기는 하지만 그래도 상쾌하다. 선실 속에서는 벌써 아침밥이 시작되었는지 연해 밥통을 날라 들여가고, 갑판에 나왔던 사람들도 허둥지둥 뒤쫓아 들어가는 모양이다.

이 삼등실에 모인 인종들은 어디서 잡아온 것들인지 내남직할 것 없이 매사에 경쟁이다. 들어가는 것도 경쟁, 나오는 것도 경쟁, 자는 것도 경쟁, 먹는 것에 이르러서는 한층 더한 것이 예사다. 조금만 웬만하면 이등을 탔겠지마는 씀씀이가 과한 나로는 어느 때든지 지갑이 얄팍얄팍하여서도 못 타게 되고, 그 돈으로 차 한잔이라도 사먹겠다는 타산도 없지 않아서, 대개는 이 무료숙박소 같은 데에서 밤을 새는 것이다. 하여간 차림차림으로 보든지 하는 짓으로 보든지 말씨로 보든지 하층사회의 아귀당들이 채를 잡았고, 간혹 하층관리 부스러기가 끼여 있을 따름이다. 나는 그들을 볼 제 누구에게든지 극단으로 *경원주의를 표하고 근접을 안 하려고 하지만, 그것은 나 자신보다는 몇 층 우월하다는 일본 사람이라는 의식으로만이 아니다. 단순한 노동자라거나 무사자라고만 생각할 때에도 *잇살을 어우르기가 싫다. *덕의적(德義的) 이론으로나 서적으로는 무산계급이라는 것처럼 우리 친구가 되고 우리 편이 될 사람은 없다고 생각하면서도, 실제에 그들과 마주 딱 대하면 어쩐지 얼굴을 찌푸리지 않을 수 없다. 혹은 그들에게 대한 혐오가 심하여지면 심하여질수록, 그 원인이 그들 자신에게 있는 것이 아니라는 논법으로, 더욱더욱 그들을 위하여 일을 하여야 하겠다는 결론에 이르게 될지는 모르나, 감정상으로 그들과 융합할 길이 없다는 것

**경원주의**
겉으로는 공경하는 체하면서 실제로는 꺼리어 멀리 함.

**잇살**
'잇새(이와 이 사이)'의 잘못.

**덕의(德義)**
사람으로서 마땅히 지켜야 할 도덕상의 의무.

은 아마 엄연한 사실일 것 같다.

나는 이런 생각을 하다가 어제 저녁도 *궐하였기 때문에 시장한 중이 나서 선실로 기어들어갔다. 한차례 치르고 난 식탁 앞에 우글우글하는 사람떼가 꺼멓게 모여 서서 무엇인지 말다툼을 하고 있는 모양이다.

"……그래 갖다 놓기 전에 와서 앉으면 어떻단 말이야?"

신경질로 생긴 바짝 마른 상에 독기를 품고 **빽빽** 소리를 지르는 것은, 윗수염이 까무잡잡하게 난 키가 조그만 사람이다. 그리 상스럽지 않은 얼굴로 보아서 어쩌면 외동다리 *금테(판임관)쯤은 되어 보인다.

"글쎄 그래두 아니 되어요. 차례가 있으니까, 지금부터 앉았어도 안 드려요."

검정 학생복을 입은 선원은 *골을 올리려는 듯이 순탄한 어조로 번죽번죽 대꾸를 하고 섰다.

"우리로 말하면 이 배의 손님이지? 그래 손님을 그 따위로 대접하는 법이 어디 있단 말이야……? 대관절 우리를 요보루 알고 하는 수작이란 말야?"

애꿎은 요보를 들추어 낸다.

"누가 대접을 어떻게 했단 말예요. 밥상은 차려 놓거든 와서 자시라는 게 무에 틀렸단 말씀유?"

"급하니까 얼른 가져오라는 게 어째서 잘못이란 말이야? 조선에서만 볼 일이지마는, 그래 자네들은 어쨌다구 호기를 부리는 거야?"

까만 수염을 가진 자의 *어기가 차차 줄어 가는 것을 보고 섰던 구경꾼 속에서는 불길을 돋우려는 듯이,

"뚜들겨 주어라. 되지 않게 관리 행세를 하려구, 건방지게!"

"참 건방진 놈이다!"

궐
마땅히 해야 할 일을 빠뜨림.

금테
하급관리를 지칭하는 말.

골
비위에 거슬리거나 언짢은 일을 당하여 벌컥 내는 화.

어기
말하는 기세.

"되지 않은 놈이 하급 선원쯤 되어 가지고 관리 행세는, *마뜩지 않게! 홍!"

이런 소리가 여기저기서 떠들썩한다. 관리면 으레히 그렇게 하여도 관계없고 또 자기네들도 불복이 없겠다는 말눈치다.

"*도시 조선의 철도가 관영(官營)이기 때문에 저런 것까지 제가 젠척을 하는 거야. 사영(私營) 같으면야 꿈쩍이나 할 텐가."

누구인지 일리 있는 듯한 이런 소리를 분연히 하는 *강개가도 있다. 여러 사람이 왁자히 떠드는 바람에 선원도 입을 답치고 슬슬 빠져 달아나가니 싸움은 *실미지근히 흐지부지되고, 그 자리에 모였던 사람은 그대로 식탁에 부산히들 들어앉았다. 나는 그 싸우는 양이 *다라워 보이기도 하고 마음에 *께름하여 다시 바깥으로 나가려다가 그래도 고픈 배를 참을 수가 없어서 누가 권하는 것은 아니지마는 마지못해 먹는 것처럼 *제출물에 쭈뼛쭈뼛하여 한구석에 끼여 앉아 먹기를 시작하였다.

'먹는 데 더러우니 구구하니 아귀들이니 하여도 배가 고프면 하는 수 없는 거다.'

젓가락을 짓고 물을 마시며 나는 이런 생각을 해보고 혼자 뱃속으로 웃었다.

선실 속에서는 쌈싸우듯 하여 가며 겨우 아침밥들을 먹고 와서는 이구석 저구석에서 짐들을 꾸리는 빛에, 악다구니를 하여 가며 간신히 얻어먹은 밥을 다시 꿱꿱 하며 도르는 빛에, 또 한참 야단이다. 나도 밥을 먹고 나니까 어쩐지 메슥메슥한 증이 나서 자기 자리로 가서 누웠었다.

육지가 차차 가까워 오는지 배가 그리 흔들리지도 않고 선객의 절반

**마뜩하다**
제법 마음에 들 만하다.

**도시**
도무지.

**강개(慷慨)**
의롭지 못한 것을 보고 의기가 북받쳐 원통하고 슬픔.

**실미지근하다**
철저하지 못하고 열기나 열성이 없다.

**다랍다**
언행이 순수하지 못하거나 조금 인색하다.

**께름하다**
꺼림하다.

**제출물에**
저 혼자서 절로.

쯤은 벌써부터 갑판으로 나갔다. 나도 짐을 꾸려 가지고 나갔다. 의외에 퍽 가까워진 모양이다. 선원들은 오르락내리락 갈팡질팡하며 상륙할 준비에 분주하고, 경적은 쉴새없이 처량하고 우렁찬 소리를 아침 바람에 날린다. 삼등 승객들은 일, 이등과 격리를 시키려고 인줄같이 막아 맨 밑에 우글우글 모여 서서 제각기 앞장을 서려고 또 한참 법석이다. 그래야 일, 이등의 귀객들이 다 나간 뒤라야 풀릴 것을.

배는 부산 선창에 와서 닿았다.

"영치기 영차, 영치기 영차……."

닻줄을 낚는 인부들 틈에서 누렇게 더러운 흰 바지저고리를 입은 조선 노동자가 눈에 띌 제, 나는 그래도 반가운 것 같기도 하고 인제는 제 집에 돌아왔다는 안심으로 마음이 턱 놓이는 것 같기도 하였다.

벙거지

육혈포

**소정(所定)**
정해진 바.

배에서 끌어내린 층층다리가 선창 위에 걸리니까, 앞장을 서서 올라오는 것은 흰 테를 두른 벙거지를 쓰고 외투를 입은 순사보와 육혈포 줄을 어깨에 늘인 일본 순사하고, 누런 복장에 역시 육혈포의 검은 줄을 늘인 헌병들이다. 그리고 올라오는 길로 배에서 내려서는 어귀에 좌우로 지키고 서고, 그 다음에는 이쪽 저쪽으로 승객이 지나쳐 나가는 길의 중간에도 지키고 섰다. 이렇게 경관과 헌병이 *소정한 자리에 서니까, 그제서야 일, 이등 승객이 하나둘씩 풀리기 시작하였다. 교통차단을 당한 우리들 삼등객은 배 속에 갇힌 포로 모양으로 매우 부러운 듯이 모든 광경을 바라만 보고 섰었다.

"삼 원이로군! 삼 원만 더 냈더면 한번 호강해 보는 걸!"

이런 소리가 복작대는 속에서 들린다. 삼 원만 더 내면 이등을 타는 것이다. 이번에는 우리들의 차례가 되었다. 나는 한중턱에서 천천히 걸어나갔다. 무슨 죄나 진 듯이 층계에서 한 발을 내려 디딜 때에는 뒤에서 외투자락을 잡아다니는 것 같았다. 그러나 열 발자국을 못 떼어 놓아서 층계의 맨 끝에는 *골독히 위만 쳐다보고 섰는 네 눈이 있다. 그것은 육혈포도 차례에 못 간 순사보와 헌병보조원의 눈이다. 그 사람들은 물론 조선 사람이다.

나는 될 수 있는 대로 태연히 그들에게는 눈을 거들떠보지도 않고 확실한 발자취로 최후의 층계를 내려섰다. 될 수 있으면 일본 사람으로 보아 달라고 속으로 빌면서. 유학생으로, 조선 사람으로 알면 붙들리기 때문이다. 그러나 나의 그 태연한 태도라는 것은 도수장에 들어가는 소의 발자취와 같은 태연이었다.

"여보, 여보!"

물론 일본말로다.

나는 나의 귀를 의심하였다. 으레 한번은 시달리려니 하는 겁을 집어먹었기 때문에 헛소리를 들은 듯싶었다. 나는 모르는 체하고 두서너 발자국 떼어 놓았다. 하니까 이번에는 좌우편에 쭉 늘어섰던 사람 틈에서, 일복(日服)에 인버네스를 입은 친구가 우그려 쓴 방한모 밑에서 이상하게 번쩍이는 눈을 무섭게 뜨고 앞을 탁 막는다. 나의 등에서

**골독히**
골똘히. 어떤 사물을 집중해서 바라보는 모양.

는 식은땀이 쭈르륵 흘렀다.

"저리 잠깐 갑시다."

인버네스는 위협하듯이 한마디 하고 파출소가 있는 방향으로 나를 끈다. 나는 잠자코 따라 섰다. 멋도 모르는 지게꾼은 발에 채이도록 성화가 나서 '나리, 나리' 하며 쫓아온다. 그 소리에는 추위에 떠는 듯도 하고, 돈 한푼 달라고 애걸하는 것같이 스러져 가는 애조가 섞여 있었다. 나는 고개만 흔들면서 가다가 파출소로 끌려 들어갔다.

파출소에 들어선 나는 하관에서 조사를 당할 때와는 다른 일종의 막연한 공포와 불안에 말이 어눌하여졌다. 더구나 일본서 그런 종류의 사람들에게 대하듯이 *퉁명을 부릴 수 없다는 생각이 머리에 떠올라와서 제풀에 자기를 위압하는 자기의 비겁을 속으로 웃으면서도, 어쩐지 말씨도 자연 *곱살스러워지고 저절로 고개가 수그러지는 것을 깨달았다.

형사의 심문은 판에 박은 듯이 의외에 간단하였다. 나중에 가방에는 무엇이 들어 있느냐 하기에, 나는 하관에서 빼앗길 것은 다 빼앗겼으니까 볼 만한 것은 없겠지만, 그래도 미심쩍거든 열어 보라고 열쇠를 꺼내서 주려고 하였다. 아무리 형사라도 사람이란 우스운 것이다. 열쇠까지 내어 주니까 웃으면서 그만두라고 하며, 생색이나 내는 듯이 어서 나가라고 *쾌쾌히 내쫓는다. 아마 하관서 온 형사에게 벌써 자세한 이야기를 듣고 있는 모양 같았다. 나는 겨우 마음이 놓여서 한숨을 휘 쉬고 나와서, 우선 짐을 지게꾼에게 들려 가지고, 정거장으로 가서 급히 맡겨 놓고 혼자 나섰다.

**퉁명**
못마땅하거나 시답지 아니하여 불쑥 하는 말이나 태도가 무뚝뚝함.

**곱살스럽다**
얼굴이나 성미가 예쁘장하고 얌전한 데가 있다.

일제시대의 지게꾼 모습

**쾌쾌히**
성격이나 행동이 굳세고 씩씩하여 아주 시원스러운.

# 5

현대적 생활을 영위할 수단 방도도 없고 생산화식(生産貨殖)에 어둡거든, *안빈낙도(安貧樂道)의 생활철학에나 철저하다든지, 이도 저도 아닌 *비승비속으로 엉거주춤하고 살아온 가난뱅이의 이 민족이, 그 알뜰한 살림이나마 다 내놓고 협포로 물러앉고 나니 열 손가락을 늘이고 앉아서 팔아라, 먹자! 하고 있는 대로 *깝살리는 것이 능사라, 그러나 팔고 깝살리는 것도 한이 있지 *화수분으로 무작정하고 나올 듯싶은가! 그렇거나 말거나 이 따위 백성을 휘둘러 내고 휩쓸어 내기야 누워서 떡먹기다. 그래도 속임수에 빠진 노름꾼은 깝살릴 대로 깝살리고 두 손 털고 나서면서도 몸은 달건마는, 이 백성은 다 털리고 나서도 몸이 달긴커녕 고작 한다는 소리가,

"그저 굶어죽으라는 세상야."

하는 한마디에 지나지 않는다.

그도 그럴 것이, 워낙이 구차한 놈이 책상물림으로 세상물정은 모르고, 게다가 유혹은 많은데 *안고수비(眼高手卑)하니 씀씀이는 남에 지지 않것다, 뒤주 밑이 긁히면 밥맛이 더 난다는 셈으로 없는 놈이 *대돈변을 내서라도 돈푼 만져 보면 조상대부터 걸려 보지 못하던 것이나 얻은 듯이 전후 불각하고 쓸 데 안 쓸 데 함부로 써버려야지, 한푼이라도 까불리지를 못하고 몸에 지녀 두면 병이 되는 것이 구차한 놈의 버릇이다. 구차하기 때문에 이러한 얌전한 버릇이 생긴 것인지 이 따위로 버릇이 얌전하여 구차한 것인지는 별문제로 치고라도, 어떻든 자기도 모르는 중에 흐지부지 까불리고 나서

**안빈낙도(安貧樂道)**
가난한 생활을 하면서도 편안한 마음으로 도를 즐김.

**비승비속(非僧非俗)**
중도 아니고 속인도 아니라는 뜻으로, 이것도 저것도 아닌 어중간함을 이르는 말.

**깝살리다**
재물이나 기회 따위를 흐지부지 다 없애다.

**화수분**
재물이 계속 나온다는 설화 속 보물단지.

**안고수비(眼高手卑)**
눈은 높고 마음은 크나 재주가 따르지 못한다는 뜻으로, 이상만 높고 실천이 따르지 못함을 이르는 말.

쌀을 담아 보관하는 뒤주

**대돈변**
돈 한 냥에 대하여 한 달에 한 돈씩 계산하는 변리.

안타까워하는 것이 구차한 놈의 갸륵한 팔자라는 것이다.

그러나 이러한 팔자가 좋고 그른 것은 제이 문제로 하고, 하여간 조선 사람의 팔자를 아무리 비싸게 따져 본대야 이보다 더 나을 것도 없고 더 신기할 것도 없다. 우선 부산이란 데로만 보아도, 부산이라 하면 조선의 항구로는 첫손 꼽을 데요 조선의 중요한 첫 *문호라는 것은 소학교에 한 달만 다녀도 알 것이다. 그러니만치 부산만 와봐도 조선을 알 만하다. 조선을 *축사(縮寫)한 것, 조선을 상징한 것이 부산이다. 외국의 유람객이 조선을 보고자거든 우선 부산에만 끌고 가서 구경을 시켜 주면 그만일 것이다. 나는 이번에 비로소 부산의 거리를 들어가 보고 새삼스럽게 놀랐고 조선의 현실을 본 듯싶었다.

나는 배 속에서 아침을 먹었건마는, 출출한 듯하기도 하고, 차 시간까지는 서너 시간 남았고, 늘 지나다니는 데건마는 이때껏 시가에 들어가서 구경하여 본 일이 없기에, 조선 거리로 들어가 보기로 하고 나섰다.

부두를 뒤에 두고 서편으로 꼽들어서 전찻길을 끼고 큰길을 암만 가야 좌우편에 이층집이 쭉 늘어섰을 뿐이요, 조선 사람의 집이

**문호(門戶)**
외부와 교류하기 위한 통로나 수단을 비유적으로 이르는 말.

**축사(縮寫)**
원형보다 작게 줄이어 베껴 쓰거나 그림.

라고는 하나도 눈에 띄는 것이 없다. 얼마도 채 못 가서 전찻길은 북으로 꼽들이게 되고 맞은편에는 극장인지 활동사진인지 울그데불그데한 그림 조각이며 깃발이 보일 뿐이다. 삼거리에 서서 한참 사면팔방을 돌아다보다 못하여 지나가는 지게꾼더러 조선 사람의 동리를 물어 보았다. 지게꾼은 한참 망설이며 생각을 하더니 남쪽으로 뚫린 해변으로 나가는 길을 가리키면서 그리 들어가면 몇 집 있다 한다. 나는 가리키는 대로 발길을 돌렸다. 비릿하기도 하고 *고릿하기도 한 냄새가 코를 찌르는 해산물 창고가 드문드문 늘어선 샛골짜기를 빠져서 이리저리 *휘더듬어 들어가니까, 바닷가로 빠지는 지저분하고 좁다란 골목이 나타났다. 함부로 세운 허술한 일본식 이층집이 좌우로 오륙 채씩 늘어섰는 것이 조선 사람의 집 같지는 않으나 이문 저문에서 들락날락하는 사람은 조선 사람이다. 이집 저집

기웃기웃하며 빠져나가려
니까, 어떤 이층에는 장
구를 세워 놓은 것이
유리창으로 비치어
보인다. 그러나
문간에는 대

**고릿하다**
냄새가 조금 고린 듯하다. 썩은 풀이나 썩은 달걀 따위에서 나는 냄새와 같다.

**휘더듬다**
휘돌아 찾아다니다.

개 여인숙이라는 패를 붙였다. 잠깐 보기에도 이런 항구에 흔히 있는 그러한 너저분한 영업을 하는 데인 것이 분명하다. 그러나 아침결이 돼서 그런지 계집이라고는 씨알머리도 눈에 아니 띈다.

쓸쓸한 거리를 이리저리 돌다가 그 여인숙이란 데를 한 집 들어가 보고 싶은 호기심이 불쑥 났으나, 찻시간이 무서워서 발길을 돌쳤다. 다시 큰길로 빠져나와서 정거장으로 향하다가, 그래도 상밥 파는 데라도 있으려니 하고 이골목 저골목 닥치는 대로 들어가 보았다. 서울 음식같이 간도 맞지 않을 것이요 먹음직할 것도 없겠지마는, 무엇보다도 김치가 먹고 싶고 숟가락질이 하여 보고 싶어서 찾아다니는 것이다. 그러나 조선 사람 집 같은 것은 그림자도 보이지를 않는다. 간혹 납작한 조선 가옥이 눈에 띄기에 가까이 가서 보면 *화방을 헐고 일본식 창틀을 박지 않은 것이 없다. 그러나 우스운 것은 얼마 되지도 않는 좁다란 시가이지마는 큰 길이고 좁은 길이고 거리에 나다니는 사람의 수효로 보면 확실히 조선 사람이 반수 이상인 것이다.

'대체 이 사람들이 밤이 되면 어디로 기어들어가누?'

하는 생각을 할 제, 큰 의문이 생기는 동시에 그 불쌍한 흰옷 입은 백성의 운명을 생각해 보지 않을 수 없는 것이었다.

몇백천 년 동안 그들의 조상이 *근기 있는 노력으로 조금씩 조금씩 다져 놓은 이 땅을 다른 사람의 손에 내던지고 시외로 쫓겨 나가거나 촌으로 기어들어갈 제, 자기 혼자만 떠나가는 것 같고, 자기 혼자만 촌으로 기어가는 것 같았을 것이다. 땅마지기나 있던 것을 까불려 버리고, 집 한 채 지녔던 것이나마 문서가 이사람 저사람의 손으로 넘어 다니다가 변리에 변리를 쳐서 내놓고 나가게 될 때라도 사람이 살려면 이런 꼴도 보고 저런 꼴도 보는 것이지 하며, 이것도 내 팔자소관이라

**화방**
땅에서부터 중방 밑까지 돌을 섞은 흙으로 쌓아올린 벽.

**근기**
근본이 되는 힘. 참을성 있게 견뎌내는 힘.

는 값싼 낙천주의나 단념으로 대대로 지켜 내려오던 제 고향의 제 집, 제 땅을 버리고 문 밖으로 나가고 산으로 기어들 뿐이요, 이것이 어떠한 세력에 밀리기 때문이거나 혹은 자기가 착실치 못하거나 자제력과 인내력이 없어서 깝살리고 만 것이라는 생각은 꿈에도 없었던 것이다. 그리하여 천 가구면 천 가구에서 한 집쯤 줄었어야, 다만 '아무개네는 이번에 아무 데로 이사를 간다네' 하고 그야말로 동릿집 이야기삼아 저녁밥 후의 인사 대신으로 주고받을 뿐이요, 어떠한 사정이 어떻게 되어서 한 가구가 주는지 그 내막이야 아무도 몰랐을 것이다. 그뿐 아니라 천 가구에서 한 가구쯤 줄어진대야 남은 구백구십구 가구에게는 별로 영향이 없을 것이요, 또 한 가구가 줄었는지 늘었는지조차 전연 모르고 있는 사람이 대부분이었을 것이다. 그러는 동안에 한 집 줄고 두 집 줄며, 열 집이 바뀌고 백 집이 바뀌어 쓰러져 가는 집은 헐리고 어느 틈에 새 집이 서고, 단층집은 이층으로 변하며, 온돌이 다다미[疊]가 되고 석유불이 전등불이 된 것이었다.

"아무개 집이 이번에 도로로 들어간다네."
하며 곰방담뱃대에 엽초를 다져 넣고 뻑뻑 빨아 가며 소건 삼아 숙덕거리다가, 자고 나면 벌써 곡괭이질 부삽질에 며칠 동안 어수선하다가 전차가 놓이고, 자동차가 진흙덩어리를 튀기며 뿡뿡거리고 달아나가고, 딸꾹 나막신 소리가 날마다 늘어 가고, 우편국이 들어와 앉고, 군아가 헐리고 헌병주재소가 들어와 앉는다. 주막이니 술집이니 하는 것이 파리채를 날리는 동안에 어느덧 한구석에 유곽이 생기어 샤미센(三味線) 소리가 찌렁찌렁 난다.

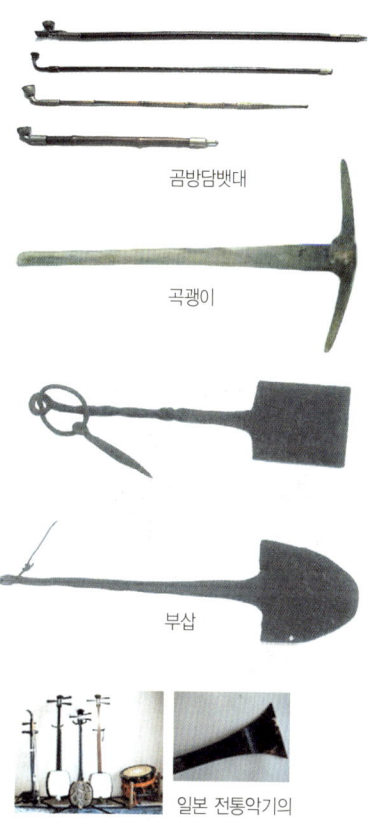

곰방담뱃대

곡괭이

부삽

일본 전통악기의
하나인 샤미센

매독이니 임질이니 하는 새 손님을 맞아들인 촌서방님네들이, 병원이 없어 불편하다고 짜증을 내면 너무 늦어 미안하였습니다는 듯이 체면 차릴·줄 아는 사기사가 대령을 한다. 세상이 편리하게 되었다.

"우리 고을엔 전등도 달게 되고 전차도 개통되었네. 구경 오게. 얌전한 요릿집도 두서넛 생겼네. 자네 왜 *갈보 구경했나? 한번 보여 줌세."

몇천 년 몇백 년 동안 가문에 없고 족보에 없던 일이 생기었다. 있는 대로 까불릴 시절이 돌아왔다. 편리해 좋아, 놀기가 좋아서 편해하며 한 섬지기 파는가 하면, 한편에서는,

"우리겐 인젠 이층집도 꽤 늘고 양옥도 몇 채 생겼다네. 아닌게 아니라 여름엔 다다미가 편리해. 위생에도 매우 좋은 거야."

하고 두섬지기 깝살릴 수밖에 없게 된다. 누구의 이층이요 누구를 위한 위생이냐.

양복쟁이가 문전 *야료를 하고, 요리장수가 고소를 한다고 위협을 하고, 전등값에 졸리고, 신문대금이 두달 석달 밀리고, 담배가 있어야 친구 방문을 하지. 원 찻삯이 있어야 출입을 하지 하며 눈살을 찌푸리는 동안에 집문서는 식산은행의 금고로 돌아 들어가서 새 임자를 만난다. 그리하여 또 백 가구 줄어지고 또 이백 가구 줄었다.

"어디 살 수가 있어야지. 암만해두 촌살림이 좋아! 땅이라두 파 먹는 게 안전해."

하며 쫓겨 나가고 새로 들어오며 시가가 나날이 번화하여 가는 동안에 천 가구의 최후의 한 가구까지 쓸려 나가고야 말지만, 첫째 집이 쫓겨 나갈 때에는 벌써 첫째로 나간 사람은 오동잎사귀의 무늬를 박은 *목배(木杯)를 고리짝에 넣어 가지고 압록강을 건너가 앉아

오동잎사귀

서 먼 길의 노독을 배갈 한잔에 풀고 얼쩍하여 화푸념만 하고 있는 것이다.

까불리는 백성, 그들은 부지깽이 하나 남기지 않고 들어 내고 집어낼 때에 자기가 이 거리에서 쫓겨 나갈 줄이야 몰랐으렷다. 구차한 놈이 주머니를 털 적에 내일부터 밥을 굶을지 거리에 나앉을지 저도 모르게 최후의 일 원까지를 말리듯이. 그러나 이 시가의 주인인 주민이 하나씩 둘씩 시름시름 쫓겨 나갈 제, 오늘날 씨알머리도 남지 않고 아주 딴판의 새 주인이 독점을 하리라는 것은 한 사람도 꿈에도 정신을 차리고 생각지는 못하였으렷다. 역시 구차한 놈의 주머니가 털리듯이 부지불식간에 그럭저럭 흐지부지 자취를 감추고 만 것이다.

이런 생각을 하여 볼 제, 잔단 세간 나부랭이를 꾸려 가지고 북으로 북으로 기어나가는 '패자의 떼'의 쓸쓸한 뒷모양이 눈에 보이는 것 같다. 나는, 그리 늦을 것은 없으나 쓸쓸한 찬바람이 도는 큰길을 헤매기가 싫어서 단념하고 돌아서는 길에, 어떤 일본 국숫집 문간에서 젊은 계집이 아침 *소제를 하고 있는 것을 보고 별안간 들어가 보고 싶은 생각이 나서 우뚝 섰다. 이때까지 혼자 분개하고 혼자 저주하던 생각은 감쪽같이 스러지고, 눈에 보이는 것은 걷어 올린 옷자락 밑에 늘어진 빨간 고시마기(무지기)하고 그 아래로 하얗게 나타난 추울 듯한 토실토실한 종아리다.

"어서 오세요."

모가지에만 분때가 허옇게 더께가 앉은 *감숭한 상을 쳐들며 언제 본 사람이라고 나를 반갑게 맞는다. 뒤를 이어서,

"어서 오십쇼, 들어옵쇼."

하고 줄레줄레 나와서 맞아들이는 계집애가 서넛은 되었다.

**소제**
청소.

고시마기(무지기)

**감숭하다**
잔털 따위가 드물게 나서 가무스름하다.

이러한 조그마한 집에 젊은 계집이 네다섯씩이나 있는 것은 물어 보지 않아도 알조다. 나는 걸려드나 보다 하는 불안이 있으면서도 더러운 호기심을 가지고 구경삼아 이층으로 올라가서, 인도하는 대로 너저분한 다다미방에 들어앉았다. 우선 간단한 음식을 시키고 앉았으려니까, 다른 계집애가 부삽에 화롯불을 담아 가지고 바꾸어 들어왔다. 화로에 불을 쏟아 놓고 화젓가락으로 재를 그러모으며 앉았던 계집애는 젓가락을 든 손을 잠깐 쉬며,

"어디까지 가세요."

화롯불과 화젓가락

하고 나를 쳐다본다. 넓은 양미간이 얼크러져서 음침하기도 하고 이맛전이 유난히 넓기 때문에 여무져 보이지는 않으나, 그래도 해끄무레한 이쁘장스런 상판이다.

"서울까지…… 너는 어디서 왔니?"

"서울까지예요? 참 서울 구경을 좀 했으면…… 여기보다 좋겠죠?"

묻는 말에는 대답을 아니 하고 이런 소리를 한다.

"그리 좋을 것은 없어도 여기보다는 좀 낫지."

우리의 수작은 음식이 나오는 바람에 허리가 잘리고 말았다. 나는 몸이 녹으라고 술을 몇 잔이나 폭배를 하고 나서, 계집애들에게도 권하였더니 별로 사양들도 아니 하고 돌려 가며 잔을 주고받았다. 이번에는 다른 계집애가 갈아 들어오는 술병을 들고 들어왔다. 이 계집애도 판을 차리고 화로 앞에 앉는다. 이쁘든 밉든 세 계집애를 앞에다가 놓고 앉아서 술을 먹는 것은 그리 싫을 것은 없지만, 너무 염치가 없이 무례하고 뻔뻔하게 구는 데에는 밉살맞고 불유쾌하지 않을 수 없었다. 술 한잔이라도 얻어 걸린다는 것보다는 주인에게 한 병이라도 더 팔게 하여 주는 것이 저의 공로요, 주인의 따뜻한 웃는 얼굴을 보게 될 것이

니 그도 그럴 것이나, 내가 조선 사람이기 때문에 한층 더 마음을 놓고 더욱이 체면도 아니 차리고 저희 마음대로 휘두르며, 서넛씩 몰켜 들어와서 바가지를 씌우려고 판을 차리는 것이 못마땅하였다. 그래도 그중에 화롯불을 가져온 계집애만은 저희들 축에서 좀 쫄려 지내는지 한풀이 죽어서 떠드는 꼴만 웃으며 가만히 바라보고 앉았다.

"담바구야, 담바구야, 동래(東萊)나 우루산〔蔚山〕의 담바구야……."

"잘 하는구먼. 그러나 너희들은 몇 해나 되었니? 여기 온 지가."

한 년이 *담바귀타령의 *입내를 우습게 내며 콧노래를 부르는 것을 들으며 물었다. 이것이 조선에 와 있는 일본 사람에게는 남녀를 물론하고 누구더러든지 물어 보는 나의 첫인사다. 그것은 얼마나 조선 사람에게 대하여 오만한 체를 하며 건방지게 구는가 그 정도를 알아보는 *바로미터이기 때문이다. 아무리 불량하게 생긴 노가다패(우리 조선 사람은 일본 노동자를 특히 이렇게 부른다)라도, 처음에는 온순할 뿐 아니라 도리어 이국 풍정에 어두우니만치 처음에는 공포를 품는 것이 보통이지만, 반년 있어 다르고, 일년 있어 달라진다. 오 년, 십 년 내지 이십 년이나 있어서 조선의 이무기가 된 자에 이르러서는 더 말할 것도 없는 것이다. 그러나 여기서 제군이 생각할 것은 어찌하여 일 년, 이 년, 오 년, 십 년…… 해가 갈수록 그들의 *경모(輕侮)하는 눈이 나날이 날카로워 가고, 따라서 십 배, 백 배나 오만무례하도록 만들었느냐는 것이다.

여기에는 여러 가지 이유가 있는 것이다. 그러나 이러한 사실도 그중의 중요한 원인들이 되었을 것이다 — 조선 사람은 외국인에게 대해서 아무것도 보여 준 것은 없으나, 다만 날만 새면 자릿속에서부터 담배를 피워 문다는 것, 아침부터 술집이 번창한다는 것, 부모를 쳐들어

**담바귀**
'담배'의 방언(함북).

**입내**
소리나 말로써 내는 흉내.

**바로미터(barometer)**
사물의 수준이나 상태를 아는 기준이 되는 것.

**경모(輕侮)하다**
남을 히찮게 보아 업신여기거나 모욕하다.

서 내가 네 애비니 네가 내 손자니 하며 농지거리로 세월을 보낸다는
것, 겨우 입을 떼어 놓은 어린애가 *엇먹는 말부터 배운다는 것, 주먹
없는 입씨름에 밤을 새고 이튿날에는 대낮에야 일어난다는 것…… 그
대신에 과학지식이라고는 *소댕 뚜껑이 무거워야 밥이 잘 무른다는 것
조차 모른다는 것을, 외국 사람에게 실물로 교육을 하였다는 것이다.
하기 때문에 그들이 조선에 오래 있다는 것은 그들이 우리를 경멸할 수
있는 사실을 골고루 보고 많이 안다는 의미밖에 아니 되는 것이다.

"담바구야 담바구야…… 노이구곤 오데기루네……."

입을 이상하게 뾰족이 내밀었다 오므렸다 하고, 젓가락으로 화롯전
을 두들겨 가며 장단을 맞춰서 콧노래를 하다가 뚝 그치더니,

"애가 제일 잘 해요. 우리는 온 지가 삼사 년밖에 아니 되었지
만……."

하며 벙벙히 앉았는 화롯불 가져온 아이를 가리킨다.

"응! 그래? 너는 얼마나 있었길래?"

말담도 별로 없이 조용히 앉았는 것이 어디로 보아도 건너온 지 얼
마 안 되는 숫보기로만 생각하였던 것이, 조선 소리를 잘 한다니 조선
애가 아닌가도 싶다.

"예서 아주 자라났답니다. 제 어머니가 조선 사람인데요."

하며 담바귀타령을 하던 계집애가 이때까지 하고 싶던 이야기를 겨우
하게 되었다는 듯이 입이 재게 즉시 대답하고 나서,

"그렇지!"

하며 당자에게 얼굴을 들이댄다. 그 소리가 너무도 커닿기 때문에 조
소하는 것같이 들리었다. 일인 애비와 조선인 에미를 가졌다는 계집애
는 히스테리컬하게 얼굴이 주홍빛이 되고 눈초리가 *샐룩하여졌다.

어쩐지 조선 사람 어머니를 가진 것이 앞이 굽는다는 모양이다.

"정말 그래? 그럼 어머니는 어디 있기에?"

나는 호기심이 생겨서 물었다.

"대구에 있어요."

고개를 숙이고 앉았다가 간신히 쳐들면서 대답을 한다.

"그래 어째 여기 와서 있니? 소식은 듣니?"

왜 여기까지 와서 있느냐고 묻는 것은 우스운 수작이지만 나는 정색으로 이렇게 물었다.

그 계집애는 생글생글하며 나를 쳐다보더니,

"글쎄 그러지 않아두 누가 대구 가시는 이나 있으면 좀 부탁을 해서 알아보고 싶어두 그것도 안 되구…… 천생 언문으로 편지를 쓸 줄 알아야죠."

하며 이번에는 자기 신세를 조소하듯이 마음놓고 커닿게 웃는다.

"그럼 아버지하군 지금 헤져서 사는 모양이구나?"

"그야 벌써 헤졌죠. 내가 열 살 적인가, 아홉 살 적에 *장기(長崎)로 갔답니다."

"그래 그 후에는 소식은 있니?"

"한참 동안은 있었는데 지금은 어떻게 되었는지……? 하지만 이 설이나 쇠고 나건 찾아가 볼 테예요."

**장기(長崎)**
'나가사키'. 일본 나가사키 현 남부에 있는 항구 도시. 조선, 전기, 기기, 철강 따위가 주요 산업이며, 연안 원양 어획물의 집산지이다. 1945년 8월 9일 원자폭탄이 투하된 곳.

하며 흑흑 느끼듯이 또 한 번 어색하게 웃는다. 그 웃음은 어느 때든지 자기의 기이한 운명을 스스로 조소하면서도 하는 수 없다는 단념에서 나오는, 말하자면 큰일을 저지르고 하도 귓구멍이 막혀서 나오는 웃음 같았다.

"아무리 조선 사람이라두 길러 낸 어머니가 정다울 테지? 너의 아버지란 사람이 어떤 사람인지는 모르겠다마는, 지금 찾아간대야 그리 반가워는 아니 할걸?"

조선 사람 어머니에게 길리어 자라면서도 조선말보다는 일본말을 하고, 조선옷보다는 일본옷을 입고, 딸자식으로 태어났으면서도 조선 사람인 어머니보다는 일본 사람인 아버지를 찾아가겠다는 것은, 부모에 대한 자식의 정리를 지나서 어떠한 이해관계나 일종의 추세라는 타산이 앞을 서기 때문에 이별한 지가 벌써 칠팔 년이나 된다는 애비를 정처도 없이 찾아간다는 것이라고 생각할 제, 이 계집애의 팔자가 가없은 것보다도 그 에미가 한층 더 가없다고 생각지 않을 수 없었다.

"어머니도 불쌍하지만, 아버지두 나쁜 사람은 아니니까 찾아가면 설마 내쫓기야 할까요?"

하며 아범을 찾아가면 어떻게 맞아 줄까 하는 그 광경이나 그려 보듯이 멀거니 앉았다.

"그래두 어머니가 조선 사람이니까 싫구, 조선이니까 떠나겠다구 하는 게지, 조선이 일본만큼 좋았더면 조선 사람 뱃속에서 나왔다기루서니 불명예 될 것도 없고 아버지를 찾어가려는 생각도 안 났을 테지?"

나는 물어 보지 않아도 좋을 것까지 짓궂이 물었다. 계집애는 잠자코 웃을 뿐이었다. 나는 찻시간을 생각하고 인제야 들어온 밥을 먹기 시작하였다.

"얘, 이 양반께 대구에 데려다달라구 하렴! 너야말로 후레딸년이다. 어머니를 내버리고 뛰어나오는 망할년이 어디 있단 말이냐."

담바귀타령 하던 계집애가 놀리듯 꾸짖듯 찧고 까분다.

"참 그러는 게 좋겠지. 여기 있어야 무슨 신기한 꼴이나 볼 줄 아니? 나 같으면 그런 어머니만 있으면 벌써 쫓아갔겠다!"

이번에는 곁에 앉았던, 커다란 입귀가 처지고 콧등이 얼크러진 계집애가 역시 놀리는 수작으로 말을 받는다. 저희들끼리도 업신여기면서 한편으로는 얼굴이 반반한 것을 시기를 하는 모양이다. 나는 밥을 먹다 말고,

"그럼 너는 왜 이런 데까지 와서 *난봉을 피우니?"
하며 실없는 말처럼 *역성을 들어 주었다.

"그야 부모도 없구 의지할 데가 없으니까 그렇죠."
하며 좀 분개한 듯이 한마디 하고 나서,

"그런 소린 고만하구 술이나 좀더 먹자. 또 가져올까요."
하고 그만두라는 것도 듣지 않고 뛰어내려갔다.

"그러나 너 아버지를 찾아간대야 얼굴이 저렇게 이쁘니까, 그걸 미끼로 팔아먹으려고 무슨 짓을 할지 누가 아니? 그것보다는 여기서 돈푼 있는 조선 사람이나 하나 얻어 가지고 제 맘대로 사는 게 좋지 않으냐. 너 같은 계집애를 데려가지 못해하는 사람이 조선 사람 중에도 그득하리라."

나는 타이르듯이 이런 소리를 하고, 계집애의 얼굴을 들여다보며 웃었다.

"글쎄요, 하지만 조선 사람은 난 싫어요. 돈 아니라 금을 주어도 싫어요."

**난봉**
허랑방탕한 짓

**역성**
옳고 그름에 관계없이 무조건 한쪽 편을 드는 일.

만세전 **89**

계집애는 진담으로 이런 소리를 한다. 조선이라는 두 글자는 자기의 운명에 검은 그림자를 던져 준 무슨 주문이나 듣는 것같이 이에서 신물이 나는 모양이다. 이때에 나는 동경의 정자를 생각하면서,

"그럼 나도 빠질 차례로구나?"

하며 웃었다. 계집도 웃으며 잠자코 내 얼굴을 익숙히 쳐다본다. 입귀가 처진 밉살맞은 계집이 술병을 들고 올라왔다. 나는 먹고도 싶지 않은 술잔을 받으면서,

"이거 보게, 이 미인을 데려갈까 하고 잔뜩 장을 대고 연해 비위를 맞춰 드렸더니, 나중에 한다는 소리가 조선 사람은 죽어도 싫다는 데야 눈물이 쨀끔하는 수밖에, 하하하. 너는 그러지 않겠지?"

"객지에서 매우 궁하신 모양이군요. 글쎄…… 실컷 한턱 내신다면, 히히히."

이 계집애는 나의 한 말을 이상스럽게 지레짐작을 하고 딴청을 한다.

"넌 의외에 값이 싼 모양이로구나?"

하며 나는 인력거를 부르라 명하고 일어서 버렸다. 계집아이들이 짓궂이 붙들고 승강이를 하는 것을 간신히 뿌리치고 나섰다.

'이러기 때문에 시골자들이 빠지는 것이다!'

나는 일종의 불쾌를 느끼면서 인력거 위에서 이런 생각을 하여 보았다.

인력거와 인력거꾼

기차는 하마터면 놓칠 뻔하였다. 짐을 맡기고 간 것까지 잔뜩 눈독을 들여 둔 '그쪽 사람들'은 은근히 찾아 보았던지, 내가 허둥지둥 인력거를 몰아 오는 것을 아까 만났던 인버네스짜리가 대합실 문 앞에서 힐끗 보고 빙긋 웃는다. 나는 본체만체하고 맡겼던 짐을 찾아 가지고 허

둥허둥 품에 들어와 찻간으로 뛰어올라왔다. 형사도 차창 밖으로 가까이 와서 고개를 끄덕 하며 무어라고 중얼중얼하기에 나는 창을 열어 주었다.

"바루 서울로 가시죠?"

하며 왜 그러는지 커닿게 소리를 지른다. 나는 웃으면서, 내 처가 죽게 되어서 시험을 보다가 말고 가니까 물론 바로 간다고(나중에 생각하고 혼자 웃었지만) 하지 않아도 좋을 말까지 기다랗게 늘어놓았다.

형사는 또 무엇이라고 중얼중얼하는 모양이었으나, 바람이 휙 불고 기차는 움직이기 때문에 자세히 들리지 않았다. 그러나 웬셈인지 나하고 수작을 하면서도 연해 왼편을 바라보는 게 수상스러웠다. 그러나 차가 움직이자 양복쟁이 하나가 저쪽 문으로 들어오는 것은 나 역시 무심코 보았을 뿐이었다.

# 6

기차가 김천역에 도착하니까, 지금쯤은 으레 서울집에 있으려니 하였던 형님이 금테모자에다 망토를 두르고 마중을 나왔다. 그렇지 않아도 혹시 아는 사람이나 있을까 하고 유리창 바깥을 내다보며 앉았던 나는 깜짝 놀라 일어나서 창을 올리고 인사를 하려니, 형님은 웃으며 창 밑으로 가까이 오더니 어떻든 내리라고 재촉을 한다. 어찌할까 하고 잠깐 망설이다가 형님이 그 동안에 내려와서 있는 것을 보든지 웃는 낯을 보든지 병인이 그리 급하지는 않은 모양이기에, 나는 허둥지둥 짐을 수습하여 가방을 창 밖으로 내주고 내려왔다. 뒤미쳐서 양

창황히
어찌할 사이 없이 매
우 급작스러운 상태나
모습.

복쟁이 하나도 *창황히 따라 내리었다.

형님은 짐을 들려 가지고 가려고 심부름꾼 아이까지 데리고 나왔었다. 출구 앞에 섰던 아이놈에게 가방을 내주고 우리들이 나가려니까, 그 밑에 바짝 다가섰던 헌병보조원이 내 뒤로 내린 양복쟁이와 수군수군하다가 형님을 보고,

"*계씨가 오셨어요? 오늘 저녁에 떠나시나요?"

하며 묻는다. 형님은 웃는 낯으로,

계씨(季氏)
남의 남동생을 높여 이
르는 말.

"네, 대개 밤차로 올러갑니다."

하고 거진 기계적으로 오른손이 모자의 챙에 올라가 붙었다. 부자연하고 서투른 그 모양이 나에게는 우습게 보이면서도 가엾었다. 어떻든 형님 덕에 나는 별로 승강이를 아니 당하고 무사히 빠져나왔다.

형님은 망토 밑으로 들여다보이는 도금을 물린 검정 환도 끝이 다리에 터덜거리며 부딪는 것을 왼손으로 꼭 붙들고 땅이 꺼질 듯이 살금살금 걸어 나오다가, 천천히 그 동안 경과를 이야기하여 들려준다.

"네게 돈 부치던 날 아침은 아주 시각을 다투는 것 같았으나 낮부터 조금씩 돌리기 시작하여 그저께 내가 내려올 때에는 위험한 고비는 넘어선 모양이지만, 지금도 마음이야 놓겠니. 워낙이 두석 달을 끌었으니까. 그러나 곧 떠나지 않은 모양이로구나? 나는 어제쯤 올 줄 알고 이틀이나 정거장에 나왔지!"

하고 형님은 차근차근한 목소리로 이렇게 물었다.

"전보 받던 날 밤에 떠났죠마는 오다가 신호에서 하룻밤을 묵었지요."

나는 꾸며 댈까 하다가, 입에서 나오는 대로 대답을 하였다.

"무슨 급한 볼일이 있기에 돈을 들여가며 노중에서 묵었단 말이냐?"

벌써부터 형님의 말소리는 차차 거칠어 갔다.

"별로 볼일은 없지만, 몸도 아프고 완행이 되어서 여간 지리하여야지요."

"웬만하면 그대로 내친 길에 올 게지. 너는 그저 그게 병통야."

하며 형님은 잠깐 눈살을 찌푸리는 듯하였다.

이 형님이라는 사람은 한학으로 다져 만든 촌생원님이나 신학문에도 그리 어둡지는 않을 뿐 아니라, 우리집에는 없으면 안 될 사람이다. 부친이 합방 전후에 거진 정치열, 명예광에 달떠서 경향으로 동분서주하며 넉넉지 않은 가산을 흐지부지 축을 내어 놓은 분수로 보아서는 지금쯤 내가 유학을 하기는 고사하고 밥을 굶은 지가 벌써 오랜 일이었겠지마는, 얼마 아니 남은 것을 이 형님이 붙들고 앉아서 *바자위게 꾸려 나가기 때문에 이만치라도 부지를 하게 된 것이다. 다른 것은 그만두고라도 보통학교 *훈도쯤으로 이천여 원 돈이나 모은 것을 보면 규모가 얼마나 짜인 사람인가를 상상하기에 어렵지 않을 것이다. 그러나 나로서는 존경하면서도 성미가 맞을 수는 없었다. 생각하면 우리 삼부자같이 극단으로 다른 길을 제각기 걸어 나가는 사람들은 없다. 세상에는 정치밖에 없다는 부친의 피를 받았으면서 보수적, 전형적 형님과 무이상(無理想)한 감상적, *유탕적 기분이 농후한 내가 태어났다는 것이 세상두 고르지 못한 *아이러니다.

"그래 학교의 시험은 어떻게 되었단 말이냐?"

형님은 한참 있다가 또 물었다.

"보다가 두고 왔지요."

나는 또 무슨 소리가 나올까 보아서 우물쭈물할까 하다가 역시 *이실직고를 하고 말았다.

"그럴 줄 알았더면 전보를 다시 놓을 걸 그랬군!"

**바자위하다**
성질이 너그러운 맛이 없다.

**훈도(訓導)**
일제 강점기에, 초등학교의 교원을 이르던 말.

**유탕(遊蕩)**
기분 내키는 대로 마음껏 놂.

**아이러니(irony)**
예상 밖의 결과가 빚은 모순이나 부조화.

**이실직고(以實直告)**
사실 그대로 고함.

하며 시험을 중도에 폐하고 온 것을 매우 애석해하는 모양이나, 나는 전보를 다시 아니 놓아 준 것이 잘 되었다고 생각하며 잠자코 따라 걸었다.

"그래 추후 시험이라도 봐야 하겠구나? 언제도 추후 시험인가 본다고 일찍이 나와서 돈만 들이고 성적도 좋지 못한 적이 있었지 않았니? 어떻든 문학이니 뭐니 하구 공연히 그까짓 건 하구 난대야 지금 세상에 얻다가 써먹는단 말이냐?"

이런 소리는 일년에 한 번이나 두어 번 귀국할 때마다 꼭 두 번씩은 듣는다. 형님한테 한 번, 아버님한테 한 번이다. 그러나 어떠한 때에는 아버님에게는 귀에 못이 박히도록 들을 때가 있다. 처음에는 열심으로 반대도 하여 보았다. 교육이라는 것은 '사람'을 만들자는 것이요 기계를 제조하는 것이 아니니까, 학문을 당장에 월급푼에 써먹자고 하는 것도 아니요, '똥테'(나는 어느 때든지 금테를 똥테라고 불렀다) 바람에 하는 것도 아니라는 말도 하여 드리고, 개성은 소중한 것이니까 제각기 개성에 따라서 교육을 하여야 한다는 문제를 들추어 가지고 늘 변명을 하여 왔다. 그러나 결국은 단념하는 수밖에 없는 것을 깨달았다. 그들의 세계와 자기의 세계에는 통로가 전연히 두절된 것을 발견하였다. 그것은 마치 무덤 속과 무덤 밖이 판연히 다른 딴 세상임과 같은 것이라고 생각하게 되었다. 그래서 그 후부터는 부자나 형제로서할 말 이외에는, 그리고 학비 이야기 이외에는 아무 말도 입을 벌리지 않기로 결심을 하였다. 모친이나 자기 처나 누이동생에게 하듯이만 하면 집안에 큰소리가 없을 줄 알았다. 되지 않은 이론이니 설명이니 사상발표니 하기 때문에 감정이 상하고 충돌이 생기는 것이라고 생각하였다. 그러나 이렇게 생각을 하고 나니까 자기의 주위가 어쩐지 적막

하여진 것 같고, 가정이란 것은 밥이나 먹고 잠이나 재워 주는 여관 같았다. 여관 중에도 제일 마음에 맞지 않는 여관 같았다.

지금도 일 년 만에 만나는 *첫대바기에 형님에게 또 새판으로 그러한 소리를 들으니까 불쾌하지 않을 수 없는 동시에 작년 여름에 나왔을 때에 학교 문제로 삼부자가 한참 논쟁을 하다가 '집구석이라고 돌아오면 이렇게들 사람을 귀찮게 굴 테면 여관으로라도 나간다' 하고 이틀 사흘씩 친구의 집으로 공연히 떠돌아다니던 생각을 하여 보면서 잠자코 말았다. 어쩐지 마음이 쓸쓸하여지고 섭섭한 생각이 든다.

첫대바기
맞닥뜨린 맨 처음.

우리는 한참 동안 잠자코 걷다가, 형님 집으로 들어가는 동구까지 와서 전에 보지 못하던 일본 사람의 상점이 길가로 하나 생기고 골목 안으로 들어서서도 두 집 문에 일본 사람의 문패가 붙은 것을 보고,

"그 동안에 꽤 변하였군요!"

하며 형님을 쳐다보니까, 형님은 조금도 이상할 것이 없다는 듯이 태연무심히 고개만 끄덕끄덕하였다.

나는 앞장을 선 형님을 따라 들어가며 작년보다도 한층더 *퇴락한 대문을 쳐다보고,

퇴락
낡아서 무너지고 떨어짐.

"거진 쓰러지게 되었는데 문간이나 좀 고치시지?"

하며 혼자말처럼 한마디 하였다.

"얼마나 살라구! 여기두 좀 있으면 일본 사람 거리가 될 테니까 이대로 붙들고 있다가 내년쯤 상당한 값에 팔아 버리란다. 이래봬도 지금 시세루 여기가 제일 비싸단다."

형님은 칠팔 년 전에 살 때와 비교하여서 거진 두세 곱이나 시세가 올랐다고 매우 좋아하는 모양이다. 나는 오늘 아침에 부산에서 본 광경을 생각하며,

"그야 다른 물가는 따라서 오르지 않았나요. 전쟁 이후에 어떤 것은 삼배 사배나 올랐는데요."

하고 대꾸를 하며 안으로 쫓아 들어갔다.

형수와, 작은아버지 오신다고 깡충깡충 뛰는 일곱 살짜리 딸년이 안방에서 나와서 맞았다. 작년에 보던 것과는 다른 상스럽지 않은 노파도 하나 있었다. 나는 안방으로 들어가서 귀찮은 맞절을 형수와 하고 나서 조카딸의 절도 받았다. 동경에서 가져온 과자를 절값으로 내놓으니 계집애년은 껑충껑충 뛴다. 인사가 끝난 뒤에 형님은 무슨 생각을 하는 눈치로 벙벙히 앉았다가,

"건넌방에서두 나와 보라지!"

하며 형수를 쳐다본다. 형수는 아무 말 아니 하고 섰더니,

"애! 너 가서, 건넌방 어머니 오라구 해라."

하며 딸을 시키었다. 나는 어리둥절하며,

"건넌방 어머니가 누구예요?"

하며 형수를 쳐다보았으나 머리에는 즉각적으로 어느 생각이 떠올랐다. 형수는 애를 써서 헛웃음을 입가에 띠며 잠자코 말았다.

"네게는 이야기를 한다면서도 \*우환두 있구 해서 자연 이때껏 알리지를 못하였다만, 작은형수가 하나 생겼단다."

하며 형님이 웃는다. 단 형제가 사는 집안에 작은형수라는 말도 우습지만, 나는 대개 짐작하면서도,

"작은형수라니요?"

하고 되물으니까, 윗목에 섰던 형수가,

"그 동안에 난 죽었답니다."

하며 풀없는 웃음을 일부러 보인다. 형수는 그 동안에 완연히 늙은 것 같았다. 눈가가 유난히 퍼래지고 이마와 눈귀에 주름이 현연히 보이었다. 형수의 말을 받아서 형님이 무어라고 입을 벌리려 할 제, 건넌방 형수가 들어오는 바람에 답쳐 버렸다. 분홍 저고리에 왜반물치마를 입고 분을 하얗게 바른 시골 새악시가, 아까 눈에 띄던 늙은 부인이 열어주는 방문으로 살짝 들어왔다. 고작해야 열아홉 살쯤 되어 보이는 조촐한 색시다. 이맛전이 넓고 코가 펑퍼짐한 듯하고, 이 집에서 \*상성이 난 아들깨나 날 것 같기도 하다. 그렇게 보아서 그러한지 뻣뻣한 치마가 앞으로 떠들썩한 것이 벌써 무에 든 것 같고, 얼굴에는 운광이 돌아 보인다. 큰형수와 느런히 세워 놓고 보면 \*고식(姑息)이라 하는 것이 알맞을 것 같다. 나는 형님의 소원대로 \*상우례를 하였다. 두 사람의

**우환**
집안에 복잡한 일이나 환자가 생겨서 나는 걱정이나 근심.

**상성**
몹시 보챔.

**고식(姑息)**
부녀자와 어린 아이를 아울러 이르는 말.

**상우례**
신랑과 신부가 처가나 시가의 친척과 정식으로 처음 만나 보는 예식.

맞절이 끝나니까 형수는 앞장을 서서 휙 나가 버렸다. 새 형수도 뒤미처 나갔다. 큰형수는 마루에 앉아서 짐을 지고 들어온 아이더러 무엇을 사오라고 분별을 하고, 새 형수와 마누라는 뜰로 내려가서 나를 위하여 점심을 차리는 모양이다. 머리도 안 빗은 조그만 늙은 아씨가 마루 끝에서 왔다갔다하는 것이 창에 붙은 유리 밖으로 마주 내어다보일 제, 시들어 가는 강국 같다는 생각이 머릿속에 떠올라 왔다. 어쩐지 가엾어 보이었다.

'그래도 세 식구가 *구순하게 사는 것이 희한한 일이다.'

나는 이런 생각을 하며 벙벙히 앉았으려니까, 형님은 무슨 말을 꺼낼 듯 꺼낼 듯하다가,

"넌 지금 일년 만에 나오지?"

하며 딴소리를 붙인다.

"올 여름방학에는 안 나왔지요."

"응, 그래…… 너도 혹 짐작할지 모르겠다만, 청주 읍내에서 살던 최참봉이라면 알겠니?"

하며 형님은 목소리를 한층 더 낮추었다.

"알지요."

"그 집이 지금 말이 아니 되었지. 웬만큼 가졌던 것은 노름을 해서 없앴겠니마는, 최씨가 작고하기 전에 벌써 다 까불려 버렸지. 지금 데려온 저것이 그이의 둘째딸이란다. 어렸을 젠 너두 보았을걸?"

"네에!"

하며 나는 무심코 웃었다. 최참봉이라면 내가 어렸을 때에는 우리집하고 *격장에서 살던, 청주 일군은 고사하고 충청도 원판에서도 몇째 안 가는 재산가이었다. 술 잘 먹기로도 유명하고 외입깨나 하였지마

구순하다
서로 사귀거나 지내는
데 사이가 좋아 화목
하다.

격장(隔墻)
담 하나를 사이에 두고
이웃함.

는 *보짱 크기로도 유명하였다. 작은형수라는 사람은 내가 소학교에 들어갈 때에 지금 마루에서 뛰어다니는 형님의 딸년만하였었다. 그렇게 생각을 하여 보니까, 부엌에서 음식을 차리고 있는 노부인이 낯이 익은 법하기도 하고 일편 반갑기도 하여서 혼자 웃으며,

"그럼 저 마님이 최참봉의 부인이 아녜요?"

하고 물어 보았다. 형님은 반색을 하면서,

"응, 참 너는 그 집에 늘 드나들며 놀지 않았니?"

하며 나를 쳐다보았다. 나는 어쩐지 가슴이 선뜩하면서 몸이 근질근질한 것 같았다. 최참봉 마누라라는 이는 딸 형제밖에는 낳아 보지 못한 사람이었다. 내가 어려서 놀러 가면, '내 아들 왔니!' 하기도 하고, '내 사위 왔구나!' 하기도 하며 퍽 귀여워하였었다.

"금순아, 금순아! 넌 어디루 시집가련? 저 경만이(내 아명) 집으로 가지?"

하면, 지금의 저 형수는 똥그란 눈으로 나를 말똥말똥 쳐다보다가, 어떤 때에는 '응!' 하기도 하고, 나는 시집 안 간다고 짜증을 내어 보이기도 하였던 것이다. 지금 학교에 다니는 내 누이동생과는 한 살이 위든가 하기 때문에 나보다는 두 살이 아래일 것이다. 나는 우리 남매하고 돌아다니던 십사오 년 전의 어렴풋한 기억을 머릿속에 그려 보면서 제풀에 얼굴이 화끈거리는 것을 깨달았다. 어렸을 적 일이니까 당자도 잊어버렸을 것이요, 누이도 모르겠지마는, 저 마누라는 나를 알아볼 것이요, 실없는 소리라도 사위니 아들이니 하는 말을 하였던 것을 생각하여 본다면 마주 대면하기가 피차에 어떠할까 하고 지금부터 내가 도리어 얼굴이 간지러운 것 같다. 아무튼지 이상한 연분이다. 물론 그때만 해도 *반상(班常)의 별을 몹시 차리던 시절이니까 두 집의 부모끼

**보짱**
마음에 품은 생각이나 요량.

**반상(班常)**
양반과 상사람을 함께 이르는 말.

만세전 **99**

리는 왕래가 별로 없었고, 더구나 저편에서는 나를 데리고 실없는 소리를 하였을 뿐이지 감히 내 딸을 누구의 몫으로 데려가시오라고는 못하였었다. 하지만, 지금 형님의 장모요 그때의 금순 어머니는 혹시 정말 나를 사위로 삼았으면 하는 공상이 있었던지 모른다. 그러면서도 기어코 우리집으로 들여보내고야 만 그 어머니의 심사는 알 수 없는 것이다. 형님은 잠깐 *동을 떼어서 다시 입을 벌렸다.

"그래 우리집이 서울로 이사한 뒤에는 최참봉이 실패하고 울화에 떠서 연전에 죽었다는 것은 알았지만, 그렇게까지 참혹하게 된 줄은 몰랐더니, 올 여름에 산소[墓地] 일절로 해서 청주에 들어갔다가 최씨의 큰사위를 만나니까, 장모하고 처제가 자기 집에 들어와서 사는데, 저 역시 실패를 하고 지금은 자동차깨나 부리지마는, 그것도 *근자에는 세월이 없어 지탱을 해갈 수가 없는 터이요, 혼기가 넘은 처제를 처치할 가망조차 없다면서, 어떻게 한밑천을 대어 주었으면 좋을 듯이 말을 비추기에, 집에 올라가서 무슨 말 끝에 우연히 그런 이야기를 하였더니……."

"최참봉 큰사위라면 그때 우리 살 때에 혼인한 김현묵(金賢默)이 말씀이죠?"

나는 어려서 보던 조그만 초립둥이를 머리에 그려

초립

보며 듣다가 형님 말의 새치기로 물었다.

"옳지 그래! 그때는 열두어 살밖에 안 되었지만, 지금은 퍽 건강해지기두 하고 위인이 착실해서 조치원에서는 상당한 신용이 있지. 그래 아버지께서두 얼마간 밑천을 대어 주는 것도 좋겠지마는, 그보다도 그 처제애를 데려오는 것이 어떠냐고 하시기에 들을 때뿐이요 흐지부지하였었지. 그런데, 그 후에 아버지께서 내려오셨던 길에 김현묵이를 만나 보시고, 우리 집안이 절손이 될 지경이니 우리집으로 데려오고 싶은즉, 저편 의향을 들어 보라고 별안간 일을 *버르집어 놓으시니까, 현묵이야 어떻든 인연을 맺어 놓기로만 위주나라 물론 찬성이요, 그 집안에서들도 *유처취처라는 것을 매우 꺼리는 모양이나 우리 집안 내력도 알고, 그보다도 자기네 형편이 매우 급하니까 결국은 승낙을 한 모양이지."

형님은 장황히 변명삼아 설명을 하는 것이었다.

"어쨌든 큰아주머니만 불평이 없으시다면 잘 되었습니다그려. 어머니께서도 좋게 생각하시겠죠?"

나는 구태여 잘잘못을 말할 일도 아니기에 좋도록 대꾸를 하였다.

"아버지께서는 원래 큰형수를 미흡하게 여기시니까 말씀할 것도 없지만, 어머니께서는 처음에는 반대를 하시다가, 역시 손주새끼를 보겠다고 첩을 얻어 들이는 것보다는 낫다고 하시고, 당자도 인제는 자식이라고는 나볼 가망도 없구 하니까 아무려나 하라기에, 되어 가는 대로 내버려두었지."

나는 잠자코 듣기만 하였다. 그러나 아들자식이란 그렇게도 낳고 싶은 것인지 나에게는 알 수 없는 일이었다. *무후(無後)한 것이 조상에 대한 죄라거나 부모에게 불효가 된다는 말부터 나에게는 이해할 수 없는 것이었다. 우연이든 필연이든 낳은 자식은 죽일 수 없으니까 남과 같이 길러 놓기는 하여야 하겠지마는, 그렇게 성화를 하면서 부친까지 나서서 서두르고 애를 쓸 것이 무엇인지? 사람이란 의외의 *호사객이라고 생각하였다. 나이 먹으면 생각이 달라질지는 모르지마는, 아들자식을 낳아서 공을 들여 길러 논다기로 그것이 어떻다는 것인지 알 수 없다. 요행 장수하여서 자기보다 앞서지 않을 지경이면 *삿갓가마나

**버르집다**
파서 헤치거나 크게 벌려 놓다.

**유처취처(有妻娶妻)**
아내가 있는 사람이 또 아내를 얻음.

**무후(無後)**
대(代)를 이어갈 자손이 없음.

**호사객(好事客)**
일을 벌이기를 좋아하는 사람.

**삿갓가마**
예전에 초상(初喪) 중에 상제가 타던 가마. 가마의 가장자리에 흰 휘장을 두르고 위에 큰 삿갓을 씌웠다.

타고 상여 뒤에 따르리라는 것만은 분명히 예기할 수 있는 일이겠지만 그 다음 일이야 누가 알 일인가. 위인이 착실할 지경이면 부모가 남겨주고 간 땅뙈기나 파서 먹다가 뒤따라 땅 속으로 굴러 들어가 버릴 것이요, 그렇지도 못하면 그나마 다 까불리고 제 몸뚱어리 하나도 추스르지 못하는 것은 말할 것도 없지만 거기에 매달린 처자의 운명까지 잡쳐 놓을지도 모른다. 기껏 잘났대야 저 혼자 속을 썩이다가 발자취도 없이 스러질 것이며, 자칫하면 제 목숨까지가 성이 가시다고 낳아준 부모를 원망할지도 모를 것이다. 그러나 종족을 연장하려는 것이 생물의 본능이라고 할지도 모른다. 하지만 종족의 보전이나 연장이라는 의식으로 사람은 결혼을 원하는 것인가. 그보다도 한층 더한 충동이 더 굳세게 사람의 마음속에서 움직이지는 않는 것일까. 자식이 *주줄이 있어도 첩 얻지 않던가? 그는 고사하고 절손이 무섭고 자기가 돌아간 뒤에 술 한잔이라도 부어 놓을 맏손주를 생전에 보겠다고 애를 부득부득 쓰는 부친이 가엾고, 의외로 *완고인 데에 놀랐다. 사람의 관념이란 무서운 것이라고 새삼스럽게 생각되는 것이었다.

"서울집에 있는 것이나 데려다가 기르셨더면 좋았죠. 에미두 죽게 되구, 저는 있는 게 도리어 귀찮을 지경인데."

하며 형님의 눈치를 보았다. 나는 자기 소생을 형님에게 떼어맡겼으면 짐이 덜리어서 시원스럽겠다는 말이나, 듣는 사람에게는 양자라도 할 수 있는데 왜 유처취처까지 해서 남 못 할 일을 하였느냐고 나무라는 것같이 들린 모양이다.

"글쎄 그두 그렇지마는 너두 앞일을 생각하면 그럴 수야 있니. 그뿐 아니라 저편 처지가 말못되었으니까, 사람 하나 구하는 셈치고 어떻든 데려온 것이지."

**주줄이**
줄지어 죽 늘어선 모양.

**완고(頑固)**
융통성이 없이 고집이 세다.

하고 형님은 변명을 하였다. 나는 그 이상 더 말할 필요가 없다고 생각하면서도 사람 하나 구한다는 말이 귀에 거슬리기에, 밖에서 듣지 않도록 일본말로 반대의 의사를 늘어놓았다.

"그건 형님 잘못 생각이세요. 설혹 결혼을 하여서 한 사람이 구하여졌다 하더라도 형님은 그것을 자기의 공으로 아실 것도 못 되거니와, 처음부터 구한다는 생각을 가지고 결혼을 하셨다는 것은 형님이 자기를 과대평가하신 것이죠. 또 사실상 그러한 것은 둘째, 셋째로 나오는 문제이겠지요. 누구든지 저 사람을 행복스럽게 할 사람은 이 넓은 세상에는 나밖에 없다고 생각하는 것은 한편으로 보면 좋은 일 같지마는 다른 한편으로 보면 불완전한 '사람'으로서는 너무 지나친 *자긍이겠지요."

형님이 잠자코 앉았는 것을 보고 나는 또다시 입을 벌렸다.

"진정한 사랑은 그 사람의 행복을 비는 마음에서 나오는 것이요, 그 사람의 생활을 지배하고 운명의 진로까지를 간섭하는 것은 아니겠지요. 구(救)한다는 것은 이기적 충동을 떠나서 자기를 다소간 희생하게 될 것인데, 형님은 아들 낳겠다는 욕심으로 한 결혼이 아닙니까? 하하하."

나는 아니 하여도 좋을 말을 오금을 박듯이 입바른 소리를 하고 말았다. 형님은 잠자코 듣고 앉았다가,

"구한다는 사실이 이 세상에 없다 하면 너부터 굶어죽으랴? 그는 고사하고 여기 어린아이가 우물로 기어들어가면 너두 쫓아가서 붙들겠구나?"

하며 형님은 웃으면서도 덜 좋은 기색이었다.

"그건 구제가 아니라 의무지요."

**자긍(自矜)**
스스로에게 긍지를 가짐. 또는 그 긍지.

나는 구하지 않으면 너부터 굶어죽으리라는 말에 불끈해서 한마디 한 뒤에 다시 뒤를 이었다.

"의무라 하면 당연히 할 일, 또는 하지 않아서는 안 될 일을 의미하는 것이 아니겠습니까? 그러면 자식을 나서 교육을 시키든지, 우물에 빠지려는 아이를 붙들어 낸다는 것을 자선적 행위라고야 할 수 없겠지요. 그는 그만두고 지금 자살하려는 사람을 붙들어 냈다 하기로 그 행위가 자선도 아니요, 그 사람의 행복을 위한 것도 아니죠. 다시 말하면 목숨이라든지 산다는 데에, 공통한 처지에서 자기는 사는 것을 긍정하기 때문에 생(生)을 부정하는 자를 자기의 의견에 동화시키려고 하는 행위가 즉 자살을 방지하는 노력이외다그려. 하고 보면 결국은 자기를 중심으로 하고 하는 일이 아닌가요? 하여간 소위 구제니 자선이니 하는 것을 향기 있고 아름다운 말이나 행위로 알지만, 실상은 사회가 병들었다는 반증밖에 아니 되고, 그 어느 구석에든지 이기적 충동이 있다고 보이는데요……."

무에나 반항적 태도로 자기 의견을 한마디 꺼내 놓고야 마는 이맘때의 나로는 형님이 어떻게 듣거나 말거나 한바탕 주워섬기고 말았다. 형님은 내 이론이 되고 안 된 것을 \*별양 \*탄하고도 싶지 않고, 그저 못마땅하나 먼 데서 온 아우를 불쾌케 아니 하려는 듯이 웃으면서,

"너같이 극단으로 나가면 이 세상에 살아갈 수 있겠니? 그래도 \*상호부조의 정신두 있어야 하고 인생의 이상이니 목적이라는 것은 없어 안 될 거요……."

하고 온화한 낯빛으로 입을 다물었다. 아까 문학은 배운대야 써먹을 데가 없다고 눈살을 찌푸리던 때보다는 달라졌다.

"인생의 이상이란 것은 나는 생각해 본 일도 없습니다마는, 구태여

**별양**
별반.

**탄하다**
남의 말을 탓하여 나무라다.

**상호부조(相互扶助)**
공동 생활에서 개인들끼리 서로 돕는 일.

말하자면 자기를 위하여 산다 할까요. 하지만 결코 천박한 이기주의로
하는 말은 아닙니다."

내가 이렇게 대답을 하니까 형님은 나를 잠깐 쳐다보는 양이,

'너야말로 이기주의자로구나?'

하고 핀잔을 주고 싶은 것을 참아 버리는 모양이다.

부산히 차려 들여온 점심을 형제가 겸상을 하여 먹은 뒤에 나는 아
랫목에 잠깐 누웠었다. 어쩐둥 잠이 들어 한잠 늘어지게 자고 나서 눈
을 떠보니까, 흐린 날이 저물어 들어가는지 방 안이 한층 더 우중충하
여졌다. 아까 식후에 학교에 다시 갔다가 온다던 형님은 벌써 돌아와
서 건넌방에 들어가 앉았는 모양이다. 내가 일어나서 양치질을 하는
소리를 듣고 형님은 안방으로 건너와서,

"눈이 올지 모르는데 술이나 한잔 먹고 떠나랸?"

하며 밖에다 대고 술상을 차리라고 일렀다. 형님이 나에게 술을 권하
는 것은 여간한 마음으로 하는 것이 아니다. 더구나 학교에서 오다가
자기는 먹을 줄도 모르는 일본 청주를 사들고 온 것이라 한다. 나는 이
것이 혼인상 대신인가? 하는 실없는 생각을 하여 보며 속으로 웃었다.
형님도 대작을 하기 위하여 억지로 몇 잔 한다.

"그런데 이번에 올라가거든 좀 집에 붙어앉아서 약 쓰는 것두 다잡
아 살펴보구, 모든 것을 네가 거두어 줄 도리를 차려라."

형님은 두 잔째 마시고 나서 이런 소리를 들려 주었다. 나는 잠자코
말았다. 사실 내가 약 쓰는 묘리를 알 까닭이 없는 일이다. 형님은 또
화두를 돌렸다.

"나두 며칠 있다가 형편 되는 대루 곧 올라가겠지만, 아버님께 산소
사건은 아직도 사오 일은 더 있어야 *낙착이 날 듯하다고 여쭈어라. 역

**낙착**
문제가 되던 일이 결말
이 맺어짐.

시 공동묘지의 규정대로 하는 수밖에 없을 모양이야."

　나의 귀에는 좀 이상하게 들리었다. 내 처가 죽을 것은 기정의 사실
이라 치더라도 죽기도 전에 들어갈 구멍부터 염려들을 하고 있는 것
은, 아들을 낳지 못하여서 성화가 난 것보다도 *구성없는 짓이요 일없
는 사람의 헛공사라고 생각 않을 수 없다.

**구성없다**
격에 어울리지 않다.

　"죽으면 묻을 데가 없을까 봐서 그러세요. 공동묘지는 고사하고 화
장을 하든 수장을 하든 상관없는 일이 아닌가요? 아버지께서는 공연히

그런 걱정을 하시지만, 이 살기 어렵고 바쁜 세상에 그런 걱정까지 하는 것은 생각해 볼 일이지요."

나는 이렇게 핀잔을 주듯이 역시 반대의 의사를 표시하였다.

"공연히가 무에 공연히란 말이냐?"

형님은 눈을 똑바로 뜨고 나를 꾸짖고 나서 말을 이었다.

"너두 지각이 났으면 생각을 해보렴. 총독부에서 공동묘지 제도를 설정한 것은 잘 되었든 못 되었든 하는 수 없이 쫓아간다 하더라도, 대대로 내려오는 자기의 선산이 남의 손에 들어가게 되고 게다가 앞길이 멀지 않으신 늙은 부모가 계신데, 불행한 일이 있는 날에는 어떻게 한단 말이냐? 그래 아버님 어머님을 공동묘지에다가 모신단 말이 될 말이냐? 자식 된 도리는 그만두고라도 남이 부끄러워서 어떡한단 말이냐. *계수만 하더라도 만일에 불행한 경우를 당하면 어떻든 작은산소 아래다가 써야지 어기저기 뿔뿔이 흐트러져 있으면 그게 무슨 꼬락서니란 말이냐?"

형님은 매우 화가 난 모양이다. 그러나 내게는 그리 다급히 들리는 문제는 아니었다.

"그래 어떡하신단 말씀예요?"

다만 *산판이나 *묘위전(墓位田)이 남의 손에 들어갔다는 데에는 나도 잠자코 있을 수가 없었다.

"어떻든지 간에 충북 도장관과는 아버님께서도 안면이 계시고 나도 아주 모르는 터는 아니니까, 아버님 대(代)만이라도 작은산소에 모시도록 지금부터 허가를 맡아 두고 계수도 사람의 일을 모르니까 이번에 아주 자리를 잡아 놓아 두자는 말이야. 그런데 그보다도 더 시급한 것은 큰산소하고 가운데 산소의 제절 앞의 산판을 물러 가지고 식목이라

**분상(墳上)**
무덤에서 조금 높은 부분. 또는 무덤의 위.

도 다시 하자는 것인데, 뭐 아주 말이 아니야, *분상이 벌거벗은 셈이요……."

분상이 벌거벗었다는 말에 나는 속으로 웃었다.

"그 문제가 이때껏 낙착이 안 났어요?"

하며 나는 또 한 잔 들었다.

"낙착이 다 무어냐. 뼛골은 뼛골대로 빠지고 일은 점점 안 돼가니, 어떻게 해야 좋을지. 지금 붙들어다가 징역을 시킨달 수도 없고……."

하며 형님은 눈살을 찌푸린다.

산소 문제라는 것은 셋쨋집 종형이 문서를 위조해서 팔아먹은 것이다. 우리 집이 종가는 아니나 실권은 여기서 잡고 있는, 말하자면 우리 문중 소유로 만들어 놓은 것인데, 몇 평이나 되는지 노름에 몰려서 두 군데의 분상만 남겨 놓고 상당히 굵은 송림째 얼러서 불과 백여 원에 팔아먹은 모양이나, 워낙 헐가로 산 것이기 때문에 당자가 좀처럼 물러 주지 않는 터이라 한다. *제절 앞에 거름을 하고 논을 풀든 밭을 갈든 그는 고사하고 이해관계로라도 물러야 할 것은 물론이다.

**제절**
자손들이 늘어서서 절할 수 있도록 산소 앞에 마련된 평평하고 널찍한 부분.

"어떻든 무를 수는 있겠죠?"

공동묘지에 성화가 나서 하는 것은 코웃음치는 나도 조상의 산소를 팔아먹은 데에는 분개하고 있는 터이다.

"글쎄, 셋째아버지께서만 증인으로 스셨으면 아무 말 없이 본전에 찾겠지마는, 번연히 자기가 관계를 하시고 내용까지 자세히 아시면서 모른다고만 하시니까 무사히 될 일두 이렇게 말썽만 되지 않겠니?"

"그럼 셋째아버지도 공모를 하셨던가요?"

"그러게 망령이 나셨단 말이지. 그나 그뿐이라던! 자식을 잘못 둬서 그랬기루서니 어찌하란 말이냐고 되레 야단만 치시니 기막히지 않니?"

"그럼 당자를 붙들어 내면 될 게 아녜요?"

"당자야 벌써 어디룬지 들구 뛰었다 하더라만, 아마 요새는 들어와 있나 보더라. 일전에두 갔더니 셋째아버지가 앞장을 서서 우는 소리를 하시며 자식 하나 없는 셈 칠 테니 그놈을 붙들어다가 징역을 시키든 목을 돌려 놓든 마음대로 하고, 인제는 그 문제로 우리집에는 와야 쓸데가 없다고 하시는 것을 보면, 어디 갔다는 말은 공연한 소리요, 모두 *부동이 되어서 귀찮게만 굴자는 수작 같애서 실없이 화가 나지만……."

셋째삼촌이라는 이는 집의 아버지와 이복인데다가, 분재한 것을 몇부자가 다 까불려 버린 뒤로는 한층 더 말썽이 많아졌다. 언젠지 나더러도,

"네 형두 딱하지, 그예 징역을 시키고 나면 무에 시원할 게 있니? 돈 푼 더 주고 무르면 고만 아니냐? 고까짓 것쯤 더 쓰기로 얼마나 더 잘 살겠니?"

하며 *갉죽갉죽 꼬집는 소리를 한 일이 있었다. 그런 소리를 들으면 머릿속까지 지끈지끈한 나는,

"내야 뭘 압니까. 그런 이야기는 형더러 하시죠."

하며 피해 버렸었다. 원체 나는 *적서(嫡庶)의 차별 관념이란 꿈에도 없건마는 머릿살 아픈 일이다.

"아무쪼록 구순하게 하시구려."

하고 나는 말을 끊어 버렸다. 그러나 형님으로서 생각하면 단 형제뿐인데 내가 집안일에 탐탁히 의논 한마디라도 거들지 않는 것이 불만인 모양이다.

실쭉한 저녁을 조금 뜨고 나서, 캄캄히 어둔 뒤에 다시 짐을 지워 가

**부동**
그른 일에 어울려 한통속이 됨.

**갉죽갉죽**
자꾸 무디게 갉는 모양.

**적서(嫡庶)**
적자와 서자, 또는 적파와 서파를 아울러 이르는 말.

　지고 형님과 같이 정거장으로 나왔다. 드문드문 전등불이 반짝이는 큰길가에는 인적도 벌써 드물어 가고, 모진 바람이 쌀쌀히 부는 대로 가다가다 눈발이 차근차근하게 얼굴에 끼치었다.

　"오늘 밤에는 꽤 쌓이겠다!"

　형님은 이런 소리를 하며 앞서간다. 정거장 안에 들어서니까, 순사보 한 사람이 형님하고 인사를 하며 나를 아래위로 한번 훑어보았으나, 별로 조사를 하자고는 아니 한다. 지워 가지고 온 짐을 받아 가지고 형님과 아는 일본 사람 사무원이 들어오라고 권하는 대로 우리는

사무실로 들어가서 난로
앞에 불을 쬐고 섰었다. 이삼 사무
원이 우리를 돌아다보며 앉은 채 *묵례를
한다. 우리들더러 들어오라고 한 사무원은,

"매우 춥지요? 동기방학에 나오시는군요."

하며 나의 옆에 와서 말을 붙이며 불을 쬔다. 이러한 경우에 일본 사람
이 조선 사람보다 친절한 때가 있다고 나는 생각하였다. 순사나 헌병
이라도 조선인보다는 일본인 편이 나은 때가 많다. 일본 순사는 눈을
부르대고 그만둘 일도, 조선 순사는 짓궂이 뺨을 갈기고 으르렁대고서
야 마는 것이 보통이다. 계모시하에서 자라난 자식과 같은 몹쓸 심보
다. 불쌍한 처지에 있는 사람끼리 만나면 피차에 동정심이 날 때도 있

**묵례(默禮)**
말없이 고개만 숙이는
인사.

지마는, 자기 자신의 처지에 스스로 불만을 가지고 자기 자신에 대한 증오가 심하면 심할수록 자기와 똑같은 처지에 있는 사람이 더 밉고 보기 싫어서 그런가 보다. 혹시는 제 분풀이를 여기다가 하는 것일 것이다. 조선 사람에게 대한 조선인 관헌의 태도가 그러한 심리에서 나오는 것인지? 혹은 일본 사람은 뒤로 물러서고 시키니까 그러는지? 하여간 조선인 순사나 헌병 보조원이 더 미우면서도 불쌍도 하다.

사무원은 내가 일본서 왔다는 데에 흥미를 가지고 이야기를 자꾸 건다. 한참 주거니받거니 하며 섰으려니까, 외투에 모자우비까지 푹 뒤집어쓴 젊은 조선 사람 역부가 똥그란 유리등을 들고 창황히 들어오며 일본말로,

"불이 암만해도 안 켜져요."

하고 울상이다. 역부의 외투에 쌓였던 하얀 눈이 훈훈한 방 안 온기에 금시로 녹아서 조그만 이슬이 반짝거리며 뚝뚝 든다.

"빠가! 안 켜지면 어떡한단 말이야. 시간은 다 되었는데."

이때까지 웃는 낯으로 나하고 이야기를 하고 섰던 사무원이 눈을 부르대며 소리를 지르고 나서 저쪽 구석으로 향하더니,

"이서방, 오소오소, 같이 가서 켜고 와요!"

하며 조선말로 이서방에게 명한다. 나는 사무원의 살기가 등등한 똥뚱한 얼굴을 바라보고 외면을 하였다. 두 역부는 다른 등에 또 불을 켜들고 허둥허둥 나갔다. 두 사람이 나가는 것을 보고 사무원은 픽 웃으며,

"허는 수 없어!"

하며 무책임한 이 꼴을 좀 보라는 듯이 혀를 차며 나를 쳐다보았다. 나도 따라서 웃어 보였으나, 머리로는 눈보라가 치는 속에서 신호등으로

기어올라가서 허둥거리는 두 역부의 검은 그림자를 그려 보며 익숙지 않은 일에 가엾은 생각도 난다. 조금 있으려니까 땡땡 하는 소리가 몇 번 난 뒤에 역부들이 들어왔다. 불은 켜지고 차는 조금 있다가 들어왔다. 눈이 푹푹 내리는 속을 나는 형님과 헤어져서 차에 올랐다.

석유불을 드문드문 켠 써늘한 기차 속은 몹시 우중충하고 기름 냄새가 코를 찌른다. 외투를 벗어서 눈을 털었으나 몸은 *구중중하고, 컴컴한 석유불을 볼수록 조선은 이런 덴가 싶어 새삼스레 을씨년스럽다. 하여간 난로 앞에 가서 자리를 잡고 앉아 보니 찻간에 사람은 그리 많지 않았다. *끄레발에 갈모를 우그려 쓴 촌사람 오륙 인하고 양복쟁이 서너 사람이 난로 가까이 앉고, 저편으로 떨어져서 대구에서 탔는 듯 싶은 기생 같은 젊은 여자가 양색 *왜증인지 보라인지 검붉은 두루마기를 입고 이리로 향하여 앉은 것이 그중에 반가워 보였다. 나는 심심파직으로 잡지를 꺼내 들었으나 불이 컴컴하여 몇 장 보다가 덮어 버렸다.

저편으로 중앙에 기생에게 등을 두고 앉은 사십 남짓한 신사를 바라보다가 나는 무심코 우리집에 다니는 김의관 생각이 났다. 기생하고 동행인지 혼자 가는지는 모르나 수달피 댄 훌륭한 외투를 입고 금테안경을 쓰고 버티고 앉았는 것이 돈푼 있어 보이기도 하나, 안경 너머로 이사람 저사람의 얼굴을 유심히 바라보는 작은 눈은 교활하여 보였다.

기차가 추풍령에 와서 닿으니까, 일본 사람의 사냥꾼 한 떼가 개를 두 마리나 데리고 우중우중 들어와서 기다란 총을 여기저기다가 세우고 탄환 박힌 혁대를 끌러 논 뒤에 난로 앞으로 모여든다. 객차에 산 짐승은 아니 태우는 법인데 이 행차는 특대우인 모양이다. 하여간 개

**구중중하다**
사람이나 물건의 모양새가 깔끔하지 않고 지저분하다.

**끄레발**
단정하지 못하여 텁수룩한 옷차림.

**왜증**
바탕이 얇은 비단.

비가 올 때 갓위에 덮어 쓰던, 기름종이로 된 갈모

가 싫어서 나는 자리를 피하여 저편으로 가서 앉았다. 촌사람들도 비실비실 피하여서 이리저리 흩어졌다.

"아, 영감! 이거 웬일이쇼?"

누구인지 이렇게 소리를 버럭 지르는 바람에 나는 무심코 고개를 돌렸다. 방한모를 우그려 쓴 *얼금얼금한 사냥꾼 하나가 손가락 사이에는 반쯤 타다가 남은 여송연에 불을 붙이며 난로를 등을 지고 섰는 자의 말소리다. 헌 양복에 각반을 치고 일본 버선에 조선 짚신을 신은 꼴이 손에 든 여송연과는 어울리지 않으나, 동행하는 일본 사람이 난로 앞에 설 자리를 사양하는 것을 보면 일행 중에서는 지위가 높은 모양이다.

"그러나, 영감은 웬일이슈?"

수달피털을 붙인 외투를 입고 앉았던 금테안경이 앉은 채 인사를 하며 묻는다. 이 자도 그만큼 버틸 힘이 있기에 이러한 '똥테' 두 *동달이쯤은 되는 영감을 앉아서 인사하는 것일 거라.

"군청에서들 산에 가자기에 나섰더니 인제야 눈이 오시는구려."
하며 얼금뱅이가 웃었다.

"이 바쁜 세상에 사냥은 너무 호강이신걸, 허허허. 공무 태만으로 감봉이나 되면 어쩌려우?"

김의관 같은 안경잡이가 한층 내려다보는 수작을 한다.

"영감같이 돈이나 벌려면은 세상도 바쁘지만 시골 구석에 엎뎄으니까 만사태평이외다. 한데 지금 어딜 다녀오슈?"

"대구에를 갔다 오는데, 이때까지 장관에게 붙들려서……."

"에? 그래 그건 어떡하셨소?"

"그거라니?"

얼금얼금
얼굴에 얽은 자국이 듬성듬성 있는 모양.

동달이
병정에 등급에 따라 군복의 소매 끝에 단 가는 줄.

안경잡이는 딴청을 붙이는 말눈치다.

"아, 저 토지사건 말씀요."

얼금뱅이는 주기가 도는 뻘건 얼굴이 한층 더 붉어지는 듯하며 여전히 난로를 등지고 서서 묻는다.

"그러지 않아도 그 일절로 내려온 것인데, 계약은 성립이 되었지만 내 일이 낭패가 돼서…… 연이틀을 붙들고 놓아 주어야지. 매일 기생에 아주 멀미를 대었소. 술 잘 먹고 놀기 좋아하고 참 *노당익장(老當益壯)야……"

경북 도장관이라면 일본 사람이거니와, 도장관을 칭송을 하는 것인지 긴하게 보인 자랑이 더 긴해서 떠드는 것인지 알 수 없다.

"에! 에!"

하며 얼금뱅이는 감탄하는 듯 부러운 듯하게 대꾸를 하다가,

"그래 지금 인천으로 가시는 길인가요?"

하며 또 묻는다. 금테안경은 또 한 번 눈살을 잠깐 찌푸리는 듯하더니 다시 얼굴빛을 고치며,

"내야 원래 관계있소. 저 사람이 죄다 하니까. 한데, 영감하고 이야기하던 것은 아주 틀리는 모양이오? 어떻게 과히 무엇 하지도 않겠고, 영감 체면도 상하지 않게 할 터이니 잘 해보시구려."

하며 한층 소리를 낮춰서 다정한 듯이 웃어 보인다.

"글쎄 나중에 기별하지요마는 어떻든 반승낙은 받았으니까 그쯤만 알아 두시구려."

얼금뱅이는 이렇게 대답을 하고 좌우를 한번 획 돌아보았다. 이야기는 뚝 끊기고 얼금뱅이는 그 옆에 빈자리에 앉았다. 두 사람의 수작은 어쩐지 암호를 써가며 하는 수수께끼 같으나 누가 듣든지 반 짐작은

할 것이다. 첫눈에 벌써 김의관 같은 위인이라고 *대중을 댄 것이 틀림없었던 것이 한편으로 유쾌도 하지마는 *불하운동(拂下運動)을 다니는 놈을 도장관이 한방 먹였다는 것은 이 자의 허풍이기도 하겠지마는 사실이면 *까닭수가 있는 것이리라.

김의관이라면, 나는 진고개 헌병사령부에 쫓아가 보던 생각을 어느 때든지 잊지 않고 있다. 우리 집이 아직 시골에 있을 때에 나는 소학교를 졸업하고 서울 와서 김의관의 집에서 중학교에 통학을 하였었다. 첩의 집에만 들어박혔던 김의관이 그때는 돈에 꿀려서 본집에 와서 있었던지, 나 있는 방과 마주 보이는 건넌방에 있었다. 그게 그해 팔월 스무날께쯤 되었었는지 빗방울이 뚝뚝 듣는 초가을 날 오후이었다. 학교에서 막 돌아와서 문간에 들어서려니까 김의관 마누라가 울상을 하고 뛰어나와서 책보를 받으면서,

"경식이 아버지가 지금 뉘게 붙들려 가셨는데 이리 나간 모양이니 좀 쫓아가 봐주게."

하며 그렇게 못마땅해 하던 영감이건마는 허겁지겁이었다. 나도 깜짝 놀라서 가리키는 편으로 골목을 빠져서 달음박질을 하여 가노라니까,

양복쟁이 두 사람에게 *옹위가 되어 가는 모시두루마기를 입은 김의관의 뒷모양이 눈에 띄었다. 나는 가슴이 두근두근하나 사오 간통이나 떨어져서 살금살금 쫓아갔었다.

김의관이 붙들려 가는 것을 쫓아가 본 일이 이번째 두 번이다. 몇 달 전에 내가 학교에 들어간 지 얼마 아니 되어서다. 그때가 아마 첩과 헤어지자고 싸우고 본집으로 기어든 지 며칠 안 되던 때인 듯싶다. 어느 날 순검이 와서 위생비든가 청결비든가를 내라고 독촉을 하니까,

"없는 것을 어떻게 내란 말요? 이 몸이라두 가져갈 테거든 가져가

구려."

하고 소리소리 질러 가며 순검에게 발악을 하다가 그예 순검이 가자
고 끌어내니까 문지방에 발을 버티고 아니 나가려고 한층 더 발악을
하며,

　"이놈, 이놈, 사람 죽이네. 어구,
사람 죽이네……."

하고 순검에게 멱살을 붙들
린 김의관은 순검보다도 더
야단을 치다가 그예 붙들려 가
고야 말 제, 나는 가는 곳을 알려고 뒤쫓아 나
섰었다. 그때에 나는 김의관이 이 세상에서 제
일 잘난 사람이라고 생각하였었다. 나
는 시골 구석에서 순검이라면
환도 차고 사람 치고 잡아가
는 이 세상의 제일 무서운
사람으로 알고 자라났다. 그
런데 김의관은 그 제일 무서운
사람더러 이놈 저놈 하며 할 말
을 다 하고 하인 부리듯이,

　"이놈! 거기 섰거라. 누
가 잘못했나 해보자!"

하며 안으로 들어와서 문지방에
서 벗겨진 정강이에다가 *밀태
상을 기름에 개어 바른다, 옷을

**밀태상**
일산화납. 종이에 바르
는 살충약.

**거레**
까닭없이 지체하며 매
우 느리게 움직임.

갈아입는다, 별별 *거레를 다 하고 나서 의기양양하게 순검보다 앞장
을 서서 나가는 것을 보고 나는 어린 마음에 유쾌도 할 뿐 아니라 제일
무서운 사람이 제일 못나 보이고, 제일 우습던 김의관이 제일 잘나 보
였던 것이다. 더구나 쫓아가서 *교번소에 들어가더니 거기 앉았던 일
본 순검더러 무어라 무어라 몇 마디 하고 웃으며 나오는 김의관을 볼
제, 나는 이 늙은이가 이렇게도 권리가 좋은가 하고 혼자 놀랐었다.

**교번소**
순검막. 순검이 일을 보
던 조그마한 막. 지금
의 파출소.

그러나 이번에 붙들려 가는 것을 보니, 아무 말도 없이 올가미를 씌
운 개새끼처럼 고개를 축 늘어뜨리고 두 양복쟁이에게 끌리어가더니,
병정이 좌우에서 파수를 보고 섰는 커다란 퍼런 문으로 들어가서 자취
가 사라지고 말았다. 나는 무서워서 가까이 가지도 못하고 가던 길을
휘더듬어 급히 돌아와서 집안 식구더러 이러저러한 데더라고 가르쳐
주었었다.

그날 저녁부터 경식이와 행랑아범은 하루 세 끼 밥을 나르기에 골몰
하였었다. 그러더니 한 보름쯤 지나니까 한일합병이 반포되고 뒤미처
서 김의관은 해쓱한 얼굴로 별안간 풀려 나왔다. 그때의 김의관은 조
금도 잘나 보이지 않았다. 그러나 무슨 까닭인 줄은 나도 짐작하였었
다. 그런데 반달쯤 갇혔다가 나온 김의관은 *금시발복이 되었는지 늙

**금시발복**
운이 틔어서 복이 닥침.

은이가 양복을 몇 벌씩 새로 장만을 하고, 헤지었던 첩을 다시 불러다
가 큰마누라하고 한집에 살게 하며, 매일 나가서는 술이 취하여 들어
오기도 하고, 나이가 아깝게 새 양복을 찢어 가지고 들어오는 때도 있
었다. 그러한 지 한 달쯤 되더니, 시골에다가 집과 땅을 장만하였으니
내려가자 하고 처첩을 다 데리고 낙향을 하여 버렸다. 그때서야 제일
무서운 사람에게도 발악을 쓰던 김의관이, 두어 달 전에, 올가미 쓴 개
새끼처럼 유순히 끌려가던 까닭을 더 분명히 알게 되었다.

김의관은 내가 일본에 가기 전에는 자기 시골에서 학교를 세워 가지고 교장 노릇도 하고 장거리에 나와서는 정미소를 한다는 소문도 들었으나, 그 후에 나와서 들으니까 그것도 인천 가서 *미두(米豆)에 다 까불리고 지금은 남의 집의 협포에 들어서 다른 첩과 산다고 한다. 지금이 좋은 외투에 몸을 싸고 금테안경을 쓴 신사도 인천을 가느니 토지의 계약을 하였느니 하는 말을 들으면, 이전에 붙들려 가보기도 하고 낙향도 하고 정미소도 하여 보다가 인천 미두에 다니지나 않는가 하는 생각이 머리에 떠올랐다.

'그러다가 *호상차지나 하러 다니고……?'

나는 이렇게 생각을 하여 보고 혼자 속으로 웃으며 금테안경을 또 한번 돌려다보았다.

기차가 영동역에 도착하니까 사냥꾼의 일행은 내리고 승객의 한 떼가 몰려 올라왔다.

"눈이 이렇게 몹시 왔다가는 내일 어디 장이 서겠나? 오늘두 얼매 손인지 알 수가 없는데……."

"공연히 우는 소리 말게, 누가 뺏어 가나? 허허허."

하며 장꾼 같은 일행이 들어와서 자리들을 잡느라고 어수선하게 쿵쾅거리며 주거니받거니 제각기 떠들어 댄다.

정거장에 도착할 때마다 드나드는 순사와 헌병보조원이 차례차례로 한 번씩 휘돌아 나가자 기차는 또다시 움직이기 시작하였다.

내 앞에는 역시 갓에 갈모를 쓰고 우산에 수건을 매어 든 삼십 전후의 촌사람이 들어와서 앉았다. 곰방담뱃대에 엽초를 부스러뜨려서 힘껏 담고 나더니 두루마기 속에 손을 넣어서 이 주머니 저 주머니를 한참 뒤적거리다가, 내 옆에 성냥이 놓인 것을 보고,

미두(米豆)
현물 없이 쌀을 팔고 사는 일. 실제 거래를 목적으로 하는 것이 아니고 쌀의 시세를 이용하여 약속으로만 거래하는 일종의 투기 행위이다.

호상차지(護喪次知)
초상 치르는 데에 온갖 일을 책임지고 맡아 보살피는 사람.

**구격**
격식을 갖춤. 또는
격식에 맞음.

"이것 잠깐만⋯⋯."

하며 내 얼굴을 뚫어지게 들여다본다. 갓쟁이로
는 *구격이 맞지 않게 손끝과 머리를 끄덕하며
빠르게 나의 눈치를 보는 것이, 분명히 내가 일
본 사람인가 아닌가 하는 미심쩍고 겁이 나는
눈치다. 나는 웃으며 성냥통을 집어 주었다.

담배를 붙이고 난 장꾼은 또 한 번 고개를
끄덕하며 나에게 성냥갑을 도로 주고 나서,
인제는 안심하였다는 듯이 싱글싱글 웃으
며 나의 얼굴을 멀거니 쳐다보다가,

"우리 인사하십시다."

하며 번잡스럽게 말을 붙인다.

나는 몹시 딜렁대는 위인이라고 생
각하고 웃으며 하자는 대로 하였다.

인사를 한 뒤에 매캐하고 독한 연기
를 훅훅 뿜으며,

"어디로 오시나요?"

하고 묻는다. 내가 사방모를 쓴 것을 보고 일
본에서 오나 싶어 이야기가 하고 싶은 눈치다.

"김천서요."

나는 마주 앉은 자의, 광대뼈가 내밀고 두꺼운 입술을 커다랗게 벌
린 시커먼 얼굴을 쳐다보며 대답을 하였다.

"고향이 거기신가요?"

"네에."

"말소리가 다르신데요?"

*부전부전한 친구라고 생각하며 나는 웃어만 버렸다.

"어떤 학교에 다니시나요? 일본서 오시지 않으시는가요?"

무료한 듯이 잠자코 앉았다가 또다시 묻는다.

"어떻게 아슈?"

나는 웃으며 되물었다.

"아, 일본 갔다 오시는 분은 모두 그런 양복을 입으십디다그려."

하며 궐자는 외투 위로 내다보이는 학생복 깃에 달린 금글자를 바라보고 웃었다. 일본 유학생이 더구나 합병 이후로는 신시대, 신지식의 선구인 듯이 쳐다보이는 때라, 이 촌청년도 부러운 눈으로 나를 자꾸 쳐다보며 이것저것 묻고 싶으나 무얼 물을지 몰라서 망설이는 모양 같다.

"당신은 무엇을 하슈?"

나는 대답 대신에 딴소리를 하였다.

"네에, 갓〔笠〕 장사를 다니는 *장돌뱅이입니다."

그는 *자비(自卑)하듯이 웃지도 않으며 자기 입으로 장돌뱅이라 한다.

"갓이오? 그래 요새두 갓이 잘 팔리나요?"

"그저 그렇지요. 촌에서들은 그래두 여전히 갓을 쓰니까요."

나는 좀 의외로 생각하였다. 두 사람은 잠깐 말을 끊었다가, 나는 다시 물었다.

"그러나 당신부터 왜 머리는 안 깎으우? 세상이 바뀌었을 뿐 아니라 귀찮고 돈도 더 들지 않소?"

"웬걸요, 촌에서 머리를 깎으려면 더 *폐롭고 실상 돈도 더 들죠. 게

**부전부전하다**
남의 사정은 돌보지 아니하고 자기가 하고 싶은 일에만 서두르는 모양.

**장돌뱅이**
'장돌림(여러 장으로 돌아다니면서 물건을 파는 장수)'을 낮잡아 이르는 말.

**자비(自卑)**
스스로 자신을 낮춤.

**폐롭다**
성가시고 귀찮다.

망건

떡목판을 맨 떡장수

다가 머리를 깎으면 *형장네들 모양으로 '내지어(內地語)'도 할 줄 알고 시체학문(時體學問)도 있어야지 않겠나요. 머리만 깎고 내지 사람을 만나도 말대답 하나 똑똑히 못하면 관청에 가서든지 순사를 만나서든지 더 성이 가신 때가 많지요. 이렇게 망건을 쓰고 있으면 요보라고 해서 좀 잘못하는 게 있어도 웬만한 것은 용서를 해주니까 그것만 해도 깎을 필요가 없지 않아요."

하며 껄껄 웃어 버린다.

"그두 그럴듯하지마는 같은 조선 사람끼리라도 머리만 깎고 양복을 입고 개화장(開化杖)을 휘두르고 하면 대접이 다른 것같이, 역시 머리라도 깎는 것이 저 사람들에게 천대를 덜 받지 않소. 언제까지든지 함부로 *훌뿌리는 대로 꿈적꿈적하고 요보란 소리만 들으려우?"

나는 궐자의 말이 일리가 있다고 동정은 하면서도, 무어라고 하나 들어 보려고 이렇게 물었다.

"훌뿌리거나 요보라고 하거나 천대는 받을 때뿐이지마는, 머리나 깎고 모자를 쓰고 개화장이나 짚고 다녀 보슈. 가는 데마다 시달리고 조금만 하면 뺨따귀나 얻어맞고 유치장 구경을 한 달에 한두 번쯤은 할 테니! 당신네들은 내지어나 능통하시지요? 하지만 우리 같은 놈이야 맞으면 맞았지 별수 있나요!"

천대를 받아도 얻어맞는 것보다는 낫다! 그도 그럴 것이다. 미친 체하고 떡목판에 엎드러진다는 셈으로 미친 체하고 어리광 비슷한 수작을 하거나, *스라소니 행세를 하거나 하여, 어떻든지 저편의 호감을 사고 저편을 웃기기만 하면 목전에 닥쳐오는 핍박은 면할 것이다. 속으로는 요놈 하면서라도 얼굴에만 웃는 빛을 띠면 당장의 급한 욕은 면할 것이다. 공포(恐怖), 경계(警戒), *미봉(彌縫), 가식(假飾), 굴복(屈

122 염상섭

服), *도회(韜晦), 비굴(卑屈)…… 이러한 모든 것에 숨어 사는 것이 조선 사람의 가장 유리한 생활방도요, 현명한 처세술이다. 실상 생각하면 우리의 이러한 생활철학은 오늘에 터득한 것이 아니요, 오랫동안 봉건적 성장과 관료전제 밑에서 *더께가 앉고 굳어빠진 껍질이지마는, 그 껍질 속으로 점점 더 파고들어가는 것이 지금의 우리 생활이다.

"어떻든지 그저 내지인과 동등한 대우만 해주면 나중엔 어찌 되든지 살아갈 수 있겠죠."

청년은 무엇에 쫓겨 가는 사람처럼 차 안을 휘휘 돌려다보고 나서 목소리를 한층 낮추어서 다시 말을 잇는다.

"가령 공동묘지만 하더라도 내지에도 그런 법률이 있다 하면 싫든 좋든 우리도 따라가는 수밖에 없겠죠. 하지만 우리에게는 또 우리의 유풍이 있지 않습니까? 대관절 내지에도 그런 법이 있나요?"

의외에 이 장돌뱅이도 공동묘지 이야기를 끄낸다. 나는 아까 형님한테 한참 설법을 듣고 오는 길에 또 이러한 질문을 받고 보니, 언제 규정이 된 것이요 어떻게 시행하라는 것인지는 나로서는 알고 싶지도 않고, 그까짓 것은 아무렇거나 상관이 없는 일이지마는, 아마 요사이 경향에서 모여 앉으면 꽤들 문젯거리, 화젯거리가 되는 모양이다. 나는 한번 껄껄 웃어 주고 싶었으나 그리할 수는 없었다.

"일본에도 공동묘지야 있다우."

나 역시 누가 듣지나 않는가 하고 아까부터 수상쩍게 보이던 저편 뒤로 컴컴한 구석에 금테를 한 동 두른 모자를 쓴 채 외투를 뒤집어쓰고 누웠는 일본 사람과, 김천서 나하고 같이 오른 양복쟁이 편을 돌려다보았다. 나의 말이 조금이라도 총독정치를 비방하는 것은 아니지만, 그 중에서 무슨 오해가 생길지 그것이 나에게는 염려되는 것이었다.

도회(韜晦)
재능이나 학식 따위를 숨겨 감춤.

더께
몹시 찌든 물건에 앉은 거친 때.

"정말 내지에도 공동묘지가 있에요? 하지만 행세하는 사람야 좀 다르겠죠?"

"그야 좀 다르겠지마는, 어떻든지 일본에서는 주로 화장을 지내기 때문에 타고 남은…… 아마 목구멍뼈라든가를 갖다가 묻고 목패든지 비석을 세운다우. 그러지 않아도 살아 있는 사람도 터전이 좁아서 땅조각이 금조각 같은데, 죽는 사람마다 넓은 터전을 차지하다가는 이 세상에는 무덤만 남고 말지 않겠소, 허허허."

나는 이러한 소리를 하면서도 묘지를 간략하게 하여 지면을 축소하고 남는 땅은 누구의 손으로 들어가고 마누 하는 생각을 하여 보았다.

"그리구서니 자기의 부모나 처자를 죽었다구 금세루 살라야 버릴 수가 있습니까? 더구나 대대로 내려오는 제 집 산소까지를."

이 사람은 나의 말이 옳다는 모양으로 고개를 끄덕끄덕하면서도 그래도 반대를 한다.

애급
'이집트'의 음역어.

"화장을 지낸다기루 상관이 뭐겠소. 예전에 *애급이라는 나라에서는 왕후 장상의 시체는 방부제를 쓰고 나무관에 넣은 시체를 다시 석관까지에 튼튼히 넣어서 피라미드라는 큰 굴 속에 묻어 두었지만, 지

능라주의(綾羅紬衣)
비단옷과 명주옷을 아울러 이르는 말.

금 와서는 미이라밖에는 되지 않고 만 것을 보면 죽은 송장에게 *능라주의(綾羅紬衣)를 입히고 백 평, 천 평 되는 땅에다가 아무리 굳게 파묻기로 그것이 무엇이란 말이오. 동상을 세우면 무얼 하고 송덕비를 세우면 무엇에 쓴다는 말이오."

내 앞에 앉았는 장꾼은 무슨 소리인지 귀에 자세히 들어오지 않는 모양이다.

"녜에, 그런 것이 있에요?"

하고 멀거니 앉았다.

"하여간 부모를 생사장제(生事葬祭)에 예(禮)로써 받들어야 할 거야 더 말할 것 없지마는, 예로 하라는 것은 결국에 공경하는 마음이나 정성을 말하는 것 아니겠소? 그러니 공동묘지 법이란 난 아직 내용도 모르지마는, 그것은 별문제로 치고라도, 그 근본정신은 생각지 않고 부모나 선조의 산소 *치레를 해서 *외화(外華)나 자랑하고 *음덕(蔭德)이나 바란다는 것도 우스운 수작이란 것을 알아야 할 거 아니겠소. 지금 우리는 공동묘지 때문에 못살게 되었소? 염통 밑에 *쉬스는 줄은 모른다구, 깝살릴 것 다 깝살리고 뱃속에서 쪼르륵 소리가 나도 죽은 뒤에 파묻힐 곳부터 염려를 하고 앉았을 때인지? 너무도 얼빠진 늦둥이 수작이 아니오? 허허허."

나는 형님에게 하고 싶던 말을 장돌뱅이로 돌아다니는 이 자를 붙들고 한참 푸념을 하였다. 이야기를 하고 나니까 어쩐지 *열적었다. 그러나 내가 한참 떠드는 바람에 여러 사람의 시선은 이리로 모인 모양이다. 저편에 앉았는 기생아씨도 몸을 틀고 돌려다보며 귀에 들어오지도 않는 이야기를 열심으로 듣는 모양이다.

"나는 모르겠습니다마는 그래 형장께서도 양친이 계시겠지요? 어떻게 하실 텐가요?"

갓장수는 내 말은 어찌 되었든지 불평이 있으니만치 시비조로 덤빈다.

"되어 가는 대로 합시다."

하며 나는 웃고 입을 닫쳤다.

"그래두 누구나 부모나 조상을 위하는 것은 똑같겠죠?"

나는 더 말해야 쓸데가 없다고 생각하며 아무 말 아니 하려다가, 그래도 오해를 사면 안 되겠기에 또 대꾸를 하여 주었다.

치레
잘 손질하여 모양을 냄.

외화(外華)
화려한 겉치레.

음덕(蔭德)
조상의 덕.

쉬슬다
파리가 알을 여기저기 낳다.

열적다
열없다. 좀 겸연쩍고 부끄럽다.

"글쎄 공동묘지가 좋으니 부모를 그리 모시겠다는 것이 아니라, 우리에게는 그보다도 더 절급한 문제가 하도 많다는 말 아니오? 그 절급한 문제는 내버려두고—산 사람 문제는 내버려두고 왜 죽은 뒤의 문제부터 기가 나서 법석이냔 말요. 아버지, 어머니가 굶어 돌아가도 공동묘지에만 장사를 안 지내면 되겠소? 당신은 몇 대조까지나 선영(先塋)을 찾는지 모르겠지마는, 가령 십 대조 이상의 묘지를 못 찾는다면 그것은 공동묘지기 때문이란 말요……."

하고 나는 화를 버럭 내다가 목소리를 낮추면서,

"그러니까 공동묘지가 좋다는 것이 아니라 근본 문제, 앞으로의 문제, 자식의 문제를 생각하여 놓고 이야기하자는 것이 아니오."

하고 나는 *눙쳐 버렸다.

"나는 모르겠습니다."

하며 갓장수는 픽 웃어 버린다. 나는 잠자코 말았으나 어쩐지 불유쾌하였다. 갓장수 따위를 데리고 그러한 논란을 한 것이 점잖지 않은 것 같기도 하고 남이 들으면 웃을 것 같아서 혼자 부끄러웠다.

두 사람이 잠자코 앉았으려니까 차는 심천(深川) 정거장엔지 도착한 모양이다. 새로운 승객도 별로 없이 조용한 속에 순사가 두리번두리번 하고 뚜벅 소리를 내며 들어와서 저편 찻간으로 지나간 뒤에 조금 있으려니까, 누런 양복바지를 *옹구바지로 입고 작달막한 키에 구두 끝까지 철철 내려오는 기다란 환도를 끌면서 조선 사람의 헌병보조원이 또 들어왔다. 여러 사람의 눈은 또 긴장해지며 일시에 *구랄 만한 누렁 저고리를 입은 조그마한 사람에게로 모이었다. 이 사람은 조그만 눈을 똥그랗게 뜨고 저편서부터 차츰차츰 한 사람씩 얼굴을 들여다보며 이리로 온다. 누구를 찾는 것이 분명하다. 나는 공연히 가슴이 선뜻하였

눙치다
좋은 말로 마음을 풀어
누그러지게 하다.

옹구바지
가랑이의 발목 부분이
넓은 바지.

구랄 만하다
'구람만 하다'의 오기
인 듯. '구람'은 굴밤이
나 도토리 등을 뜻함.

으나, 이 찻간에는 나를 미행하는 사람이 있으리라는 생각을 하니까 안심이 되었다. 찻간 속은 괴괴하고 현병보조원의 유착한 구둣소리만 뚜벅뚜벅 난다. 그러나 여러 사람의 가슴은 컴컴한 남포의 심짓불이 떨리듯이 떨리었다. 한 사람, 두 사람 낱낱이 얼굴을 들여다보고 지나친 뒤의 사람은, 자기는 아니로구나, 살았구나! 하는 가벼운 안심이 가슴에 내려앉는 동시에 깊은 한숨을 내쉬는 모양이 얼굴에 완연히 나타났다. 헌병보조원의 발자취는 점점 내 앞으로 가까워 왔다. 나는 등을 지고 돌아앉았고, 내 앞의 갓

남포

장수는 담뱃대를 든 채 헌병의 얼굴을 똑바로 쳐다보고 앉았다. 헌병보조원은 내 곁에 와서 우뚝 선다. 나는 가슴이 뜨끔하여 무심코 쳐다보았다. 그러나 헌병보조원은 나를 본체만체하고 내 앞에 앉는 갓장수를 한참 내려다보고 섰더니 손에 들었던 종잇조각을 펴본다. 내 가슴에서는 목이 메게 꿀떡 삼키었던 토란만한 것이 쑥 내려앉는 것 같았다. 찻간은 고작 헌병보조원— 어린 조선 청년 하나의 한마디로 괴괴하여졌다.

"당신, 이름이 뭐요?"

헌병보조원은 갓장수더러 물었다.

"나요? 김××예요."

하며 허둥지둥 일어선다.

"당신이 영동(永同)서 갓을 부쳤소?"

"녜, 녜."

"그럼 잠깐 내립시다."

찻간 속은 쥐죽은 듯한 공포에서 겨우 벗어났다. 여기저기서 수군수
군하는 소리가 난다.

나의 앞에 앉아서 이때까지 노닥거리던 말동무는 헌병보조원의 앞
을 서서 허둥지둥 차에서 내렸다.

그러나 문 밖으로 나간 뒤에 정신을 차리고 보니까, 내 앞에는 수건
으로 질끈 동인 헌 우산 한 개가 의자의 구석에 기대어 섰다. 나는 유
리창을 올리고 캄캄한 밖을 내다보며 소리를 쳤으나 벌써 간 곳이 없
었다. 난로에 석탄을 넣으러 들어온 역부에게 그 우산을 내주면서 물
어 보니, 주는 우산은 받으면서도 이편 말은 못 알아들은 듯이,

"나니(무엇이야)? 나니?"

하며 여전히 못 알아들은 체하고 일본말로 묻는 데에는 어이가 없었
다. 발길로 지르고 싶었다.

자정이나 넘은 뒤에 차는 대전에 와서 닿았다. 김의관 같은 금테안
경 채비의 하이칼라 신사는 커다란 가죽가방에 담요를 비끄러매어서
옆에 놓았던 것을 앞에 앉았던 사람에게 들려 가지고 내려갔다. 그러
나 기생은 내리지 않는다.

얼마나 정거하느냐고 소제하는 역부더러 물어 보니까, 삼십 분 동안
이라고 떽따는 소리를 꽥 지르고 달아난다. 나는 하도 심심하기에 모
자를 집어 쓰고 차에서 내려서 플랫폼으로 어슬렁어슬렁 걸어 나갔다.
그 동안에 눈이 서너 치나 쌓인 모양이다. 지금은 뜸하나 뼈에 저린 밤
바람이 모가지를 자라목처럼 오그라뜨리었다. 맨 끝에 달린 찻간 앞까
지 오니까 불을 환하게 켠 차장실 속에 얼굴이 해끄무레한 두 청년이
검정 방한모에 소매통이 좁은 옥색 두루마기를 입고, 누런 양복을 입

은 헌병과 마주 서서 웃으며 이야기를 하는 것이 환히 보이었다. 얼굴
모습이 같은 것을 보면 두 청년은 형제 같고, 헌병 가슴에 권총을 단
줄이 늘어진 것을 보면 보조원이 아니요 이것이 분명하다. 나는 창 밑
으로 가까이 가보니까 세 사람은 여전히 웃으며 무어라고 속살거린다.
그러나 그 청년들의 어설프게 웃는 낯빛과 입술이 경련적으로 위로 뒤
틀린 것은 공포 그것 같았다.

　'스파이는 아니군!'
하는 가벼운 생각으로 나는 발길을 돌이켜 목책으로 막은 입구 앞으로
가서 내 손으로 열고 나갔다. 아무도 막지 않고 좌우편으로 눈발이 쳐
들어 오는 횅뎅그레한 속으로 한가운데에 난로랍시고 놓고 그 가에 옹
기종기 사람들이 모여 섰다.

　'대합실도 없이 이런 벌판에 세워 둘 지경이면 어서 찻간으로 들여
보낼 일이지!'

　나는 이런 생각을 하며 난로 옆을 흘끗 보려니까 결박을 지은 범인
이 댓 사람이나 오르르 떨며 나무의자에 걸터앉고, 그 옆에는 순사가
셋이서 지키고 있는 것이 눈에 띄었다. 나는 무심코 외면을 하였다. 그
중에는 머리를 파발을 하고 땟덩이가 된 치마저고리의 매무시까지 흘
러내린 젊은 여편네도 역시 *포승을 지어서 앉아 있다. 부끄럽지도 않
은지 나를 부러워하는 듯한 눈으로 물끄러미 쳐다보다가 고개를 숙인
다. 자세히 보니 등뒤에는 쌕쌕 자는 아이가 매달렸다. 여자의 이런 꼴
을 처음 보는 나는 가슴이 선뜩하며 멀거니 얼이 빠져 섰었다. 나는 흉
악한 꿈을 꾸며 가위에 눌린 것 같은 어리둥절한 눈으로 한참 바라보
다가 발길을 돌쳤다.

　정거장 문 밖으로 나서서 눈을 바삭바삭 밟으며 큰길 거리로 나가니

**포승**
죄인을 잡아 묶는 노끈.

까 칠 년 전에 일본으로 달아날 제, 오정때 대전에 내려서 점심을 사먹던 그 집이 어디인지 방면도 알 수 없이 시가가 변하였다. 길 맞은편으로 쭉 늘어선 것은 *빈지를 들였으나 모두가 신축한 일본 사람 상점이다. 우동을 파는 *구루마가 쩔렁쩔렁 흔드는 요령 소리만이 괴괴한 거리에 처량하다. 열네다섯쯤에 말도 모르고 단신 일본으로 공부 간다는 데에 호기심이 있었던지 친절히 대접을 해주던, 그때의 그 주막집 주인 내외가 그립다.

**빈지**
널빈지, 한 짝씩 끼웠다 떼었다 할 수 있게 만든 문.

**구루마**
수레. 달구지.

다시 돌쳐 들어오며 보니, 찻간에서 무슨 대수색을 하는지 승객들은 아직도 아니 들여보내고, 결박을 지은 여자는 업은 아이가 깨어서 보채니까 일어서서 서성거린다.

'젖이나 먹이라고 좀 풀어 줄 일이지.'

목책

하는 생각을 하니 곁에 시퍼렇게 얼어서 앉은 순사가 불쌍하다가도 밉살맞다. 목책 안으로 들어오며 건너다보니까 차장실 속에 있던 두 청년과 헌병도 여전히 이야기를 하고 섰다. 나는 까닭 없이 처량한 생각이 가슴에 복받쳐 오르면서 한편으로는 무시무시한 공기에 몸이 떨린다.

젊은 사람들의 얼굴까지 시든 배춧잎 같고 주눅이 들어서 멀거니 앉았거나, 그렇지 않으면 빌붙는 듯한 천한 웃음이나 '헤에' 하고 싱겁게 웃는 그 표정을 보면 가엾기도 하고, 분이 치밀어 올라와서 소리라도 버럭 질렀으면 시원할 것 같다.

'이게 산다는 꼴인가? 모두 뒈져 버려라!'

찻간 안으로 들어오며 나는 혼자 속으로 외쳤다.

'무덤이다! 구더기가 끓는 무덤이다!'

나는 모자를 벗어서 앉았던 자리 위에 던지고 난로 앞으로 가서 몸을 녹이며 섰었다. 난로는 꽤 달았다. 뱀의 혀 같은 빨간 불길이 난로 문 틈으로 날름날름 내다보인다. 찻간 안의 공기는 담배연기와 석탄재의 먼지로 흐릿하면서도 쌀쌀하다. 우중충한 남폿불은 웅크리고 자는 사람들의 머리 위를 지키는 것 같으나 묵직하고도 고요한 압력으로 지그시 내리누르는 것 같다. 나는 한번 휘 돌려다보며,

'공동묘지다! 공동묘지 속에서 살면서 죽어서 공동묘지에 갈까 봐 애가 말라하는 갸륵한 백성들이다!'
하고 혼자 코웃음을 쳤다.

'공동묘지 속에서 사니까 죽어서나 시원스런 데 가서 파묻히겠다는 것인가? 그러나 하여간에 구더기가 득시글득시글하는 무덤 속이다. 모두가 구더기다. 너도 구더기, 나도 구더기다. 그 속에서도 진화론적 모든 조건은 한 초 동안도 거르지 않고 진행되겠지! 생존경쟁이 있고 자연도태가 있고 네가 잘났느니 내가 잘났느니 하고 으르렁댈 것이다. 그러나 조만간 구더기의 낱낱이 해체가 되어서 원소가 되고 흙이 되어서 내 입으로 들어가고 네 코로 들어갔다가, 네나 내나 거꾸러지면 미구에 또 구더기가 되어서 원소가 되거나 흙이 될 것이다. 에잇! 뒈져라! 움도 싹도 없이 스러져 버려라! 망할 대로 망해 버려라! 사태가 나든지 망해 버리든지 양단간에 끝장이 나고 보면 그 중에서 혹은 조금이라도 쓸모 있는 나은 놈이 생길지도 모를 것이다.'

나는 차가 떠나기 전에 자기 자리로 와서 드러누웠다. 어느덧 난로 옆으로 등 너머에 와서 누운 기생의 머리에서 가끔가끔 끼쳐 오는 머릿내와 향긋한 기름내, 분내를 코로 은은히 맡아 가며 눈을 감고 누웠었다.

'이것도 구더기 썩는 냄새이기는 일반이다!'

나는 이런 생각을 하여 보면서도 코를 막으려고는 아니 하였다. 차가 움직이기 시작하였다. 어느덧 잠이 소르르 왔다.

몇 번이나 눈을 떴다 감았다 하며 편치 못한 잠을 잔 둥 만 둥하고 눈을 떠보니까 긴긴밤도 흐지부지 훤히 밝았다. 으스스하기에 난로 앞으로 가서 불을 쪼이며 옆사람더러 물어 보니 시흥(始興)에서 떠났다 한다.

인제는 서울도 다 왔구나!고 생각하니, 그래도 반갑지 않을 수 없다. 영등포를 지나서 한강 철교를 건널 때에는 대리석으로 *은구를 놓은 듯한, 사람 그림자라고는 없는 빙판을 바라보고 무심코 기지개를 켜며 두 다리를 쭉 뻗었다. 용산역에까지 오니까 뒤의 기생이 일어나서 *매무시를 만적거리고 곧 내릴 사람같이 나를 유심히 바라보며 머뭇거리다가, 차가 떠나려고 호각을 부는 소리를 듣고서 그대로 앉아 버렸다. 서울이 처음 길이라 마음이 불안해서 무엇을 물어 보려고 그리하는지 수상하다. 내가 자기 자리로 와서 선반에서 짐을 내려놓고 내릴 채비를 차리는 동안에도 일거일동을 눈으로 좇으면서 무슨 말을 붙일 듯 붙일 듯하다가 입을 벌리지 못하고 마는 모양이다. 서울에 내려서 찾아갈 길을 묻자든지 무슨 까닭이 있는 것 같아서 이편에서 먼저 입을 벌리고 싶었으나, 대학 제복 제모에 경의를 표하기 위하여 모른 척해 버렸다.

기차는 남대문에 도착하였다. 집에서 나온 큰집 종형님과 짐을 나누어 들고 나와서 인력거를 타다가 보니, 그 기생은 길 잃은 아이처럼 *길체로 비켜서서 우두커니 이쪽을 바라보고 있다. 걱정 아니하여도 저 찾아갈 데로 찾아가겠지마는, 어떤 사정인지 이 추운 아침에 가없어 보였다.

**은구**
땅 속에 묻은 수채.

**매무시**
옷을 입을 때 매고 여미는 따위의 뒷단속.

**길체**
한쪽으로 치우쳐 있는 자리.

132 염상섭

# 7

    온밤 새도록 쏟아진 눈은 한 자 길이는 쌓였을 거라. 인력거꾼은 낑 낑 매며 끄나 바퀴가 마음대로 돌지를 않는다. 북악산에서 내리지르는 바람은 타고 앉았는 사람의 발끝 코끝을 쏙쏙 쑤시게 하고, 안경을 쓴 눈이 어른어른하도록 눈물을 핑 돌게 한다. 남문 안 '신창'으로 나가는 술집 더부살이 같은 것이 굴뚝에서 기어나온 사람처럼 *오동이 된 두 루마기 위로 *치롱을 짊어지고 팔짱을 끼고 충충충 걸어가는 것이 가 다가다 눈에 띌 뿐이요, 아직 거리에는 사람 자취도 별로 없다. 불이 나가지 않은 문전의 외등(外燈)은 졸린 듯이 뽀얗게 김이 어리어 보인

**오동**
검붉은 빛이 나는 구리.

**치롱**
싸리로 가로 퍼지게 둥 굿이 엮어 만든 그릇.

다. 인력거꾼은 여전히 허연 입김을 헉헉 뿜으며 다져진 눈 위로 꺼불꺼불하며 달아난다.

나는 일 년 반 만에 보는 시가를 반가운 듯이 이리저리 돌려다보고 앉았다가, 어느덧 머릿속에 아내의 가죽만 남은 하얗게 센 얼굴이 떠올랐다.

'이래도 남편이라고 기다리고 있을 테지?'

나는 이런 생각도 하여 보았다. 그러나 가엾은 생각이라고는 아니 난다. 도리어 별안간 아까 정거장에서 섭섭한 듯이 바라보고 섰던 대구 기생의 얼굴이 떠올랐다. 갸름하고 감숭한 얼굴, 무슨 불안을 호소하려는 듯한 그 눈.

'지금쯤 어디를 헤매누? 말을 좀 붙여 보았더라면 좋았을걸!'

나는 추운 생각도 잊어버리고 멀거니 이런 생각을 하고 앉았다가, 우리 집에 들어가는 동리를 지나쳤다. 인력거꾼의 꾸지람을 들어가며 두어 간통이나 되짚어 내려와서 내렸다.

집안 식구들은 벌써 일어나서 세수까지 하고 앉아서 기다리고 있던 모양이다.

"공부두 중하지만 그렇게도 좀 아니 나온단 말이냐."

하며 어머님은 벌써부터 우는 목소리다.

"그래두 눈을 감기 전에 만나라도 보게 되었으니 다행이다."

하고 또 우신다. 과부가 된 뒤로 본가살이를 하는 큰누이도 훌쩍훌쩍하고 섰다. 작은누이도 덩달아서 눈을 부빈다. 뜰에서 멀거니 바라보고 섰던 큰집 사촌형수도 까닭 없이 돌아서며 행주치마로 콧물을 씻는 눈치다. 그래도 아버지만은 벌써 안방에 들어와 앉으셔서 잠자코 절을 받으셨다.

"아, 무엇 때문에 이렇게들 우셔요?"

나는 모친 앞에서도 여러 아낙네에게 핀잔을 주었다. 해마다 오면 어머니의 울고 맞아 주는 것이 귀찮다. 그러한 때에는 내 처도 으레히 제 방으로 피해 들어가서 훌쩍거리었다. 반갑다고 우는 것이겠지마는, 아내에게 있어서는 그런 것만도 아니었다. 나는 혼자서 눈물이 핑 돌 때가 없지 않지만, 남이 우는 것을 보면 도리어 웃어 주고도 싶고 무어라고 위로할 수도 없었다.

"좀 어떤 셈예요?"

인사가 끝난 뒤에 어머니에게 물으니까,

"그저 그렇지. 어서 들어가 보렴."

하며 어머니가 안방에서 나와서 건넌방으로 앞장을 서서 들어갔다.

"아가 아가! 서방님 왔다. 얘, 얘, 일본서 서방님 왔어."

혼수상태에 있던 병인은 눈을 슬며시 뜨고 시어머니의 얼굴을 바라다보고 나서 곁에 앉은 나를 물끄러미 쳐다보더니, 까맣게 탄 입술을 벌리고 생그레 웃는 듯하더니, 깔딱 질린 눈에 눈물이 글썽글썽하여지며 외면을 한다. 두꺼운 이불을 덮은 가슴이 벌렁거리며 괴로운 듯이 흑흑 느낀다.

"우지 마라, 우지 마라, 인제 낫는다."

어머니는 이렇게 달래면서도 역시 훌쩍거리며 나가 버리신다. 병풍으로 꼭꼭 막고 오줌똥을 받아 내는 오랜 병인의 방이라 퀴퀴한 냄새에 약내가 섞여서, 밤차에 피로한 사람의 비위를 여간 거스르는 게 아니지마는, 그래도 금시로 나가 버릴 수가 없어서 그 옆에 앉았었다.

"울지 말아요, 병에 해로우니."

나는 겨우 한마디 하고 무슨 말로 위로를 해야 좋을지 몰라서 벙벙히 앉았었다.

"중기(重基), 중기 보셨소?"

병인은 눈물을 씻으며 겨우 스러져 가는 목소리로 한마디를 하고 나를 쳐다본다. 곁에 앉았던 계집애년이 집어 주는 수건을 받는 손을 볼제, 나는 비로소 가엾은 생각이 났다. 가죽이 착 달라붙고 뼈가 앙상한 손이 바르르 떨리었다.

'저 손이, 이 몸에 닿던 포동포동하고 제일 귀여워 보이던 그 손이던가?'

하는 생각을 하여 보니 어쩐지 마음이 아프고 실쭉하여졌다.

"……난, 나는 죽는 사람이에요. 하, 하지만 저 중기만은……."

하며 또 기운 없이 입을 벌리다가 목이 메고 말았다. 그저 그 소리지마는 시원하게 울고 싶어도 기운이 *진하여서 눈물만 쏟아지는 모양이다.

　"그런 소리 말아요, 죽기는 왜 죽어. 마음을 턱 놓고 있으면 나아요."

　"인제는 더 살구 싶지두 않어요, 어떻든 저것만은 잘 맡으세요."

　또다시 흑흑 느끼다가,

　"저것을 생각하니까, 하, 하루라두 더 살려는 것이지."

하며 엉엉 목을 놓고 우나, 가다가다 목이 메어서 모기 소리만큼 졸아
들어 갔다.

　나는 무어라고 대꾸를 하여야 좋을지 *망단하였다. 죽어 가면서도
자식 생각을 하는 것이 불쌍하기도 하고, 부질없는 일 같기도 하다. 오
래 앉았으면 점점 더 울 것 같고, 또 사실 더 앉았기도 싫기에 나는 울
지 말라고 달래면서 안방으로 건너와서, 아랫목에 깔아 놓았던 조선옷
과 갈아입었다. 정거장에 나왔던 사촌형이 들어와서,

　"사랑에서 부르시네."

하며 이르고 자기 방으로 들어간다. 이 형님은 종가(宗家)의 장남으로
태어난 덕에 일평생 손 하나 까딱하지 않고 우리집에서 사십 년을 지
내 왔다. 그러나 이 형님에게 자식이 없는 것이 집안의 또 큰 걱정거리
란다.

　사랑에 나가서 깜짝 놀란 것은 김의관이 아버님
옆에 앉았는 것이다.

　'언제부터 또 와서 있누?'

하며 어제 차 속에서 보던 금테안경을 생각하
고 들어가서 인사를 하니까,

　"잘 있었나? *내환이 위중해서 얼마나 걱정이 되나?"

하며 한층더 점잔을 빼고, 양복은 입었으나 장죽을 물고 앉았다. 아랫

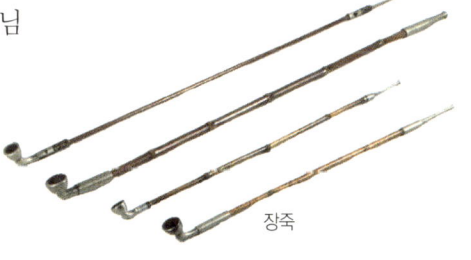

장죽

**망단하다**
이러지도 저러지도 못
하여 처지가 딱하다.

**내환**
아내의 병.

목에 도사리고 앉으셨던 아버님은,

"거기 앉어라."

하며 그 동안 병세의 경과를 소상히 이야기하며 무슨 탕(湯)을 몇 첩이나 썼더니 어떻게 변하고, 무슨 음(飮)을 몇 첩을 써보니까 얼마나 효험이 있었고, 무엇이 어떻게 걸리어서 얼마나 *더치었다는 이야기를 기다랗게 들려 주셨으나 나에게는 무슨 소리인지 잘 알아들을 수가 없었다. 나는 가만히 듣고 앉았다가,

"그 *유종(乳腫)은 총독부 병원에 가서 얼른 파종을 시켰더면 좋았을걸요?"

하며 한마디 하니까,

"요새 양의가 무어 안다던? 형두 그 따위 소리를 하기에 죽여도 내 손으로 죽인다고 하였다만……."

하며 역정을 내셨다. 나는 잠자코 말았다.

안에 들어와서 급히 차려 주는 조반을 먹다가,

"김의관은 왜 또 와 있에요?"

하고 어머니께 물어 보았다.

"집을 뺏기구 첩허구 헤어진 뒤에 벌써부터 와 있단다."

"그럼 큰집은 어떡하구요?"

"큰집은 있기야 있지만, 언제는 안 돌아다니나 보던. 더구나 셋방으로 돌아다니는 터에! 매일 술타령이요, 사람이 죽을 지경이다."

하며 어머니는 눈살을 찌푸리셨다.

"그, 왜 붙여요?"

김의관에 대한 숭배심을 잃은 나는 그 반동으로 보기가 싫었다.

"왜 붙이는 게 뭐냐? 아버지께서는 이 세상에 김의관만한 사람이 없

**더치다**
낫거나 나아가던 병세가 심해지다.

**유종(乳腫)**
유방염으로 젖이 곪는 종기.

다고, 누가 무어라고만 하면 야단이시구, 꼭 겸상해서 잡숫다시피 하시는데."

　김의관은 합방통에 무슨 대신(大臣)으로 *합방에 매우 유공한 서자작(徐子爵)의 *일긴(一緊)으로서 그 서씨의 집을 얻어 들었는데, 서씨가 올 여름에 죽은 뒤에는 집까지 뺏겼다는 것이다. 그러나 그 대신으로 서자작이 하던 사업―이라야 별다른 게 아니라 귀족들의 초상집 호상차지하는 것이지만, 이것만은 대를 물려받아서 한다는 소문이다.

**합방**
한일병합(韓日倂合)의 이전 용어. 대한제국 융희 4년(1910년)에 일제가 한일 병합조약에 따라 통치권을 빼앗고 식민지로 삼은 일.

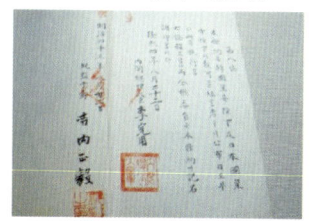

한일합방 조약문

　"그건 고사하고, 여보, 김의관이 유치장에 들어갔다가 그저께야 나왔다우. 모닝코트를 입구, 하하하."

　시험이 며칠 아니 남았다고 책상머리에 앉아서 무엇인지를 꼼지락꼼지락하고 앉았던 누이동생이 돌려다보며 말참견을 한다.

**일긴(一緊)**
가장 긴요함.

　"응? 허허, 그거 걸작이다! 헌데 무슨 일루?"

　나는 김의관이 예전에 두 번이나 붙들려 가는 것을 따라가 본 일이 있느니만큼 유치장이란 말에 커닿게 웃었다.

　"누가 아우. 밤중에 요릿집에서 부랑자 *취체에 붙들려 들어갔다가 이 주일 만에 나왔다우, 하하하……."

**취체(取締)**
규칙, 법령, 명령 따위를 지키도록 통제함.

　"허허허……."

　나는 합병통에 헌병사령부에 가던 일을 생각해 보고,

　"이번에는 누가 쫓아갔던?"

하며 또 한번 웃었다.

　"아, 참 너두 밤출입 하지 마라. 요새는 부랑자 취체도 퍽 심한 모양인데……."

　어머니는 곁에서 주의를 시킨다.

"왜 내가 부랑잔가요? 그런데 김의관이 유치장에서 나와서 무어라구 해?"

하며 누이더러 물어 보았다.

"아버지께서는 누가 먹어 내기 때문에 들어갔다구 하시지만, 큰집 오빠가 그러는데, 요릿집에서 취체를 당하니까, 물론 독립운동자를 잡으려는 것인데, 김의관이 호기 좋게 정무총감(政務總監)에게 전화를 걸 테라구 법석을 하기 때문에 형사들은 더 아니꽈서, 웬 되지 않은 놈이 이 \*기승이냐고 곯려 주었나 보다던데요."

"넌 뭘 안다구 어른들 이야기를 그렇게 하니!"

어머니는 누이를 잠깐 꾸짖고 나시더니, 아랫방에서 중기가 깨었다고 안고 나오는 것을 받아 가지고 들어오신다.

"자아, 너 아범 봐라. 너 아범 왔다. 좀 봐라! 왜 인제 오셨소?"

어머니는 겨우 핏덩어리를 면한 조그만 고깃덩어리를 얼러 가며

**기승**
성미가 억척스럽고 굳세어 좀처럼 굽히지 않음, 또는 그 성미.

나에게로 디미셨다. *처네에 싸인 바짝 마른 아이는 추워서 그러는 지 두 팔을 오그라뜨리고 바르르 떨면서, 핏기 없는 앙상한 얼굴을 이리로 향하고 말끄러미 나를 쳐다보다가 으아 하며 가냘픈 목소리로 운다.

"그, 왜, 그 모양이에요?"

나는 눈살을 찌푸리며 고개를 돌렸다.

"왜 어떠냐? 모습이 너 닮아 이쁘지 않으냐? 인제 석 달쯤 된 게 그렇지. 그러나 나면서 어디 에미 젖이라군 변변히 먹어 봤니. 유모를 한 달쯤 댔다가 나가 버린 뒤로는 똑 우유로만 길렀는데."

울음을 시작한 어린아이는 좀처럼 그치지를 안고 점점 더 발악을 한다. 파랗게 질리어서 두 발을 뻗드딩거리고 배를 발딱발딱 쳐들어 가며 방 안을 발깍 뒤집어놓는다.

"에그, 이게 웬 야단이야?"

하며 누이는 보던 책을 덮어 놓고 눈살을 찌푸리며 마루로 홱 나가 버렸다. 나도 상을 밀어 놓고 총총히 일어났다. 사랑으로 나가서 건넌방에 들어가 담배를 피우며 누웠으려니까, 낯 서투른 청년이 하나 찾아왔다. 동경의 소할(所轄)경찰서에서 지금 종로서로 인계를 하여 왔는데 다시 떠날 때까지 자기가 미행을 하게 되었다고 하면서,

"얼마 아니 계실 테지요? 늘 쫓아다니지는 않겠습니다. 가끔가끔 올 테니 그 대신에 문 밖이나 시골을 가시거든 요 앞 교번소로 통기를 좀 해주슈."

하며 매우 생색이나 내는 듯이 *중언부언하고 가버렸다. 마음대로 하라고 하였다.

처네
이불 밑에 덧덮는 얇고 작은 이불.

중언부언(重言復言)
이미 한 말을 자꾸 되풀이함.

# 8

삼사 일은 집구석에서 그럭저럭 세월을 보냈다. 아버지는 무슨 일이 그리 분주하신지 매일 아침만 자시면 김의관하고 나가셨다가 *어슬어슬해서야 약주가 취하여 들어오시기도 하고 친구를 한 떼씩 몰아 가지고 들어오시기도 하였다. 큰집 형님한테 들으니, 요사이 동우회의 연종총회가 있어서 그렇다 한다.

"그런 데 관계를 마시래도 한사코 왜 다니신단 말요? 모두 반미친놈들이 모여서 협잡질들이나 하고 남한테 시빗거리만 장만하면서······ 공연히 김의관이 들쑤셔 내서 *엄벙뗑하고 돈푼이라두 갉아먹으려고 그러는 것을 그걸 왜 짐작을 못 허서?"

"내가 아나? 평의원이라는 *직함 바람에 다니시는 게지, 허허허. 그런데 중추원 부찬의라두 하나 생길 줄 아시는지도 모르지."

큰집 형님은 이런 소리를 하며 웃었다.

"중추원 부찬의는 벌써 *철겨운 지가 언젠데? 설령 그게 된다기루 그건 왜 하지 못해 애를 쓰신답니까? 참 딱한 일이야."

"그래두 김의관은 무엇이든지 하나 운동해 드리마던데, 하하하."

"미친 소리! 저두 못 하는 것을 누구를 시키구 말구. 흥, 또 유치장에나 들어가구 싶은 게로군?"

"그래두 김의관 말은 자기가 총독이나 정무총감하고 제일 긴하다는데, 하하하."

"서가의 집을 뺏겼으니까, 아버지께 알랑알랑하고 집이나 한 채 얻어 들려는 거지."

**어슬어슬**
날이 어두워지거나 밝아질 무렵에 둘레가 조금 어두운 모양.

**엄벙뗑**
얼렁뚱땅.

**직함**
벼슬의 이름.

**철겨웁다**
제철에 뒤져 맞지 아니하다.

"허허허, 그런 집 있으면 나부터 줍시사 하겠네."

사실 이 큰댁 형님을 집 한 채 주어 세간을 내야 하겠다고 생각하였다.

동우회라는 것은 일선인(日鮮人)의 동화(同化)를 표방하고 귀족 떨거지들을 중심으로 하여 파고다공원패보다는 조금 나은 협잡배들이 모여서 바둑, 장기로 세월을 보내고 저녁때면 *술추렴이나 다니는 회이다. 회의 유일한 사업은 기생연주회의 후원이나 소위 지명지사(知名之士)가 죽으면 호상차지나 하는 것이다.

"나는 요새 좀 바뻐서 약 쓰는 것도 자세히 볼 수 없고 하니, 낮에는 들어앉아서 잘 살펴보아라."

내가 도착하던 날 아침에 아버지께서 이렇게 이르시기도 하였고, 또 나간대야 급히 찾아가 볼 데가 있는 것도 아니기에, 들어 엎드려서 큰집 형님하고 저녁때면 술잔 먹고 사랑구석에서 버둥거리고 있었지마는, 알고 보니 다니신다는 데라야 고작 동우회뿐이다. 병인은 하루 한 번이고 두어 번 들여다보아야 더 나은 것 같지도 않고 더친 것 같지도 않고, 의사가 와서 맥인가 본 뒤에 *방문을 내면 큰집 형님이 쫓아가서 약봉지를 받아다가 끓여 디밀면 먹는지 마는지 하는 모양이다. 그래도 어머니께서만은 여전히 혼자 애를 쓰시나, 인제는 병구완에 지치시고 집안사람들의 마음도 심상하여져서 일과로 약시중만 하면 그만인 모양이다. 나부터 병구완을 해본 일이 없으니 어떻게 되어 가는지 대중을 모르겠다.

"그 망한 놈의 흰지 무언지 좀 그만두고 어떻게 다잡아서 약이나 잘 쓸 도리를 하셨으면 아니 좋을까."

하며 어머니께서 부친을 원망을 하시는 소리도 들었다.

**술추렴**
술값을 여러 사람이 분담하고 술을 마심.

**방문(方文)**
약방문, 약을 짓기 위하여 약 이름과 분량을 적은 종이.

"오늘두 또 나가우? 어젯밤부터는 좀 이상한 모양이던데."

며느리를 들여다보고 나오시는 아버지를 쳐다보며, 어머니께서 책망하듯이 물으시니까,

"오늘은 좀 늦을지도 모를걸! 그리 다를 것은 없군."

하시고 나가시는 날도 있었다. 그러나 더하다는 날도 그 모양이요 낫다는 날도 *제턱이다. 또 며칠 음산한 날이 계속하였다.

'어서 끝장이나 났으면!'

하는 생각이 불쑥 날 때에는, 정자의 생각이 반드시 뒤미처 머리에 떠올라 왔다.

'지금쯤 무얼 하고 있누? 경도로나 가지 않았나?'

하고 엽서를 띄운 것은, 서울 온 지 일주일이나 지난 뒤이었다.

정자에게 엽서를 부치던 날 저녁때에, 을라는 그 동안 나왔나? 하고 인사 겸 병화(炳華)의 집을 찾아가 보았다. 병화는 동경 유학시대에는 나의 감독자 행세를 하였을 뿐 아니라 비교적 정답게 지냈지만, 을라의 문제가 있은 후로는 그럭저럭 나하고 *데면데면 하여지기도 하고, 만나면 어쩐지 이렇다할 표면적 별 이유가 있는 것은 아니지마는 피차에 겸연쩍게 되었다. 더구나 이 사람 역시 지금 집에 있는 큰집 형님의 이복동생이기 때문에 형제간 *자별하지도 못하려니와 우리집에는 한 달에 한 번쯤 들를 뿐이다.

나는 동대문 밑에서 전차를 내려서 아직도 눈에 녹은 땅이 질척거리는 길을 휘더듬어 들어가며, 눈에 익은 거리가 오래간만에 반가운 듯이 여기저기를 휘 돌아보았다. 작년 여름에는 여기를 날마다 대어섰었다. 그때 을라는 천안(天安) 자기 집에는 가끔 다니러만 가고 서울 와서 이 집에 묵고 있었다. 나는 하루가 멀다고 이 집에 와서는,

제턱
변함이 없는 그대로의 정도나 분량.

데면데면
사람을 대하는 태도가 친밀감이 없이 예사로운 모양.

자별(自別)하다
친분이 남보다 특별하다.

밤이고 낮이고 을라와
형수를 데리고 문안을
헤매기도 하고, 달밤에
병화 내외와 을라를
따라서 탑골 승방까지
가본 것도 그때였다.
밤이 늦었다고 붙들면
마지못하는 척하고 묵
은 일도 한두 번이 아니
었다.

'그러나 그때는 나도 참
단순하였어!'

나는 발자국 난 데를 따라
서 마른 곳을 골라 디디며
속으로 그때 재미있게 놀던
것을 생각하여 보았다. 김장
을 다 뽑아 낸 밭에는 눈이 길길
이 쌓이고 길가로 막아 놓은 산울
[生籬]은 말라빠진 가지만 앙상하게
남았고 얽어맨 새끼도 꺼멓게 썩어 문드
러졌다.

'그때에는 여기에 퍼런 호박덩굴, 외덩굴이 쫙 깔리고 누런 꽃이 건
들거리었것다.'

벽돌담을 쌓은 어떤 귀족의 별장인가 하는 것을 지나서 좁은 길을

한 *마장쯤 걸어가려니까, 오른편은 낭떠러지가 된다.

'응, 저기가 자던 날 아침이면 나와서 세수도 하고, 달밤에 나와서 올라와 수건을 잠가 놓고 물튀기를 하던 데로군.'

하며 바위 밑을 내려다보니까, 물이 말랐는지 얼음눈이 허옇게 뒤집어 씌워 있다. 병화 집에는 마침 주인도 돌아와 들어 있었다.

"언제 나왔나? 나왔다는 말은 들었지만. 한번 간다면서 자연 바빠서⋯⋯."

하며 양복을 입은 병화는 방에서 튀어나왔다. 지금 막 들어온 모양이다.

"아씨는 좀 어떠세요?"

하며 형수도 반가운 듯이 어린아이를 안고 나와서 인사를 한다.

"명이 길면 살겠지요. 하나를 낳아 놓으니까 신진대사로 하나는 가야지요."

하고 나는 방으로 따라 들어갔다.

"에그, 흉한 소리두 하십니다."

"아, 참, 좀 차도가 있으신 모양인가? 처음부터 양의를 대어 가지고 수술을 한 뒤에 한약을 들이댄다든지 하였더면 좋았을걸. 언젠가 그런 말씀을 하였더니 아버지께서는 펄쩍 뛰시는 모양이시기에 시키지 않은 참견은 하기가 싫어서 그만두었지만."

"나 역시 하시는 대루 내버려두지. 지금 어쩌니어쩌니 한들 쓸데두 없구, 제 계집이니까 어쩐다구 하실까 봐서 되어 가는 대루 내버려두지. 하지만 며칠 못 갈 듯싶어."

"그래서 어쩝니까?"

형수가 웃으면서 눈살을 찌푸린다. 한참 병인의 이야기를 하다가 나는 생각난 듯이,

"아, 그런데 을라 오지 않었에요?"

하고 형수를 쳐다보았다.

"아뇨, 왜, 나왔대요?"

하고 형수는 나의 얼굴을 살피듯이 쳐다본다. 병화는 못 들은 체하고
일어나서 양복을 벗기 시작한다.

"아뇨, 글쎄, 나왔는가 하구요."

"아뇨."

하며 형수는 생글생글 웃다가 끼고 앉은 어린애를 들여다보고 말았다.
나는 어쩐지 온 것을 속일 것은 무언구? 하며 불쾌하였다.

"오는 길에 신호에 들렀더니, 부득부득 같이 가자는 것을 떼어 버리
고 왔는데, 이삼 일 후에는 떠나겠다 했으니까 벌써 왔을 텐데요."

하며 숨길 것이 무어냐는 듯이 불쾌한 내색을 보였다.

"네에, 하지만 바쁘신 길인데 거기는 어째 들르셨에요?"

하고 형수는 책망하듯이 묻는다.

"심심하기에 들렀다가 형님께 소식이라두 전해 드리려구요."

하며 나는 슬쩍 웃어 버렸다. 형수도 기가 막힌 듯이 웃어 버린다.

"미친 소리로군. 내가 을라 소식 알겠다던가?"

병화는 옷을 갈아입고 자기 자리로 와서 앉으며,

"그 무어 없지? 무얼 좀 사오라구 하지."

하며 아내와 대접할 의논을 한다.

"아, 난 곧 갈 테에요…… 그런데 작년 생각 하십니까?"

하며 나는 짓궂이 종형수에게 을라의 이야기를 꺼냈다. 형수는 얼굴이
발개지며 픽 웃고 말았다. 나도 상기가 되는 것 같았다.

"자네두 퍽 변하였네그려?"

병화는 을라가 하던 말과 똑같은 소리를 하고 나를 쳐다보았다. 그전 같으면 을라하고 아무 까닭은 없어도 누가 을라란 을자만 물어 보아도 얼굴이 발개지던 사람이 되짚어서 을라의 이야기를 태연히 하고 앉았는 것이 병화에게는 다소 불쾌하기도 하고 이상쩍은 모양이다.

종형수는 일 년 전에 무슨 실수가 생길까 보아 두 틈바구니에 끼여서 혼자 마음만 졸이고 있던 일을 머리에 그려 보는지 한참 말없이 앉았다가,

"그래, 공부는 잘 해요?"

하고 묻는다.

"그저 여전하더군요. 무어 노자 오기를 기다리고 있나 보던데 보내 주셨나요?"

하며 모자를 들고 일어서려니까,

"조금만 앉았어. 좋은 술이 한 병 생겼으니 한잔 하구 가란 말이야. 어디 나가서 할까?"

"술이 웬 거요? 아, 참 올 가을에 한 동 올랐답디다그려? 그러지 않아도 한턱 해야 하지 않소?"

하고 내가 웃으니까, 병화는 매우 유쾌한 듯이 따라 웃다가,

"어쨌든 앉어요. 누가 양주를 한 병 선사를 하였는데……."

하며 묻지도 않은 말을 끌어낸다. 아닌 게 아니라 한 동 올라간 덕에 그런지 집안 세간도 그전보다는 는 모양이다. 윗목에 양복장도 들여 놓고 조끼에는 금시계줄도 늘이었다. 아버지가 보내 주시던 넉넉지 않은 학비를 가지고, 한 칸 방에 들어 엎드려서 구운 감자를 사다 놓고 혼자 몰래 먹던 옛날을 생각하면 여간한 출세가 아니다. 나는 더 앉아서 이야기를 하고 싶었으나, 늦으면 귀찮기에 병인 핑계를 하고 나와

버렸다.

해가 거진 다 떨어진 뒤에 집에 들어와 보니, 사랑에는 벌써 영감님들이 채를 잡고 앉아서 술상이 벌어졌다. 그럴 줄 알았다면 좀 늦게 들어올걸 — 하며 안으로 들어가 보니까 저녁밥 때에 술 치다꺼리가 겹쳐서 우환 있는 집 같지도 않게 *엉정벙정하고 야단이다.

"사랑에 누가 왔니?"

나는 마루로 올라오며 *약두구리를 올려놓은 화로에 부채질을 하고 앉았는 누이더러 물으니까,

"누가 아우? '차지' 가 또 왔단다우."

하며 깔깔 웃는다.

"뭐, 그게 무슨 소리냐?"

"자네 차지도 모르나? 일본 가서 그것도 모르다니, 헷공부했네그려, 허허허."

술이 얼근하게 취해서 축대 위에 섰던 큰집 형이 놀리듯이 웃으며 쳐다보았다. 여편네들도 깔깔 웃었다.

"차지라니 누구 집 택호(宅號)요? 내 *차지(次知)네 차지 말요?"

"그건 조선 차지지. 버금차(差)자하고 지탱지(支)자의 *차지(差支)를 몰라?"

하며 또 웃는다. 나는 무슨 소리인지 몰라서,

"그래 일본 차지가 어떡했어?"

하고 덩달아 웃었다.

"일본말로 붙여 보시구려."

이번에는 누이가 웃는다.

"사시쓰카에(差支)란 말이지?"

엉정벙정하다
쓸데없는 것들을 너절하게 벌여 놓다.

약두구리
탕약을 달이는 데 쓰는, 자루가 달린 놋그릇.

차지(次知)
벼슬아치의 집일을 맡아보던 사람.

차지(差支)
'지장', '상애'라는 뜻의 일본어.

"잘 알았네!"

하고 또들 웃는다.

지금 사랑에 온 손님이 김의관의 '봉'인데, 처음에 찾아왔을 때에 방으로 들어오라니까 들어가도 관계없느냐는 말을 가장 일본말이나 할 줄 안다는 듯이,

"차지 없습니까?"

고 한 것을 큰집 형이 옆에서 듣고 앉았다가 나중에 김의관더러 물어 보니까, 그것이 일본말로 이러저러한 뜻이라고 설명을 하여 준 것을 듣고, 안에 들어와서 흉을 보기 때문에 어느덧 '차지'라는 별명을 얻게 된 것이라 한다. 집안에서들은 코빼기도 못 보고 이름도 모르면서 '차지 차지'하고 부르는 모양이다.

"미친 영감쟁이로군! 무얼 하는 사람인데 그래?"

나는 다 듣고 나서 큰집 형더러 물어 보았다.

"지금 세상에 오십이 넘어서 하긴 무얼 한단 말인가? 김의관한테 빨리러 다니는 위인이지. 그는 그렇다 하고 한잔 안 하겠나?"

하며 큰집 형은 자기가 한잔 내듯이 아내더러 술상을 보라고 분부를 한다.

"또 먹어요? 형님이나 자슈."

"자네야 언제 먹었나? 나는 한잔 했지만."

나는 먹고도 싶지만 조선에 돌아오면 술이 금시로 느는 것이 걱정이었다. 조선 와서 보아야 술이나 먹고 흐지부지하는 것밖에는 사실 할 일이 없다는 것도 무리가 아닐 것 같기도 하지마는, 생각하면 조선 사람이란 무엇에 써먹을 인종인지 모르겠다. 아침에도 한잔, 낮에도 한잔, 저녁에도 한잔, 있는 놈은 있어 한잔, 없는 놈은 없어 한잔이다. 그

들이 이렇게 악착한 현실 앞에서 눈을 감는다는 것은 그들에게 무엇보다도 가치 있는 노력이요, 그리하자면 술잔밖에 다른 방도와 수단이 없다. 그들은 사는 것이 아니라 목표도 없이 질질 끌려가는 것이다. 무덤으로 끌려간다고나 할까? 그러나 공동묘지로는 끌려가지 않겠다고 요새는 발버둥질을 치는 모양이다. 하여간 지금의 조선 사람에게서 술잔을 뺏는다면 아마 그것은 그들에게 자살의 길을 *교사(敎唆)하는 것일 것이다.

부어라! 마셔라! 그리고 잊어버려라 — 이것만이 그들의 인생관인지 모르겠다.

"그럼 한잔 하십시다."

하며 나도 끌리고 말았다. 큰집 형을 안방으로 청하여 저녁상을 마주 받고 앉으니까, 어머니께서 다가앉으시면서,

"아까 김의관의 친구의 *친(薦)이라면서 용한 시골 의원이 있다고 해서 들어와 보았는데, 또 약을 갈아 대면 어떻게 될는지?"

하며 못 믿겠다는 듯이 나를 바라보셨다.

"김의관의 친구가 누구예요?"

"차지 말일세."

잔이 나기를 기다리고 앉았던 큰집 형님이 대신 대답을 하였다.

"차지라는 소리나 하고 다니는 위인이면, 그까짓 게 무얼 안다구?"

하며 내가 눈살을 찌푸리니까,

"글쎄 말일세. 김의관이나 차지가 *진권(進勸)한 것이 된 게 있을 리가 있나?"

"어떻든 나는 모르니까 아버님께 잘 여쭈어 보구 하십쇼그려."

"난 모른다면 누가 안단 말이냐? 아버지는 밤낮 저 모양으로 돌아다

니시거나 술로 세월을 보내시고."

어머니는 나는 모르겠다는 말이 매우 귀에 거슬리고 화증이 나시는 모양이다.

"글쎄 내야 무얼 알아야죠. 그래 지금 그 의원이란 자를 대접하는 것이에요?"

"그건 그런 게 아니란다네. 김의관이 일전에 유치장에 들어갔었다지 않았나?"

하며 큰집 형이 대답을 한다.

"글쎄 그랬다는군요."

"그런데 잡혀가던 날이 바로 차지가 한턱을 내던 날인데, 그러한 *횡액에 걸려서 미안하게 되었다고, 나오던 이튿날 차지가 또 한턱을 내었다나. 그래서 오늘은 김의관이 베르고 베르다가 어디 가서 돈을 만들었는지 일금 오 원*야라를 내놓고 지금 한턱 쓰는 모양이라네. 그런데 의원이란 자는 말하자면 곁두리지."

"차진가 무언가 하는 자는 무엇 하는 자길래 두 번씩이나 턱을 내어가며 그렇게 김의관을 떠받치더람?"

"그게 다 김의관의 후림새지. 자세한 것은 몰라두 저희끼리 숙덕거리는 소리를 들으면 군수나 하나 얻어 하든지, 하다못해 능참봉(陵參奉)이라도 하나 얻어걸릴까 하구 연해 돈을 쓰며 따라다니나 보데. 그런 놈이 내게두 하나 얻어걸렸으면 실컷 빨아먹구 훅 불어세겠구먼…… 하하하."

큰집 형은 이 따위 소리를 하고 취흥에 겨워 웃었다. 옆에 앉으셨던 어머님은,

"그것두 입담이 좋다든지 재주가 있어야지 아무나 되는 줄 아는군."

횡액(橫厄)
뜻밖에 닥쳐오는 불행.

야라
'~인지'의 뜻의 일본어.

하며 웃으셨다.

"응! 그래서 일본말 하는 체를 하고 차지를 휘두르며 다니는군마는 김의관 주제에…… 군수, 참봉은 땅에 떨어졌던가!"

나는 하도 어이가 없어서 이렇게 한마디 하고 술잔을 내주며,

"그래 그 틈에 아버지께서두 끼셨나요?"

하며 물으니까,

"아닐세, 천만에. 김의관이 그런 일야 변변히 이야기나 한다던가. 먹을 자국야 혼자 끼구 돌지. 또 그러나 지금 세상에 협잡꾼 아니구 술 한잔이나 입에 들어간다던가? 김의관만 나무라면 뭘 하겠나?"

하고 큰집 형은 매우 김의관의 *생화가

**생화**
먹고 살아가는 데 도움이 되는 벌이나 직업.

부럽기도 한 모양이다.

술이 취하여 가니까 독한 것이 비위에 당기어서 어머니께서 그만 먹고 어서 밥을 뜨라시는 것도 안 듣고 나는 차 속에서 먹다가 남겨 가지고 온 위스키를 가져오라고 해서 따랐다.

"애는 병구완하러 오지 않구 술만 먹으러 왔나. 죽어 가는 병인은 뻗어뜨려 놓고 안팎에서 술타령들만 하구, 응!"

하며 어머니께서는 한숨을 쉬시고 밥상을 받으셨다. 생각하면 그도 그렇지마는 하는 수 없는 일이다.

"참, 아까 병화형한테 갔더니 양주가 생겼다구 붙드는걸."

나는 양주를 보니까 생각이 나서 이런 말을 꺼냈다.

"응! 잘들 있던가? 그놈 주임대우(奏任待遇)인지 뭔지 했다면서 돈 한푼 써보란 말도 없구."

얼쩡하여진 큰집 형은 또 아우의 시비를 꺼내려는 모양이기에 나는,

"맸겠습디까. 주면 주나 보다 안 주면 안 주나 보다 할 뿐이지, 시비는 왜 하슈. 저도 살아가야지."

하며 말을 막아 버렸다.

**비력질**
남에게 구걸하는 짓을
낮잡아 이르는 말.

"그래 아우에게 얻어먹어야 하겠나? 삼촌이나 사촌에게 *비력질을 해야 하겠나?"

"형편 되어 가는 대로 하는 거 아니겠소."

"계집은 둘씩이나 데리구, 그래 명색이 형이라면서 모른 체해야 옳단 말인가?"

하며 소리를 빽빽 지른다.

"계집이 둘이라니요?"

"아, 그 을라라던가 하는 미친년의 학비를 대어 주나 보던데! 그저껜

가 잠깐 들렀더니 벌써 불러내 왔나 보더군."

"녜, 와 있에요?"

나는 놀랄 것도 없으나 아까 병화댁이 웃기만 하고 말을 시원히 안 하던 것을 생각하면 역시 불쾌하다. 그러나 그 집 형수가 나와 을라가 교제하는 것을 은근히 막으려는 것은 작년부터의 일이다. 한때는 오해도 없지 않았지마는 일전 을라의 말을 들으면, 그 집 형수가 그런 태도를 취하는 데는 여러 가지로 생각되는 점이 없지도 않다. 지금 이 형님의 말을 들으면 병화와 벌써 전부터 그렇지 않은 사이 같기도 하지마는, 을라의 말 같아서는 병화댁은 친한 동무지마는 이씨 집에 들어오게 하고 싶지 않다는 단순한 의미로 막는 것인지도 모를 일이다. 더구나 작년만 해도 아내가 시퍼렇게 살아 있으니 으레 그랬을 것이다. 또 이번은 내가 신호에 들러서 만나고 왔다니까 한층 더 경계를 하느라고 만나지도 못하게 하려는 눈치인 듯도 싶다. 혹은 아내가 죽게 되었으니까 딴생각을 먹고 신호까지 찾아갔는가 하는 의심이 있어 그러는지도 모를 일이다. 그러나저러나 나의 을라에 대한 *향의는 작년에 멋모르고 덤비던 첫 *서슬과는 지금은 딴판이다. 문제도 아니 되는 것이다.

"그래 정말 학비를 대나요? 박봉 받아 가지고 웬 돈이 자랄라구요?"

을라에게 전부터 학비를 대는 사람이 따로 있는 것을 나도 짐작하는 터이기에 재차 물었다.

"글쎄 자세한 내용야 누가 아나마는, 안에서들 그런 이야기들을 하기에 말일세!"

나는 그러면 그렇지! 하는 생각을 하였다. 안에서들 공연히 그러는 것이지, 다른 것은 몰라도 그 점만은 을라의 말이 진담일 것이라고 생각하였다.

**향의(向意)**
마음을 기울임. 또는 그 마음.

**서슬**
강하고 날카로운 기세.

그 이튿날이던가, 병화댁이 병 위문 오는 길에 을라를 데리고 왔었다.

"어제 저기 오셨더라지요. 오늘 아침차에 들어와서 동무 집에 짐을 두고 놀러 갔다가 잠깐 뵈러 왔습니다."

하고 묻기도 전에 발뺌을 하는 것이었다.

나는 구태여 변명을 듣자는 것도 아니요, 무슨 흥미를 느끼는 것도 아니었다. 그러나 병화댁이나 을라나 제각각 그 무엇을 변명하려고 하는 눈치는 나도 잘 알아차렸다.

# 9

**민주를 대다**
몹시 귀찮고 싫증나게
하다.

*민주를 대면서도 하루바삐 납시사고 축원을 하고 축원을 하면서도 민주를 대던 병인은 그예 숨이 넘어가고 말았다. 김의관이나 차지가 댄 의원의 약이 맞지를 않아서 그랬던지 죽을 때가 된 뒤에 횡액에 걸려드느라고 그 의원이 불쑥 뛰어들었던지는 모르지마는, 그 약을 쓴 지 이틀 만에 죽고 말았다. 누구보다도 어머니께서 가엾어하시고 섧게 우셨다. 사람의 정이란 서로 들면 저런 것인가? 하여 보았다. 어머니 말씀마따나 시집이라고 왔어야 나하고 살아 본 동안이 날짜로 따져도 몇 달이 못 될 것이다. 내가 열셋, 당자가 열다섯에 비둘기장 같은 신랑방을 꾸몄으니까, 십 년 동안이나 시집살이를 한 셈이나 내가 열다섯 살에 일본으로 달아난 뒤로는 더구나 부부라고 말뿐이다. 섣달 그믐날에 시집온 새색시가 정월 초하룻날에 앉아서 시집온 지 이태나 되었다는 셈밖에 아니 된다.

"그러나 하는 수 없지 않아요. 그것도 제 팔자니까."

어머니께서 불쌍하다고는 우시고 우시고 할 때마다, 나는 냉정히 이렇게 대답을 하였다.

죽던 날 밤중이었다. 사랑 건넌방에서 널치가 되어서 한잠이 깊이 들어 가는 판에 '여보게 여보게' 하며 깨우는 바람에 눈을 떠보니까, 큰집 형이 얼굴이 해쓱하고 두 눈이 똥그래져서 아무 말 않고,

"일어나게, 어서 일어나 안에 좀 들어가 보게."

하며 앞에 섰다. 나는 '인젠 그른 게로구나!' 하며 옷을 걸치고 따라 나섰다. 저편 방에서 주무시던 아버님도 창황히 나오셨다. 안으로 들어가서 건넌방을 들여다보니 온 집안 식구가 조그만 방에 그득히 들어섰다. 어머니는 염주를 돌려 가며 나무아미타불을 중얼중얼 외시며 자리를 비켜 주시고 병인의 얼굴 앞으로 가라고 손짓을 하셨다. 아무도 입을 벌리는 사람은 없이 무슨 *장숙(莊肅)하거나 그렇지 않으면 이로부터 시작되려는 보지 못하던 일을 구경이나 하듯이 숨도 크게 쉬지 못하고 우중우중 늘어섰다. 나는 하라는 대로 병인 앞으로 가서 앉으면서 그저 숨을 쉬나? 하고 손을 코에다가 대어 보니까 따뜻한 김이 살짝 힘없이 끼치었다.

**장숙(莊肅)**
규모가 크고 엄숙함.

"언제부터 그래?"

하며 아버님도 잠깐 문을 열고 들여다보시는 기척이었다. 병인의 목은 점점 재어지게 발랑거린다. 감았던 눈을 실만큼 떠서 옆에 앉은 내게로 향하더니, 별안간 반짝 뜨며 한참 노려보다가 다시 감는다. 나는 머리끝이 쭈뼛하고 가슴이 선뜩하였다. 나를 원망하는 것이나 아닌가 하며 정이 떨어졌다. 누운 사람은 당장 숨이 콕 막히는 것 같더니 방긋이 벌린 입가에 이번에는 생긋 하는 웃음빛이 보이는 것을 보고 나는 비로소 마음을 놓았다.

　나는 어머님이 이르시는 대로 지금 데워서 들여온 숭늉 같은 미음을
한술 떠서 열린 둥 만 둥한 입술에 흘려 넣었다. 병인은 또 한 번 눈을
힘없이 뜨더니 곧 다시 감는다. 또 한 술 떠서 넣었다. 병인은 한 숟가
락 반의 미음이 흘러들어가던 입을 반쯤이나 벌리더니, 가죽만 남은
턱을 쳐들면서 입에 문 것을 삼키려는 듯이 고개를 뒤로 젖히고 두어
번이나 연거푸 안간힘을 쓴다. 목에서는 *담이나 걸린 듯이 가랑가랑
하는 소리가 모기 소리만큼 났다.

**담**
가래.

　여러 사람들은 눈을 한층 더 크게 뜨며 고개를 앞으로 내미는 듯하
고 들여다보았다. 어머님은 여전히 염불을 부르시면서 베개 위로 넘어
가려는 머리를 쳐들어 놓으셨다. 베개를 만지시던 어머님의 손이 떨어

지자 깔딱 하는 소리가 겨우 들릴 만치 숨소리도 없는 환한 방에 구석구석이 잔잔하게 파동을 치며 문틈으로 흘러나갔다. 이것이 모든 것이었다. 이 이상 아무것도 없었다. 다만 나는 이상할 뿐이었다. 대관절 이것이 죽음이라는 것인가 하며 눈을 꼭 감은 하얀 얼굴을 물끄러미 들여다보고 앉았었다. 가엾은지 슬픈지 아무 생각도 머리에 떠오르지는 않았으나, 나를 쳐다보던 그 눈! 방긋한 화평스러운 그 입이 머릿속에서 오락가락하는 일편에, 내 손으로 미음을 떠넣어 준 것만이 무슨 큰일이나 한 것같이 유쾌하였다. 어머님은 윗입술을 쓰다듬어서 입을 닫게 하여 주시고 가만히 들여다보시더니, 염주를 들고 눈물을 뚝뚝 흘리셨다.

나는 벌떡 일어나서 사랑으로 나왔다. 책상머리에 기대어 담배를 피워 물고 앉았으려니까 큰집 형님이 데리고 온 양의(洋醫)가 허둥지둥 들어왔다. 마침 아는 의사이기에 들어와서 녹여 가라고 하였더니, 죽었다는 말을 듣고는 부정이나 타는 듯이 뺑소니를 쳐 가버린다. 사망 진단서니 뭐니 성이 가신 일이나 맡을까 보아서 그런지, 의사도 주검이란 싫어서 그런지 나는 속으로 코웃음을 쳤다.

이튿날 어둔 뒤에 김천 형님 내외가 딸까지 데리고 올라온 뒤에는 나도 모든 것을 쓸어맡기고 사랑에 나와서 담배만 피우며 가만히 누웠었다. 미음 한 술 떠넣어 주려 나왔던가 생각하면 공연히 온 것 같았다. 그러나 시체를 청주까지 끌고 내려간다는 데에는 절대로 반대하였다. 오일장이니 어쩌니 떠벌리는 것도 극력 반대를 하여 삼 일 만에 공동묘지에 파묻게 하였다. 처가 편에서 온 사람들은 실쭉해하기도 하고 내가 죽은 것을 시원하나 아는 줄 알고 야속해하는 눈치였으나, 나는 내 고집대로 하였다.

그러나 초상 중에 또 한 가지 나의 고통은 눈물이 아니 나오는 울음을 울라는 것이었다. 이것도 처가붙이끼리라든지 집안 식구들까지 뒷공론을 하는 모양이나, 파묻고 들어올 때까지 나는 눈물 한 방울을 흘릴 수가 없었다.

"팔자가 사납거던 계집으로 태어날 거야. 어쩌면 눈물 한 방울 안 흘리누?"

하며 과부댁 누이가 마루에서 나더러 들어 보라는 듯이 한마디 하니까, 김천 형수가,

"남편네란 다 그렇지. 두구 보시구려. 달이 가시기도 전에 여학생을 끌어들이실 거니."

하며 소곤거리는 것을 나는 안방에서 혼자 밥을 먹으며 들었다. 나는 속으로 웃었다.

"너도 내년 봄이면 졸업이지? 인젠 어떻게 할 셈이냐? 곧 나와서 무어라두 붙들 모양이냐? 더 연구를 하련?"

장사 지낸 지 이틀 만에 사랑에서 아침을 같이 먹다가, 조용한 틈을 타서 형님은 불쑥 이런 소리를 꺼냈다.

"글쎄, 되어 가는 대로 하죠. 하지만 무어든지 내 일은 내게 맡겨 두시는 게 좋겠죠."

나는 이렇게 우선 한마디 해놓고 나의 계획을 대강 말하였다. 그리하여 자식은 요행히 잘 자라면 김천 형님이 데려가거나, 만일 김천 형님이 아들을 낳게 되면 큰집 형님이 데려가는 대신에, 내 앞으로 오는 것이 다소간 있을 것이니, 그 반분은 양육비와 교육비로 제공하되 장성할 때까지 김천 형님이 보관하기로 김천 형님과만 내약을 하여 두었다. 간단한 일이지마는 이렇게 *수편하게 끝이 나니까, 한시름 잊은 것

**수편**
편한 것을 따름.

같고 새삼스럽게 자유로운 천지에 뛰어나온 것 같았다.

그 동안 청명한 겨울날이 계속하더니 오늘은 또 무에 좀 오려는지, 암상스런 계집이 눈살을 잔뜩 찌푸린 것처럼 잿빛 구름이 축 처지고 하얗게 얼어붙은 땅이 오후가 되어도 *대그락거리었다. 사랑은 무거운 침묵과 깊은 잠에 잠긴 것같이 무서운 증이 날 만큼 잠잠하다. 김의관은 자기가 *칭원이나 들을까 보아서 제풀에 미안하여 그러는지, 그저께 발인 때 잠깐 눈에 띤 뒤로는 보이지를 않는다.

**대그락거리다**
작고 단단한 물건들이 서로 맞닿는 소리가 잇따라 나다.

**칭원**
원통함을 들어서 말함.

우중충한 사랑방에 온종일 혼자 가만히 드러누웠으려니까 무슨 무거운 돌멩이나 납덩어리로 가슴을 내리누르는 것 같았다. 상처를 하였다 해서 별안간 섭섭하거나 설운 생각이 나서 그런 것도 아니요, 아이들이 없어서 조용한 집안이 초상 뒤에 한층 더 쓸쓸하여진 것 같아서 그런 것도 아니다. 혹시는 세계대전이 끝나고 세상은 떠들썩하며 무슨 새로운 희망에 타오르는 것 같건마는, 조선만은 잠잠히 쥐죽은듯이 들어 엎디어서 그저 파먹기나 하며 버둥버둥 자빠져 있고, 눈에 보이지 않는 무슨 무거운 뚜껑이 꽉 덮여 있는 것 같아서 답답한 것인지도 모르겠다. 그러나 또다시 생각하면 아내가 죽어 가는 꼴을 마주 앉아 보았으니만치 어느 때까지 그것이 머리에서 떠나지를 않고 지난 일이 곰곰 생각이 나서, 가엾은 *추회(追懷)가 새삼스럽게 머리에 떠올라서 기분이 무거운 것도 사실이었다. 살아 있을 때에는 죽거나 말거나 될 대로 되라고 냉담하였지마는, 파묻고 들어와 보니 역시 한구석이 허전한 것 같고 지난 일이 뉘우쳐지는 것도 있는 것이었다. 아내가 살아 있을 때에는 꿈에도 생각지 못하던 가엾은 생각이, 동정하는 마음이 유연히 마음속에 괴어오르는 것을 깨달았다.

'에잇, 하여튼 한시바삐 빠져 달아나자!'

나는 부친과 형님이 들어오시면 오늘 저녁차로라도 떠나 버릴 작정으로 건넌방으로 건너가서 가방 속을 정리하고 앉았으려니까, 어느 틈에 왔던지 안에서 병화댁과 을라가 인사를 나왔다.

"얼마나 섭섭하시구 언짢으십니까?"

을라는 위문이라느니보다도 젊은 남편의 상처란 그저 그런 거라는 듯이 생긋 웃으며 다시 장가갈 치하를 하는 듯한 어조다.

"죽은 사람이야 가엾지만, *생자필멸이니 하는 수 없지요."

나는 금방 비로소 죽은 아내가 가엾다는 생각을 하고 난 끝이라 도리어 정중히 이렇게 *대거리를 하며, 사랑에 올라올 리는 없지마는 인사로 올라오라고 하였다.

"그래두 섭섭하시겠죠?"

을라는 이런 소리를 하며 말똥히 나의 기색을 살피려는 눈치다. '그

---

**추회(追懷)**
지나간 일이나 사람을 생각하여 그리워함.

**생자필멸(生者必滅)**
생명이 있는 것은 반드시 죽음.

**대거리**
상대편에게 언짢은 기분이나 태도로 맞서서 대듦. 또는 그런 말이나 행동.

래두 섭섭'이란, 인사답지 않은 인사지마는, 나는 웃고 말았다.

"언제 떠나십니까? 이번엔 꼭 같이 가세요."

인사를 온 것이 아니라 동행하자고 맞추러 온 것 같은 수작이다.

"오늘 저녁이라두 떠날까 하는데 함께 나서시겠나요? 동행을 해주시면 심심치도 않고 매우 좋기야 하겠지만."

나는 실없이 웃어 보였다.

"아, 그렇게 서두르실 게 뭐예요?"

을라가 놀라는 소리를 하려니까 한걸음 뒤처져 안에서 나온 병화가 다가오며,

"뭐, 오늘 떠나?"

하고 알은체를 하다가, 오늘 떠나든 말든 자기 집으로 가서 저녁이나 같이 먹자고 *발론을 한다.

"아무려면 오늘 떠나시게 되겠에요? 아무것도 없지만 잠깐 가시죠."

병화댁도 옆에서 권한다. 자기네끼리 오늘 나를 찾아 인사도 하고 위로 삼아 저녁 대접을 하려고 의논이 된 모양이다. 그러나 나는 그런 한가로운 기분이 나지를 않았다. 또 그것이 병화 내외로서는 을라에 대한 자기네끼리의 입장을 명백히 하려는 기회를 만들려는 뜻인지도 모르겠고, 을라는 을라대로 딴생각이 있는지 모르나, 나는 그런 것이 도리어 성가신 생각이 났다. 하여간 이 사람들의 이러한 눈치로만도 나는 작년 이래로 지나치게 오해였던 것이 풀린 것은 기쁘고 마음이 거뜬하여진 것 같았다.

마루 끝에서 실랑이를 하다가 이 사람들을 돌려보낸 뒤에 나는 짐을 다시 싸기 시작하였다. 서류를 정리하다가 가방 속에서 나온 정자의 편지를 다시 한 번 펴보았다. 이것은 초상 중에 온 것을 대강 보고 집

**발론**
제안 또는 의논거리 따위를 말하여 드러냄.

어넣어 두었던 것이다.

    ……과장(誇張) 없는 말씀으로, 저는 이제야 겨우 악몽에서 깨어나서 흐리터분하고 어리둥절하던 제정신이 반짝 든 듯싶습니다. 오랜 방황에서 이제야 제 길을 찾아든 것도 같습니다. 그렇다고 무슨 신앙을 붙든 것도 아니요, 생활의 도표(道標)를 별안간 잡은 것은 아닙니다마는, 언젠가 말씀처럼 고민은 역시 제 길, 저 살 길을 열어 주고야 말았는가 합니다. 반년 동안 레스토랑의 경험은 컴컴하고 끈적끈적한 생활이었습니다마는 그래도 저는 그 생활 속에서 새 길을 찾았는가 싶습니다. 인간 수양, 세간 수양이 조금은 되었는가 합니다. 만일 내가 지금 지향(志向)하는 길로 나갈 수 있다면 M헌에서의 반년 동안 얻은 문견이 무슨 *보토가 될지도 모르겠지요. 그러나 그보다도 그 동안에 당신을 만나 뵈었다는 것은 저의 일생에 잊지 못할 새로운 기록이었겠지요.

    정자의 편지는 저번 내가 부친 엽서의 답장이나, 매우 희망과 감격에 찬 기분으로 씌었다. 동경역에서 헤어질 때 경도로 갈 듯하다더니 역시 설[正初] 전으로 M헌을 하직하고, 경도 고모 집으로 갈 작정이라는 것이다. 그리고 고모 집에를 가면 소원대로 이번 신학년부터는 동지사대학(同志社大學) 여자부에 입학할 예정이라 한다. 아마 저의 본집과도 양해가 되어 학비도 나오게 되고, 제 *자국에 다시 들어설 눈치인지 모르겠다. 저의 집이 경도, 대판에서 뱃길[船路]로 대여섯 시간이면 건너서는 사국(四國) 고송(高松)이라는 데에서 해물상을 한다는 말은 들었지마는, 경도에 가서 동지사대학에 들어갈 준비를 할 터이라는 말을 듣고 보니, 나는 동경서 떠나 올 제 목도리를 사다가 함부로 허리춤

보토(寶土)
애써서 수행한 결과로
얻은 불토. 보신불인
아미타불이 사는 정토
를 이른다.

자국
본디의 상태나 수준.

164 염상섭

에 찔러 주고 온 것을 생각하고, 혼자 속으로 찔끔하는 생각이 들며 혼자 얼굴이 뜨뜻해 왔다. 물론 보통 카페 걸로 여긴 것은 아니지마는 좀 너무 함부로 한 것 같아야 열적은 생각이 드는 것이다. 저의 집이 얼마나 잘살거나 그것이야 알 바 아니지마는 대학까지 가려는 생각인 줄은 몰랐던 것이다.

……인생은 오뇌로 쌓아 올라가는 것인가 봅니다. 아니 번민, 오뇌로 쌓아 올라가는 노력이 있어야 할 것인가 합니다. 왜 이 말씀을 하는고 하니, 당신이 너무나 인생 문제와 사회 문제에 대하여 자기의 불만 불평보다는 더 큰 것을 위하여 애쓰시는 것이 가엾어 그럽니다. 민족의 운명에 대해서 번민하시고 *오뇌하시기 때문에—또 저는 거기에 경의를 느끼기 때문에 이런 말씀을 하고 싶은 것입니다. *고진감래(苦盡甘來)라는 그런 속된 말로가 아니라 괴로움을 알아야 사람은 거듭나는가 합니다. 일본의 남자들은 너무나 괴로움을 모릅니다. 역시 대륙적이라 할지? 괴로움을 꾹 참고 딱 버티고 섰는 거기에 깊이 있는 생활이 있는가 싶습니다.

이런 말도 씌어 있다. 다감하고 예민한 계집애가 연애에 실패하고 집안에서는 쫓겨나고 하니까 보통 여자와는 다르겠지마는, 어떻게 생각하면 자기 나라 남성—일본 남성에게 반기를 들고 내게로 오겠다는 사연인가도 싶다.

끝에는 동경으로 가는 길에 부디 경도로 전보를 미리 치고 자기에게 들러 달라고 고모 집 번지수까지 씌어 있었다. 그러나 이번에 만나면 전과는 달라서 퍽 여러 가지 이야기할 것도 많을 것 같지마는 한편으

**오뇌**
뉘우쳐 한탄하고 번뇌함.

**고진감래(苦盡甘來)**
쓴 것이 다하면 단 것이 온다는 뜻으로, 고생 끝에 즐거움이 옴을 이르는 말.

로는 어색도 하고 겁도 나는 것이었다.

'이번에 만나면 어떤 얼굴로 만날꾸?'

혼자 상상을 하여 보고는 큰 기대도 있고 큰 흥미도 있으리라고 궁리가 많았다. 갑갑하고 화가 나는 김에, 어서 가서 정자나 만나면 이 무거운 기분이 조금은 나을 것도 같다.

가방을 꾸려 놓고 어머님께 오늘 밤차로 떠나겠다고 여쭈러 안으로 들어가니까, 출입하였던 큰형님이 뒤미처 들어왔다.

"애가 오늘 저녁으루 떠나겠다는구나! 내 이런 주책없는 애가 있니?"

모친으로서 생각하면은 딸자식이 죽은 것과는 다르다 하여도 둘째 며느리를 열다섯부터 앞에서 키운 정이 있으니, 집이 한구석 텅 빈 것 같은데 아들마저 초상을 치르자마자 훌쩍 가버리겠다니 어이가 없는 것이다.

"별안간 이것은 무슨 소리냐? 가자면 나부터 가야지. 네가 왜 먼저 서두르느냐? 나는 아이들을 놀려 놓고 온 터 아니냐?"

하고 큰형님은 역정을 낸다. 나는 이 말에 찔끔하였다. 사실 경우가 틀렸다.

"너는 너무 기분주의야. 어쨌든 나는 내일 떠나야 하겠지만, 방학 동안은 좀 들어앉았으렴. 어머니께서 섭섭해 안 하시니."

나는 떠나는 것을 무기 연기하기로 하였다.

사람이 죽어 나간 건넌방에는 안에서들 들어가 자기를 싫어하는 모양이기에 내가 자기로 하였거니와, 형님이 떠난 뒤로는 더구나 혼자 드러누워서 이생각 저생각에 *전전반측(輾轉反側)하며 잠을 못 이루는 날이 많았다. 곰곰 생각하면 날이 갈수록 죽은 사람에게 역시 미안한 생각이 간절하였다. 더 산대야 하나 날 자식을 두셋 더 낳았을 것밖에

**전전반측(輾轉反側)**
누워서 몸을 이리저리 뒤척이며 잠을 이루지 못함.

166 염상섭

별수야 없겠지마는 좀 더 따뜻이 해주었더면 하는 후회도 난다. 그러나 생각하면 이런 뉘우침도 결국에는 자기가 당장 *고적하고 아쉬우니까 그런가 보다는 생각도 든다. 지금 애인이라도 있다면 이생각 저생각 없이 뛰어 달아났을 것이다. 그러나 당장 어린것을 기를 걱정은 없다 하여도 조만간― 삼사 삭 후에 졸업하고 나오면 역시 혼자는 어려우니 장가는 들어야 할 것이나 누구를 고를까? 마음에 맞는 사람이 있기로 누가 선뜻 와줄까? 이런 걱정도 머리에 떠오른다.

**고적하다**
외롭고 쓸쓸하다.

'을라⋯⋯?'

나는 코웃음을 쳤다. 정자? 더구나 안 될 말이다. 공부를 시작한다는 것은 말 말고라도 인제 겨우 부모의 노염도 풀려 가는 눈치인데, 또다시 나 같은 사람과 문제가 새판으로 생긴다면 피차에 비극을 되풀이할 것이다. 그것은 고사하고 정자 같은 사람은 우리집에 들어와서 살수 없는 일이요, 장래를 생각하거나 민족적 감정으로나 문제도 아니된다. 이것저것 실제 문제를 생각하면 그래도 아내가 더 살아 주었더면 내 몸 하나는 편하였던걸 하는 생각도 든다. 죽으면 죽으라지 또 계집이 없을까 하는 *방자한 생각이 뉘우쳐지기도 하였다.

**방자하다**
어려워하거나 조심스러운 태도가 없이 무례하고 건방지다.

그는 하여간에 정자의 열심으로 써 보내 준 편지에 어느 때까지 모른 척하고 내버려두기도 안되어서 이튿날 이런 답장을 써 부치었다.

모든 것이 순조로이 해결되어 가고 학교에 들어가시게 되었다 하오니

얼마나 반가운지 모르겠습니다. 과거 반년간의 쓰라린 체험이 오늘의
*신생(新生)을 위한 커다란 준비시기이셨던 것을 생각하면, 그 동안 나
의 행동이 부끄럽지 않을 수 없습니다마는, 한편으로는 내 생애에 있
어서도, 다만 젊은 한때의 유흥기분만에 그치지 아니하였던 것을 감사
하며 기뻐합니다. 그러나 뒷날에 달콤하고 아름다운 추억으로 남아 있
으리라고 생각할 뿐이라면 이렇게 섭섭한 일도 없고, 당신은 또 자기
를 모욕하였다고 노하실지도 모르나, 언제까지 그런 기쁨과 행복에 잠
겨 있도록 이 몸을 안온하고 자유롭게 내버려두지 않으니 어찌하겠습
니까. 나도 스스로를 구하지 않으면 아니 될 책임을 느끼고, 또 스스로
의 길을 찾아가야 할 의무를 깨달아야 할 때가 닥쳐오는가 싶습니다.
지금 내 주위는 마치 공동묘지 같습니다. 생활력을 잃은 백의(白衣)의
백성과, 백주에 횡행하는 *이매망량(魑魅魍魎) 같은 존재가 뒤덮은 이
무덤 속에 들어앉은 나로서 어찌 '꽃의 서울'에 호흡하고 춤추기를 바
라겠습니까. 눈에 보이는 것, 귀에 들리는 것이 하나나 내 마음을 부드
럽게 어루만져 주고 용기와 희망을 돋우어 주는 것은 없으니, 이러다
가는 이 약한 나에게 찾아올 것은 질식밖에 없을 것이외다. 그러나 그
것은 장미꽃송이 속에 파묻히어 향기에 도취한 행복한 질식이 아니라,
대기(大氣)에서 절연된 무덤 속에서 화석(化石)되어 가는 구더기의 몸
부림치는 질식입니다. 우선 이 질식에서 벗어나야 하겠습니다.

소학교 선생님이 사벨(환도)을 차고 교단에 오르는 나라가 있는 것
을 보셨습니까? 나는 그런 나라의 백성이외다. 고민하고 오뇌하는 사
람을 존경하시고 편을 들어 주신다는 그 말씀은 반갑고 고맙기 짝이
없습니다. 그러나 스스로 *내성(內省)하는 고민이요 오뇌가 아니라, 발
길과 채찍 밑에 부대끼면서도 숨이 죽어 엎디어 있는 *거세(去勢)된 존

---

**신생(新生)**
마음의 상태나 생활 따
위가 전과는 매우 다르
게 새로워짐.

**이매망량(魑魅魍魎)**
온갖 도깨비.

**내성(內省)**
자신을 돌이켜 살펴봄.
자기관찰.

**거세(去勢)**
저항이나 반대하지 못
하도록 세력을 빼앗음.

재에게도 존경과 동정을 느끼시나요? 하도 못생겼으면 가엾다가도 화가 나고 미운증이 나는 법입넨다. 혹은 연민의 정이 있을지 모르나, 연민은 아무것도 구하는 길은 못 됩니다…… 이제 *구주(歐洲)의 천지는 그 참혹한 살육의 피비린내가 걷히고 휴전조약이 성립되었다 하지 않습니까. 부질없는 총칼을 거두고 제법 인류의 신생(新生)을 생각하려는 것 같습니다. 그러나 이 땅의 소학교 교원의 허리에서 그 장난감칼을 떼어 놓을 날은 언제일지? 숨이 막힙니다.

우리 문학의 도(徒)는 자유롭고 진실된 생활을 찾아가고, 이것을 세우는 것이 그 본령인가 합니다. 우리의 교유, 우리의 우정이 이것으로 맺어지지 않는다면 거짓말입니다. 이 나라 백성의, 그리고 당신의 동포의, 진실된 생활을 찾아 나가는 자각과 *발분을 위하여 싸우는 신념 없이는 우리의 우정도 헛소리입니다.


나는 형님이 떠날 제 초상에 쓰고 남은 것이라고, 동경 갈 노자와 함께 책값이며 용돈으로 내놓고 간 삼백 원 속에서 백 원을 이 편지와 함께 부쳐 주었다. 혹시는 다른 의미나 있는 줄로 오해할 것이 성가시기도 하나, 동경에서 떠날 제 선사받은 것도 있으려니와, 정자의 새출발을 축하하는 의미라고 한마디 쓰고, 다소 부조가 될까 하여 보낸 것이다. 실상은 동경 가는 길에 들르지 않겠다는 결심을 다시 하였기 때문에, 아주 이것으로 마감을 하여 버리고, 나도 이 기회에 가뜬한 몸이 되고 싶었던 것이다.

나는 한 열흘 더 있다가 졸업 논문도 있고 아무래도 학교 일이 걱정이 되어서 떠나고 말았다. 정거장에는 큰집 형님, 병화 내외, 을라 들이 나왔다. 을라는 입도 벌리지 않고 오도카니 섰고, 병화 내외도 플랫폼

**구주(歐洲)**
유럽.

**발분(發憤)**
분발. 마음과 힘을 다하여 떨쳐 일어남.

**보꾹**
지붕의 안쪽. 곧 지붕
밑과 천장 사이의 빈
공간에서 바라본 천장
을 이른다.

**선하품**
몸에 이상이 있거나 흥
미 없는 일을 할 때에
나오는 하품.

의 *보꾹에 매달린 시계만 쳐다보며 *선하품을 하고 섰었다. 그러나 병화의 얼굴에는 그렇게 보아서 그런지 모든 오해를 풀고, 인제는 안심하였다는 듯이 화평한 기색이 도는 것 같았다.

차가 떠나려 할 제 큰집 형님은 승강대에 섰는 나에게로 가까이 다가서며,

"내년 봄에 나오면 어떻게 *속현(續絃)할 도리를 차려야 하지 않겠나?"

하고 난데없는 소리를 하기에, 나는,

"겨우 무덤 속에서 빠져나가는데요? 따뜻한 봄이나 만나서 별장이나 하나 장만하고 거드럭거릴 때가 되거든요……!"

하며 웃어 버렸다.

『만세전』, 수선사, 1948.

**속현(續絃)**
거문고와 비파의 끊어진 줄을 다시 잇는다는 뜻으로, 아내를 여읜 뒤 새 아내를 맞는 일을 비유적으로 이르는 말.

# 이합

# 1

해가 짧아지기는 하였지마는, 점심을 *궐하니, 자연 저녁이 이르다. 오늘도 저녁상을 물리고 나서 전등불을 켰다. 장한(章漢)이는 멀미가 난, 강낭밥을 간신히 휩쓸어 넣고 나서 씁쓸한 뒷입맛을 이름도 모를 매캐한 담배 한 대로 가시며 멀거니 앉았다. 그보다도 어제 아무리 말다툼을 하였기로 하루가 지났는데 이때껏 입이 뾰루퉁 부어서 입쌀을 어우르지 않고, 밥상을 해다가 디밀기만 하고는 모른 척하고 부엌에서 돌아오지 않던 아내의 꼬락서니가 생각할수록 더 불쾌하다.

"나를 일평생 부엌데기로만 늙히시려우?"

―어제는 이런 소리도 하였지마는, 그럼 이 세상에 부엌데기라는 인종은 따로 있나 싶다.

앞에서 소리 없이 바스럭대는 네 살짜리 딸년이 어느 틈에 머리맡에 놓인 종이 뭉치를 *해뜨려 가지고 버스럭거린다.

"그건 왜 그래? 찢으면 안 된다."

장한이는 어린애 손에서 작문지(作文紙)를 빼앗으면서 힐끗 눈에 띄는,

　　　　××인민 위원회 만세.

　　　붉은 군대 만세.

　　　*스탈린 만세.

　　　조선 독립 만세.

라고 작문 끄트머리에 쓴 판에 박은 듯한 구절을 무심코 들여다보다가

**궐**
마땅히 해야 할 일을 빠뜨림.

강낭밥

**해뜨리다**
닳아서 떨어지게 하다.

**스탈린**
(Iosif Vissarionovich Stalin, 1879~1953)
소련의 정치가. 시월 혁명 때에 레닌을 도왔으며, 레닌이 죽은 후 권력 투쟁에서 승리하였다. 독재적인 방법으로 사회주의 건설을 지도하고 헌법을 제정하였으며 1941년 수상에 취임하였다.

머리맡으로 휙 던져 버렸다. 이번에 돌아오는 십일월 칠일, 노서아 혁명 기념일에 열리는 학예회에 낭독(朗讀)시킬 작문을 써서 *꼲다가 학교에서 가지고 나온 것이다. 장한이는 해방 이후 일 년이 넘도록 도처에서 시시로 보고 듣는 이 말이 아직까지도 좀 어설프게 생각되는 것이요, 또 아이들이 으레 써야 할 말로 여기고 무심히 쓰는 데 비하여 자기는 교육자로서 아이들과 의식(意識)이나, 감정으로는 *상거가 있고 격이 지는 것이 내심에 불안스럽고 늘 괴롭기도 한 것이다. 이런 점으로는 아내가 자기보다 몇 갑절이나 철저한지 모르겠고, 또 그렇게 *외곬으로 앞뒤 재지 않고 대담히 단순하게 획획 나가는 것이 가다가는 *핀둥이도 주고 듣기 싫은 소리를 해서 며칠씩 두고 말다툼을 하게 되어 불쾌하면서도 한편으로는 부럽기까지 한 것이다.

부엌에서는 아내가 설거지하는 떼그럭거리는 소리가 간간이 흘러온다.

"남조선에서는 아메리카군 만세, *트루우먼 대통령 만—세를 부르렷다!"

장한이의 머리에는 또 이런 생각이 밑도 끝도 없이 떠오르며 멀거니 전등불에 서리우는 담배연기를 바라보고 앉았다. 라디오가 없으니 마음대로 들을 수도 없지마는 근 일 년 동안 이남의 신문은 구경도 못하고 지내는 터이라, 이남 형편은 물론이요, 세상이 어떻게 돌아가는지를 모르고 그날그날을 보내는 형편이다.

그러다 오다가다 남조선 생각, 고향 생각이 머리에 떠오르면 언제나 그렇듯이,

"설마 이럴 줄야 알았나……."

하고는 방안을 휘 돌려다보았다. 만주에서 간신히 끌고 온 륙색을 서

---

**꼲다**
잘잘못을 따져서 평가하다.

**상거**
서로 떨어져 있음. 떨어져 있는 두 곳의 거리.

**외곬**
단 하나의 방법이나 방향.

**핀둥이**
핀잔. 맞대어 놓고 언짢게 꾸짖거나 비꼬아 꾸짖는 일.

**트루먼**
(Harry Shippe Truman, 1884~1972)
미국의 제33대 대통령. 제2차 세계대전을 승리로 종결하고 전쟁 후 수습에 활약했다. 유럽 부흥계획을 비롯하여 반소비에트 반공정책을 추진하고, 6.25전쟁 때 한국을 적극 지원하였다.

너 개 주검주검 포개 놓고, 일 년 동안 새판으로 고심고심해서 긁어모
은 책권 나부랭이를 이 구석 저 구석에 되는 대로 척척 쌓아 놓은 외에
는 어른 아이의 옷가지를 줄에 주렁주렁 걸친 것이 *넝마전 셈즉하고
김치항아리, 오줌요강 여편네 버선 짝……웬 게 이렇게 너저분히 널려
있는지?

　이것이 해방 이후 일 년 넘어나 걸려서 새로 세운 네 식구의 보금자
리다. 밖에 나갔다가 집이라고 기어들면 하루에도 몇 번씩 진작 이남
으로 내려서는 것을 공연한 짓을 하였다고 눈살이 저절로 찌푸려지는
것이요, 올 초봄에 해빙이 되자마자 *불계하고 휙 떠나 버린 처남의 가
족들이 부럽기도 한 것이다.

　"싹수 글렀네. 땅이 차례에 오겠나. 집이 차례에 오겠나. 이 좁은 바
닥에서야 뭐 할 일이 있어야지. 자네네도 함께 뜨세."

　처남이 이렇게 권할 때 장한이는 제 고향은 아니건마는, 그래도 손
쉽게 이만치라도 자리를 잡은 것만 다행하여, 버리고 나서기가 아깝기
도 하고, 아내도 여기에 본값어치가 남아 있느니만치 찬성을 아니 하
기에 그대로 주저앉던 것이다. 실상은 여기가 처남의 고향인 관계로

**넝마전**
넝마(낡고 해어져서 입
지 못하게 된 옷, 이불
따위를 이르는 말)를
파는 가게.

**불계하다**
옳고 그름, 이롭고 해
로움 따위의 사정을 따
지지 아니하다.

작반
동행자나 동무로 삼음.

작년 구월에 봉천에서 남매 두 가구가 *작반해 나오다가 우선 여기에 내렸던 것이었다. 처가붙이라야 지금은 다만 처삼촌이 정거장 거리에서 장국밥 장사를 하고 있는 외에는 처고모가 구읍내에서 살뿐이요, 이렇다 할 *강근지친이 있는 것도 아니고보니, 처남도 서울로 외지로 돌아다니다가 육칠 년 만에 찾아든 고향이라야 마음이 붙을 수 없었다. 더구나 신문기자 퇴물로 만주에 가서는 토목업자나 쫓아다니던 위인이 이런 좋은 속에 들어앉아서는 할 일도 없고 갑갑증이 나는데다가, 이렇다 할 주의주장을 가진 것도 아니니, 이왕이면 남쪽으로 가 본다고 반년도 못되어 가졌던 것만 녹여 먹다가 달아나고 만 것이다.

강근지친(强近之親)
서로 도움을 줄 만한
아주 가까운 친척.

거기에 비하면 이때까지 현직 교원으로 있던 장한이는, 아무 데 구르나 취직 걱정은 없지마는, 군의 교육과장으로 있는 처고모부가 접수가옥(接受家屋)을 사택으로 한 채 내어 줄 터이니 학교에 있어 달라고 끄는 바람에 하여간 엉덩이를 붙이고 앉게 되었던 것이다. 장한이 역시 서울, 영등포의 방직공장에서 사무원으로 간신히 꾸려 가는 형님이 있지마는, 서울이고, 고향인 제천이고 불쑥 간대야 부모가 계신 때와도 달라서 생활 근거가 있는 터가 아니니 해방이 되었다고 금시로 팔자를 고쳐서 딴 직업을 붙들지 못할 바에야 집 한 채가 손쉽게 잡히는 것만 감지덕지하여 나중 일은 어쨌든지 우선 남매 두 가구가 지금 이 집을 차지하고 살림을 시작하였던 것이다.

그는 하여간에 처남 역시, 자기 처가가 경상북도 상주에서 웬만큼은 지내는 고로 서울서 자리를 못 잡으면 거기라도 가면 무슨 도리든지 있으려니 하는 *장을 대고 떠난 것이었다. 헤어진 지도 벌써 팔구 삭되는데 연신이 있을 수 없으니 어찌되었는지 알 수는 없으나 요새 같아서는 그때 딱 결단을 하고 따라 나서지 못한 것이 후회막급이다.

장을 대다
마음 속으로 기대하며
잔뜩 벼르다.

그때만 해도 이렇게 말하면 퍽 먼 옛이야기 같지마는 쌀값이 이남의 절반밖에 안되고, 민간은 하여간에 공직자에게는 식량 배급이 있어서 요즈막 같은 식량 걱정은 없었다. 아내도 부인회에 드나들며 *너름새 있게 휘두른 통에 새 살림에 재미도 나서, 신이 나서 다녔고 간간이 배급 같은 것도 생기는 것이 수월치 않아 살림이 그리 꿀리지는 않았다.

그러나 그러한 명랑한 기분이나 공기도 불과 몇 달이 못 갔다. 처남의 식구를 떠나보낸 뒤로 여름철이 들어갈수록 가뜩이나 보리고개라 그렇겠지만 식량 사정이 더 군색해 가고 자연 살림이 *간구해 가기 시작하였다. 그래서 그런지 올 여름내로 아내의 태도가 차차 전과 달라지는 데에 장한이는 눈을 크게 뜨게 되었다. 회(會)의 일이 바쁘다고 나다니는 것은 고사하고 딱 마주앉으면 까닭 없이 피차에 말이 순편치 아니 나가게 되어 갔다. 자연 전과 달라서 점점 *설면설면해가고 근자로는 집안의 공기가 왜 그런지 무겁고 컴컴하여만 가는 것 같아시 눈살만 찌푸러지는 것이다. 더구나 요새 며칠 정면충돌을 한 뒤로 장한이는 그렇지 않아도 머릿살 아픈 교원 생활이 하루가 *약약하게 싫은 판에 훌쩍 이남으로 달아나고만 싶은 생각이 하루에도 몇 번씩 나는 것이다. 그러나 아내는 그나마 도리질을 하니 장한이는 더욱이 혼자 속만 썩이고 있는 터이다.

"지금 내나 당신이나 몸을 어떻게 빼쳐 나갈 듯싶소?"

아내의 이런 말도 무리치는 않다. 아내가 회에 몸을 너무 깊이 잠겨 놓아서 좀체 자리를 뜰 수 없는 것도 사실이요, 장한이 역시 이 손바닥만한 거리에서 소리 없이 *권솔을 끌고 나서기는 어려운 일이다. 단신이라도 밤중에 도망군이처럼 나서기 전에 *추신하기가 좀체 쉽지는 않다. 그러나 아내에게는 빠져나가기가 어렵다는 문제보다도 좀 더 깊

**너름새**
너그럽고 시원스럽게 말로 떠벌려서 일을 주선하는 솜씨.

**간구하다**
가난하고 구차하다.

**설면설면하다**
사이가 정답지 아니하고 이색하다.

**약약하다**
싫증이 나서 귀찮고 괴롭다.

**권솔**
한집에 거느리고 사는 식구.

**추신**
바쁘거나 어려운 처지에서 몸을 뺌.

은 문제가 있는 것을 짐작하는 장한이는 입맛을 다시고만 앉았는 것이다. 생각하면 자기와의 충돌이라든지 집안 공기가 돌변한 원인도 여기에 있는 것이다.

**서름질**
설거지.

　부엌에서 *서름질을 마치고 난 아내는 저녁 세수를 하고 물 묻은 얼굴로 들어서는 양이 오늘 저녁도 나갈 눈치다. 장한이는 모른 척하고 앉았으려니까 수건질을 하면서 부리나케 손바닥만한 의경대를 책상위에 다가놓고 돌아앉아 크림을 바르고 머리를 매만지기 시작한다. 밖에서 놀던 여섯 살짜리 준식이란 놈이 뛰어들어오다가,

　"어머니 또 어디 가우?"

하고 핀잔이나 맞을까 보아 조심조심 말을 붙이며 애가 쓰이는 눈치로 아버지를 잠깐 치어다본다. 어제 저녁 일이 있는지라 어린 마음에도

애가 쓰여서 아버지의 기색을 살피는 모양이다.

"어디를 가든 요녀석, 너마자 무슨 *총찰이냐? 아가리 닥치고 가만히 앉았어!"

어머니의 쥐어박는 소리에 준식이는 뜨끔해서 어린 누이동생이 아랫목으로 머리를 두고 댕그머니 자빠져서 무슨 종이조각인지 쭉쭉 찢고 있는 옆에 가서 앉는다. 조그만 주먹을 *암팡지게 두 넓적다리에 얹으며 도사리고 앉은 여섯 살짜리의 머릿속에는 무슨 생각이 떠오르는지, 똥그란 까만 눈만 깜박깜박하며 먼 산을 바라보고 있다. 젊은 아버지는 어린것의 얼굴을 힐끗 치어다보고는 외면을 하여 버린다.

네 살짜리나 여섯 살짜리나 원체 어머니가 너무 깔끔하게 구는 데에 기가 질려서 아버지를 더 따르는 터이었지마는, 가뜩이나 마음이 달라가는 아내가 이즈막에는 더 유난히 회(會) 일이 바쁘다면서 낮에는 뒷방 색시에게 부탁을 하고, 밤이면 남편에게 쓸어 맡겨 놓고 나다니고 하는 사품에 점점 더 어머니를 아버지보다 어려워하는 눈치다, 장한이는 어린것이 가여울수록 아내가 미웠다. 더구나 피난민으로 몰려오는 동안, 보름 동안이나 고생을 시키고 와서도 이 모양으로 기르는 것이 불쌍해서 지금도 이놈 여섯 살짜리의 *실심한 표정에 눈물이 스밀 듯싶은 것을 참고 앉았다.

"어제 그 지경을 하고도 오늘 또 나간다는 거야?"

장한이는 참다참다 못하여 먼저 입을 벌리고 말았다. 아내는 시치미 떼고 머리 빗은 손을 씻으러 부엌으로 내려가 버린다. 아직 김장때 전이라 그리 추울 지경은 아니지마는, 문을 여닫는 대로 쌀쌀한 저녁바람이 획획 끼치고, 아랫목의 따뜻한 맛이 좋았다. 밖은 어슴푸레 어두워 가고 뒷방 살림채에는 남편이 아직 아니 들어왔는지 또드락 소리도

**총찰**
모든 일을 맡아 총괄하여 살핌.

**암팡지다**
몸은 작아도 힘차고 다부지다.

**실심하다**
근심 걱정으로 맥이 빠지고 마음이 산란하여지다.

이합 **179**

없이 괴괴하다.

　장한이는 혼자 맥없이 앉아서 어젯밤에 뒷방 사람이 창피하고 동리
가 부끄럽게 싸우던 불쾌한 생각을 하다가,

　'이혼이라두 해 달라면 해주지!'
하고 입을 악물며 허공에 대고 눈을 부릅뜨다가 옆에 앉았던 어린것이
이상히 볼까 보아서 얼른 낯빛을 고쳤다.

　"그렇게 의심쩍고 못마땅하거든 이혼이라두 하시구려. 하시구려가
아니라 좋두룩 하십시다그려."

　시비 끝이니까 무슨 말은 못하랴—고 돌려도 생각하여 보았지마는,
미리 준비나 하여 두었던 것처럼 쌀쌀히 이런 소리를 태연히 하던 것
을 생각하면 정나미가 떨어지고 아무래도 오래 갈 수는 없을 것 같다.
죄 없는 어린것들이 불쌍하다는 생각이거나, 이것도 급격한 과도기의
한때 풍조니, 주책없이 날뛰는 것을 덩달아서 마주 날뛸 수도 없다는
생각만 없으면야, 진정 이혼이 소원이라면 덮어놓고 붙들어 두려고 빌
붙을 묘리도 없다는 *역심이 드는 것이다. 그러나 생각하면 해방이 그
잘난 살림까지 거덜을 내놓고 인제는 계집까지 놓치게 된다면, 물론
해방을 탓하는 것은 아니나 억울한 노릇이다.

　근자로 내외쌈이 잦은 표면상 문제는 집 속에 좀 들어 앉았으라는
단순한 문제다. 낮에는 이 좁은 바닥을 어디로 쩔쩔거리고 나다니는지
몰라도 밤에나 들어 앉았으라는 것이다. 어제도 저녁밥을 뚝딱 먹고는
허둥지둥 나가려 들기에, 아무리 회, 회 하지마는 이 좁은 바닥에서 무
슨 일이 그렇게 많다고 *불철주야하고 다니느냐고 남편이 화를 내니
까, 나갈 일이 있기에 나가는 것을 무슨 아랑곳이냐고 옥신각신하다가
어린애들을 울리고 이혼청구까지 받은 것이지마는, 그 빌미로 오늘은

**역심**
상대편의 말이나 행동
에 반발하여 일어나는,
비위에 거슬리는 마음.

**불철주야(不撤晝夜)**
어떤 일에 몰두하여 조
금도 쉴 사이 없이 밤
낮을 가리지 아니함.

서로 고개를 외로 꼬으고 저녁도 아내가 부엌에서 혼자 먹고 난 형편이다. 그 화풀이로 오늘은 꼭 나가야하겠는 모양이다.

아내가 올 여름에 부인회의 군지부(軍支部) 부위원장인가 된 뒤로는 그야 좀 바빠졌으리라고 장한이도 짐작은 못하는 것이 아니나, 밤이면 어린애를 보아 주어야 하고, 학교에서 돌아와서 허둥지둥 저녁밥을 지을 때도 한두 번이 아니었지만, 더구나 일요일 같은 때는 온종일 집을 보고 들어앉아서 아이 *치다꺼리나 하게 된 이 형편이 장한이로서는 못 견딜 일이다. 결혼한 지 육칠년 내에 없던 일이다.

손을 씻고 들어온 아내는 나들이옷을 부덩부덩 갈아 입는다.

"그래 기어이 밤중에 싸질러야 직성이 풀리겠다는 거야?"

남편은 모른 척해 두고 말려다가 한이 없는 일이니까 *기위 트집이 벌어진 끝이니, 이 김에 *제독을 주어서 버르장머리를 가르쳐 놓으려는 생각으로 또 말을 먼저 붙였다.

"밤이고 낮이고 한두 살 먹은 어린애니 걱정이란 말요? 무엇 때문에 요새루 부쩍 이 야단이슈? 그러기에 그렇게 못 믿겠거든 따라 다니란 밖에!"

아내는 저고리에 팔을 꿰면서, 이 역시 참다못해 대꾸를 한다.

"허구헌날 회의라니 낮에 모여서는 뭘 하기에 저녁이라야만 회의가 되는구?"

피차에 벌서 몇 번이나 뇌까리던 말을 또다시 새 판으로 주고받는 것이다.

"이거 왜 이러는 거요? 세상은 해방이라는데 계집을 올개미를 씌워서 가둬 두지를 못해 이러는 거요?"

아내는 옷고름을 매고서 동정이가 맞았나? 조그만 거울에 구부리고

**치다꺼리**
뒷바라지.

**기위**
이미.

**제독**
미리 해독을 막음.

가슴께를 비춰 본다.

"흥! 삼천만이 해방은 되었는데 여편네만 해방이 못되어서 걱정인 게로군?"

장한이는 어이가 없고 울화가 터진다는 듯이 비꼬아 본다.

"억울하시겠오. 삼천 년 사천 년 가둬 두었던 종년을 풀어 내놓으니 천지가 뒤집히는 것 같기두 하리라……."

아내는 벽에 걸린 스프링을 떼어 입으면서 남편을 비로소 살짝 흘겨 보며,

"나두 인젠 나이 삼십이 내일 모레예요. 언제까지 당신의 절제, 남편 의 통찰만 받구 있으란 말요?"

인제는 마주 얼굴을 대하고 쏘는 소리를 한다. 아닌 게 아니라 올에 스물일곱, 삼십도 눈 깜짝할 새나 *몸가축을 잊지 않고 이렇게 분홍저 고리에 스프링을 떨뜨리고 나서는 것을 불빛에 보니 아직 갓 스물 혼 인하던 색시 때보다 얼마 늙어 보이지도 않는다. 똥그란 눈을 *사박스 럽게 뜨는 것이 겁도 없게는 생겼지마는 상큼한 콧날과 야무진 입의 또렷한 인중이 *오달지면서도 살결이 보드랍고 간살이 좁지가 않아 얼굴 전체에 일맥의 온유하고 상냥한 인상이 떠돌아서 얄미락스럽지 는 않다.

'네까짓게 그래두 제 얼굴값을 하느라구 이러는 거냐?'

장한이는 무심코 속으로 이런 생각을 하면서

"흥, 자유 해방이 좋기도 좋다. 남녀평등, 여권확장, 만세다!"

장한이는 아내의 얼굴에서 눈을 돌리며 코웃음을 쳤다.

"내 이런 당신 같은 젊은 완고, 꼬라리 훈장님을 탄해 말을 하는 사 람이 미치지! 그래 그런 봉건 사랑을 선조 대대로 물려준 땅문서나 되

**몸가축**
몸을 매만지고 다듬음.

**사박스럽다**
성질이 보기에 독살스 럽고 야멸친 데가 있다.

**오달지다**
허술한 데가 없이 야무 지고 알차다.

는 듯싶이 꾸려놓고도 이 시대에 숨을 쉬고 살아가실 것 싶으슈? 그것을 재들에게 물려주실까 봐 걱정예요! 이 양반아!"

아내가 발을 통 구르고 손에 들은 머플러를 목에 두르며 방문을 열려니까,

"신숙씨!"

하고 장한이는 놀리듯이 묻는다.

"뭐예요?"

아내는 멈칫하고 선다.

"이 애들을 업구 가우. 나 같은 꼬라리 훈장에게 맡겼다가는 아이들 장래에 해로우니까!"

장한이는 순탄한 어기를 꾸미며 아이들을 턱짓으로 가리킨다. 신숙이 — 젊은 어머니는 아무쪼록 아이들의 얼굴을 돌려다보지 않으려고 생각하면서도 그리로 눈이 가며 망단한 듯이 멈칫 섰다.

"아무리 당신네 신시대가 되었어도 가정의 공통책임을 져야 할 거지. 피차의 평화와 행복을 누리도록은 해야지. 남녀평등 여권확장도 좋지만 아내 된 의무, 에미 된 의무에서 벗어나서는 안 되겠지?"

장한이는 인제는 노하지도 않았다. 말은 순탄하였다.

"네, 맞지요! 하지만 하나씩 갈라 맡으십시다. 저년만 내 데리구 가죠!"

신숙이는 창졸간에 이렇게 대답을 하다가,

"그럼 집안일두 반반씩 갈라 맡아 하십시다. 내일 아침은 당신이 지슈. 어쩌면 오늘 저녁에는 내가 못 들어올지 모르니까—"

하고 남편의 얼굴을 말뚱히 치어다본다. 계집애년은 어느 틈에 잠이 들어 쌕쌕하며 가슴을 발랑거리고 자빠졌다.

"허허허……."

장한이는 별안간 일부러 웃는 듯이 웃음을 터뜨리다가

"자식이 하나인 경우에는 어떡하누? 반씩 나누어 가나? 배꼽에는 삼팔선이 있던가?"

하고 장한이는 다시 노기가 뻗쳐오르며 눈을 부릅뜬다.

"무엇 때문에 그렇게 무서운 눈을 *흡뜨고 야단이슈? 내가 당신 집 종년으로 팔려 왔습디까? 살기 싫으면 헤지는 것이요. 자식을 하나도 못 주겠다면 그만이지 내가 뭘 잘못했다는 거요?"

하고 신숙이는 목에 둘렀던 머플러가 방 안의 훗훗한 운기에 *근실거리는지 무의식하게 풀면서 한 걸음 다가선다.

"데려가라는 건 아니지만, 그래 자식에 대한 애정두 없단 말야? 해방을 하면 자식, 남편을 버려야 자유가 온다는 거야?"

장한이는 다시 태연하여졌다. 모든 것을 단념하였는지 어젯밤같이 흥분되지는 않았다.

"허는 수 없지— 애정이 있고 없고 간에 자식을 턱없이 내가 맡을 책임은 어디 있단 말요. 당에도 들기 싫다. 계집은 부엌 속에만 가둬 두겠다고 고집을 부리는 이가 여기서 어떻게 교육자는 되구, 부

**흡뜨다**
눈알을 위로 굴리고 눈시울을 위로 치뜨다.

**근실거리다**
조금 가려운 느낌이 자꾸 들다.

지를 하구 사시겠단 말씀요. 자식들을 떼치기는 어렵지만, 인젠 길러 놀만큼 길러 놨겠다, 데리구 가슈!"

신숙이는 내친걸음에 막 가는 말이겠지마는 무슨 열에 띈 사람 같다.

"응 장하다! 정말 주의를 위해서 가정을 버릴 만큼 혁명정신에 철저하다면 말리지는 않는다. 그러나 만일에 내가 소학교에서 학구질이나 해먹는대서 이런 독립을 하는 좋은 때를 만나서 출세를 못하고 *고탑지근한 훈장으로 늙은 이 신세가 보잘것없고 눈에 차지 않다거나, 안 할 말로 시들어 가는 청춘을 고이 늙히기가 아까워서 네가 네 마음을 어쩌는 수가 없이 눈이 뒤집혀 이 꼴이라면, 응······두고 봐라! 후회할 날이 있으리라"

하고 장한이는 얼굴이 핼쓱해지며 부르르 떤다.

고탑지근하다
조금 고리타분하다.

"염려마세요. 내 걱정은 마세요."

신숙이도 입술을 악물며 돌아서 문을 연다. 그러나 그 말의 어기는 아까같이 담차지는 못하였다.

"알았다! 가거라 가!"

장한이의 입에서는 뱃속에서 쥐어짜는 소리가, 그러나 착 가라앉은 목소리로 배앝아 버리듯이 나왔다.

"온 이게 남부끄럽게 무슨 말씀이란 말예요? 이러구 나가시면 어쩌란 말씀요?"

뒷방 색시가 뜰로 뛰어 나와서 구두를 신는 신숙이를 달래며 붙들려는 모양이다.

"아뇨. 아무 일 없어요. 하여튼 맡은 볼일이야 봐야 하지 않소."

신숙이는 부인회의 부위원장의 체면을 생각하여서도 변명삼아 굽히지 않는 소리로 한 마디 대꾸를 하고, 목소리를 낮추어서

"뒷방 색시한테두 저무도록 미안은 하지만 아이 좀 잘 봐 주슈"
하고 부탁을 한다.

"그건 어쨌든 그러지 마시구 우리 방으로 좀 들어가셔서 나가시드라
두 마음을 풀고 나가셔요."

이 여자는 이러다가 주인댁이 며칠씩 집을 비고 안 들어오거나 하면
홀아비가 조석으로 꿈적거리고 밥을 짓는 것을 내버려 두는 수도 없고
아이들 치다꺼리에 당장 성이 가시니 열심히 붙드는 것이다.

"하여간 부탁하우."

신숙이는 한 마디 남겨 놓고 모른 척하고 나가 버렸다.


## 2


아내의 본심이 아주 영영 돌아섰는지 그것은 마치 모르되, 어쨌든 어
젯밤은 대개 삼촌집 아니면 고모 집에 가서 자고 안 들어올 줄 짐작한
일이다. 그러나 아침에 일어나니 이때껏 아내가 나가 자고 안 들어온다
는 일은 처음 당하는 일이니만치 어쩐지 집안이 쓸쓸하고 *산산하다.
어린년이 눈을 뜨는 길로 자릿속에서 엄마를 찾고 킹킹대는 것도 에미
가 죽어 나간 집같이 덜 좋지마는 큰놈이 어린 생각에도 눈치가 뻔한지
라 언짢은 기색을 감추고 동생을 달래가며, 자리를 거두는 것을 소리
없이 거드는 양이 마음 여린 젊은 애비에게는 보기 싫었다.

부엌에 내려가서 밥솥불을 보랴, 방을 치우랴, 걸레질을 치랴, 아이
들 세수를 시키랴, 한바탕 갈팡질팡하다가 아침을 먹고 났으나, 아이
들 처치를 어떻게 하고 학교에를 갈지? 장한이는 잠깐 *망단하였다.

**산산하다**
서늘한 느낌이 들 정도
로 선뜩하다.

**망단하다**
이러지도 저러지도 못
하여 처지가 딱하다.

처삼촌이 근자에 조카딸을 *실쭉해하는 눈치요, 아내도 발길이 멀어가는 모양이던 것을 생각하면 삼촌 집에 가서 잤을 리는 없을 것 같으니, 아이들을 그리로 데려다가 맡기고 아내가 어쩌는 꼴이나 볼까 하는 생각도 없지 않았으나, 두 늙은이가 며느리 하나만 데리고 영업하는 터전에 아이를 둘씩 맡겨 둘 수도 없어 머뭇거리고 앉았자니까 뒷방 색시가 들여다보고

"무얼 그러세요. 인제 준식어머니 들어오시겠죠. 그대로 두고 어서 학교에 가세요."

하며 웃는다. 딴은 그럴 듯싶어 과자를 사다가 달래놓고 책보를 끼고 나섰다. 실상 생각하면 처남이 떠난 자리에 이 젊은 내외가 떠나온 뒤로 *안잠자기나 둔 듯이 하고한 날 맡기고 다니는 터이니 그렇게 애가 쓰일 것은 없으나, 어쩐지 에미 없는 자식을 두고 가는 것만 같아서 뒤가 돌려다보이는 것이다.

장한이는 종일 심란한 하루 일을 마치고 부리나케 돌아와 보니, 역시 아내는 그림자도 보이지 않고 어린것은 마루 밑에 댕그머니 나란히 앉아서 해가 넘어가는 먼 산만 바라보고 있다.

"어머니 왔다 나갔어!"

큰놈은 중대부 그나 하듯이 좋아서 방으로 따라 들어온다. 뒤미처 반찬거리를 사들고 들어오던 뒷방 색시가

"아침결에 들어오셨다가 조금 전에 나가셨죠."

하고 말을 붙인다.

"네에."

장한이는 그 이상 물어 볼 말도 없거니와, 또 어디를 간다더냐든지, 저녁밥을 지으러 들어온다더냐는 말을 물어 보기는 싫었다.

**실쭉하다**
마음에 차지 아니하여서 약간 고까워하는 태도를 드러내다.

**안잠자기**
안잠. 여자가 남의 집에서 먹고 자며 그 집의 일을 도와주는 일.

"오늘두 바빠서 늦으신다나 보드군요."

뒷방 색시도 그 이상 어떻게 말을 하기가 거북하여 귀띔만 하는 눈치다. 장한이는 옷을 벗다가 줄에 걸린 아내의 상옷이며 *경대가 없어진 것이 눈에 띄었다. 륙색도 들쑤신 모양이다.

"어머니 장거리 할머니 집에 가서 일하구 온대."

장한이는 "응!" 하고 대꾸를 하며,

'아주 장기전을 하자는 것인가?'

하고 속으로 코웃음을 쳐 보았으나 선뜻 머리에 떠오르는 것이 네 식구의 목숨 다음으로 꽁꽁 뭉쳐 넣어 둔 돈뭉치다. 부리나케 열쇠를 찾아서 가방을 열고 보니 만 원 따로 봉해 둔 데서 꼭 반절 오천 원을 꺼내갔다. 만주에서 가지고 나온 삼천만 원에서 일 년 동안 생활비에 보태 쓰고 이것만은 여차하면 들고 나설 삼팔선 돌파의 노자다. 장한이는 입맛이 썼다. 그러나 *분재(分財) 오천 원이로구나 하고 코웃음을 쳤다. 제 옷도 추려 가져간 모양이다. 모든 것이 계획적인 것이 분명하다. 그런 눈치를 벌써 전부터 못 챈 것은 아니지마는 그래도 자식을 보기로 설마—하였던 것이 속은 것 같아서 분하다. 괘씸하였다. 진원지(震源池)야 먼 데 있는 것이요, 장마 때부터 계속해 오던 저기압이기는 하였다. 그제 어제의 충돌은 오랫동안 곪긴 부스럼에 한 땀 찌른 바늘 끝에 지나지 않는 것이었다. 그렇게 생각하면 곪긴 것은 따 버리는 것이 옳다고도 장한이는 생각하였다.

장한이는 밥솥에 불을 지피고 솔잎이 훨훨 타들어가는 것을 멀건히 바라보다가, 아까 혼자 생각하던 계속으로 무심코,

'설사 *합창(合瘡)이 된다기루……'

하는 공상을 하여보았다.

'……합창이 된다기루 흠이 안 질 수야 있나…… 그러나 흠이 지더라도 합창을 바라는 것이 *상정일까?……'

상정(常情)
사람에게 공통적으로
있는 보통의 인정.

그는 더 생각하기도 싫었지마는 컴컴해가는 방속에서 계집애년이 우는 소리에 부엌에서 뛰어 나왔다.

저녁밥을 막 먹고 나니까 처고모 마님이 찾아왔다. 대개 그러려니 싶었다.

"그거 무엇인가? 한두 살 먹은 어린애들두 아니구! 이거 무슨 꼴이란 말인가? 그저 어린것이 좀 잘못하기루 쓸어 덮어가며 소리없이 살아야지……."

장한이는 잠자코 앉았다.

"나 같은 늙은 사람은 무식해 그런지 그 애 말이 귀에 잘 들어오지두 않네마는 그 애가 어려서부터 좀 지나치게 서두는 성미기는 하지. 내 눈에도 요새 시속물이 들어서 해방시대라니까 저부터 해방이 못될까 보아 발버둥질을 치는 것같이 보이네마는, 어쩌나 나이 한 살이라두 더 먹은 사람이 지는 체하고라두 달래서 가꾸어야지……."

장한이는 여전히 눈을 내리깔고 듣고만 앉았다. 이런 때의 장한이는 소학교 학구질 십 년의 수양이라 할지 버릇이라 할지 안차다고 할 만치 침착하고도 남의 말을 들어 주는 아량이 있고, 결코 부풀거나 서두르지 않을 만한 여유가 있다.

"그러니 맞서고 터뜨려만 내면, 그야말로 누워 침뱉기지, 집안만 난가가 되고 창피스럽지만 않은가? 내 어떻게든지 달래서 내일이라두 보낼 테니 잠자코 받아들이게."

말따는 *저저이 옳다. 이 마님은 영감이 군(郡) 인민위원회의 교육과장이라 하여 그런지 작은 올케마님(정거장 앞에서 장국밥 장수하는)

저저이
사람에게 공통적으로
있는 보통의 인정.

에 비교가 안될 만치 유식한 편이라, 조카딸을 덮어 놓고 나무라는 것만도 아니요, 그렇다고 싸고 돌려고만 하는 것도 아닌 점에 장한이는 마음이 좀 풀리었다.

"어째 그러는지는 대강 짐작이 나면서도 본심을 알 수가 없습니다. 가만 내버려 둡쇼그려. 온다는 것은 물론 막자는 것도 아닙니다마는 떨어져 가겠다고 기를 쓰는 것을 지금 내 형편으로는 붙들 힘이 없으니 어쩌는 수가 있습니까. 해방이 되고 보니 소학교 훈장 따위 남편은 고루하고 보잘 것 없다고 금시로 눈이 높아져서 걷어차겠다는 것을 목을 매서 끄니옵니까? 꿇어 앉아 빌면 맘을 돌리겠습니까? 이 집안의 삼팔선도 때나 기다리는 수밖에요."

말은 이렇게 하면서도 내일 보내마는 말이 내심에 반갑지 않을 수 없었다.

"그렇게 남의 사람처럼 내던지는 소리를 해서야 쓰나. 한때 그랬다구 정이 버스러져도 안 될 거요. 쌈 끝에 정든다구 그저 이것들을 봐서 자네가 꼭 참게."
하며 마님은 딸년의 머리를 쓰다듬는다.

"여성해방, 남녀동등인 이 시대에 예전 생각만 하고 구속을 하고 압박을 하니까 나는 못 삽네―하고 나가니, 그래 아무러면 해방 전보다 더 누르려야 했겠습니까. 부인회에도 맘대루 나가서 활동하게 하구 차차 새 시대를 맞이하는 새 살림, 새 가정을 의논해 가며 개량하여 나가려는 생각은 누구나 가진 것인데 덮어놓고 네 정신은 썩고 네 머릿속에는 옛날 노인의 완고한 생각만 가득 찼을 것이니 이야기도 안 된다고 피피 하고 자식까지 나 모른다고 달아나니 이런 고집, 이런 생트집이 어디 있단 말예요."

"그게 다 좀 식자가 든 게 있어 그런 거지."

"그렇다구 어디 해방 후에 별루 책자라두 들여다보던가요. 봤다면 고루하다는 내가 한 자라두 더 봤겠지요."

"암 그야 그렇지! 그저 들은 *풍월로 그러는 거지."

마님은 아무쪼록 장한이를 어루만지는 소리를 하고 일어 서다가 옆에 앉았던 어린년을 *떼치기가 안 되었던지 "내일이면 에미가 오겠지마는 넌 나하구 가자. 어린 것이 신통두하지. 보채지두 않구!" 하며 업고 나선다.

"그만두시죠. 아까두 왔다가 쓸쓸한 집속에 내던지구 달아난 것을! 그래 발길이 차마 돌아서 더란 말예요. 그런 에미를 갖다가 주면 뭘 하나요."

장한이는 화를 버럭 내었으나

**풍월**
얻어들은 짧은 지식.

**떼치기**
달라붙는 것을 떼어 물리침.

이합 **191**

부덩부덩 업고 나가는 것을 싸우며 뺏기까지는 아니하였다.

"그럼 에미에게 보내는 게 아니라 마님께 잠깐 맡아줍시사고 보내는 것입니다."

"아따. 아무려나"

신숙이가 생각하기에라도 자식을 보내서 행여나 마음이 돌릴까 하고 이편이 아쉬워서 *비릿비릿하게 먼저 머리를 숙이는 줄로나 알까 보아서 이런 말을 한 것이었다.

# 3

"김 선생!"

하학종이 쳐서 교실에서 나오니까 뒤에서 현 선생이 쫓아오며 부른다. 장한이는 멈칫하고 돌려다보았다.

"내 입으로 이런 소리를 하기는 안됐지마는 이상한 소문이 들리는데 정말요?"

나이 지긋한 현 선생은 말을 꺼내기가 거북한 듯이, 그러나 인사 겸 걱정을 해주는 말눈치로 묻는다. 이 사람도 학교 안에서 — 실상은 태반이 그렇지마는 — 우익으로 지목을 받고, 그중에도 장한이와는 제일 숨김없이 시국(時局)에 대한 비판도 하고 불평도 이야기하는 터이다.

"무어라고들 합디까?"

장한이는 필시 자기네 소문이 났을 텐데 교원실에서도 전보다 다른 눈치로 자기의 얼굴만 말끔히 쳐다들 보고 아무도 입 밖에 내는 사람은 없어서 겸연쩍고 궁금하고 하던 차라 도리어 반색을 하였다.

"아니 요새 부인과 *각거(各居)를 하신다니, 아니 이건 가정의 삼팔철벽이란 말요?"

하고 현 선생은 *실소를 한다.

"그야 가정은 소국가(小國家) 아니요. 허허허."

복도를 어린애들 틈으로 천천히 걸으며 장한이는 웃어 버린다.

"온, 내 , 부인께서 그럴 줄야 몰랐군!"

간간이 장한이집에 놀러 와서 술도 먹고 하여 가정 형편이나 신숙이를 개인적으로도 잘 아는 이 사람은 하도 의외라는 소리를 하다가

"그래 어떻게 하신단 말요? 아주 결정적은 아니겠지? 무엇하면 내가 한 번 찾아가 뵙구 이야기를 할까 하는데 교육과장 댁에 계시다지?"

"고마운 말씀요마는 뭐 인젠 틀렸어! 난 곧 뜰까봐. 그래 소문에는 무어랍디까?"

이 사람이 신숙이가 고모 집에 가서 있는 것까지 아는 것을 보면 세상에나 학교 안의 뒷공론도 퍽 퍼진 모양 같으니 장한이는 그것이 무엇보다 듣고 싶은 것이다.

"신구(新舊), 좌우(左右), 노소(老小)로 갈려서 *물론이 구구한 모양인가 봅니다마는 젊은애들은 '삼팔선의 노라' 하고 손뼉을 치며 예찬(禮讚)을 하고 노인축이나 우리 따위 반동분자는 교육과장부터 틀렸다고 시비구…… 하하하."

교육과장이 바로 신숙이의 고모부인 것을 아는 일부 식자간(識者間)에서는 호령호령해서 도로 쫓아 보낼 일이지 그따위 조카딸년을 집에 붙여 두는 것이 틀렸다고 비난들을 한다는 말이다. 그러나 장한이는 신숙이를 '삼팔선의 노라' 라고 한다는 말에 얼굴을 가리우고 싶으면서 무심코 실소를 하였다.

**각거(各居)**
각기 따로 떨어져 삶.

**실소**
어처구니가 없어 저도 모르게 웃음이 툭 터져 나옴. 또는 그 웃음.

**물론**
물의(物議), 어떤 사람 또는 단체의 처사에 대하여 많은 사람이 이러쿵저러쿵 논평하는 상태.

"그러나 저러나 문제가 이렇게 표면화(表面化)하면 청년측이 가만히 안 있을 것 같고 보안서(保安署)에서도 노릴 것이니 걱정이요. 이렇게 되면 점점 더 들쑤셔대거든."

현 선생이 은근히 이렇게 주의를 하니까 장한이는

"*숙청을 하기 전에 이편에서 먼저 *자숙을 해서 내뺄 작정이요." 하고 웃어버린다. 그러나 계집을 잃고 도망질까지 해야 하나? 하는 생각을 하면 분연히 일어나서 아내에 대해서나 사회에 대하여 매를 맞아 죽는 한이 있더라도 항쟁을 하여 보고 싶은 생각도 든다.

'그렇게들 문제가 되었다면 이혼문제에 대하여 신숙이와 입회 연설(立會演說)을 한 번 해보고 자기의 사상이나 신념을 한 번 당당히 피력해 볼까?'

교원실에 들어와서 장한이는 이런 공상도 해보았다. 그러나 그런 말을 듣고 보니 동료들의 눈길이 자기 얼굴로만 오는 것 같아서 불쾌하다.

이날 하학 후에 장한이는 교장실에 불려 들어갔다. 이 사람은 뱃속에는 그야말로 봉건(封建)이 들어앉았고 관료(官僚)가 들어앉았고 일제(日帝)가 남아 있지마는, 입만은 인민위원회의 마이크로폰일 수가 있기 때문에 이 자리를 보존하고 있는 것이나, 교내에 있어서는 당원인 교무주임이 대변자인 로봇적 존재다.

교장 역시 아까 현 선생의 인사 비슷한 소리를 하며 진상을 말하라기에 장한이는 사실대로 설명하고 그 문제로 학교에 *누가 미친다면 언제든지 사표를 제출하마고 *언명하였다. 언제라고 처 고모부 텃세를 하고 교원 노릇을 하고 있는 것도 아니요, 교육과장이 무어라고 하였고 안하였고 간에 반동분자라고 패를 차고 나서게 되면 학교에서는

숙청
정치 단체나 비밀 결사의 내부 또는 독재 국가 등에서 정책이나 조직의 일체성을 확보하기 위하여 반대파를 처단하거나 제거함.

자숙
자신의 행동을 스스로 조심함.

누
남의 잘못으로 말미암아 받게 되는 정신적인 괴로움이나 물질적인 손해.

언명(言明)하다
말이나 글로써 의사나 태도를 똑똑히 나타내다.

처치에 곤란은 할 것이기 때문이다.

"아니 그것은 추후문제요, 우선은 부인을 모셔 오도록 하셔야지 않겠소. 아까 교육과장 영감이 전화를 거시고 좀 보내 달라 하십디다. 교수시간이 돼서 김 선생을 부르지는 못했지만"

말눈치가 교장더러 권고라도 하라고 한 모양이다. 결국 과장과 아내에게 가서 반동사상은 청산하였습니다고 한 마디만 하면 남편 노릇도, 교원 노릇도 제대로 할 수 있게 즉석에서 해결될 것이니 이 길로 가 보라는 것이다. 장한이는 생각해보마 하고 나왔으나 속으로는 코웃음을 쳤다.

처고모가 와서 내일 데리고 오마고 장담하고 간 지도 벌써 일 주일, 그 후 한 사날 있다가 와서 지금 교장이 권고하던 말과 같은 소리로 졸랐으나 그것은 결국 아내가 자기더러 무조건 항복을 하라는 최후통첩일 뿐이지, 자기는 원체 반동사상이란 것을 잘 알 수도 없고 부부생활이나 가정생활에 있어 실제에 사상 충돌이란 거북한 노릇이지마는 백지(白紙)대로 있으니 알아 하라고 일러 보냈던 것이다.

학교에서 돌아오는 길에 처삼촌의 장국밥집에를 들르니까 처삼촌은 엥엥하고 혀를 찬다.

"미친년! 아무려니 그렇게 될 줄야 알았나. 나부터 할 말 없네마는, *부재다언하고 어서 떠나게. 나두 이 모양으로 요즘은 어디 생화가 되나. 더 춰지기 전에 집이나 팔리면 서울 올러갈까 하는데 그때 가건 이때까지의 정리를 잊지 말구 잘 돌봐 주게."

하고 자기 부탁부터 하고 나서, 이 영감은 부인회의 부위원장이라는 유명한 조카딸을 둔 것이 자랑인 때도 없지 않았지마는 그것은 시속에 어울리자니까 한때 허허하는 것이요, 속으로는 못마땅하던 판에 서방

깍쟁이
몸집이 작고 얄밉게 약빠른 사람.

부재다언
여러 말 할 것 없음.

**화냥년**
화냥. 외간남자와 정분
이 난 여자를 낮추어
이르는 말.

**물계**
어떤 일의 처지나 속내.

**뻗대다**
쉬이 따르지 않고 고집
스럽게 버티다.

**편성**
한 쪽으로 치우친 성질.

**무사타첩(無事安帖)**
아무 사고 없이 일이 잘
끝남.

자식 내버리고 집을 뛰어 나간 다음에야 그까짓 *화냥년을 문지방 안에 발을 들여 놓게 하겠느냐고 길길이 뛰는 것이었다.

장한이는 그래도 학교에는, 매일 교장을 만나는 족족 교육과장을 찾아가 보았느냐고 졸리면서도, 충실히 나갔다. 안 나갔다가는 그만두고 가는 줄로 의심을 살 것이요, 정든 아이들을 생각해도 훌쩍 메치고 나올 수가 없었다. 어쨌든 *물계나 보아 가며 정신을 수습하고 집안일이나 대강 정리를 하고 떠날까 하는 것이요, 그러는 동안에 신숙이 편에서 꺾여서 다소곳이 들어올지도 모르리라는 일루의 희망도 없지 않았다. 그러나 하루는 현 선생과 파해 나오다가 현 선생은 불쑥,

"여보 교무주임은 면직 처분(免職處分)을 주장하는 모양인데 이 판에 *뻗대서 될 일요. 면직 처분만 되면 당장 보안서에 불릴 것이요, 쟁쟁한 여류 투사가 이혼까지 한달 제는 무슨 불온사상이든지 가졌을 것이라고 노리는 것은 당연한 일일 거요, 그렇게 악화되면 가도오도 못할 거니, 어서 교육과장부터 찾아가 보구려."

하고 귀띔을 해주는 말을 들으니 장한이 역시 그 염려가 없지 않던 터이라 교육과장을 찾아가 보는 것은 고사하고 면직이 되면 당장 들고 뛸 마련부터 하여 놓아야 하겠고, 일이 차츰 절박하여지는 것을 깨달았다.

현 선생은 또 말을 이어서,

"그야 말이 그렇지 부인인들 뭐 그렇게 자기 주장을 강경히 세우신다거나 다른 변통이 생겨서 그런 것은 아닐 것이요. 그 왜 흔히 말하는 결혼 생활의 권태(倦怠)라는 것도 있고, 부인네의 *편성으로 어쩌다가 말이 빗나가지고는 올쥔 마음을 펴지 못해서 그런 수도 있으니까 아무래두 김 선생이 한 수 접어놓아야 *무사타첩이 될 것 같은데……."

하고 일전에 고모가 달래듯하는 소리를 하고는 껄껄 웃는다.

　"무사타첩이라니 지금 와서는 세상이 다 알게 된 일을 결국은 내가 당장 당원(黨員)이 된다든지 해서 사상적(思想的)으로는 아내를 따라가겠다는 실증(實證)을 보여야 할 텐데, 어디 사상이라는 것이 앉았다 일어서듯이 돌변할 수도 없고 하룻밤 새에 물이 들어줘야 말이지."
하며 장한이는 웃어 버렸다.

　"허허허……김 선생도 의외로 고지식하군. 당(黨)에 들겠다. 당신 말씀도 다시 생각해 보니 옳다—이렇게 한 마디만 하면 그만 아니요, 또 당에 들어 두기루 어떻소. 정식 당원이 되고 처 고모부는 교육과장이었다, 아, 이판에 당장 교장으루 발탁이 될지 누가 알우 허허허……."

　"사상에도 *모리(謨利)가 있습디까? 얼마쯤 연구라도 하구, 얼마쯤이라두 자기의 사상적 체계(思想的體系)를 세워 놓고야 말이지, 목적에, 발등에 불이 떨어진다고, 네네 한대서야 경찰에 붙들려 간 놈이 고문이 무서워서 헷소리 부는 것 같아서, 인텔리로서 양심이 허락할 수가 있어야지."

　온, 연구를 하고 당원이 된다니 *청처짐한 소리를 하니까 부인부터두 언제 기다리느냐고 달아나시지 않나! 아 속 허연 홍당무는 없던가."
하고 현 선생은 또 껄껄 웃는다.

　장한이는 그 이튿날 아침에는 나오는 길에, 낮이면 혼자 집 속에서 뒷방 색시와 풀없이 빙빙 도는 준식이놈을 처삼촌의 집에 데려다가 맡겼다. 그렇지 않아도 어린것이 가엾으니 데려오라는 것을 도대체 처붙이에게 신세지기가 싫어서 그만둔 것이지마는, 생각하여보니 불시에 떠나자면 남편이 보안서에 다니는 뒷방집에도 알려서 안 되겠고, 남쪽으로 간다는 소문을 냈다가는 보통 사람도 붙들린다는데 좀처럼

**모리(謨利)**
도덕과 의리는 생각하지 않고 오직 부정한 이익만을 꾀함.

**청처짐하다**
동작이나 상태가 바싹 조이는 맛이 없이 조금 느슨하다.

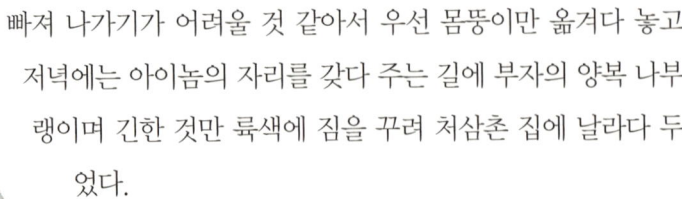

빠져 나가기가 어려울 것 같아서 우선 몸뚱이만 옮겨다 놓고 저녁에는 아이놈의 자리를 갖다 주는 길에 부자의 양복 나부랭이며 긴한 것만 룩색에 짐을 꾸려 처삼촌 집에 날라다 두었다.

'대관절 내가 무슨 죄를 졌다구 도망군이 봇짐을 싸야 되는구?'

하고 장한이는 지레 겁을 집어 먹는 자기를 웃어도 보았으나, 지금 형편으로는 아내의 보호를 받지 않으려면 제왕의 권세를 가졌어도 이밖에는 도리가 없다.

오늘은 공일이라, 장한이는 늦게까지 자기 혼자 드러누워서 지낸 일, 앞일을 곰곰 생각하며 한때는 아내와 정을 폭 쏟고 지내던 것이 생각나서 감개가 무량도 하고 '그때는 신여성으로서의 자각(自覺)이 없었다면 자각이 있은 뒤의 행복은 어떤 것일구? 어쨌든 '부위원장' 이 사람을 버려 놓은 것이요. 길에서 줏은 돈은 몸에 안 붙듯이 공짜로 얻은 해방이라서 이 지정인가……?' 하는 이런 갈피없는 생각에 잠겨 있으려니까 문이 찌걱하고 장거리마님이 이번에는 딸년을 안고 들어온다. 무엇보다도 여러 날 만에 보는 딸년의 얼굴이 반갑다. 그렇지 않아도 떠나기 전에 한 번 보고 싶던 터에 잘되었다.

"그런데 왜 좀 안 오나? 상관이 부른다는 공무(公務)로 생각하든지 어른 대접을 하든지 만나자고 한 지가 사오 일에 지척에 있으면서 안 오다니 그것도 제 일 때문인데 모른 척하는 것을 보면 자기를 무시하는 것이오, 계집을 떼어 버리려는 수작이라고 야단야단이시며 당장 내일이라도 면직을 시키구 혼을 내어야 한다구 서두시니 이걸 어쩌나?"

마님은 신발을 벗을 새도 없이 마루 끝에서부터 입을 벌린 것이 방에 들어와 앉을 때까지 숨이 턱에 다서 퍼붓는 양을 보면 그 깔끔한 영감이 서두는 바람에 급히 뛰어온 듯싶다.

"곧 못 가 뵌 것은 안됐죠마는 군청으로 들어가서는 자세한 말씀을 하기가 어렵고 댁에는 제 처가 보기 싫어서 가기 싫고 해서 그럭저럭 한 거죠. 내일 군청으로라도 들어가 뵙죠."

말은 이렇게 하였지마는 실상은 일제 시대에 *은급까지 붙었던 이십 년 근속의 교원 출신이니 그야말로 고탑지근한 훈계나 하고, 청년 남녀의 미묘한 심리는 몰라주고 덮어두고 네 계집 데리고 가라고나 하면 성이 가실 것 같아서 미루미루해 두었던 것이다.

"내일이 뭔가. 지금 나가세. 자네 처는 이 아침차로 도청(道廳)으로 들어간다네. 어서 정거장으로 나가서 붙들어 가지구 우리 같이 집으로 들어가세. 이거 무슨 까닭인지 성이 가셔 죽겠네."

"도청으로 간다구요?"

장한이는 귀가 번쩍하였다. 딴은 생각하면 소문은 의외로 커 가고 부인회의 지도자로서 이 사람 저 사람의 입초에 오르내리게 되고 보니, 아무리 자기만은 어엿하고 생각하여도 이해(理解) 못하는 사람에게는 위신이 떨어지는 창피스러운 물론만 들리니 귀치않은 생각이 들어서 피해 가버리려는지도 모를 것이다.

"본부로 가서 일을 하게 될 듯하다네. 어떻게 될지 확실히는 몰라도 ××에 곧 다녀와서 아이들도 데려간다지마는 누가 아나. 나가 보세. 자네두 양단간 *아퀴를 지어야 하지 않겠나?"

은급
일제 강점기에, 정부 기관에서 일정한 연한(年限)을 일하고 퇴직한 사람에게 주던 연금(年金).

아퀴
일을 마무르는 끝 매듭.

이합 **199**

"아퀴야 진 것이요. 떠나는 사람을 내가 나가면 뭘 하겠습니까. 그렇지 않아도 소문이 파다한데 광고를 치러 나가서 붙들고, 달아나고, 무슨 연극을 꾸밉니까? 하하하 거기 가서 잘되면 나도 데려 가라구 일러 둡죠."

장한이는 언제라고 자기 품으로 다시 돌아오리라고 생각한 바는 아니지마는 인제는 아주 마지막 결심을 하였다.

"그럼, 내 정거장에 나가서 어떻게 떠나나 잠깐 보고 들어갈 테니, 뒤미처 집으루 오게."

마님은 어떻게 떠나나 보러 간다니, 아마 어떤 놈하고 눈이 맞아서 달아나는가 의심이 들어서 하는 말 같다. 그러나 장한이는 속으로 웃었다. 장한이 역시 그런 의혹이 벌써 전부터 문득문득 나지 않던 것도 아니지마는 그렇기로 꼭 이 차로 둘이 맞닥고 떠나란 법은 없을 것이니 나가 본다는 말이 우스웠다.

그야 봇짐 싼 계집이 타향으로 *출분하였다면, 누가 듣던지 정부 따라 도망갔다 할 것이지마는 자식을 둘이나 떼 놓고 나설 만큼 담 독한 여자가 요 좁은 바닥에서 꼼작거리고 있기 싫은 것도 사실일 것이다. 이리저리 추측을 하면 한이 없는 일이요, 생각할수록 이가 갈리게 미우나 장한이는 일체 생각지를 말리라고 생각하였다. 원인야 어디 있든 지간에 벌써 싫증이 나고 변심을 한 계집을 붙들어 두고 악다구니나 치며 지지고, 볶아가며 산다 한들 피차에 불행이었을 것을 생각하면 조금도 아까울 것도 없다고 생각하는 것이다. 아직 나이 삼십이다. 인생은 이로부터다. *만혼(晚婚)하는 사람이면 이로부터 장가갈 마련을 할 것이다.

'아니 그보다도 인제야말로 공부도 하고 출세도 해보아야지!'

장한이는 이때껏 일제(日帝)압박 밑에서 오랫동안 잠자던 야심, *공명심, 분발심이 맹연히 머리를 들고 일어나는 것을 깨달았다. 이런 생각을 하면 살림을 집어치우고 공부를 하라고 *천재일우 기회를 만들어 준 것을 도리어 감사히 여겨야 할 것이라고도 생각하였다.

'고리탑탑한 봉건사상에 절어서 일생을 촌 훈장으로 썩는 놈을 따라다닐 수 없다고 하였지만 두고 봐라! 나두 이대로 늙지는 않겠지마는, 준식이놈이 커서 남의 자식 부럽지 않게 된 것을 보면 그 에미 노릇 못한 것이 분해 *복장을 칠 날이 있을 거라!'

장한이는 무심코 이를 악물고 두 주먹을 부르쥐고 벌떡 일어났다.

그는 부리나케 외투를 떼어 걸치고 교장의 집으로 다다랐다.

"그래 인젠 *풍정낭식이 됐소? 허허허"

교장은 위로삼아 웃는다.

"네, 여러 가지로 미안합니다. 가운이 잘못 들어 그런지, 버릇을 잘못 가르쳐 그런지……."

"허허허…… 저런 소리를 하니까 요새 여걸(女傑)들이 싫다고 박차는 거지 허허허……참 그런데 과장 영감 댁에는 갔었소."

"네, 지금 다녀오는 길입니다. 한데……."

원체 거짓말을 하려고 판을 차리고 온 장한이는 하는 수 없이 헛대답을 하였다.

"……그런데 제 처가 오늘 아침차로 ××으로 나갔답니다그려. 조금만 일찍 가두 붙드는 걸 그만 놓쳤습니다."

"허어! 그러게 얼른 가 뵈라구, 날마다 *똥기지 않습디까."
하고 교장은 대머리를 쓰다듬으며 혀를 찬다.

"미안하게 됐습니다. 하옇든 그래서 저두 뒤쫓아 가봐야 하겠는데

공명심
공을 세워 자기의 이름을 널리 드러내려는 마음.

천재일우(千載一遇)
천 년 동안 단 한 번 만난다는 뜻으로, 좀처럼 만나기 어려운 좋은 기회를 이르는 말.

복장
가슴의 한 복판.

풍정낭식(風定浪息)
바람이 자고 파도가 잔잔하여진다는 뜻으로, 어수선하던 것이 가라앉음을 이르는 말.

똥기다
모르는 사실을 깨닫도록 암시를 주다.

요……."

"암 가봐야지, ××에는 일가댁이 있소?"

"네, 그래서 밤차로 잠깐 갔다가 오려 하는데, 한 사흘 *수유(受由)를 줍시사고……."

"응, 염려 말우"

교장 집에서 나온 장한이는 처삼촌 집으로 가서 짐을 꾸리고 행장을 차렸다. 저녁밥을 얻어먹고 어슬해지기를 기다려서 철떡거리는 제 외투도 무거워하는 어린놈을 앞세우고 나섰다.

"어린게 불쌍하지!"

처 삼촌댁은 에미 잃은 어린것이 컴컴한 문

**수유(受由)**
말미를 받음. 또는 그 말미

밖으로 아장아장 나서는 꼴을 보고 언짢아하였다. 그러나 준식이는 처량한 생각을 입술을 깨물며 참았다.

남(南)으로 남으로⋯⋯일생의 운명을 걸은 일대행군(一大行軍)이라고 속으로 뽐내 보았다.

"어린년이나 잘 보살펴 주시고 서울 오실 때 괴로우셔도 부디 데려다 주세요."

다만 하나 그것이 마음에 걸렸다.

컴컴한 질퍽질퍽한 길을 찬바람을 안차며, 지치발거리는 어린 자식의 손을 붙들고 걷는다. 사람을 만나는 것이 무섭고, 일 년 만에 다시 짊어지는 륙색이 왜 이리 무거운지 웃통이 뒤로 넘어가는 것 같다. 장한이는 이 정거장에서 타다가는 들킬까 무서워서 남의 눈을 피하여 다음 정거장으로 십 리 발길을 아침에 북으로 향한 아내와 등을 지고 남으로 남으로 타박타박 가는 것이다.

염상섭전집 10, 민음사, 1987.

# 삼팔선

# 차중

사리원(沙里院)에서 한바탕 법석들을 하고 백여 명의 피난민이 꾸역 꾸역 몰려 나리고 나니, 맨 끝에 달린 이 피난민 찻간에 덩그러니 남은 사람이라고는 우리일행 여덟 사람뿐이다.

가뜩이나 어른 아이가 말은 아니 하여도 제각기 애가 타서 하는 판에 일행이 다 떨어져 나가고 보니 불안과 초조가 한층 더 마음을 어둡게 하여 아무도 입을 벌릴 기운도 없는 듯이 *맥맥히 앉아서 치어다보느니 내 얼굴만 치어다본다.

"염려없어, 신막 가서 하룻밤 편히 쉬고 정 못 가게 되면 짐 차려가지고 뒤 돌아서면 피난민야 얼마든지 만날 수 있지 않은가."

그러지 않이도 아까 사리원에서 헤어질 때, 신의주에서부터 따라온, 신의주시 인민위원회 촉탁(新義州人民委員會囑託)이라는 청년이,

"선생님, 그럼 신막 가셔서 아무래도 못 가시겠거던 내일 아침차로 사리원으로 오십쇼. 무슨 도리든지 있겠죠."

하며 *안위를 시켜주면서 사리원 구제소에서 마종 나온 사무원을 데리고 와서 대면까지 시켜주고 서로 연락할 것을 자세히 일러주었던 것이다. 내일 사리원으로 간대도 별수가 있을 것 같지는 않지마는 그래도 뒷길이 있거니 하는데에 조금은 안심이 되는 것이었다.

우리가 일행에서 떨어져서 신막까지 가는 것은 신의주(新義州)에서 부쳐 놓은 짐 때문이다.

원체는 신의주 피난민 구제회에서 발행한 피난민 증명서(證明書)에도 하차역이 신막으로 되어있고 차표도 물론 신막까지다. 삼팔

**맥맥히**
기운이 막혀 깜깜한 모양이나 상태.

**안위**
몸을 편안하게 하고 마음을 위로함.

피난민

**경편철도**
기관차와 차량이 작고
궤도가 좁은, 규모가
작고 간단한 철도.

**연선**
선로를 따라서 있는 땅.

**잠상군(潛商軍)**
예전에, 법으로 팔지
못하게 하는 물건을 암
암리에 팔던 장사꾼.

**호열자**
'콜레라'의 음역어.
괴질.

선이 막히던 직후는 신막 쪽이 아직은 수월하였지마는 작년 시월경부
터 조사가 심하여지고 잡아 가둔다는 소문이 돌자, 사리원쪽을 이용하
게 되었다. 사리원에서 해주선(海州線)으로 갈아 타가지고 동해주 못
미처 학현에서 내려서는 토성 해주간의 *경편철도 *연선인 청단까지
四十리를 도보로 건너선다는 피난민 루—트인지 *잠상군(潛商軍) 루
—트인지가 개척된 후로는 신막 루—트를 이용하는 사람도 없어지고
자연히 이 길은 막히고 말았던 것이다.

　그러나 연안 배천 등지에
*호열자가 만연한
일편, 수삼일래로

일본인의 남하를 묵인한 까닭에 신의주에서만도 수천 명이 몰려 내려 갔는데, 원체 매사에 각 도 사이에 양해나 통일이 긴밀치 못한 관계이 었던지 황해도 당국에서는 일인의 *월경(越境)을 금지하고 몰려드는 일인을 해주로 집결시키는 중임으로 대단한 혼란이요 일인과 혼동되 면 성이 가신일이 많으니, 피난민은 일체 신막으로 보내달라는 의뢰가 있어서 사리원에는 내리지 말라고 떠날 때 신신당부를 받았던 것이다.

나는 아무래도 좋았다. 몸에 감춘 것이 없으니 뒤진대야 빼앗길 것 이 없고, 어여쁜 색시면 봉변도 한다지마는 늙어가는 아내와 업고 걸 리고 한 올망졸망한 어린것 서넛을 앞세웠을 뿐이요, 동행인 젊은 *부 처라야 부인이 만삭이니 도리어 겁날 것이 없고 거리낄 것이 없다. 들 으니 학현 청단간의 사십 리도 자다가 말고 새벽에 밤길을 걷는 것인 데 봄철 들어서부터는 강도가 아니 나는 날이 없다 한다. 만일의 봉변 이 있다면 어린것하고 한때 놀라기야 하겠지마는, 그 *역 여름사리 가 리매 몇 벌밖에는 더 지라야 질 수도 없는 류색이나 내던져주면 그만 이려니 하는 쯤의 유한 배포로 떠난 길이다.

그러나 사리원이 차차 가까워 오니까, 끼리끼리 모여서 의론이 분분 하였다. 신막으로 가면 조사가 심한데다가 산길을 숨어 걸어야 한다. 만일 토라구(트럭)을 못 얻는 날이면 토성이나 개성까지 이백이삼십 리를 걸어야 하는데 목목히 뒤지고 법석이라니 거기를 어떻게 가겠느 냐는 것이다. 아무리 토성 해주간이 호열자로 교통차단이 되었다 하여 도 해주에서 *야밋배지마는 뱃길도 있을 것이라 한다. 듣고 보니 나 역 시 마음이 *설레 해지지 않을 수 없다. 무엇보다도 어린것들을 데리고, 더구나 함께 따라나선 젊은 친구의 부인은 만삭이 된 배를 앞남산만큼 안고 있지 않은가. 아무리 생각해도 이백여 리를 걷고 산을 넘을 것을

**월경(越境)**
국경이나 경계선을 넘 는 일.

**부처**
부부.

**역**
또한.

**야미**
뒷거래.

**설레**
가만히 있지 아니하고 자꾸만 움직이다.

생각하면 역시 사리원에서 따라 내리는 것이 유리할 것도 같았다.

동행인 K군 내외도 사리원에서 떨어지고 싶은 모양이나 피난민 증명서가 내 집 식구처럼 함께 되었으니 떨어져가게 할 수도 없다. 차장을 찾아가서 짐을 사리원에서 미리 내려달라는 교섭을 하여 보았으나, *소하물(小荷物) 찻간까지 가서, 결국에는 못하겠다는 거절이다. 철도 국원의 정복을 입고 고무신짝을 신은 젊은 주무의 잔소리는 오해하지 말라고 양해를 구하느라고 늘어놓는 *장광설인지는 모르겠으나 머릿살이 아파서 도리어 이편에서 어름어름하고 피난민차로 빠져오니, 우리 일행은 내가 차에 내렸다가 못 탈줄 알고 법석이 났다가 죽었다 살아온 듯이 반색들이다. 그만치나 모든 사람이 당황하고 어디서 꿈적만 해도 겁을 집어먹고 눈이 휘둥그래지는 것이었다.

"엄마, 이차가 가서 서면 서울야?"

다섯 살짜리의 조고만 불안에 지친 질문이다.

"인제 내려서 코오 자구 내일 서울 들어 간단다."

눈 속에 얼어붙은 국경의 거리에서, 감기로 죽도록 앓으면서도, 서울 간 언니의 사진만 보고 이때껏 보지 못한 서울을 꿈꾸면 삼동을 난 끝이다.

이 차를 내리면 서울이려니 하는 꿈도 스러지니 마음에도 할 말이 없는 듯이 잠자코 보슬비에 잠긴 먼 산을 무심히 내다볼 뿐이다. 엄마의 얼굴도 저절로 흐려졌다.

낮에는 사람이 붐벼서도 그랬겠지마는 '아이스캔디'를 사서들 먹을 만치 무덥더니, 어느덧 날이 흐려져서 사리원을 떠나면서부터 빗방울이 듣기 시작하더니 제법 촉촉이 내린다. 아이들은 왼종일 차에 시달리고 궂은 비에 쓸쓸해서 그런지 인제는 먹을 것도 찾지 않고 풀이 없

**소하물(小荷物)**
기차 편에 쉽게 부칠 수 있는 작고 가벼운 짐.

**장광설**
쓸데없이 장황하게 늘어놓은 말.

이 멀거니들 앉았다. 어른들의 마음도 어스레해가는 날빛과 함께 까부러져갔다.

그래도 차는 시원스럽게 달린다. 아까 낮에 누구인지,

"아마 이 차가 신막에다가 무엇을 놓고 온 것이 있던지, 만날 사람이 있는 게로군. 아무려니 이렇게 제시간을 꼭꼭 댈 수가 있을구."
하며 웃은소리를 하더니만치 차가 이렇게 빠르기는 해방 이후 처음일 것이라 한다.

평양까지는 쌀장수 등살에 꼼짝 못하고, 사리원까지는 동행을 떨어질까 보아 갈팡질팡하다가, 인제야 한숨 돌리고 변소에 일어서 가보니, 문짝도 떨어져 나간 *헤갈이 된 속이 범벅이 된 어린애의 콧구멍 같다. 차마 발을 들여놀 수가 없어 윗간으로 건너간즉 여기는 좌석이라고는 씨알머리도 없고 멍석자리 위에 이 역시 어디서 오는 피난민인지 바가지를 주레주레 달은 보따리를 뭉게뭉게 놓고 두서너패 남루한 남녀가 눕고 앉고 하였다.

여기 역시 문짝이 없는 변소에서, 아낙네나 지나지 않을까 조마조마하면서 볼일을 보고 자리로 돌아오자니, 지금 잠깐 선 정거장에서 올라온 소련병정 둘이 저편으로 마주 앉으면서 나를 유심히 쳐다본다. 본체만체하고 지나쳤다. 뒤미쳐 철도공부들도 이삼인 들어와서 떠들썩해진 바람에 잠깐 불안한 빛을 띠던 여자들의 얼굴도 다시 피어났다.

소련병들은 별로 이야기하는 소리도 없이 덤덤히 앉았다가 어느덧 콧노래를 시작한다. 차 안은 그 소리에 일시에 잠잠하여졌다. 둘이 짝을 맞추어서 바이올린 켜는 듯한 그 음률이 귀를 기울일만하게 교묘하였다. 비는 촉촉히 오고 *전진(戰塵)을 아직도 떨지 못한 그들도 만리이역에서 향수에 구슬피 젖은 마음을 콧노래에 의탁해서 시름을 잊으

**헤갈**
쌀이거나 모인 물건이 흩어져 어지러운 상태.

**전진(戰塵)**
싸움터에서 이는 먼지나 티끌.

려는 듯싶다.

"얘, 너를 홀리랴나 보다!"

우리 부부와 마주 나란히 앉았던 젊은 친구는 한참 귀담아 듣다가, 곁의 아내를 돌려다보며 웃으니까, 배가 가뿐 색시도 상긋하여 보인다. 우리도 웃으며 파―마넨트를 한 곱다란 그 머리로 무심코 눈이 갔다. 아까 차장이 차표검사를 와서도 일본식 밥 찬합과 여자들의 파―마 한 머리를 눈여겨보는 듯싶었지마는, 내 눈에도 무임승차권(無賃乘車券)을 가진 피난민으로서는 아무리 구지레한 꼬락서니라도 좀 덜 어울리었다.

차가 조금 큼직한 역에 닿으니까 심심파적으로 차창 밖을 내다보고 앉았던 아내가

"여기두 저게 있군요!"

하고, 신의주에서 보던 '살인방화 어쩌고 ○○,○○○'이라 한 선전 포스터―를 눈으로 가리킨다. 내려다보니 창고 담벼락에 커다랗게 벵키로 쓰여 있다.

"그래도 이리 오면서는 삼십팔도선이― 서울이 가까워져서 그런지 별로 눈에 안 띠이는 셈인데요."

젊은 친구가 말을 받는다. 아닌 게 아니라, 이때껏 무심코 넘겼지마는, 아내가 희한해할 만큼 드물었다.

"무슨 비석이나 세우듯이 저렇게 벵키로 붙백이로 써놓았으니 나중에는 시들해서 도리어 선전가치가 없어질거야."

청년의 이런 혼잣말에 나는 웃음으로 대꾸를 하여 주었다.

다음이 신막이라니까 아이들은 신기가 좋아져서 법석이요 어른들도 매무시를 고치고 내릴 차비를 차린다.

"그 머리들은 수건으로 싸는게 어떨구?"

지지던 머리지마는, 피난민 주제에—하는 말이 나오지 않는 것도 아니었으나, 서울 가면 비쌀 것이라고 떠나기 전에 지진다기에 내버려 둔 것이었으나 이런 험난한 길에 남의 눈에 띠는 것이 아무래도 싫었다. 여자들은 몸빼—에 때문은 브라우스를 걸치고 머리를 수건으로 싸매고 아이들까지 일제히 *륙색을 짊어지고 들 수 있는대로는 보따리를 두 손에 들고 나섰다.

**륙색**
등산이나 하이킹 따위를 할 때 필요한 물건을 넣어 등에 지는 등산용 배낭.

# 구제소의 하룻밤

이십여 년 전에 들러본 신막(新幕)이나 다를 것 없이 *소조하다. 비는 그쳐 다행이나 저물어가는 손바닥만한 거리에 나서니 여관집 아이들이 길을 막고 법석이다. 일박에 육십 원이라 한다. 구제소(救濟所)란 어떻게 된 것인지는 모르겠으나 생전에 처음이라, 여관으로 들어가고 싶으나 앞길이 며칠 걸릴지 모르는데 한 품이라도 절용을 해야 할 것이다. 창피는 하나 바로 정거장 앞에 있는 구제소로 찾아 들어갔다.

해방 전에는 무슨 일본사람의 *저자터인지 우중충한 습기가 차는 흙바닥에 테이블을 두엇 놓고 부이스런 전등 밑에 어린애가 혼자 덩그러니 앉아 있었다. 사무원은 저녁밥 먹으러 들어갔다 한다. 앞길의 형편과 노정을 물어보아야 *요령부득이요 남전(南川)까지는 토라쿠(트럭)는 있지마는 남천 금교(金郊)간은 마치 모른다 한다.

마침 몸빼에 브라우스를 입고 운동화를 신은 삼십쯤 된 여자가 들어오다가 반색을 하며 친절히 말을 부치는 것을 들으니 서울여자인 모양

**소조하다**
고요하고 쓸쓸하다.

**저자**
'시장'을 예스럽게 이르는 말.

**요령부득**
말이나 글 따위의 골자나 줄거리를 잡을 수 없음.

이다. 우리의 서울말투에 반색을 한 것인지, 쓸쓸한 판에 식구가 늘어서 반가워 하는지 생글생글하며 요령있이 이야기를 잘한다. 서울서는 무엇보다도 쌀값이 비싸서 살 도리가 없기에 의주 시집으로 가려고 젊은 내외가 어린것 둘을 데리고 나서서 닷새 걸려 어젯밤에 *득도한 것이라 한다.

"꼭 이백 십리를 걷느라구 다 죽어서 들어왔세요. 하나는 업구, 이것을 걸렸으니 기막히지 않아요."

일곱 살짜리라는 딸년을 가리킨다.

"요렇게 뾰죽한 산을 안팎 십리인지 십오 리인지를 숨도 크게 못 쉬고 넘어야 하는데 이 애가 큰일입니다. 이 짐을 지고 큰 고생하시겠습니다."

내 앞에 섰는 다섯 살짜리 사내 놈을 가리키며 딱해 한다.

"그래 묵을 데는 있던가요?"

"아무데나 촌에 들어가서 묵는데 밥값이란 비싸기가 여기보담 더해요."

*조밥 두 끼에 흙방에서 새우잠 자고 한 사람 몫 오십 원을 주어도 시원한 낯빛이 아니더라 한다. 그것은 고사하고 나는 노중에서 밤 지내기가 제일 걱정이다. 촌가에 묵게 되면 보안대니 자칭 당원이니 하는 촌(村)청년이 꼬여 들어서 오너라가너라 하고 들쌀까보아 소련병만치나 애가 쓰이는 것이다.

"치안은 어떻습디니까요?"

"모르죠. 요행히 도적은 안 만났으니까요. 어쨌던 큰 길 내놓고 숨어 오랴니 더 고생이죠."

이 사람도 잠상인가 싶었다. 잠상군이 아니기로 이런 길을 나서면 주사약 한 상자라도 지녔을 것이요 흰 것(아편가루)아니면 일본 지폐장이라도 구두창 밑이든지 여자의 속곳춤에 숨겨 가지고 왔을지 모를거라. 운수 좋아서 여자가 붙들려가지 않을 경우면 여자의 몸은 그리 뒤지지 않는다기도 하거니와, 요즘까지도 삼팔 이북에서는 일본돈 시세가 좋아서 돈 장사의 왕래가 상당하다. 남쪽에서 일본돈을 몸에 지닐 수 있는 대로 지니고 건너서면 이북에 있는 일본사람은 조선돈이나 만주돈과 바꾸어 두느라고 *갈급이 난 것이다. 그러나 이북에서도 일본은행권은 통용이 아니되고 일본으로 돌려보낸다는 예정은 점점 밀려가니 조선은행권이나 만주돈을 다 쓴 사람은 저희끼리 바꾸어 쓰기도 하겠지마는 그나마 일본사람 전체에 밑천이 드러나면 일본은행권을 생으로 먹는 수도 없고 팔아먹을 것은 다 팔아먹고 나면 *미구불원에 굶어 죽을지 모를 형편이다. 일본은커녕 전재민도 어름어름하다가는 가도 오도 못하고 굶어죽을 판이다.

일본 지폐

여자의 속곳

하여간 오늘 밤은 구제소에서 신세를 지기로 하였다. 쓰러져 가는 눅눅한 다다미방에 들어서니, 길쭉이 드러누웠던 청년이 벌떡 일어나 앉는다. 중병으로 구주까지 갔다가 풀려나는 길이라 한다.

시꺼먼 다다미 바닥은 비 맛은 언제 보았는지 쓰레기통 속 같고 발바닥이 쩔걱쩔걱 붙을 듯이 끈적거리우는 위에 짐은 들여놓았으나 차마 앉을 생각은 아니난다. 홑이불 조각을 꺼내서 깔고 둘러앉아서 찻간에서 남겨 가지고온 음식을 벌려놓으니 다섯 살짜리는 먹으려고도 않고 삐쭉삐쭉하던 입을 금시로 터지며 엉엉 운다. 찻간에서 낮잠을 잤으니 *잠투세도 아니다. 어린 마음에도 서울 간다더니 기껏 걸어온 데가 이 꼴이냐고 기가 막히고 하도 환경이 돌변한 데에 어린 가슴이 구슬픈 모양이다.

이러다가 길이 전부 막혀서 노중에 방황하게 되면 나중에는 무슨 꼴이 되고 말고? 하는 생각이 불현듯이 나서 어른들도 먹는 밥이 목에 걸렸으나 어린애의 감상에 걸려 들어가서는 아니될 때다. 우는 아이를 달래고 나무라고 하여 저녁을 먹여 치우고 나니, 또 한 사람 스물둘쯤 된 청년이 엉기우듯이 들어온다. 저녁을 굶은 모양이다. 이 청년도 이백여 리를 도보로 삼팔선을 돌파하여 왔다 한다. 몸에 지닌 것도 없고 서울서 얻은 피난민증만 있으니까 국도로 고생 아니하고 왔다 한다. 우리는 이 사람이 노자가 떨어진 것은 가여우나 몸에 학생복 한 벌만 걸쳤을 뿐이요 아무 달린 사람 없이 그렇듯이 어려운 삼팔선을 무서울 것 없이 넘어온 그 팔자가 부러웠다. 밥이 있으면 먹이고 싶었으나. 먼저 청년도 십 원에 우동 한 그릇만 먹었다기에 나누어주고 다 없애버린 끝이라, 우동이라도 먹은 사람을 더 먹인 것이 좀 불공평하게는 되었으나 발이 짧아서 그렇게 된 것을 어찌하는 수 없이 가만 내버려두었다.

고단한 몸을 한구석에 끼워서 잠이 어리어리하려니까,

"여기 피난민 들었소?"

하고 창밖에서 소리를 친다. 일어나서 창문을 여니까 건강히 생긴 보안대 사람이다. 시달리지나 않을까 하였더니 어디서 왔느냐고만 물어보고 획 가버린다.

한잠 깜빡 들었다가, 들어가 자거라 어쩌라 하는 소리에 눈이 번쩍 띄며,

"어떤 손님이 드시누?

하고 누운 채 발치께를 내려다보니, 문을 바시시 열고 *열아문 살쯤 되

는 아이가 당장 쓰레기통에서 주워낸 듯한 꼴로 들어선다. 흙 몽둥이 맨발이다. *잠방이의 가랑이가 찢어져서 흙 묻은 엉덩이가 불쭉불쭉 내어다 보인다. 그 발로 철버덕 철버덕 어린애를 끼고 누운 아내의 뒤를 돌아 머리맡에 가서 꼼지락 꼼지락 쓰러졌다. 아내도 그 기척에 눈을 번쩍 떠보다가 깜짝 놀라서 일어나 앉으며 한참 바라보더니,

"넌 어머니 있니?"

하고 말을 붙인다.

"없세요."

아이는 눈을 깜작깜작하며 마주 바라보다가 누운채 대답을 한다.

"아버지는?"

**잠방이**
가랑이가 무릎까지 내려오도록 짧게 만든 홑바지.

"몰라요. 어디 갔는지."

"해방 후에?……"

대답이 없다. 귀찮다는 것이다. 가는 곳마다 받는 같은 질문의 같은 대답이 인제는 넌더리가 난다는 무언의 반항이다.

아내는 륙색을 풀고 부스럭 부스럭 무엇을 찾는다. 헌 잠방이 조각이라도 찾는 모양이다.

"무얼 찾우?"

"꼬마년의 짧은 속바지가 어느 틈으루 끼어 들어갔는지……."

**십상**
일이나 물건 따위가 어디에 꼭 맞는 모양을 나타내는 말.

딴은 *십상 좋다고 생각하였으나 기에 못 찾아낸 모양이다. 아까 그 굵은 청년에게도 그랬지만 마음만 먹고 헛생색만 혼자 냈다. 그러나 쌕쌕 자는 다섯 살짜리에게 그 꼴을 아니 보여준 것이 다행하다고 생각하였다. 자는 꼴들을 훑어보니 어쩐지 마음이 또 다시 무거워졌다.

고단은 하면서도 잠이 깊이 들지를 못하고 부스럭 소리에도 잠이 깨었다. 머리맡의 굵은 청년이 푹꺼진 눈을 커다랗게 뜨고 누워서 이편을 휘 둘러다 보는 것과 눈길이 마주칠 때는, 얼마 되지도 않는 노자를 내외가 나누어 가진 것이지마는 무심코 손이 셔츠 속주머니로 갔다.

**신새벽**
첫새벽.

*신새벽에 일어나서 아이들을 깨워놓고 K군과 세수수건을 들고 거리로 우물을 찾아 나섰다.

몸을 비누로 닦고 싶을 만큼 근실근실하였으나 그런 호강스런 소리를 할 때도 아니다. 세수를 하고 들어와 보니 하룻밤의 잠동무들은 벌써 간 곳이 없고 흙 몽둥이가 된 아이도 눈에 아니 띈다. 방에는 다시 발을 들여놓기가 싫어서 짐을 들고 사무실로 나와 앉았더니 어젯밤에 왔던 그 건장한 청년이 뚜벅뚜벅 장화를 신고 들어온다.

주임을 만나볼 수 없겠느냐고 묻고서 길 떠날 의논을 붙여본즉, 이 피난민 구제소도 경비 관계로 오늘 중에 문을 닫아버리게 되었다 하면서 사리원으로 다시 나가려면 무임승차권만은 발행해주마고 하여 피난민증을 보이라 한다. 꺼내준 피난민증을 한참 들여다 보더니

"도장을 이렇게 야단스럽게 찍고 하였어야 이거 믿을 수 있어야죠. 요전에 여기서 이런 도장을 새겨간 일이 있어서 붙들려다가 놓친 일두 있었지요……."

좀 무뚝무뚝해 보이나 활동객으로 생긴 이 청년의 입에서 의외의 소리를 들으니, 이 피난민증이 위조든지 가짜라고 무슨 트집이나 나오지 않을까 싶어, 나만 이런 증서를 받은 것이 아니라 어제 일행이 백여 명이었는데 짐 때문에 떨어져 왔다는 설명을 하려니까 채 다 듣지도 않고 옆에 있는 어린아이더러 승차권을 해주라고 일러놓고 나가버린다.

종이조각을 찢어서 지치발지치발하는 글씨로 간신히, 그래도 학현까지 통용될 무임승차권을 쓰고 고무인을 찍어준다. 아닌 게 아니라 야단스런 피난민 증명서를 맡기에 몇 번씩 거름을 걷고 중간에 선 사람이 차표살 돈 칠백 원을 잃고 어쩌고 하여 결국 무임차표를 얻어가지고 온 것을 생각하면 손쉽기가 한이 없다. 그러나 이 종이조각으로 차를 잘 태워줄까 싶어서 또 묻고 또 따지고 하니까, 의심도 많다는 듯이 아내가 어서 나가자고한다. 사실 모든 사무가 이렇게 간편히 처리되는 것은 해방 후에 처음 보는 일이기는 하다.

정거장에 나가는 길에 병원에 들러서 호열자 주사를 맞으려하니 약이 떨어져서 오늘은 그대로 태운다 한다. 정거장 문턱에서 보안대원이 일일이 묻는 것은 하여간에 동행인 K군을 붙들고 우리 내외가 일본사람 아니냐고 묻더라는 것은 요절을 할 노릇이었다. 그만큼 일본인 *취체는 엄밀하고 두통을 앓는 모양이나 사실 집단적으로 호송한다면 몰

**취체**
규칙, 법령, 명령 따위를 지키도록 통제함.

라도 틈틈이 새어나가는 것은 무슨 짓을 할지 위험천만이다. 짐을 찾아서 되부치고 갈팡질팡하다가 차에 오르니 우선은 안심이나 짐 세 짝으로 해서 여덟 식구가 공연한 고생을 한 생각을 하면 첫째 동행한 K군 부부에게 미안하기 짝이없다. 사리원으로 가서나 얼른 방도가 나서면 모르지마는 또 헛걸음을 치고 되돌아오게 되는 날이면 차속에서 세월을 다 보낼 것이다. 이도 저도 안 되면 평양으로 나가서 짐을 다 팔아가지고 원산으로 빠지는 수밖에 없다. 그러나 신막을 떠날 때 물어보니 평양에서는 몰라도 당분간 평원선 차표는 아니판다 한다. 닥치는 대로 뚫어 나가는 것이지 걱정은 하면 무얼하겠니 하면서도 마음이 암담하고 점점 더 초조하지 않을 수 없다.

잔뜩 걱정에 팔려 앉았으려니까 차장이 들어와서 자기소개를 이상한 억양(抑揚)이 있는 연설구조로 늘어놓고, 민주주의가 어떠니 건국 도상이니 무어니 한바탕 설교가 있은 뒤에 차표 검사가 시작되었다.

어제 그 차가 신의주로 돌아가는 것이라 이 차장의 그 장광설(長廣舌)은 이미 귀에 익은 것이요 오늘도 여기저기서 픽픽 웃으며,

"저런 게 일제 잔재야. 한참 배워두었던 것을 활개짓 치며 써먹는 것이었다!"

하고들 빈정대었다. 아닌 게 아니라, 그 천연덕스럽지 않게 지어서 하는 양이 눈 서투르고 귀에 거슬렸다. 며느리가 늙어서 시어머니가 되는 것이지마는 안방차지를 갓 한 달된 며느리의 시어머니 행세란 조심해야 할 것이란 느낌을 주는 것이다.

이 차장이 우리 일행 앞에 와서 종이쪽지의 무료 차표를 보더니, 왜 이렇게 왔다 갔다 하는 것이냐고 호통이다. 무료로 태워준다고 이렇게 한만히 자기 볼일을 보고 다녀서 좋으냐는 것이다.

"어느 미친놈이 공차 타는 맛에 식구들을 끌고 물밥 사 먹어가며 왔다 갔다 한단 말요. 피난민인 바에는 길이 막혀서 갈팡질팡하는 것 아니겠소."

K군은 내가 그저 큰소리 아니 내려고 어름어름하는 것이 안타까워서 가로 막고 나섰다. 옆 사람들도 시원해 하는 기색이다. 그러나 이편이 달래고 저편도 더 쇠해 보아야 별 수 없으니

"이담엘랑은 돈내구 타슈"

하는 째진 소리를 남겨놓고 한 간통쯤 가더니, 또 한바탕 훈시가 나왔다. 이번에는 말다툼이 *대짜로 벌어졌다. 오늘 새벽에 죽도록 얻어맞은 촌 청년을 가족과 친구들이 떠메고 사리원 병원으로 가는 길인데 걸상에 누일 수도 없어서 좌석을 뜯어낸 빈자리로 바닥에다가 뉘었건만 통행에 여러 손님에게 불편할 뿐 아니라 병인은 한만히 못타는 규칙이니 다음 역에서 내리라는 것이다. 옥신각신하고 옆의 승객까지 들고 나서,

"성한 사람이 무슨 걱정요. 우리는 상관없으니 그대루 가게 합시다."

하고 떠들다가, 저편으로 가는 양이 사리원까지 가는 것만은 특별용서하기로 된 모양이었다.

"일제 *잔재야. 일제 잔재야."

"선무당이 사람 죽인다더니 참 사람 잡으랴는군."

승객들은 또 한마디씩 떠들어 놓았다.

**대짜**
큰 것.

**잔재**
과거의 낡은 생활양식이나 사고방식의 찌꺼기.

# 사리원에서

사리원은 일자로 쭉 뻗은 거리가 조촐하고 도시 같았다. 그럭저럭 열한 시나 되었으리라고 륙색을 메인 등에서는 땀이 흐르고 얼굴이 내리쪼이는 햇발은 따가웠다.

어제 차 속에서 연락원들이 일러주던 구제소를 찾아 가노라니 큰길 가의 골목모퉁이에 일본여자와 아이들의 한 떼가 짐을 내려놓고 쉬는지, 갈 바를 몰라서 망단한 모양으로 멀건히들 섰다가 우리 일행이 지나는 것을 보고 소스라치는 기색으로 바라본다. 그 실심한 낯빛으로 보아 우리를 부럽게 보는 것도 같다.

사리원에서 남행하는
피난민 열차

"쫓겨 다니는 우리를 부럽게 보는 존재도 있고나!……너이가 우리를 부럽게 볼 때도 있고나……."

하는 생각을 하니 새삼스럽게 여기는 내 나라 내 땅이라는 고마운 생각이 든다. 구제소에 들기가 창피는 하지마는 갈 바가 없는, 발길 둘 데가 없는 그들에 비하면 얼마나 상팔자인가도 싶었다.

구제소에서는 어제 차에서 헤어진 신의주 출장원과 당장 만났다. 나는, 자기를 알아볼 사람도 없겠지마는 피난민의 주제꼴을 하고 사무실로 들어가 앉아서 인사를 청하거나 하기가 싫어서 문안에 들어선 채 사무적으로 신막쪽 정보만 간단히 전하고, 이편 정황을 물으니 어제 그 일행은 저녁차로 동해주로 보냈으나 오늘 아침 정보로 보면 다시는 동해주로 보낼 수도 없거니와, 어제 간 사람들도 다시 돌아오거나 그대로 주저앉았었다면 고생 *무진할 것이라 한다. 호열자로 청단 편에서 여간 경계가 심하지 않고 학현에서도 하차를 시키지 않기 때문에

**무진하다**
다함이 없다.

동해주로 보낼 처지이니, 이편은 단념하고 오늘 오후에 도착하는 피난민과 합류해서 내일 다시 신막으로 나가라는 것이다. 듣고 보니 어제 신막으로 가서 사정도 미리 알아보고 짐을 찾아온 것이 도리어 잘 되었다. 여기서는 짐을 맡겨놓고라도 갈 데가 있기 때문이다.

인도하여 주는 대로 이층으로 올라가서 짐을 풀고 앉으니 깨끗하고 시원하기가 어제 신막서 하룻밤을 지냈던 것이 꿈같다. 일인의 큰 병원 터인지 훌륭한 건물이거니와 문전이며 복도며 검부적이 하나 없이 깨끗이 치워놓고 명랑한 사무실에는 사무원들이 채를 잡고 늘어앉아서 일하는 듯싶다. 원체가 비교적 풍유한 지방인지라, 들어올 때 본 문밖에 걸린 기부자의 방명록에도 큼직큼직한 것이 눈에 띠었지만, 그러나 아무리 돈이 있기로 이런 데란 피난민이 한차례만 다녀나가도 쓰레기통 속 같이 될 터인데 절간같이 이렇게 정하게 해놓고 구질구질한 손님을 기다려 준다는 것은 고마운 일이요 좀처럼 쉬운 일이 아니었다. 올라오다 보니 아래층이 남행하는 피난민의 수용소요 위층이 북행하는 손을 수용한다고 패를 써붙였으나 위층이 더 편할 것이라고 데리고 올라와서 시원한 끝 방을 제공해 준 것도 고맙다.

아이들의 얼굴에는 길 떠난지 처음으로 화색이 돌면서, 다섯 살짜리는 세상이나 만난 듯이 가로뛰고 세로뛰고 법석이다.

"너, 어제 신막서는 왜 울었니?"

"집이 *티꺼우니까 울었지."

신의주 몇 달에 배운 평북 사투리를 내놓으며 껄껄 웃는나. 어른들의 입에서도 오래간만에 웃음이 터져 나왔다.

짐을 맡아준 L군을 쉽사리 찾아낸 것도 이런 시절에는 요행이거니와, 이지방의 정세 같은 것을 물어보고할 경황도 없고 흥미도 없었다.

곡창(穀倉)
곡식을 쌓아두는 창고.

그러나 정치의 중심지가 아니니만치 안온한 눈치요 소련군의 그림자도 별로 눈에 안 띄었다. 나무릿벌의 *곡창(穀倉)을 옆에 끼고 전쟁 중에도 쌀값 싸기로 치던 이 땅도 신의주 시세나 다를 것이 없고 보따리 서너개 싣고 가는데 짐삯을 육십 원 빼앗기는 시세이었다.

밤이 들도록 피난민차가 들어오지를 않으니 내일 못 떠날까 보아 걱정을 하며 잠이 들었다.

저녁때 길림서부터 타며 걸으며 하여 왔다는 맨발 벗은 알몸둥아리의 젊은 한 쌍은 우리 짐이나 짊어져 주었으면 하는 말눈치나, 짐을 지어 주는 것은 고마워도 두입을 먹여가며 여비를 부담할 넉넉한 주머니가 아니요, 빈강성(濱江省)에선가 나온다는 악바리로 생긴 사십줄에 든 홀아비는 신분증명서도 내보이고 만인(滿人)에게 칼침을 맞았다는 아직도 아물지 않은 어깨통과 넓적다리의 질척한 상처도 걷어 부치고 내보이나, 그 모지락스런 상판과 상처를 이리저리 보며 나는 또 다른 불안을 느끼면서 동행하자는 그 친절이 고마울 것도 없어 어름어름해 버렸다. 아무래도 피난민떼를 만나야만 내일 떠날 작정이다.

묶어 가도 모를 만큼 인사불성으로 한잠이 푹 들었다가 와자하고 우당퉁탕하는 소리에 소스라쳐 깨어보니 새로 한 시가 훨씬 넘었다. 인제야 차가 들어 온거다.

'인제는 되었다!'

하고 안심이 되면서 무슨 만날 친지가 있는 것은 아니나, 컴컴한 복도를 더듬더듬 나가 보았다. 올라오는 층계를 비치는 조는 듯한 전등불빛 하나를 의지 삼아 이십여 조씩이나 되는 좌우 방에 가득이 찬 사람들은, 안에서는 끝패가 아직도 문간에서 법석대는데, 여기는 벌써 되는대로 쪼그리고 쓰러져서 코를 골 지경이다. 나온 길에 아래로 내려가 변소에 들어가 보니 대만원이다. 저녁때까지도 그렇게 깨끗하던 데가 이 구석 저 구석 누런 것이 헤갈이 되어 있다. 간간이 차고 급하면 하는 수 없기야 하겠지마는 눈살이 저절로 찌푸려졌다. 나오다가 여전히 떠들썩하는 사무실 앞에를 내다보며,

"무엇 때문에 그러우?"

하고 말을 걸어보았다. 일행에서 뒤떨어진 축을 기다리느라고 그렇다 한다. 정거장에서 나오다가 큰길로 *돌치는 목에서 총소리가 나고 길을 막는 바람에, 앞선 축은 똥줄이 빠져서 무사히 들어왔으나 길이 막혀 뒷사람들은 정거장으로 다시 들어갔는지 잡혀갔는지 알아보러 갈 수도 없고, 총소리에 놀란 끝이라 거세인 경상도 사투리로 떠들어만 댈 뿐이다. 한 시가 넘은 오밤중이니 사무실은 전등만 환히 켜있고 뒤채에 사는 식당주인집 일꾼만 졸린 듯이 앉아있을 뿐이다.

**돌치다**
'되돌다'의 잘못.

"별일 있겠소. 보안대 주재소가 있으니까 잠결에 떠드는 소리에 놀라서, 무언지 모르고 헷총을 쏜게지. 염려들 말우. 그러나 덮어놓고 총을 쏘다니!"

이렇게 안위를 해주며 저절로 혀를 찼다.

나도 총소리라면 머리끝이 으쓱하지 않는 것은 아니나, 해방 이후에 이리저리 다니며 하도 많이 들어서 그런지 전같이 눈이 뚱그래지지는 않을 만큼 모질어진 편이다.

작년 해방 직후의 일이지마는, 안동에 남겨둔 집을 찾아가지고 오려니까 시가지를 다 빠져나오기 전부터 압록강 철교 쪽에서 총소리가 팽팽 끊일 새 없이 났었다. 어떨까 하는 염려가 있으면서도 하여간 맞닥뜨려 보리라 하고 철교 이편 세관에까지 가보니 소련병들이 만주인 세관사람과 조선인회 출장원들과 떠들면서 강물 속에다 대고 장총으로

사냥하듯이 쏘는 것이었다. 피난민이 통과한 뒤라 철교 위에는 *어리
친 개새끼도 내 뒤를 따르는 사람도 없다. 그 좁은 철교의 통로를 빠
져나가야 할 터인데 총은 여전히 쏜다. 짐을 조사하는 세관이나 두서
넛 있는 조선측 보안부사람이나 얼굴빛은 이상하였다. 그러나 가족이
신의주에 있으니 되돌아설 수 없거니와, 소용없는 일인의 총탄(銃彈)
으로 기룽들을 하는 것 같기도 하고 위협사격 같기도 하여 그래도 철
교 안으로 쓱 들어서 보았다. 여전히 귀밑에서는 팽, 팽 소리가 났다.
혹시 *유탄(流彈)에 맞지나 않을까 하는 염려도 없지 않았으나 태연히
그 옆을 지나 빠져났으나 뒤에서는 덜미를 집는 것 같다. 앞에는 사람
의 그림자 하나 없는 어슬어슬해가는 긴 철교에 다만 하나 믿을 사람
이라고는 차부이었었다.

그 후에는 거리에서, 혹은 길가로 난 내 방 밑에서 열
시 후면 거의 안 듣는 날이 없는 총소리가 귀에 익게 되
었다. 새벽 두 시 세 시나 밝을녘에 줄달아나는 총소리
에 잠을 소스라쳐 깨는 때도 한두번이 아니었었다.

피난 중에 이런 일도 있었다. 자다가 깨어나 대문을
찌걱찌걱하며 문 열라는 여자의 목소리가 나기에 대개는 안집에 손님
이려니 하는 생각은 하면서도 이 밤중에 왔을 때야 무슨 급한 일이려
니 싶어서, 자는 내자를 일으켜서 문을 열게 하였다. 겨울밤이 새로
한 시는 되었으리라. 나는 깨인김에 뒤를 보러 갔다가 나오려니까, 금
방 안집에 들어왔다는 주인의 작은댁이란 사람이 사랑싸움인지 무언
지 두세 마디 하고는 금시로 가는 기척이 나기에 멈칫하고 변소안에
섰을 수밖에 없다. 속바지 바람으로 나왔는지라, 주인집의 안손님을
보내고 문을 잠그려 따라 나온 주인댁이 들어가기를 기다려서 자기

피난촌

방으로 가는 수밖에 없기에 추위에 떨고 섰던 것이다. 그러나 나간 사람이 후닥닥하고 되돌아 들어오는 기척이 나면서 두 여자의 겁을 집어 먹은 소리가 속살거리면서 뒤미쳐 보안대원이 총을 겨누며 세 사람이나 줄대어 들어온다.

"어디 갔어? 어디 갔어? 금방 휙하고 들어왔는데……, 어디 갔어? 어디 갔어?"

하고 당황한 세 사람이 똑같이 총부리를 이리저리 휘저으며 허둥거리다가, 결국에는 맨구석 변소 앞에 선 내게로 총부리를 들이댄다.

"아뇨. 난 이 집 사람요."

기웃이 내다보니 뜰에는 여자가 둘이나—소실이라는, 나가다 들어온 색시는 부엌문 옆에 착 달라붙어 섰고 주인댁은 마루 앞에 얼이 빠져 섰는 모양이다.

"들어온 사람은 저기 섰지 않소."

하고 부엌 쪽을 턱짓으로 가리키려니까 내자도 방문을 열고 황급히,

"어서 이리 오셔요. 우리집 양반에요."

하고 소리를 친다. 그러나 내 방문이 열리자 셋째로 섰던 보안대원은 내 방으로 총부리를 돌려대고,

"누구요? 누구요?"

하고 서둔다. 얼떨결에 하여튼 첫째 총부리, 둘째 총부리를 지나쳐서 셋째 총부리 앞까지 와서,

"당신은 누구요?"

하고 묻는 말에 대답을 하자니, 주인도 *창졸간에 겁이 났던지 그제야 방안에서 나선다. 나는 주인에게 맡겨 버리고 들어왔다. 보안대원은 주인의 변명을 듣는 모양이더니 주인과 소실은 세 청년을 데리고 나

**창졸간**
어찌할 수 없이 매우 급작스러운 사이.

갔다.

이튿날 아침에 아내와 주인댁은 뜰에서 깔깔 들대며

"술잔이나 조희 냈겠지요."

하고 떠드는 소리를 듣고 나도 우습지 않은 웃음을 혼자 픽 웃는 수밖에 없었다.

소위 '학생사건' 당일에는 전날 밤에 아무 까닭없이 붙들려 들어간 청년의 석방교섭을 하려 새로 두시쯤이던가 막 도청문을 바라보고 들어가다가 뒤늦은 학생들이었던지 모자 벗은 중학생들이 몰려가고 기마순사가 뛰고 하는 양에 또 무슨 일이 나는가? 하며 쫓아가자니, "으악"소리가 나자 탕, 탕 소리가 바로 열아문 간통 앞에서 났다. 에그머니 하고 길 가던 사람은 누구나 우중우중 섰다. 총소리는 그쳤다가 또 으악 소리에 뒤달아 났다. 여기서도 유탄(流彈)이 무서워서 뒷길로 새어나왔다. 시립병원 앞이다. 벌써 저 위편 골목에서는 넘어진 학생들을 업고 꺼먼떼가 쏟아져 나왔다.

"만일 점심을 안먹고 들어갔더라면 우리도 영문 모르고 붙들렸을 뻔했지요."

동행한 친구는 큰길로 빠져나와서 한숨 돌리고 이런 말을 하였다. 우리는 도중에서 점심을 먹느라고 한 시간쯤 지체가 되었기 때문에 이 광경을 밖에서 보게 된 것이었다. 공회당 앞을 오니 저 뒤에서 또 총소리가 연달아 난다. 공산당본부가 있는 방향이다. 큰길에는 인적이 드물어갔다. 집 앞까지 오니 공회당과는 반대편에서 *불종 소리가 나고 검은 연기가 구름같이 하늘을 뚫고 피어올랐다. 갑신정변(甲申政變)의 우정국(郵政局) 사건이 생각나던 것이었다.

"무서운 세상도 되었고나!"

**불종**
예전에, 불이 난 것을 알리기 위해 치던 종.

하며 누구나 탄식은 하면서도 모든 사람이 이 혼란에 겪었다 할지 누구나 태연하였다.

자식을 서울에 보내놓고 소식을 몰라서 *애절을 하며 지내던 내자도 이날만은 서울 보내두어서 좋았다고 낮은 한숨을 지었었다.

아이들이 *인사정신 없이 곤드라져 자는 옆에 앉아서 나는 담배를 피워가며 지난 몇 달동안의 이런 일 저런 일이 두서없이 떠오르는 대로 추억에 잠겨갔다. 그러나 그중에도 정작 하고 싶은 말은 못하고 마는 경우가 나만이 아니리라는 생각을 하여보니 공연히 우울하다.

새벽바람이 깨어진 유리창 구멍으로 새어들어 추울 지경이기에 보자기로 간신히 막고 누웠으나 내일 떠날 궁리와 걱정에 잠은 좀처럼 다시 들지를 못하였다. 아래층의 피난민들도 어느덧 조용해졌다.

날이 새니 조반이며 노중의 식사 준비로 어른아이 없이 분주한 반나절을 보내고, 새로 한 시에 구제소를 떠났다. 육십여 명 피난민을 정거장 짐 부리는 홈으로 집결을 시켜놓고 구제소원은 나더러 *영솔자가 되라고 또 교섭이다. 떠날 때 사무실에 인사를 하러 들어갔더니 그런 말을 하기에 거절하였던 것이다. 하는 수 없이 부단장으로 *천망에 오른 부산까지 가는 청년과 바꾸어서 부단장이란 고맙지 않은 직임을 맡았다.

사무원은 다시 구제소로 들어가서 서류를 고쳐 꾸며 가지고 나오더니 철도경비대에 가서 도장을 맡으라 한다. 젊은 단장과 함께 경비대를 찾아 대장실 앞에 가니 일본여자의 목소리가 새어나온다. 좀 의외이었다. 그러나 방안에 들어서 본즉, 스물도 채 못 되어 보이는 꽃같은 조그마한 노서아 여자가 장교복에 모자를 뒤로 제쳐쓰고 앉아서 대장과 수작을 하는 것이다. 이런 데에 이런 여자가 있던가하고 두 번 놀랐

**애절**
견디기 어렵도록 애가 타는 마음.

**인사정신**
신상에 벌어지는 일을 살피거나 예절을 차릴 수 있는 제정신.

**영솔자**
부하, 식구, 제자 등을 거느리는 사람.

**천망**
벼슬아치를 윗자리에 천거하는 일.

다. 저편 테이블에는 지폐를 산더미같이 쌓아놓고 내주느니 않느니 하는 공론이 부산한 판이었다.

지폐를 압수당한 장사꾼이 사령부 통역을 끼고 반환운동을 하는 것이나 아닌가하는 상상을 하며 도장을 받아가지고 돌아오니 여자들은 저편 길치로 자리를 옮기느라고 부산하다. 맞은편 홈에는 북행열차가 들어왔다는데 술취한 병정 하나가 오락가락하며 실없이 비스킷을 톡톡 던지는 것이 귀치않아서 그런다는 것이다. 건너다 보니 홈 안의 수통 옆으로 소주병을 놓고 외 안주로 술잔치가 벌어졌다. 이 차로 북행하는 전우(戰友)의 송별연인 모양이다. 짐차를 대느라고 차가 우쭐하는 것을 보고 병정들은 *주석을 떠나 달려가서 취한 두 사람을 부축을 해서 태웠으나 차가 아직도 아니 떠나니까, 다시 끌어내어서 어깨를 서로 얼싸안고 곤드레만드레 주석으로 또 간다. 취한 한 청년이 엉엉 우는 것을 등을 어루만지며 달래고 한참 부산하다. 문득 노서아 소설(小說)의 일절을 보는 듯싶었다.

우리 탈 차는 언제나 오려는지 두 시간 연착이라는 것이 또 밀려나 갔다. 어느덧 시작한 비가 소나기로 쏟아지니 먼지는 풀썩거리는데 비가 들이쳐 법석이다. 공경이 체증으로 피난민은 우선적으로 태워 준다 하여 이리로 데려다놓는 모양이나 너저분하고 반갑지 않은 공짜 승객을 대합실로 끌어 들이기가 싫은 눈치인지도 모른다. 그러나 비가 쏟아지니 결국에는 대합실로 끌어간다. 사람은 육십여 명이라도 지고 들고 한 짐부터가 갑절은 되니 여기서 저기를 옮기기에도 부산스럽고 거추장스럽기가 한 부락이나 떠가는 듯싶다.

땀에 결은 셔츠조각을 입고 평생 져보지 못하던 륙색을 낑 짊어지고 대합실로 들어서자니 말쑥이 차린 중년 신사가 사오 인 섰다가 유심히

*치어다 본다. 혹시 노상 안면이라도 있어 알아보지나 않는가하여 저절로 자기 주제가 내려다보았다.

**치어다 보다**
'쳐다보다'의 본말.

하도 지루하게 기다리니 아이들은 도지개를 틀고 쏟아지는 빗발을 내다 보면 어른들도 *객수(客愁)가 잦아간다. 더구나 친정을 처음 떠나온 K군의 부인은 이제야 열아홉 밖에 안 된 새색시다. 배는 부르고 고단하니 몸을 추스르기에도 무척 힘이 드는 눈치다.

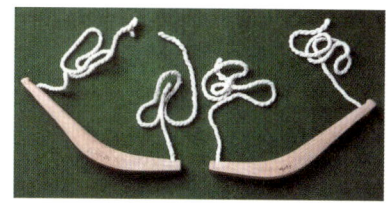
도지개

**객수(客愁)**
객지에서 느끼는 쓸쓸함이나 시름.

"제 처가 자꾸 울기만 하는데 부인께 좀 달래줍시사고 했으면 좋겠는데요."

K군은 저편 창밖을 내다보며 돌아섰는 아내에게서 떨어져오더니 응원을 청한다. 그럴 거라고 아내에게 가서 귀띔을 하니,

"그는 고사하고 별안간 산기나 돌까봐 내가 되레 조마조마한 판인데……."

하며 일어나 간다. 그렇지 않아도 차에 *삐친 끝에 트럭이나 타고 가다가 무슨 일이 있을까보아 사리원에서 가위와 실감기를 큰 짐에서 꺼내서 가지고 가게까지 하였지마는 노중에서 해산을 시킨다면 내버려두고 갈수 도 없고 큰 고생 할까보아 애가 쓰이는 것이었다.

**삐치다**
일에 시달리어 몸이나 마음이 몹시 지치다.

해질머리에야 겨우 개찰이 되었다. 그러나 나와서도 또 한 시간 연착이라 한다.

그저께 낮에 새로 두시쯤 해서 이 역을 통과한 것을 생각하면 어떤 까닭으로 이렇게 연착인지 이유가 알고 싶다.

"평원선은 사흘 걸리는 것이 일쑤라는데, 이만한 것도 다행이죠."

옆에서들 이런 이야기를 한다.

"그러나 이차에 그 차장이나 아니 탔을지?"

K군 부인은 그 말썽 많은 차장을 또 만날까보아 어제부터 하던 걱정을 또 한다.

"인제는 이렇게 어두워가니 연설말씀도 없을거요. 염려 없어."

K군은 *불관한 일에도 *다심해진 임부(姙婦)의 과민한 신경을 안위시키려는 말눈치다.

비 뒤의 어스레한 벌판은 으스스하고 을씨년스러웠다. 그래도 어두어지기 전에 저녁밥을 먹여 놓아야 한다고 밥 찬합을 퍼놓았다. 오늘 저녁은 구제소도 문을 닫은 신막에 내려 어디서 묵게 될지, 이틀 동안은 이러나저러나 지붕 밑에서 잤지마는, 그야말로 *풍찬노숙(風餐露宿)이다.

풍찬노숙이라 하니, 아까 해주에서 되돌아와서 일행에 끼워달라던 장사꾼같은 사람의 말을 들으면 그 방면은 피난민이 길이 메이도록 널려서 하는 수 없이 노숙들을 하고 언제 터질 지 모르는 길이 터지기만 막연히 기다리고 있다 한다.

"여관에 들랴야 여관이 있어야죠. 여관마다 대만원이요, 그나마 숙박료가 아침저녁으로 오릅니다그려. 물밥 사 먹어가며 기대리다가는 노자 다 까불리고 큰일이지요."

이런 말을 들을 제, 떠난 지 사흘 걸려서 신막 사리원을 왕복한 것밖에 삼팔선은 언제 구경하게 될 지 모르나 그래도 이리로 온 것이 다행하다고 생각하였다.

주막거리에서 어린애들을 땅바닥이나 남의 집 처마 밑에서 재울 수밖에 없이 되었던들 어찌 되었을구 하는 그 광경을 머리에 그려보기만 하여도 가슴이 뭉클하였다.

**불관하다**
관계하지 아니하다.

**다심하다**
조그만 일에도 마음이 안 놓여 걱정을 많이 하다.

**풍찬노숙(風餐露宿)**
바람을 먹고 이슬에 잠잔다는 뜻으로, 객지에서 겪는 많은 고생을 이르는 말.

# 젊은 보안대장

초여름 날이 캄캄히 저문 뒤에야 촛불을 켜들고 북적대면서 겨우 차에 올랐다. 오늘 차에는 소련군이 타고 오느라고 늦었는지 모르겠지마는 소련군 차에는 그래도 전등이 환하나 이 칸만 전등이 없는지 지암절벽 속에서 제 식구도 목소리로 서로 찾아서 대중치고 모여 앉았다. 누이가 엎고 잠이 든 아이를 짐을 내려놓은 어머니가 받아 안고나니 인제야 산 듯싶다. 이 지암절벽 속에서 어린것이 자는 것만 다행이다.

"그야 주임딴은, 일제 잔재랄까……그런 관례를 없애느라고 한 일이겠지마는 — 그 생각이야 좋지마는, 그렇다고 아직 두서가 잡혔나—, 새로운 틀이 잡혔다! 별안간 고쳐봐야 별수가 있어야지. 그러기에 울퉁불퉁 야단이지."

오른편 좌석에 마주 앉았는 철도국원일듯한 검은 복장 입은 사람의 목소리이다. 이때까지 무슨 이야기들을 하였는지는 모르나 사무계통이 제 자리에 들어서지를 않은 것에 불평인 모양이다.

"물론 일제 잔재야 뿌리를 빼야 하겠지마는, 그 다음에 세울 것은 우리 손으로 세워야 한대도 그 역시 한 전통이 되지 않나? 우리 조선 사람도 철도국 속에서 전통적인 무엇이 있었더라면 일제 잔재 대신에 당장 들어 세워서 틀이 잡혔을 것이 아닌가."

"응, 그야 그렇지."

"그러니까, 우리가 지금 새로 세우는 철도종업원의 정신이라든지 모든 관계라는 것도 나중에는 전통이 될거요. 또 그 점을 생각하고 잘 출발해야 하겠다는 말이거든."

"여부가 있나. 그러게 내 말이 이판에 틀을 잘 잡아놓자는 말인데……"

컴컴한 속에서 라이터를 꺼내서 담뱃불을 마주 붙인다. 나는 저절로 그리로 귀가 기울어져 갔지마는, 좀 가까이 앉았더라면 여러가지 물어보고 싶은 말이 많았다. 객차의 좌석을 모조리 없앤 것은 화물차 대신에 쓰느라고 그리한 것인지, 기차가 이렇게도 심하게 연착이 되는 것은 기술 관계인지 석탄 관계인지, 그렇다면 그저께같은 날은 어떻게 해서 제 시간에 대었는지 우선 그것만이라도 원인을 알고 싶다. 운전 기술이나 석탄의 화력 문제도 없지는 않겠지마는 그보다도 종업원의 질(質)의 문제가 앞선다면 지금 이 사람들의 화제가 된 기구(機構) 문제 따위는 열두째다. 차량(車輛)으로 말하더라도, 이것은 남조선에 와서 안 일이지마는, 우선 화물차만도 이남에는 3천 4백여 대밖에 없는데 대하여 북조선에는 1만 1천 7백대 가량이나 된다. 북조선의 산업이 얼마나 활발하다고 1만 2천대나 되는 것이 부족해서 한때만이기로 객차를 뜯고 대용하였다고는 믿을 수 없는 일이다. 기관차만 하여도 남조선에는 5백 38대인데 북조선은 6백 28대. 90대가 북조선에 더 많다. 철로선이 북조선은 약 천 키로나 더하기는 하지마는 그렇다고 해서 기관차가 부족하여 평원선(平元線)을 이틀 사흘씩 걸려서 간다는 말도 도저히 알 수 없는 일이다. 그야 이러한 시절이라 모호하고 상상 부도처의 일이 하필 이뿐이랴마는.

이 차에는 소련군이 많이 탄 관계로 마침 동석하였던 조선인 통역이 우리 일행을 보고, 이 차가 금교까지 갈 터이니, 아주 금교까지 직행을 하게 교섭을 해주마고 자진해서 선심을 쓴다. 원체 소련군 차가 떠나게 되면 금교까지도 태워준다는 말은 그저께 신막에서도 들은 말이 있

평양시내를 행진하는
소련군

는지라, 이런 반갑고 고마울 데가 없다. 지금 우리의 큰 걱정이 신막에서 금교까지 일백육십 리를 어떻게 무사히 돌파하겠느냐는 것인데, 이대로 앉은채 데려다 준다면 삼팔선 밑까지 다 온 셈이다.

그러나 소련군 간부에게 가서 물어본 결과 이유는 분명치 않으나 아니 듣더라 한다. 실망은 되나 하는 수 없었다.

자정 가까워서야 신막에 도착하였다. 벌써 연락이 되었던지 보안대원이 앞을 서서 지휘를 하고 역장도 출구까지 쫓아와서 인원 *점고 하는 것을 거들어 주고 하기에, 이 밤중에 갈 데가 없으니 대합실을 빌리겠느냐고 청을 하니 쾌히 승낙을 하여준다.

**점고**
명부에 일일이 점을 찍어 가며 사람의 수를 조사함.

역전의 보안서 파출소 앞까지 모이게 하여 놓고 또 다시 남녀 노유별로 인원조사를 하고나서 서장에게인지 전화로 보고를 하고는 한참 의논들을 하는 눈치가, 보안대로 몰아다가 놓고 짐 조사를 할 것 같다. 이 밤중에 조사를 개시한다면 날을 그대로 밝힐 것이요, 정식으로 취조를 받는 경우면 사상 경향 같은 것으로 걸릴까 싶어 그것이 늘 염려인 것이다. 그러기에 이때껏 쓰고 싶은 것이 있어도 쓰지를 않고 메모같은 것도 다 찢어 버리고 나선 것이다. 그러나 의외이었다. 어디서 묵을 예정이냐고 묻기에 전원이 정거장 대합실에서 묵는다니까 뿔뿔이 헤어지는 것보다 취체하기가 편해서 좋다는 듯이,

"그거 좋소이다."

하면서 소지품은 으레 일일이 조사하는 것이지마는 고단도 할 것 같고 하니 대표자가 책임을 진다면 그대로 넘겨주마 한다. 그 책임이라는 것이 실제에 있어 어떤 정도인지는 모르겠으나, 피난민의 보따리라는 것이 결코 단순한 것도 아니겠거니와, 그중에도 잠상하는 *모리배가 슬슬 끼이는 것이다. 사리원 정거장에서 의논이 났을 때부터 *단신으

**모리배**
온갖 수단과 방법으로 자신의 이익만을 꾀하는 사람. 또는 그런 무리.

**단신**
홀몸.

로 짐도 별로 없는 청년이거나 인텔리층인 내외가 어린애를 업은 축이 대개는 큰길로 가기는 싫고 돌더라도 산길로 가자고 주장하는 것을 보면 더욱이 의심이 나는 것이었다.

"감사합니다. 조직적 단체가 아니니까 전 책임야 질 수 있겠습니까마는 만주오지에서 나오는 피난민이 무얼 가졌겠습니까."

"그럼 고단할 테니 어서들 가서 쉬슈."

삼십분가량에 쉽사리 끝장난 데에 여러 사람은 좋아하였다. 전에 들던 소문이 모두가 *낭설은 아니었을 것이요, 방침이 바뀌었는지 앞길에서도 이만 정도면야 걱정할 것은 없다.

말끔히 쓸어낸 대합실에는 전등도 있고 이만하면 *노숙(露宿)에다 비할게 아니다. 어린것은 가장자리의 걸상에 누이고 어른들은 담요, 홋 이불조각들을 깔고 눕고 하여 자리를 잡고보니 똑 알맞다.

순시를 돌다가 들어온 역원을 붙들고 *노순을 물어보니, 자기 역시 들은 말뿐이요 가보지는 못하였으나 금교로 아니 간다면 배천 온천(白川溫泉)으로 도는 길이 있다 하나 온천에서부터는 여러 갈래가 있다는데 그것은 현지에 가보지 않고는 모를거라 한다. 배천으로 빠진다면 삼각형의 이변을 도는 이상의 노정일 것이다. 신의주에서 단 한 장 있던 지도를 빌려주고 찾지를 못한 후에는 살래야 살 수도 없이 떠난 터이다. *대중만 치고 이야기를 하니 답답한 노릇이다.

"배천만 가면 그 앞길은 내가 한 번 가보아서 잘 알아요. 염려 마세요."

×청년이 옆에서 또 배천 코스를 우긴다. 단장과 나는 귓가로 들을 뿐이다. 나는 직통하는 순로로 가자는 것이다. 정면 충돌을 해보자는 것이다. 어떻게 취급을 하나 당해보자는 것이요 또 사실 육십칠 명의 이 대부대를 함부로는 못할 것이며 신막에서 보안대가 취하는 관대한

태도로 보아서 얼마쯤 자신도 생긴 것이다. 단장도 이 의견에는 일치하였다. 그러나 ×청년은 사리원에서부터 배천 코스를 주장하여 왔다. 자기 형님이 군정청 관리라고 자기 소개를 하면서, 제 말이 결코 낭패롭지는 않을 거니 자기 말대로 따라오라고 강권은 하나, 그 청년은 단신이니 아무래도 좋겠지마는 *권솔이 있는 여러 사람들은 잘못 지도하여 큰 고생을 시켰다가는 그 원성은 어떻게 듣겠으며 사실에 있어 신중히 연구하고 판단하여야 할 일이었다. 더구나 ×청년과 동행인 젊은 친구의 댁내는 *부증이 나서 잘 걷지를 못하는 터에 산을 몇이나 넘어야 한다는 배천 길을 역설하는 것은 경우에 닿지를 않는 말이다. 이 청년은 사리원역 앞에서 대표자 문제로 구제소 사람과 수작을 할 때도 따라나서서 내가 정 사양을 하면 자기라도 하겠다는 듯이,

"그거 뭐 어려운 일이라구 그러세요. 내라두 못할 건 없습니다마는……."

하고 은근히 자천을 하고 나서기까지 하는 것을 사무원과 여러 사람들은 알은 체도 안 하고 말았던 것이지마는, 이 사람이 대표의 한사람이되었다면 배천 길로 끌려갈 뻔하였다.

짐에 기대서 눈을 붙이며 말며, 몸은 *파죽음이 되고 눈이 아니 떨어져도 잠자리가 워낙 거북하니 잠이 깊이 들 수 없다. 그래도 첫잠이 막 들라할 때 문이 드르륵하고 열리는 소리에 눈이 번쩍 띄었다. 끙끙 소리를 내며 돌아 들어눕는 빝에 기침소리를 내며 고개를 돌리는 빝에 ……무엇보다도 도적이 조심스러웠다. 짐에 기대었던 몸을 벌떡 일으키니 *헙수룩한 피난민 행색의 두 *장한이 들어서며 *담총한 보안대원이 뒤따라 섰다. 그제야 안심이 되었다.

"여기서 자!"

권솔
한집에 거느리고 사는 식구.

부증
부종. 몸이 붓는 증상. 심장병이나 신장병 또는 몸의 어느 한 부분의 혈액 순환 장애로 생긴다.

파죽음
심하게 맞거나 지쳐서 녹초가 된 상태.

헙수룩하다
머리털이나 수염이 자라서 텁수룩하다. 옷차림이 어지럽고 허름하다.

장한
몸집이 건장하고 힘이 센 남자.

담총
어깨에 총을 멤.

일본말로, 볼멘소리로 그러나 불은 꺼지고 잠들이 든 터라 나직이 이른다. 이것도 삼팔선을 지하로 뚫어나가려다가 걸린 일인인 모양이다. 유치장까지야 보낼 것 없고 두어 시나 되었으니 아쉬운 대로 우리에게 떠맡기는 것이겠으나 여기를 유치장이나 다름없이 생각하는 양이 *실쭉하였다. 그러나 하는 대로 내버려두었다. 보안대원이 돌쳐나가니까 두 사람은 문 앞 한가운데 땅바닥에 눕는다.

안동 있을 때, 예전에 경성일보 무엇인가 지내고 북경서 전기회사라던가 무슨 공사(公司)의 이사(理事)라는 일인이 굴뚝에서 빠져나온 족제비같은 꼴로 청년 두엇을 데리고 와서 일본인회에서도 할 수 없다는 것을 몸부칠 곳을 얻어달라고 애걸하는 것을 간신히 떼어 보낸 일이 머리에 떠오른다. 지금 저 문 밑 땅바닥에 누운 자들도 회사의 이사나 아닌지? 적어도 과장, 사무관 부스러기의 주임관으로서 떵떵거리고 살았으리라…… 이런 상상을 하여보다가 잠이 다시 들어버렸다.

동틀머리에 일어나 앉으니 옆에서 자던 ×청년은 먼저 깨어 앉았다.

"우선 보안서(保安署)에 들어가셔서 인사도 하시고 토락구 교섭을 하시죠."

어제 밤에도 하던 말이다. 호의로 *똥기는 말이겠으나 옆에서 보기에 매우 못 믿어워서 지도를 하려드는 모양이다. 그러나 급한 것은 역(驛)앞에 있는 자동차 회사에 교섭하는 일이다. 몇 시에 떠나는 것이 있는지 이른 아침에 있다면 떠나면 그만이다.

우선 화물차 회사로 가서 자는 사람을 일으켜 물어보니, 남천(南川)까지는 가겠지마는 자세한 것은 주인이 나오거든 의논해 보라 한다. 그저께 왔을 때도 이번 장마에 다리가 끊어져서 남천 이남은 불통이라는 말은 들었으나 돌아가는 길도 있다 한다. 건넛집 버스 회사에서도 *목탄차에 불을 일으키고 있는 운전수의 말이나 남천까지 뿐이요, 배천온천이면 못 갈 것도 없다 한다. ×청년은 반색을 하면서 배천 코스를 또 주장한다.

정거장으로 와서 세수를 하고 있자니 ×청년도 수건을 들고 와서 차례를 기다리다가

"노자가 떨어진 사람이 있다는데 우리가 *추렴을 내어서 태워가지고 가야죠?"

하고 의논을 한다.

"한두 사람이면 몰라도 나두 나두 하고 나서면 그것두 걱정일거요."

"두 사람쯤 되는데 우리 추렴을 거둡시다그려?"

길림서 걸어왔다는 남녀 두 사람말인가 하며, 대합실로 들어가서 단장이 적어가진 명부를 보니, 차비 없다는 사람이 세 가구 일곱 명이나 된다.

알아보니, ×청년의 일행인 부증난 병인 부부와 훌륭한 모포(毛布)를 깔고 앉은 장사꾼 비슷한 세식구 외에 길림서 온 두 남녀. ×청년이 마침 수건질을 하며 들어오기에

"요구제자(要求濟者)가 일곱 명이나 되는구려. 한 댓사람은 부담하겠소?"

하고 말을 부쳐보았다. 상인 비슷한 세 식구도 ×청년의 친지인가 싶어서 웃음의 소리를 해본 거다.

"나도 부조를 받아야 할 지경인데 체면에 못 이겨 말은 못하는뎁쇼. 허지만 어쩝니까 거두어 줘야죠. 인정이 떼치고야 갈 수 없구……."

여러 사람이 듣도록 커닿게 외친다. 대표가 되었다면 이런 것도 제 수단껏 했을 거다.

**목탄차**
목탄 가스를 연료로 하여 움직이는 자동차.

목탄차

**추렴**
모임이나 놀이 또는 잔치 따위의 비용으로 여럿이 각각 얼마씩의 돈을 내어 거둠.

삼팔선 **237**

자동차부 주인이 왔다고, 누가 알아 들이기에 뛰어갔다.

금교까지는 중간의 다리가 끊어져서 이백여 리나 돌아가기 때문에 헌 차는 가는 수가 없고 성한 것 한 대만 내놓겠는데 짐이 많을 거니 사람은 이십 명만 태우기로 하고 이천칠백 원 내라 한다. 삼십여 명씩은 넉넉히 타리라 예산치고 차 두 대를 내달라는 요구인데 이십 명이라니 어림도 없다.

그러면 버스 한 대를 더 얻어 볼까 하고 건넛집으로 가서 의논을 하니, 이것도 한 대에 이십 명 정도인데 남천 밖에는 도저히 더 갈 수 없다 한다.

아침을 부리나케 먹고 대표자들이 보안대를 찾아 나섰다. 보안대가 안 들으면 구제회의 힘이라도 빌어서 트럭 회사에 절충을 해달라려는 작정이다.

대개는 경찰서 자리이겠지마는 조그만 시골 건물로는 꽤 번채 있는 양옥이었다. 현관으로 들어서 오른편으로 꼽드려 들어가 본즉 사무실은 위층인지 여기는 헝뎅그레한 속에 테이블이 몇 개 놓였을 뿐이요 사무를 보는 것 같지도 않다. 육칠 인 몰켜 서고 앉고 하여

떠들썩하고 이야기들을 하다가 우리가 들어서는 것을 보고 한 사람이 이리로 다가오기에 내의(來意)를 말한즉,

"구제소는 군(郡)인민위원회에 가야 하겠지만, 구제소고 보안서고 피난민의 토라쿠까지 주선해줄 수야 있겠소?"

하고 *핀둥이를 준다. 잠깐 맥맥히 섰자니까 저편에서 바라다보고 섰던 훤칠한 미청년이 뚜벅뚜벅 나오며,

"뭐야?"

하고 우리고 내놓은 피난민 단체증을 들어 보다가,

**핀둥이**
핀잔. 맞대어 놓고 언짢게 꾸짖거나 비꼬아 꾸짖는 일.

"이리 오슈."

하고 앞장을 선다. 바로 맞은편 방문을 열고 들어가는 뒤를 따라서며 취조를 하려나 보다고 잠깐 마음이 설레이지 않을 수 없었다. 그러나 들어와 보니, 차림차리가 응접실도 아니요, 서장실 같다.

'서장을 소개하려는 건가?'

하는 생각이 들며 서장을 부르러 나가려니 하였더니, 그 청년은 정면의 주인의 자리로 가서 떡 버티고 앉으며 우리더러도 테이블을 격하여 앉으라 권한다.

"내가 여기 서장이요."

애교 있는 음성으로 이렇게 자기 소개를 한다. 우리는 그 증명서에 이름이 써 있기에 성명은 대지 않고 머리를 굽혀 인사를 하였다. 여자의 살결로라도 이렇게 분결같은 고운 얼굴이 있을까 싶은 이런 *허위대좋은 미남자가 이런 험난한 세태에 보안서장이라니 또 한번 놀란 눈으로 쳐다보았다. 보안서장은 담배를 내어놓고 권하면서, 용건을 다시 묻는다.

어젯밤에 편의를 보아준 치사와 함께 아까 사무실에서 하던 말을 간단이 되풀이하고 청이라느니보다는 일동이 함께 무사히 떠날 방침을 가르쳐달라고 하였다.

젊은 서장은 한참 생각을 하더니

**허위대**
허우대.

"그럼 나하구 나가보십시다. 어차피 나두 거리로 나갈 길이 있으니."

하고 캡을 떼어 쓰며 선선히 나선다. 이것은 의외이었다. 피난민의 탈 것까지 주선하려고 있는 보안서는 아니라는 듯이 핀잔을 주던 것과는 너무나 딴판인데 놀랐고, 서장 자신이 나서서 주선을 해준다는 것은 황감한 일이기도 하다. 그보다도 이만 *낫세에 보안서장이 되었으면 위엄이 시퍼렇게 가진 주짜를 다 빼고 버틸 대로 버티고 앉았을 터인데 명랑한 낯빛으로 경쾌히 헌팅그를 떼어 쓰고 나서는 것을 보니, 행정이나 정치나 사람이 하는 일이라, 결국 그 사람의 성격이 여간 영향을 미치는 것이 아닌 것을 절실히 느끼게 한다.

"그러니까 두 대가 필요하다는 것이죠?"

방문을 열며 서장은 다시 *다진다.

"네, 그런데, 아까 말씀처럼 한 대만은 승낙을 얻었지만 이십 명 태우고 근 삼천 원이나 내라는군요."

그나마 배부른 흥정이니, 피난민들이라고 싸게 하라고 깎을 처지는 못되는지라, 은근히 찻삯 문제도 비쳤다.

"흠, ……그럼 한 대만 더 내라고 하면 되겠군요. 그러면 내 부하를 시킬 거니 함께 가세요."

정 못가겠다고 뻗대는 것과 달라서 그만 정도면 자기가 나서지 않아도 되겠다고 생각하였는지, 이런 소리를 하고 사무실로 다시 들어서며,

"김동무! 수고 좀 해줘야 하겠소."

하고 소리를 친다.

"네에."

하고 서장보다는 나이 지긋한 서원이 쭈르르 나오니까, 무어라고 수군수군 이른다.

"그럼 가시죠."

하고 나선다. 이 보안서원도 친절하다. 우리는 서장에게 진심껏 치사를 하고 따라나섰다. 노중에서 잠자코 걷기도 아니 되었기에 치안상태와 민심이 어떤가를 물어보고 싶었으나, 으레 좋게 말할 것이요, 남쪽으로 가는 길에 무슨 자료나 정보를 수집 하는 줄로 오해할까보아 조심성스러워 잠자코 말았다.

자동차부에 와서 주인을 불러내어 *숙설숙설하니, 당장에 차 두 대를 내인다 한다. 임금도 깎아 한 대에 이천칠백으로 *귀정 났다. 보안서원에세 인사를 하고, 짐은 벌판에 놓은 채 그늘로들 몰려 앉은 일행에게로 와보니, 한패는 떨어져서 버스회사로 갔다한다.

"그 왜, 기부 걷자던 젊은이 있죠. 그이가 대표자 두 분만 믿고 있다가는 오늘 해전에는 못 떠날 거라고 서둘러대서, 한패를 따로 짜가지고 저리 갔세요."

내자의 설명이다. 그 패는 회사 대합실로 들어갔는지 눈에도 아니 띄인다.

믿지 않아도 ×청년의 짓이겠지마는, 보안서에 갈 때도 어서 다녀오라고 서두르던 사람이, 오래 지체를 하였을까, 무엇에 몸이 달아서 그동안에 *요변인지 알 수가 없다. 대표자의 한 사람이 못되었다는 불평,—그런 따위의 단순한 문제가 아닌 모양 같다. 대표자의 지위를 이용하고 싶은데 자기가 대표자 못된 바에는 실제의 대표자들을 손아귀에 넣고 이용하고 싶었으나, 그 역시 호락호락지 않으니 떨어져 나간 모양이다.

저의 안 탄다면, 차 한 대는 퇴하면 그뿐이지마는 땀을 뻘뻘 흘리고 다니며 만들어놓은 일이요, 보안서만 하여도 모처럼 생색을 내어준 터

**숙설숙설하다**
남이 알아듣지 못하도록 낮은 목소리로 자질구레하게 자꾸 이야기하다.

**귀정**
그릇된 일이 바른 길로 돌아옴. 여기서는 '결말'의 뜻.

**요변**
요망하고 간사스럽게 행동함.

에 미안한 일이다. 그 사품에 구조를 받겠다던 일곱 명 중에 다섯 명은 ×청년 편으로 가고, 정말 구제를 받아야 할 길림서 온 두 사람은 행여나 얻어 탈까 하고 빙빙 돌다가 걸어 갔다 한다.

하여간에 한 대는 다시 퇴하고 한 대에 올라타고 나서 세어보니 37명이나 되는데, 아직도 거리에 놀러갔다는 한 가구가 오륙 명 남았다. 아낙네가 혼자서 짐을 지키며 이거 어쩌나 어쩌나하고 못 탈까보아 애절이다. 두 패로 갈리고 보니 *창졸간에 명부를 다시 꾸밀 수도 없고 단체는 깨어지고 말았다.

"조선 사람의 일이란 이런 조고만 일에까지 모두 이렇군요, 남쪽 소식을 들어봐도, 정당이니 무어니 하는 것이 모두 이런 따위인가 보지요?"

하고 *자탄인지 묻는 말인지, 단장은 분개를 한다. 나는 웃어만 보였다.

회사 주인은 많이 타서 차를 못 떠나보내겠다고 야단인데, 놀러갔던 한 가구가 인제야 와서 타겠다거니 저편으로 가라거니 한참동안 떠들썩한다.

못 타게 된 사람은 대표의 책임까지를 묻는다. 그러나 나는 모른척 하였다. 묻고 싶거든 떨어져나간 ×청년에게 가서 물으라 하고 싶었다. 그러나 이 사람들은 이편에 끼어가지를 못해서 *애걸이니 딱한 사정이다. 결국은 악다구니를 하다가 버스로 간 반동 패에 합류하기로 하고, 우리의 차는 뚝 떠났다.

차는 직행을 하지 않고 보안서에 대이더니, 양복신사 한 사람이 나와 탄다. 어디까지 가는지, 보안서원도 타서 이런 판에 마음에 든든하다.

오전 열한 시에 떠났으니 길을 돌기로서니, 어둡기 전에는 금교에 닿으리라는 예정이다. 거기서 저녁 먹고 달구지를 잡으면 밤새도록 걸

**창졸간**
미처 어찌할 수 없이 매우 급작스러운 사이.

**자탄**
한숨을 쉬며 한탄함.

**애걸**
소원을 들어 달라고 애처롭게 빎.

어서 삼팔선을 넘어 내일 아침에는 개성이나 토성에 닿는다는 노정이다.

"내일 낮에는 서울 들어간다!"

트럭의 속력이 날수록 어른아이의 얼굴에는 생기가 돌았다.

차가 시가에서 빠져나오려니까, 누런 국민복에 캡을 쓴 사람이 앞서 걸어간다. 훤칠하고 우둥퉁한 뒷모양이 아까 보안서에서 헤어진 서장같다. 쉭 지나치며 쳐다보는 얼굴이 그 얼굴이다. 모자를 벗으며 인사를 하니 그 애교 있는 얼굴로 답례를 한다.

달구지

차가 닫는 지날 결에, 우거진 보리밭 사이로, 지도같은 종이를 든 노서아 장교가 서너덧 눈결에 스친다. 지형을 시찰 나왔거나 한 데에 서장도 안내로 뒤쫓아 오는 모양이다.

그러나 삼십 분도 못가서 차는 뚝 선다. 왼쪽 뒷바퀴가 펑크가 났다. 북조선에서 타이어가 몹시 *달리기 시작한다는 말은 벌써 전에 들었지마는 이 차의 타이어도 마치 뒤가 물려난 고무신 뒤축 같다. 타라 내려라 하며 그렇게 코큰 소리를 하고 내놓은 차가 기껏 이 모양인가 생각하니 기가 막힌다. 탔던 사람이 내리고 짐을 내리고 하여 수선을 해보려다가 다시 들어가서 바퀴를 갈아 가지고 오기로 돌쳐서 들어가 버린다. 그 차에 누구나 쫓아갔다가 오자는 말도 났으나 설마 돈은 다 치렀겠다 이대로 촌 거리에 내버려 두랴하고 점심을 촌가에 시키기로 하였다. 조밥이리는데 *매인에 삼십 원 내라 한다. 약간 순비한 점심은 저녁이 늦으면 어찌될지 몰라서 아끼기로 하고, 조밥이라도 여기서 든든히 먹어놓자는 것이다. 그러나 상이 나온 것을 보니 수저를 들 생각이 아니난다. 신막서 이십 원 주고 사먹던 조반은 여기 금세로 하면 백

**달리다**
재물이나 힘, 기술 따위가 모자라다.

**매인**
한 사람 한 사람마다.

원은 받아야 할 것이다. 조밥 한 사발에 파를 숭덩숭덩 썰어 넣은 간장 국물은 냉국이란 거요 설렁설렁한 감자조림 하나뿐이다. 무서운 세상 도 되었다고 생각하였다.

여기만 해도 벌써 신계군(新溪郡)이다. 점심을 먹고 나와서, 무슨 당(黨) 신계지부(新溪支部)니 무슨 청년 회 신계지부니 하는 써 붙인지 얼마 안되는 듯한 종이 문패가 서넛 붙은 집 툇마루에 장보고 온다는 행상이

보리타작

**헐각**
잠시 다리를 쉼.

**년사**
연사. 농형. 농사가 잘 되고 못된 형편, 또는 농사가 되어가는 형편.

*헐각을 하고 앉았기에 나도 그 옆에 가서 걸터 앉았다. 방문은 첩첩이 닫혔고 저편에서는 보리타작에 분주하다.

"그래 *년사는 어떻소? 철도 연선은 물도 흔하고 매우 좋은가 봅니 다마는"

"글쎄올시다. 잘된대도 첫째 내라는 것이 많아서 살 수가 있어야죠. 무얼루 냅니까. 죽을 지경들입니다."

"무어 그렇게 많단 말요?"

"공출로 한참 법석을 하고 나니까, 요새는 농민은행이니 무어니하 구……"

농민은행 이야기는 떠나기 전에도 잠깐 들은 것이다.

"그야 첫 서슬이라 경비도 들고 복지시설을 하려니까 그렇지 않 겠소."

이 사람이 어떤 종류의 사람인지 모르니, 아무데도 다치지 않게 좋 도록 말을 돌렸다.

"당장 내는 것뿐입니까, 젊은 것들은 일도 변변히 하려들지 않고 마 음들만 들떠서, 어떻게 되려는 셈인지 참 걱정입니다."

사십이나 된 이 사람은 나를 탁 믿는 눈치로 이런 탄식을 한다.

"왜, 토지 얻었겠다, 차차 자리만 잡혀가면 적어도 올부터는 먹는 걱정야 없어질거 아니요."

"누가 압니까. 언제 어떻게 될지. ……그래도 평안도편은 어떠합드니까요?"

엉거주춤한 수작을 하면서, 다른 도 소식이 알고 싶어 한다.

"땅 뺏긴 사람야 좋아하겠소. 앉아 패가하였다는 말이 유행하나 봅디다마는 요새는 퍽 잠잠해졌나 봅니다."

"별수 있나요. 잠잠 안해지고야."

급격한 변동에 얼떨하니까도 그렇고, 이만 낫세면 비판적으로 나서려니까 그렇겠지만, 토지를 얻었다 하여도 안심이 아니 되고 송구스러워서 달갑지 않다는 듯이 말끝마다 비관적으로 나간다. 일제 시대의 버릇이라 할 지 툭 터놓고 이야기를 하기가 조심스러워서 더 캐어묻지도 않고 마루 끝에 누워버리니까 행상은 궤짝을 놓아둔 채 절름절름하며 저편으로 가서, 손을 쉬고 앉았는 농군들과 수작을 붙인다. 쫓아가서 무슨 이야기들을 하는가 듣고 싶은 충동이 다시 났으나 그럴 수도 없었다.

간신히 차가 와서 떠나기는 하였으니 겨우 신계읍에 들어가서 다리 위에다가 놓고 또 고장이다. *담총한 보안대원이 왔기에, 차에서 내려서 담배를 피우는 길에 만주담배를 권하니 신기해 하면서 북쪽 소식을 알려고 열심히들 묻는다. 이 청년들도 이 지방과 다른 도와 비교해 보려는 눈치다.

**담총**
어깨에 총을 멤.

"바쁘시겠구려?"

"바쁠 것두 없어요, 그저 입들을 다물고 조용들하니까 아무 일 없지요."

"신문은 볼 수 있소?"

"웬걸요. 가까운 서울신문 한 장 구경 못합니다. 세상이 어떻게 돌아가는지 뭘 압니까."

신의주에서도 서울신문은 일체 금지를 하기 때문에 실상은 나도 *까막눈으로 오는 길이다.

차는 겨우 떠났으나 얼마나 왔는지 해가 차차 뉘엿뉘엿 넘어가려는데 또다시 논두렁 가에 세워놓고 세 번째 펑크가 났다.

"이따위 차를 내어주고 돈만 벌어들이라니, 그리게 자본주의 사회는 없샌다는 거야. 자네 뭐 아나?"

운전수는 조수에게 이런 시체 문자를 한번 써보고 저도 우스운지, 싱긋 웃고는 엔진을 텅텅 들었들이고 운전대로 들어간다. 이번에는 하도 미안한지 승객을 내리게도 안하고 손쉽게 타이어만 갈아 대어가지고 곧 떠났다.

어두워 가는지라 차도 제 정신이 드는지, 낮에 한눈만 파던 당나귀처럼 제법 속력을 낸다. 휙 지나쳐 놓고 다시 돌려다보니 어스레한 길에 지게를 진 아이가 책을 펴들고 간다. 해방 이후에 비로소 반가운 꼴을 본 듯싶다. 어쩐지 마음에 좋았다. 해방의 꼴을 그 아이에게서 본 것 같다. 텅 빈 내 가슴에도 희망이 차츰차츰 차오르는 듯싶다.

조금 지나니 파란 불덩이가 예전의 솜사탕처럼 피어서 여기저기 논두덩가에서 퍼지다가 자동차가 스치고 가는 바람결에 훨훨 휘날린다.

"도깨비불이다!"

고 떠든다. 그러나 아이들은 무관심이다. 도깨비 이야기를 못 듣고 자랐기 때문인 모양이다. 그러나 비료(肥料)에서 흘러나온 *인광(燐光)인가 보다.

날이 축 저물어서 차는 산협으로 기어오르기 시작이다. 아이들은 하나 둘씩 잠이 들고 밤바람은 찬데 캄캄한 산비탈을 뺑뺑 돌아 올라가니, 이 산중에서 만일에 또 고장이 난다든지 강도가 나면 어찌해야 좋을지 조마조마하다. 그런 경우를 상상하며 어떻게 잽싸게 처치를 할까를 공상으로 그려보느라고 추운 줄도 잊어버렸다. 아무도 입을 뻥긋도 아니한다. 누구나 손에 땀을 쥐고 천운을 빌 것이리라. 그러나 적막과 침묵을 깨뜨리고 별안간,

"에에, 인젠 살았고나!"

하는 소리에 모든 승객은 피가 다시 도는 듯이 눈을 번쩍 떴다. 저 앞으로 우뚝이 올라  앉았던 조수의 환호(歡呼)이었다. 차는 지금 막 등성이를 올라서 내려가기 시작을 한다.

"예가 무슨 고개요?"

마음도 놓였지마는 여러 사람의 기운을 돋으려고 태연히 큰소리로 물어보니 조수도 모른다 한다.

**인광(燐光)**
복사선에 노출된 물질이 자극하는 복사 에너지가 사라진 후에도 계속하여 내는 발광. 어두운 곳에서도 청백색의 약한 빛을 내는 흰인 따위가 있다.

# 금교에서

금교에는 밤 열 시나 되어서 도착하였다. 보안서 문 앞에다가 차를 대이며 운전수는 이력차게 보안서에부터 들어가서 짐 조사를 받아야 한다고 하기에, 들어가 물어보니 피난민들을 데리고 들어와서 뒷 골짜기에 정렬을 시키라 한다. 지시대로 해놓고 한 가족씩 차례차례 들어가 비교적 간단히 조사를 마치고 나려니까, 아까 신막에서 헤어진 패가 ×청년을 앞세우고 몰려든다. 남천(南川)에서 배천 온천으로 빠졌으리라고 생각한 이패는, 길이 막혀서 그랬던지 남천에서부터는 달구지(牛車)로 온 것이라 한다. 우리가 길을 돌면서 세 번이나 고장으로 지체를 하는 동안에, 뒤늦게라도 따라온 모양이다. 물어볼 *묘리도 없어서 가만 내버려두고 구경만 하였다.

조용하던, 보안서는 금시로 복작대기 시작하였다. 남천부대가 닥치기 전에 여관에서 묵는, 북으로 가는 학병갔던 청년들인지 두 차례나 떼를 지어 들어갔고 *지척지척 발을 가누지 못하는 신여성도 끌려 들어갔다. 뜰에는 우리 떼가 빽빽이 들어서 북적댄다. 조금 있다가 검은 양복 입은 청년 하나를 붙들어 들어가더니 별안간 큰소리가 나고 백길로 질러 저속으로 곤두박질을 하여 끌어 들어간다. 금시로 살기가 돌기 시작하였다. 이것은 나중에 떠날 때에 들은 말이지마는, 보안서원이 나와서, 권총 강도가 났으니 특별히 밤길을 주의하라고 하니, 아마 아까 얻어맞던 그 청년이 바로 권총강도인 모양이다. 뜰로 난 문을 열어 제친 방에서 어디서인지 온 전화를 받는 소리가, "일인 두 명이" 어쨌는데, "권총이 어쩌고"하는 소리도 뜰에까지 흘러나온다. 신막역

**묘리**
묘한 이치.

**지척지척**
힘없이 다리를 끌면서 억지로 걷는 모양.

대합실에서 함께 자던 그 일인 두 명이 아침에 어떻게 되었는지 눈여겨보지도 못하였지마는, "일인 두 명"이란 그것이 아닌가 싶다. 밤은 깊어가고 졸림은 쏟아지는데, 신경이 피로해서 조금만 큰소리가 나도 *송구스럽고 무시무시한 생각이 든다.

"자아 이리들 모여 서요. 대표자가 누구요?"

어떤 지위에 있는 사람인지 젊은 서원이 나와서 한가운데 서니까, ×청년이 썩 나서며 인사를 한다. 나중온 패의 대표자라는 의미로 알고 나선 모양이나, 우리 편 두 대표는 조사도 끝났고 고단한 판이라, 잘되었다 하고 이편 한구석에 가만히 섰었다.

만주에서 무엇을 했느냐는 것부터 묻기 시작하여 사상 문제를 꺼내 가지고 문답이 한참 되다가 있다 다시 만나서 좀 더 자세히 묻겠다 하고 들어가 버린 뒤에, 그 패의 짐 조사가 시작되었다. 이번 조사는, 샅샅이 뒤지니 만큼 시간이 꽤 걸렸다. 나는 있다가 또 조사하겠다는 그 말이 언제까지 귀에 걸려서, 좀처럼 오늘밤 안으로는 놓여나가지 못할까보아 애가 쓰였다. 더구나 그 편 사람들의 *호열자 예방주사 증명서를 걷으라 하여 들고 들어갔으니, 있다고 내일이고 다시 만나 묻고 나야 내줄 모양같다. 우리더러도 주사증명서를 걷어 들이라고나 아니할까 겁이 난다.

"공연히 제가 *중뿔나게 나서서……."

K군도 또 문초가 있을까보아 걱정이 되는지, ×청년이 괴둥되둥 대답한 것을 탓하는 것이었다.

그런 짐 조사하던 보안서원은 우리 두 패의 여관을 따로따로 지정해 주면서, 원칙적으로는 삼팔선을 넘어가라는 것은 아니나, 갈 수 있어서 가는 것은 묵인한다는 의미의 주의를 시킨다. 여러 사람들은 이제

**송구스럽다**
마음에 두렵고 거북한 느낌이 있다.

**호열자**
'콜레라'의 음역어.
괴질.

**중뿔나다**
어떤 일에 관계없는 사람이 불쑥 참견하며 나서는 것이 주제넘다.

풀려나가누나 하고 졸립던 눈이 번쩍 띄며 몰려 나왔다.

보안서 문 앞을 나오니 북행하는 짐을 실고 왔다가 여현으로 돌아간다는 달구지가 늘어섰다.

캄캄한 여관으로 들어가면서 나는 무엇보다도 먼저 짐에 든 전등알을 꺼내서 켜놓았다. 이것은 사리원 구제소에서 꺼내 켰던 것이다.

이방 저방 널직이 나누어 앉으니, 누구나 잠이 쏟아지는 모양이라, 예서 자고 내일 가자는 것이다. 그러나 달구지는 어차피에 밤길을 갈 작정이라 할 뿐 아니라, 내일 아침에 떠나면 정면으로 가든지 산길을 넘든지 삼팔선은 밤에 넘게 된다, 밤이면 산길은 못 걸을 것이요 대로로 나서면 붙들어 재우고 말 것이니 더 위험하다. 더구나 여관에서 물밥 사먹고 자다가, 지금 내보내준 사람과, 있다가 다시 만나자던 사람과 같은 서원끼리도 의사가 일치되지 않은 모양인데, 새판으로 또 무슨 소리가 나올까보아 염려다. ×청년이 인솔한 패만 다시 취조한다고는 하였지마는 우리도 휩쓸려 들어갈지 모른다. 어쨌든 밤을 도와 가자고 우겨서 달구지 세 채를 정해놓고, 불시에 밥은 어렵다 하여 우동을 내는 것이나마 부엌에 들어가 돌려빼기로 먹고 나왔다. 우동 한 그릇 이십 원이라는 것이 장국이 비위에 거슬려서 여자들은 먹지를 못하고 점심에 먹다가 싸가지고 온 조밥을 먹고들 떠났다.


# 암야행진


×청년 일행의 한 대와 합해서 네 대의 달구지에 짐 위에다가는 어린애 달린 여자를 올려 앉히고 걷는 사람은 좌우로 *옹위를 하고 별빛

옹위(擁圍)
주위를 둘러쌈.

을 의지 삼아 떠난 것이 새벽 한 시가 넘었었다.

"부인네라도 걷는 이는 몽둥이를 들고, 가다가 나뭇가지를 꺾어서 아이들까지라도 하나씩 쥐여주슈."

나와서 보내주는, 보안서원의 주의였다. 그리고 절대로 소리를 내지 말라는 것이다. 어쨌든 떠나놓고 보니 시원스럽다. 그러나 잠이 깊이 든 거리를 빠져나오자 제일의 난관을 만났다.

임진강 물줄기이겠지마는 컴컴한데 어림치고라도 백 *미돌은 넉넉히 되는 다리가 떠내려가서 달구지는 마주 건너가고, 사람은 떠내려간 다리 편으로 길을 꼽드려서 겨우 발이나 붙이게 된 외나무다리를 기어내리고 다시 기어올라가서 저편 언덕을 돌아가야 달구지와 만나게 되었다. 걷는 일행은 대부분이 장정이요 식구가 많으니까 그렇지도 않지만 타고 앉은 사람은 잔뜩 겁을 집어먹은 판에 나서는 길로 제 식구들과

외나무다리

떨어져서 물속으로 끌려들어가니 간이 콩알만 해질 것이다. 지암 절벽에서 발길을 돌쳐서며 마음이 안되었다. 얼밋거리는 외나무다리를 손으로 더듬듯이 하여 간신히 건너서, 길목까지 와서 기다리니 앞선 달구지 두 채는 쉽사리 오나, 뒤의 두 대가 보이지를 않는다. 물에 빠졌다한다.

"에그 저걸 어쩌나!"

옆에서 딸년이 놀라는 소리를 가만히 낸다. 셋째 채에는 저 어머니와 동생 둘이 끼어 있다.

"하나는 그놈의 소, 내일 모래면 새끼를 날거죠. 끝에 오던 것은 이 바닥 것인데 처음길이니 안 그렇겠어요."

달구지꾼의 설명이다.

소리를 낼 수도 없고 조바심을 하며 캄캄한 속을 눈이 뚫어지도록 바라보고 섰으려니까 한 식경이나 지나서 무거운 달구지 소리가 삐걱거리며 들려온다. 그래도 요행 물에 젖지들은 않고 왔다.

만삭된 소가 끈다는 셋째 달구지의 맨 앞에는 팔십을 바라본다는 꿈속같은 노파가 앉았고 다음에는 자는 어린애를 안은 애 아버지 뒤에 두 아이를 끼고 *내자가 앉았다. 컴컴한 속에서 어린놈을 들여다보니 표정 없는 얼굴로 눈만 껌벅거리고 있다가 반가운 듯이

"아버지!"

하고 곱게 불러보고 누나를 찾는다.

"누나 여기 있다."

"응!"

이제 안심이 되는 모양이다.

행렬을 바로 잡아가지고 본도로 들어섰다. 쇠볼기에 뺨이 닿아도 모를 지경이니, 지형이 어찌 된 지는 알 수 없으나 높직한 구릉(丘陵)이 남쪽으로 병풍같이 둘러친 사이로 쭉 뻗은 *이등도로쯤은 되는 평탄한 길이다. 산에 가리어 아늑하니 야기도 심치 않고 저번 첫 장마를 치른 뒤라 먼지도 풀썩거리지 않아 걷기는 좋다. 여관에서는 그렇게 쏟아지던 졸음도 씻은 듯 *부신 듯 달아났다. 다만 어느 구비에서 강도단이나 불거져 나오지 않을까하는 불안만이 가다가다 머리를 흔든다. 그러나 생각하면 그럭저럭 칠십여 명이나 되는 사람이 십여 간통에 늘어선 행진이다. 어느 산골짜기에 불한당이, 숨을 죽이고 노려보고 있대도 좀처럼 뛰어나와서 손을 대지는 못하리라는 든든한 마음도 없지 않다.

---

내자
남 앞에서 자기 아내를 이르는 말.

이등도로
지방도로.

부시다
그릇 따위를 씻어 깨끗하게 하다.

꾸물꾸물하는 달구지이지마는 십리분수는 왔으리라, 별안간 행렬이 우뚝 선다. 무에 나왔나? 하는 생각을 할 새도 없이, 여자 하나가 자취도 없이 뛰어오며, 남자는 앞으로 모이라는 전령이다. 가족들을 거느리고 셋째 차의 앞에 섰던 나는 단걸음에 뛰어가면서도 전 신경을 귀로 놓았다. 첫차의 머리에서 데련데련 순탄한 말소리가 나는 것이 강도는 아닌 모양이다.

담총한 수련병 두 사람을 옹위하고 서서 단장인 청년이 *얼러맞추고 있는 것이다. 일지에 수십여 명이 와짝 모여드니 소련병은 *삼지위겹으로 한가운데 포위되고 말았다.

"총, 칼, 없어?"

둘이 다 키도 짝달막하거니와 그리 서투르지 않는 조선말을 제법 한다. 조선 와서 배운 조선말은 아닐 것이오, 코와 눈은 다르나 제이세, 제삼세의 조선계통인지도 모른다.

"가미소리 있소? 가미소리 있거던 하나 주어."

"그런 것도, 저기서 조사할 때 모두 빼앗겼어요."

말이 선듯선듯 통하니 이런 중에도 얼마나 다행이고 시원하랴.

"짐 속에는 무어 있어?"

무엇보다 무서운 것이 짐을 조사할 테니 따라오라는 말이 떨어지지나 않을까 하는 것이다.

"없어요. 우리 거지 한가지요. 만주서 다 뺏겼어요."

"만주에서 왜 외?"

"가라구 내 쫓아서요."

"돈 얼마 있어? 많이 가지고 가면 안돼."

"돈 없어서 밥도 못 먹었소."

**얼러맞추다**
그럴 듯한 말로 둘러대어 남의 비위를 맞추다.

**삼지위겹**
여러 겹으로 둘러쌈.

이런 때 이 사람들이 좋아하는 사과라도 있었으면 하는 생각도 난다. 그러지 않아도 사과 광주리나 술이라도 준비해가지고 나서면 어떻겠느냐는 말도 났다. 이력찬 사람은 추렴을 내서 돈을 모아가지고 있자는 발론도 하였지마는 하나도 준비하지는 않았다.

말이 되돌아오고 되돌아오고 하여 한참 실랭이를 한 끝에, 어디 짐을 보자 하여 우으들 옹위를 하고 순시가 시작되었다. 회중전등을 번쩍 켜서 짐을 비춰보고 탄 사람을 들여다보고 한다. 젊은 여자들을 엎드리고 모로 쓰러지고 하여 자는척들 하는 것을 웃으며 꾹꾹 찔러도 본다.

"어서 가우."

인색한 사람이 마지못해 돈 꾸러미나 내던져주는 북소리와 같은 퉁명스런 이 한마디에, 칠십 여명의 마음을 칭칭 옭아매었던 동아줄이 일시에 탁 끊어진 듯싶다.

한고비를 넘겨 놓고 나서 그런지, 인제는 걸으면서도 졸리기 시작이다. 아이들은 달구지의 뒤에 매달려서 자며 걷는다. 앞뒤를 돌아다보아야 담뱃불만이 반딧불같이 여기서 저기서 반짝일 뿐이다. 담배로 졸음을 깨우는 것이다. 소에 꼴을 먹이느라고 한 *참(站) 하노라니 여기저기 옹기종기 한 무더기씩 땅바닥에 쓰러져서 인사정신 없다. 타고 앉은 사람도 어른 아이 할 것 없이 묶어가도 모를 지경이다.

그러나 자리가 편편치 못하면 눈을 못 붙이는 신경질적인 사람은 *손 인줄 알면서도 하는 수 없이 엉덩이가 배기는 달구지 채에 눈을 버티고 앉았는 수밖에 없다.

벌써 동이 트기 시작하는 모양인데 아직 이십오 리쯤 왔을까 한다. 재촉을 하여 소는 매어 놓았으나 땅바닥에 늘어 붙은 사람들이 일어나려고를 아니한다.

밝은 녘부터는 보지 못하던 양장한 여자가 우리 차에 한 식구 늘었다. 노서아 병정을 만날 때 전령으로 오던 여자인 모양이나 어느 틈에 가방까지 가져다가 달구지 뒤에 매달아 놓았다. 아내와 말벗이 되고 싶어 왔는지, 여학교라도 나왔을 법한데 담배가 떨어졌다고 청해서 피우고 하는 눈치가. 피난민같지는 않아 보인다. 달구지 뒤에 매달린 가방 속에는 남쪽으로 팔러 가는 무어나 있을 성 싶다. 신막에서 버스 탄 패를 따라나섰더니 고생은 고생대로하고 노자만 더 들었다고 불평이다.

K군 부부도 날이 밝으니까 모여들었다. 부인은 타는 것이 되려 거북하다고 줄곧 걸었는데 인제는 더 버틸 수가 없는지 걸을 수 있는 아이와 바꾸어 탔다. 하여튼 그 배를 하고 여기저기 소리 없이 따라온 것만 용하다.

해는 훨씬 높아졌다. 여현으로 꼽드리는 길목까지 오니, 달구지를 세워놓고 또 의견이 백출이다. 우리 편의 예정은, 정면 돌파가 어려운 경우면 여현으로 나가서 삼팔선을 건너가지고 사오리쯤 걸어 토성으로 들이댄다는 것이다. 그러나 이대로 곧장 사오 리쯤 가서 *재 하나만 넘으면 개성으로 바로 들어가는 길이 더 안전하다는 것이다. *이정(理程)은 똑같으나 재를 넘기가 어린애를 데린 사람은 걱정이다. 여현을 주장하는 것은 우리 대표요 직행하자는 것은 ×청년과 그 일행이다.

손
손해.

재
길이 나 있는 고개.

이정(理程)
어떤 곳으로부터 다른 곳까지 이르는 거리의 이수(里數).노정(路程).

나는 평지로 그대로 돌파하여 보자는 주장을 마지막 또 한번 꺼냈으나 아무도 찬성하는 사람은 없다. 우리 대표되는 청년도 마지막 턱 밑에 와서는 지치고 겁이 나는지 내 말에는 찬성치 않았다. 나 역시 고집을 부릴 용기와 자신이 줄어졌거니와, 혼자 정면 돌파를 한대도 따라올 사람이 없을 것이다. 또 사실 밝을 녘부터 넘어오는 사람들을 붙들고 물어보면 시간만 잘 맞추면 염려 없이 넘을 수 있다 하고, 어떤 사람은 피난민이면야 무에 꺼리길 것이 있어서 산길로 가느냐고 대로로 그래도 가도 상관없다는 사람도 있다. 하여튼 여현길을 내놓고 우선은 *잠행하기로 되었다.

**잠행(潛行)**
남몰래 숨어서 오고 감.

## 삼팔선을 넘기에

여현으로 갈리는 마루턱에서 개성으로 돌아 들어가는 신작로를 시오 리쯤 가면 큰길거리 산 밑에 열아문 집 모인 주막이 있다. 개풍군하(開豊郡下)라 하여도 여기서 개성 시내가 역시 시오 리 남짓하니, 서울 말로 말하면 서대문에서 연서(延署) 나가는 *상거밖에 안 되는 개성(開城)의 교외(郊外)에 지나지 않는다. 그러나 대로(大路)에는 물론 감시소가 섰거니와 통로란 통로는 목목이 아니 지키는 데가 없으니 어느 틈으로 눈을 기우고 새어 나가겠느냐는 것이다.

**상거**
서로 떨어져 있음.
떨어져 있는 두 곳의 거리.

아침 겸 이른 점심을 시켜먹고 주막에서 나오려니까 늙은 주인이,

"어린애들하고 산길에 고생하시겠습니다."

하며, 뜰에 내려서는 내자에게 인사를 하더니,

"바루 조기올시다. 조 등성이만 넘으면 그만인데, 그게 그렇게 말썽

스럽습니다그려."

하고 뒷문으로 끌고 나가서 마주 빤히 쳐다보이는, 산등성이를 가르친다.

"바루 저의 집 옆으로 마주만 보고 올라가면 됩니다마는 전에야 웬 길이나 있었던가요. 그러던 것이 지금이야 발붙일 곳도 변변치 않아도 대로가 됐습니다. 사람뿐입니까 돈이 하루에도 몇백만 원 몇천만 원씩 왔다 갔다 하는지 알겠습니까"

늙은 주인은 이런 소리를 하며, 그 길 덕에 이 쓸쓸하던 주막이 한때 만난 것을 기뻐하듯이 껄껄 웃는다.

문밖에 나오니 달구지를 부려서, 짐이 길가에 널려 있고 사람은 북적대고, 때 아닌 장터가 벌어졌다.

짐을 그늘 밑으로 옮겨다 놓고 관망을 하고 섰을려니, 보안서원이 와서, ×청년을 불러내어 훈시 구조로 주의를 시킨다. 우리가 밥 먹는 동안에 어느 틈에 이 사람이 대표자가 되었는지 산 넘어가는 짐꾼을 불러다가 값을 정하고 부산히 서둘러대었다. 그러지 않아도 제 몸 하나 추스르기에도 힘에 겨운 판에 쓸어 맡겨두는 편이 잘되었다고 생각하였던 것이다.

"……그러니까 결단코 소련군에 대해서 조금치라도 의혹을 품거나 겁을 낼 것이 아니라, 모든 행동을 정정당당히 취하면 아무 염려 없을 거란 말이요, 알겠소?"

×청년은 부동자세로 고개를 꾸벅꾸벅해 보인다. 저 보안서원이 아까 도착하였을 때는 산 넘어갈 길도 일러주고 두시쯤이면 소련병이 점심 먹으려 들어갈거니 그 틈을 타야 한다느니 하는 이야기를 묻는 대로 들려주더니, 별안간 태도가 달라진 것이 이상하다. 지금 말 같아서

는 정정당당히 대로로 가더라도 상관없다고 은근히 권하는 말 같기도 하다.

그러나 옆에 누가 다가오는 인기척이 나기에 돌려다 보니, 어제 금교까지 동행해 온 신막 보안서원이다. 좀 의외이기도 하고 사람이 상냥하니 얌전해 보여서 잠깐 반갑기도 하다.

"이거 웨 짐들은 풀었나요?"

지금 보안서원의 말을 듣자, 이 사람의 얼굴을 보니, 직각적으로 머리에 떠오르는 짐작이 있으나. 이 사람은 시침이 떼고 묻는 것이다. 신사복 웃통을 벗어놓고 나온 양이 지금 막 도착한 길인 듯하다. 도착하는 길로 무슨 연락을 하야 당장에 그 '훈시'가 나온 듯싶다.

"글세 애초의 예정은 큰길로 곧장 들어가자는 것인데, 젊은 사람들이 아무래도 안심이 안 된다고 저 산을 넘겠다는군요."

"그대루 가보시지 않구! 별일 없을걸요."

하며 신막에서 따라온 서원은 생글 웃어 보인다.

"저기까지 가시겠지요? 가시거든 동행을 해 주시지 못할까요?"

이 청년이 어제 저녁때 차가 고장났을 때 내려서 보던 잡지가 커단 외국 잡지같아 보이기에, 노서아 말하는 통역인 듯도 싶은 인상이 있던지라 이렇게 청해보았다.

"네, 뒤미쳐 가겠습니다마는……."

데리고 가서까지 무사히 통과시켜 주도록 주선을 하기는 싫다는 기색이다.

오래간만에 피난민 수송로가 이리로 터졌으니까, 정황 시찰이나 사무 연락으로 나섰는지 자기 볼 일로 삼팔선을 넘어가는 것인지는 모르겠으나, 선전적(宣傳的)으로라도 우리 일행을 큰길로 가게 하려는 것이요 은근히 그런 암시를 주는 듯도 싶었다. 그러나 머리를 숙여가며 그 이상 더 청할 것까지는 없다. 산을 넘는 것도, 이런 기회가 아니면 다시 못해볼 한 체험이 될 것이다. 신막 보안서원과 작별을 하고 남들이 짐을 지는 대로 륙색을 짊어지고 우산을 버티어 업은 아이를 받쳐 주며 선발대를 따라 나섰다. 지금 헤어진 보안서원은 저편 제일 깨끗한 주막집 앞에 서서 출발 광경을 바라보고 있다.

행진이 시작되는 것을 보니, 저절로 비장한 마음이 든다. 추방당한 약소민족의 이동(移動)과는 다르다. 아무리 약소민족이기로 손바닥만한 제 땅속에서 왔다 갔다 하는데 이렇듯 들볶이는 것을 생각하면 절통하다. 배주고 뱃속 빌어먹기에 *이골이 나고 예사로 알게쯤 된 이 민족이기로 이 꼴이 되다니, 총부리가 올테면 오라고 악에 바치는 생각도 든다.

그러나 선발대가 옆으로 꼽드리는 산길을 지나쳐 가기에 큰길로 *지로(指路)를 하나 보다 하고, 내 뜻같이 되었다느니보다도 *탄탄대로를 고생 안 하고 넘어서게 된 것만 다행하다고 기뻐하였다. 그러나 반 마장쯤 가려니까 뒤에서 길을 잘못 들었다고 부른다. 되돌아서며 나는 까만 산등성이부터 쳐다보았다. 역시 넘으라는 산이고 고생하라는 길이다. 잠자코 지름길로 *천방지축 따라서면서도 새로 나선 자천 대표(自薦代表)인 ×청년은 어디 있나 하고 앞뒤를 돌아보아야 눈에 아니 띤다.

평지에서 보기에는 산길로 접어들면서부터 곧 기어 올라가야만 될 것 같더니, 실지 걸어본즉 평평한 산기슭이 상당히 길다. 졸졸 흐르는 내가 이리저리 꼬불거려서 몇 번이나 지까다비를 신은 채 물속으로 첨벙첨벙 들어가야 하였다. 물이 질척거리는 버선 속에서 발은 붓고, 물먹은 다비의 울은 옭조이는데 모래가 들어갔으니, 벌써부터 발이 아프

**이골**
아주 길이 들어서 몸에 푹 밴 버릇.

**지로(指路)**
길을 가리켜 인도함.

**탄탄대로**
험하거나 가파른 곳이 없이 평평하고 넓은 큰 길.

**천방지축(天方地軸)**
너무 급하여 허둥지둥 함부로 날뜀.

기 시작이다.

산기슭을 지나 비탈길로 올라서니, 장군같은 어린것을 업은 육 학년 짜리의 딸년은, 비지땀을 흘리며 쩔쩔맨다. 한 걸음이 새로운데 \*군걸음을 치다가 되돌아 오르자니, 벌써 어깨가 물러나가는 듯한 모양이다. 그러나 짐을 저울질을 하다시피 해서 짊어졌고 제각기 소임이 있으니 바꾸어 업어줄 형편도 아니 된다. 소련병이 점심을 느럭느럭 먹느냐, 숟가락질을 빨리 하느냐에 칠십 명의 운명을 맡겨 놓은 터이라, 앞에서는 낑낑대면서 줄달음질이요 뒤에서는 떠밀듯이 하며 올라오는데, 마음은 급하나 발은 올라서지를 않는다. 산비탈의 뜨끈뜨끈 달는 바위를 의지하고 잠깐 쉬게 한 뒤에 다시 업은 아이를 앞장을 세웠으나 서너 간통쯤 올라가서는 쉬기 전보다 더 못 가겠는지 딱 서서 엉엉 운다.

"내려라."

길치로 비켜 세우고 어린것을 내려놓았으나 업을 사람도 앉을 사람도 없다. 앞에서는 끌어 올리고 뒤에서 엉덩이를 떠받들며, 걸리기 시작하였다. 세상에 나온 지 삼 년 남짓해서부터 죽을 고생이다. 어린 마음에도 이밖에는 살 길이 없는 줄 알았던지 몇 번이나 겪은 노서아 병정이 무서운 줄은 아는지 눈만 껌벅거리며 찍소리 없이 지치발지치발 끌려 올라간다. 어쩐둥 산등성이까지 기어 올라는 왔다. 그러나 땀 들일 새도 없이 얼른 몸을 감추지 않으면 어디서 팽하고 탄환이 날아올지 모를 것만 같다. 그러나 산 너머를 내려다보니 금시로 앞에 섰던 사람이 그림자도 아니 보인다, 그대로 섰어도 미끄러져 내려갈 것 같은데 어디가 길인지 우거진 잡초잡목 사이로 들어서면 길이 꼬불거려 앞뒤가 끊인 듯이 안 보인다. 어린놈은 올라올 때보다도 겁이 나서 감히 발을 내놓지를 못한다. 다시 업혀가지고 앞에서는 떼어밀듯이 붙들어주고 뒤에서는 잡아다니며 한 걸음씩 한 걸음씩 새겨 내려 가다가도 미끈하면 나뭇가지고 풀이고 손에 잡히는 대로 휘어잡고 몸을 가누어야 한다. 그래도 올려 오기보다는 내려가기가 빠르다. 안팎 시오 리 치고라도 두 시간은 걸렸으리라. 소련병이 점심 먹으러 들어갔을 때쯤은 되었으리라.

평지로 내려와 앉아서도 수풀 사이로 몸을 숨겨야 한다. 까맣게 바라보이는 연달은 동편 산등성 위에서 옴지락옴지락 하다가 스러지고 하는 것이 소련병의 감시원이라 한다. 자세히 보면 *토수짝만한 것이 성냥개비를 가로 메인듯한 양이 쨍쨍한 푸른 하늘밑에 그럴듯이 빤히 보인다. 그러다가 어쩐둥하여 그 그림자가 사라진 뒤에 몰려서 희끗하고 나타났다가 쪼루룩 하고 산 너머로 사라지곤 한다. 그것이 피난군이요 잠상군이라 한다.

**토수**
'토시'를 한자로 빌려서 쓴 말.

그는 그렇다하고 우리는 언제 풀려 나갈지를 모른다. 우리의 *척후(斥候)는 답답증이 나는 대로 선두와 연락을 하여보아야 아직도 세 명이 버티고 앉아 있다 한다. 이 산골짜기에서 오른편으로 한고비 돌쳐서면 마을이 되는데, 그 마을에 채를 잡고 앉아서 '밀수' 하는 장사꾼을 육칠 명 붙들어 놓았으니까 조금 있으면 점심 먹으려 들어가리라는 정보다.

**척후(斥候)**
적의 형편이나 지형 따위를 정찰하고 탐색함.

그러나 멀거니 앉았으니 조바심이 나서 정보를 얻어들이는 선두에를 나가본즉, 역시 단장인 청년이 중심이 되어 앉았고, ×청년은 눈에 아니 띤다. 좌중에 물어보아도 아무도 모른다 한다. 같이 넘어 왔으면야 앞장을 서서 법석일 텐데 이상하다고 생각하며 젊은 사람들에게 맡겨두고 나는 내 자리로 왔다.

잠은 쏟아지나 잘 수도 없고 잡담으로 시간 가는 것을 잊으려고 애를 쓰며 있으려니까,

"들어갔다!"

하는 전령이 비로소 온다. 우르르 일어나며 허둥지둥 신발을 거꾸로 뀌일 지경들이다. 그저 짊어지기가 무섭게 줄다름질이다. 앞선 꼬맹이 년의 달랑달랑하는 륙색에서는 메어진 구멍으로 젓가락 짝과 과자 부스러기가 줄을 대어 흘러나온다, 당장 아쉬운 것이니 그대로 버리고 갈 수도 없어 뛰며 집고 집고는 뛰고 하여 젓가락을 한줌이나 쥐었으나 미쳐 어디다가 넣을 새도 없다. 그중에도 몇 번 이 길을 걸어본 사람은, 산마루에서 내려다보이면 소련병이 쫓아올지 모른다고 길을 돌아서 가는 사람도 있다.

한 오리 남짓은 달려 왔을까, 조그만 십여 호 촌가가 나서자 앞잡이가

38선을 넘는 일가족

"자아, 삼팔선 넘어섰다!"

하고 뒤에다 대이고 소리를 친다, 차례차례 짐들을 마당질 터에 내던지고 주저앉으며

"그놈의 삼팔선인지 삼팔수건인지 눈에 뵈기나 하나!"

"잡아를 가거나 묶어를 가거나 맘대루 하여라! 인젠 내 땅이다!"

하고 떠들어들 대인다. 그러나 구경삼아 나섰던 촌 아낙네가 웃으며,

"여기두 아직 안심은 아니 돼요. 좀 더 나가서 언덕 위 솔밭까지 가셔야 마음 놓죠."

하고 주의를 한다. 가끔 월경을 해 오는 모양이다. 내친 걸음에 한걸음이라도 더 가자고 내려놓던 짐을 다시 지고 나섰다. 솔밭언덕이라는 데를 오니, 넘어온 산기슭에서부터 십리는 훨씬 넘는 분수다. 개성 시

내가 바로 저기라고 가리킨다.

오래간만에 두 다리를 뻗고 마음 놓고 아이들을 놀리며 앉았으니, 가슴이 후련하면서도 한 귀퉁이가 막히는 듯하다. 그러나 생각하면 삼팔선이란 허황하고 허무한 것 같고, 두세 사람의 눈을 기우고 불과 오십리나 십리 길을 건너느라고 천리 밖에서부터 계획을 세우고 겁을 집어 먹고 몸에 지닌 것까지 다 버리고, 이 고생을 하며 *허위단심 겨우 넘어 왔다는 그 일이 얼뜨고 변변치 못한 짓 같기도 하다. 다음날에 자식들이 자라서, 소위 삼팔선이라는 역사에서 지울 수 없는 검은 줄을 오늘에 이렇게 넘었다라는 사실을, 기억에서 찾아내고 기록에서 본다면, 어떠한 감개가 있고 저희의 선대(先代)를 어떻게 생각할고? 하는 생각을 하면 분한 것이 지나쳐 어이없는 웃음이나 커닿게 웃었으면 조금은 시원할 것 같으나, 그런 웃음조차 나오지를 않는다.

일행이 차츰차츰 다 모여드니까, 개성 들어가서 축하연이라도 하고 헤어져야 하겠다고 감격하고 *감개무량해 하는 젊은이도 있다.

달구지꾼을 불러서 짐을 전부 모아서 실리고 어정버정하면서 보아도 X청년은 눈에 아니 띤다.

나는 서울 턱밑까지 와서도 피난민 구제회에 들기가 싫어서, 시간만 되면 서울로 직행할 작정으로 식구들과 한걸음 먼저 떠났다. 지난번 장마에 사태가 난 *언틀먼틀한 길을 개천을 끼고 내려오다가 징검다리를 건너서 골목을 나서니, 널빤지로 짠 한 간 방만한 감시소(監視所)가 마주치며 젊은 미국병정 두 사람이 들어앉았을 뿐이요 길은 쓸쓸하다. 불러서 무엇을 묻지나 않을까 하였더니 너는 너요 나는 내라는 듯이 모른 척 하고 앉았다. 남편으로 꼽드리려니 흰옷 입은 그림자가

**허위단심**
허우적거리며 무척 애를 씀.

**감개무량(感慨無量)**
감동이나 느낌이 끝이 없음.

징검다리

**언틀먼틀하다**
바닥이 고르지 못하여 울퉁불퉁하다.

삼팔선 **263**

등성긋이 보이나, 북쪽은 또 한 번 돌려다보아도 뻔한 길이 나무그림
자 하나 없이 죽은 듯하다.

인제야 삼팔선을 건너섰다는 실감이 들면서도, 갖은 곤경을 다 겪고
들어서는 첫 번에 딱 마주친 사람이 미병이었고나! 고 머리속에 몇 번
이나 뇌어보았다.

이만쯤 오다가 뒤떨어진 가족들을 기다리느라고 밀 타작하는 마당
에 와서 잠깐 *헐각을 하며

**헐각**
잠시 다리를 쉼.

"수해가 있었던 모양인데 어떻소?"

하고 말을 붙이니,

"수해도 수해려니와 비료가 없어서요……."

이북에서는 흥남질소(興南窒素)덕에, 도(道)와 도 사이에 쌀과 바꾼
다는 말을 들었다. 남북은 빠―타―도 안 되니 더 어려운거다.

쌀값을 물어보니 *소두(小斗) 한 말에 삼백칠십 원이라 한다.

"무얼 먹구 사누!"

K군의 입에서나 내 입에서나 똑같은 소리가 나오면서, 똑같이 흐려진 얼굴을 마주 쳐다보았다.

뒤를 돌아다보니 *재목을 실은 달구지 위에 남녀가 우뚝이 올라 앉아오고, 집안 식구들은 저 뒤에서 온다. 재목 위에 높다랗게 앉은 사람은 ×청년이 데리고 온다는 부증난 여자의 내외다. 이 달구지는 물론 신작로로 버젓이 오는 것이다.

"어떻게 그리로 오우?"

달구지를 쳐다보며 물었다.

"병인을 데리구 산을 어떻게 넘겠습니까. 큰길로 왔죠."

"그래 ×군은?"

"벌써 혼자 앞서 들어갔습니다. 저는 이 달구지를 얻어타느라구 늦었습죠."

좀 어리백인 듯한 이 남자는 히히 웃고 의기양양하게 꺼덕꺼덕 뽐내는 기색으로 우리를 내려다보며 지나간다.

염상섭전집 10, 민음사, 1987.

**소두(小斗)**
한 말의 반이 되는 말.

**재목**
목조의 건축물 기구 따위를 만드는 데 쓰는 나무.

# 양과자갑

# 1

"계십니까? 나 좀 보세요……"

안채의 뒷마당을 막은 *차면 모퉁이에서, 여자의 거세면서도 뻑뻑한 목소리가 났다. 그러나 방 속에서는 내외간 이야기에 팔려서, 채 못 알아들은 모양인지, 대꾸도 없이 아낙네의 말소리가 이어 나온다.

차면(遮面)
집의 내부가 바깥으로 드러나 보이지 않도록 앞을 가림. 또는 그런 물건이나 장치.

"……그러기에 당신은 영어(英語) 헛배웠다는 거 아니요. 미국에는 공연히 다녀온 거 아니냔 말예요."

무슨 말 끝인지는 모르겠으나, *비아냥거리는 것 같기도 하고 울화가 터지는 것을 참 듯 가라앉은 깐죽깐죽한 목소리다.

비아냥거리다
빈정거리며 자꾸 놀리다.

"내 영어, 어디, 집 얻어대라구 배우고, 통역(通譯)하라구 배운 영어던가? 통역에나 써먹자고 미국 가서 공부했을라구……"

영감의 목소리다. 목소리로 들어 나이는 한 사십 넘었을 것 같다.

차면 턱에 섰던 안라(安羅)는, 그러지 않아도 영문의 번역을 청하러 나온 길이라, 영어 노래 통에 귀가 반짝 띄어서 손에 들은 종잇조각을 들여다보며 귀를 기울이고 섰는 것이다. 안라는 뒤채에 사는 사람이 누구인지는 몰라도 주인이 영어를 안다는 말을 일전부터 들었기에 지금 이 타이프라이터-로 찍은 공문서(公文書)를 급한 대로 읽어보아 달라고 가지고 나온 길이다. 안라는 다시 소리를 내려다가, 또 방안에서 중얼중얼하고 영감의 목소리가 나기에 그대로 멈칫 섰다.

타이프라이터

"그 영어 한 자에 돈으로 따져도 몇 십 원 몇 백 원으로 논지가 아니거든, 미국 가서도 생돈 갖다 쓰면서 배운 거 아닌가! 허허."

젊었을 때, 호강으로 살던 것을 회고(回顧)하는 *술회(述懷)인 모양
이다.

**술회(述懷)**
마음속에 품고 있는 생각
을 말함. 또는 그런 말.

"그러니 뭘 해요? 되루 주구 말루 받지는 못한들, 그 비싼 영어를 써
먹지를 못하니 딱하우. 안집 딸만 해두 쭉 째진 영어를 웬걸 하겠소마
는 그래두 이런 크낙한 집을 얻어 든 걸 보우! 형 내 참……"

"허허허……이런 딱한 소리 봤나? 글쎄 영어는 집 얻
어대는 영어, 통역하는 영어가 아니란 밖에! 영어 못하
는 셈만 치면 그만 아닌가? 그러지 말구 여보 마누라! 술
이나 한잔 더 사오우. 당장 거리로 내쫓기야 하겠소. 정
갈 데가 없으면 방공굴로라도 들어가면 그만 아뇨. 나가
라 들어오너라는 말 안듣는 것만 해두 좋지."

일제 때 만든 방공호

하고 영감은 껄껄 웃는다. 술 사오라는 말을 듣고 생각하니, 공일날 늦
은 아침상을 받고 해장을 하고 있었던지 좀 주기가 있는 목소리다. 마
누라는 술을 또 받아오라는 말에 어이가 없어 그런지, 방공굴로라도
들어간다는 객설에 화가 나서 그런지, 잠자코 있고 방안은 *괴괴하여
졌다.

**괴괴하다**
쓸쓸한 느낌이 들 만큼
아주 고요하다.

안라는 실없이 재미가 나서 엿듣다가,

"여보세요. 보배 어머니!"

하고 비로소 또 한 번 소리를 쳤다.

"네? 누구세요?"

주부의 곱살스러운 목소리가 나며 쇼지(미닫이─여기는 일본집 뒤
채다)의 허리께에 붙은 유리 안에서 주부의 얼굴이 해죽 비치더니 문
을 밀치며,

"어서 오셔요."

하고 툇마루로 나선다.

안집이 떠나온 지는 한 보름밖에 아니 되지마는 그리고 이 여자는 이 집 식구는 아닌 모양이지마는 안채가 떠나오던 날부터 보았고 안으로 물을 길러 드나드는 동안에 몇 번 만나 말도 붙여보아서 잘 아나 뒤채의 주부가

툇마루

보배어머니인 줄은 알 리도 없고 그렇게 무관하게 말을 붙일 만큼 친숙해진 터도 아니지마는 주인마누라에게 들어서 안 모양이다.

"이거 미안하지만 보배아버지께 좀 보아주십사고 하셔요."

안라는 그 우둥퉁한 얼굴에 웃는 낯도 안 보이고 손에 들었던 종이쪽지를 내민다. 영수(英秀)부인은 잠자코 주는 종이쪽지를 받으면서도 "……보아주십사고 하셔요"하는 그 '하셔요' 가 보아주어야 할 의무나 이편에 있는 듯이 명령적으로 하는 말이 무심중간에도 좀 불쾌하여 이편도 처음의 좋은 낯이 살짝 변하면서 그 야단스럽게 화장한 얼굴을 말끔히 쳐다보았다.

노르끄레하게 물을 들여서 지진 부푼 곱슬머리가 처음 볼 때부터 이건 *튀기인가 아닌가 하고 눈을 커다랗게 뜨기도 하였지마는 누런 얼굴빛이라든지 영채가 없이 부옇게 뜬 *거슴츠레한 뚱그런 검은 눈이 튀기는 아닌 것이 분명하였다. 질둔하게 생긴 유착한 몸집과 빽빽해 보이는 어깨동이 어느 한구석 남자의 눈을 끌 데라고는 없으나 화장만은 머리와 같이 혼란하다. 제 바탕이 누르고 눈이 거슴츠레해서 거기에 걸맞게 하느라고 그랬던지 얼굴 전체를 검숭하게 꾸미고 눈가를 회색 빛깔로 더 거슴츠레하게 뺑끼칠 하듯이 칠한데다가 눈썹은 꼬리께를 반은 깎고서 학교 아이의 *에노구를 발랐는지 여기에는 고동색 질

**튀기**
혈종이 다른 종족 간에 태어난 아이.

**거슴츠레**
졸리거나 술에 취해서 눈이 정기가 풀리고 흐리멍텅하며 거의 잠길 듯한 모양.

**에노구**
그림물감을 뜻하는 일본말.

을 한 줄기 살짝 그었다.

이것은 어느 나라 화장술인지 그러고 보니 아닌 게 아니라 황인종과 흑인종의 튀기 같기도 하다. 화장이 여자의 *몸가축만 아니라 취미와 교양 정도를 가리키는 것이요 시대풍조라든지 생활의 쾌적과 심지어는 도시풍경의 미화(美化)까지에 관계가 적지 않다고도 하겠지마는 본능적으로는 이성에 대한 소리 없는 노래요 손짓이라 할진대 이 여자는 무엇을 상대로 누구더러 곱게 보아달라고 있는 솜씨를 다 부려서 이런 탈을 쓰고 다니는지? 영수부인은 마주보기가 *면구스럽고 속이 느글느글해지는 것 같으면서 무심코 두 손이 퍼머넌트 한 번 못해본 자기 머리로 올라갔다.

"글쎄 여쭈어보죠."

영수 부인은 A자 한 자도 *땅띔을 못하는 영문을 한참 들여다보다가 한마디 하고 돌쳐선다. 남편이 영어 한 자에 몇십 원 몇백 원 들여 배웠다고 금방 한 말이 귀에 남아 있어 그렇기도 하지마는 세상과 어울리지 않는 *괴벽한 남편의 성미를 뻔히 아는지라 무슨 딴청을 할지 몰라서 뒤를 두는 것이었다.

영수는 종이쪽지를 받아서 한번 쭉 훑어보고 내주며, "난 모르겠는걸. 갖다줘!" 하고 눈짓을 끔뻑한다. 벌써 토라진 소리다. 아내는 남편에게로 가까이 가서 입을 거의 귀에다 대듯이 하며

"그리지 말구 어서 일러주세요. 주인의 누이라는데……."

하고 속삭였다. 주인의 누이가 그다지 대수로운 것이 아니요, 또 그 말이 꽤 까다로운 남편의 비위를 더 거슬려놓을지? 애가 쓰이기는 하나, 당장 이 뒤채를 내놓으라고 날마다 얼굴만 보며 야단을 치는 집주인의 누이의 부탁이라면, 혹시는 아무리 예사롭지 않은 남편의 성미에도 다

소곳이 들을까 싶어 이런 소리를 한 것이다.

"흥, 아니꼬운 소리! 주인이 그렇게 무섭다는 말인가? 허허허……"

술이 점점 취하여 가는지 이런 소리를 밖에서 들릴 마치 커닿게 하며 껄껄 웃는다. 아내는 자기 역시 그 계집애가 이것 좀 보아주슈 하고 퉁명스럽게 하던 말눈치가 못마땅은 하였으나, 남편의 입을 손으로 막으며,

"내 약주 사다드릴게, 무슨 뜻인가 내게만 일러주시구려."
하고 정말 손으로 비는 흉내를 내며 속삭인다. 남편은 흐응……하고 또 코웃음을 치면서도 술을 받아다가 준다는 바람에, 마음을 돌렸던지 종잇조각을 빼앗어서 다시 보며 일러준다.

"약초정—지금의 초동(草洞)이로군—초동××번지 소재 *적산가옥(敵産家屋) 한 채를 김안라에게 관리(管理)시킨다는 증서로군. 말하자면 이것이 요새의 집문서야. 아닌게 아니라 나보다 다들 재주가 좋아! 허허허…… 아니 마누라보다 재주가 좋단 말야. 마누라두 늙지나 않았더면 집 한 채 생기는걸! 허허허."

"에그, *객설! 젊은 여편네면 누구나 다 집 한 채씩 준답디까?"

아내는 밖에서 안라가 들을까 보아 이렇게 입을 막으려는 것인데, 남편은 되레 껄껄 웃으며,

"누가 아니랬어! 임안라란 여자 이름 아닌가? 서양식 이름으루 '안나'라는 걸 게니……"

마누라가 휙 나가며 미닫이를 딱 닫아버리는 바람에, 영수는 방안에서 혼자 중얼거리다가 입을 닫쳐버린다.

"네, 대강 그런 줄은 아는데 이걸 좀 번역을 해 써주십사는 것인데…… 그 집을 내가 들게는 됐으나 생전 내놓아야죠. 이것을 번역해

**적산가옥(敵産家屋)**
적산은 자기나라 안에 있는 적국의 재산. 적산가옥은 그러한 집.

**객설(客說)**
남의 일처럼 말함. 또는 그런 말.

가지고 가서 보여주려구 해서 그래요."

영수부인이 남편에게 들은 대로 전해 들려주니까, 안라는 이런 소리를 또 한다. '안라' 인지 '안나' 인지 이름도 모를 여자가, 제붙이가 차지한 집에 곁방살이를 한다고, 제멋대로 넘보고 하는 수작인지는 모르되 번역을 해서 베껴다가 보여야 할 것은 제 사정이요 이편이 그 시중까지 하라는 것은 친숙한 사이면 몰라도 날마다 집을 내놓으라고 *오구를 치는 요새의 영수네 처지로는 여편네 마음에도 아까 청하는 말씨에부터 토라진 끝이라 아니꼽게 들렸다.

"지금 약주가 취하셔서 안 될 걸요."

술 핑계로 발뺌을 하려 하였다. 그러나 이 여자는

"뭘 이만것쯤 두어 줄 획획 적어 주시면 그만일걸……."

하고 종잇조각을 받으려고 아니한다. 영수 부인은 슬며시 화가 나면서 *망단하였다. 배짱이 이만이나 하기에 젊은 여자의 몸으로 이판에 공으로 집 한 채를 우려낸 것이겠지마는, 또다시 남편에게 입을 벌렸다가는 당장 이 여자를 앞에 세워놓고 불호령이 나올 것이요, 그랬다가는 이 집에 하루도 더 붙어 있지는 못하고 쫓겨날 것이다. 바로 보름 전에 본 일이지마는, 저 안채에 든 사람을 하루 전에 나가라고 통고를 하여놓고 이튿날 XX가 오고 어쩌고 떠들썩하더니 세간을 끌어 길거리에 내놓고 식구들을 등덜미를 밀듯이 하여 당장으로 내쫓아버리는, 그런 당당한 권력을 가진 사람들이다. 어떻든지 *덧들여서는 당장 아쉽다는 생각이 들어서,

"그럼 두구 들어가슈. 딸년이 변변치는 못해두 이만 것은 번역할 듯하니 시켜보죠."

하고, 또 한 번 자기가 꺾이는 수밖에 없었다.

**오구를 치다**
야단법석을 떨다.

**망단(妄斷)**
바라던 일이 실패함.
이러지도 저러지도 못하여 처지가 딱함.

**덧들이다**
남을 건드려서 언짢게 하다.

272 염상섭

"아, 따님이 그렇게 영어를 하셔요?"

안라는 눈이 더 둥그레지며 놀랜다. 이름은 서양여자 같은 이름을 붙이고, 양장에 얼굴을 서양여자는 못 되어도 튀기만큼이라도 보이려고 갖은 솜씨를 부려서 도깨비탈은 썼으나, 영어의 *비럭질을 다녀야 하느니만치, 매우 안타까운 모양이요, 영어를 한다는 사람이면, 더구나 여자로서 영어를 하다니 부럽고 저만치 쳐다보이는 모양이다. 그러나 영어를 하는 남편과 딸을 둔 이 부인에게는 조금치도 경의를 표하는 눈치가 없이 명령하듯이 떼만 쓰니, 이 부인이 영어를 몰라서 그러는지, 집 한 칸이 없고 곁방살이를 하는 이재민이라 해서 그러는지 알 수가 없다.

마침 일요일이라, 저편 방에 들어앉아 책을 보고 있던 보배는 모친이 부르는 소리에 마루 끝으로 나왔다.

"너 이것 좀 번역해드릴 수 있겠니?"

모친은 아무리 딸이 L여중학 오년생이지만 영어 실력을 알 수가 없다.

"네. 어디 내가 뭘 아나요?"

보배는 호기심이 나서 생글 웃으며 탐탁히 종잇조각을 모친에게서 받아들고 한번 쭉 훑어본다.

부모 닮아서 키가 훌쩍 크고 날씬한 몸매가, 앞서 섰는 이 여자와 좋은 대조가 되거니와, 빛깔이 희고 갸름한 상이 귀염성 있는 예쁜 판이요, 더구나 상큼한 콧날과 또렷또렷한 눈매를 보면, 이 아버지의 이 딸답게, 맑고 강직한 성격이 엿보인다.

"해드리죠."

보배는 청하는 이 여자보다도 도리어 상냥한 웃음을 생글 웃어 보이

**비럭질**
남에게 구걸하는 짓을 낮잡아 이르는 말.

며 손쉽게 맡는다. 돈은 군정청 사환아이만큼도 못 벌어들이는, 대학의 시간강사이지마는, 영어로 소설도 쓰고 시도 읊는 영문학자인 자기 부친에게 이따위 대서소(代書所) 쉽직한 일을 청하는 것부터 딸의 생각에도 싫은 일이지마는, 보배는 제 영어의 실력을 실지에 써보는 데에 흥미와 만족을 느끼는 것이다.

보배가 종이쪽을 들고 방으로 들어가니까, 안라도 성큼 뛰어 올라와서 따라 들어간다. 실례합니다, 어쩌고 인사를 하는 것은, 일본 풍속이라 생각해서 그런지, 제 집같이 *무람없는 것도 영수부인은 실쭉하였으나, 모슨 척하고 이편 방으로 들어갔다.

"못한다고 쫓아보낼 일이지, 그런 무엇 하자구 *아랑곳을 하는 거야?"

남편은 또 눈살을 찌푸린다.

"에그 꿈에 볼까 봐 무서워. 그따위를 어쩌자구 보배 방에 들어가게 내버려두드람!"

송충이가 목덜미로 기어들어가기나 하는 듯싶어 영수는 점점 더 눈살을 찌푸리며 몸을 움츠러뜨린다.

"내 이런 딱한 양반은! 들어오는 사람을 떼밀어 내쫓나. 세상에 당신 같아서야 어디 남하구 하룬들 살겠소."

마누라가 속삭인다.

"그럼 커가는 딸자식을 데리구, 이 구석이 어떤 구석이라구……."

"제발 입을 좀 봉하구 가만히 계셔요. 누가 이런 구석에 하룬들 있으라구 붙듭디까?"

마누라는 술을 사러 나가려는지, 머리를 부리나케 빗는다.

영수는 거기에는 대꾸도 않고,

**무람없다**
예의를 지키지 않아 삼가고 조심하는 것이 없다.

**아랑곳**
일에 나서서 참견하거나 관심을 두는 일.

274 염상섭

"일본엔 라샤멘이라구 양첩(洋妾)이 있겠다—이건 그것보다 두……" 하고, 누구더러 들으라는 것도 아니요, 혼자 개탄하듯이 또 쭝얼쭝얼하자니까, 마누라는 쪽 찌던 머리를 붙들고 일어나서 또 다가오며,

"이거 누구를 못살게 굴려구 이러시는 거요? 이렇게 잔소리로 판을 차리시면 술 안 사와요."

여기에는 찔끔인지, 영수는 껄껄 웃고 만다.


## 2


영수 부인이 술병을 들고 마당으로 들어오자니까, 인라인지 뭐시깽인지 검둥 아가씨가 딸의 방에서 나와서 안으로 들어가는 것과 마주쳤다.

"어떻게, 잘됐소?"

"네.…… 그런데 이래서 갖다 뵈구 내놓으래두 안 들어먹으면, 어떻게 댁에서라두 그리로 떠나보시면 어떨까 하는 생각두 하는데……? 돈야 좀 모은 것을 내셔야 하겠지만……."

영수 부인은, 이 여자는 어떻게 배워먹었기에 아침내 성이 가시게 하고 가면서도 고맙다는 말 한마디 없이, 별안간 불쑥 이건 무슨 *구성 없는 수작인가 하는 생각을 하면서, 처음에는 무슨 뜻인지 몰라서 멀뚱히 쳐다만 보다가, 비로소 짐작이 들면서,

"우리야 한시가 급하니까, 아무 데나 좋지만, 댁에서 못 내보내는 것을 더구나 우리 힘으로 내쫓는 재주가 있겠소?"

**구성없다**
격에 어울리지 않다.

하고 핀잔을 주듯이 웃었다.

"어쨌든 나중에 의논 좀 하십시다요."

하고 검둥 아가씨는 안으로 들어가버렸다.

"지금 뭐라는 소리요? 집을 얻어줄 테니 나가라는 거야?"

마누라가 방에 들어오니까, 밖에서 하던 소리를 재차 묻는다.

"얻어 주긴?…… 당신 같으신 소리두 하슈. 그래두 덜 속아 보신 게로구려?"

하고, 아내는 전기 *곤로에 술을 따라놓으며 코웃음을 친다. 술심부름에 *넌더리가 나서도 쏘는 소리를 하겠지마는, 작년 가을에, 이북서 오니까, 돈푼이나 가지고 온 줄 알고 그랬던지, 전에 안면이나 있던 젊은 아이가 나타나서, 집 한 채를 얻어주마는 바람에, *건몸에 달아서 술을 사다준다. 고기를 사다준다, 점심을 먹여야 하니 돈이 든다 하고, 없는 옷가지를 팔아가며 젊은애 꽁무니를 한참 쫓아다니다가는 *발라맞추는 양이, 세상에는 피난민 등쳐먹는 그런 생화도 있구나 하고 헛물만 켜고 나가자빠진 일이 있은 뒤로, 아내는 그때에 자기 옷만 판 것이 분해서, 말끝만 나면 오금을 박는 것이다.

"그야 안 나가고 버티면, 저번 안채 사람 모양으로 어디든지 몸 붙을 데를 얻어라두 주는 것이지."

"속 시원한 소리두 하슈, 그 여자말요, 집을 얻어놓았는데, 정 안 나가거던 권리금을 내구 사서, 우리더러 내쫓고 옮겨가라는 수작이라우. 권리금 낼 돈두 없지만, 앓으니 죽지, 저희가 못 내쫓는 걸 우리는 무슨 재주루 돈 들여가며 내쫓구 가라는 거겠소."

아내는 남편이 술먹는 이외에는 별로 불만 있는 것은 아니나, 다만 세상 물정에 등한하고 주변이 없다는 것이다. 쉽게 말하면 이판에 미

**곤로**
화로의 하나. 흙이나 쇠붙이로 만드는데, 아래에 바람구멍을 내어 불이 잘 붙게 하였다. 아래는 석유곤로.

**넌더리**
지긋지긋하게 몹시 싫은 생각.

**건몸에 달다**
공연히 혼자서만 애쓰며 안달하는 일.

**발라맞추다**
말이나 행동을 남의 비위에 맞게 하다.

276 염상섭

국 유학한 덕, 영어 잘하는 덕을 남보다 더 보아야 할 터인데, 겨우 대
학에 시간강사로 몇 시간 맡은 것 밖에는 밤낮 죽치고 들어앉아서 세
상 한탄이나 하고, 누구는 어떠니 싫고, 누구는 아무기로서니 그럴 줄
은 몰랐다고 욕설이나 하는 것이, 인제는 귀에 못이 박히다시피 되어
싫었다. 누구보다 먼저 덕을 보아야 하겠다는 것은 다른 것이 아니라,
전쟁통에 아무 까닭 없이 미국출신이란 트집으로 두 번이나 유치장 신
세를 지고 한 번은 미결감 한 번은 감시소(監視所)라던가 하는 데에 갇
혀 있다가, 해방 직전에 풀려나와서는, 울화에 떠서 술로 세월을 보내

면서, 마침 *소개(疏開)한다는 바람에 몇 칸 안 되는 집이나마 팔아가

**소개(疏開)**
공습이나 화재 따위에
대비하여 한곳에 집중
되어 있는 주민이나 시
설물을 분산함.

**토치카**
콘크리트, 흙주머니 따
위로 단단하게 쌓은 사
격 진지.

지고 외가의 연줄을 더듬어 강원도 철원으로 갔던 것이, 결국은 오늘
날 파산의 장본이 된 것이다. 설마 삼팔(三八)선에 *토치카'가 서고
철원에서 엎어지면 코 닿을 서울이 여행권조차 얻을 수 없는 천리만리
외국이 될 줄은 꿈에도 생각 못하였지마는, 세 식구가 빈 몸뚱이로 간
신히 서울에를 기어들어섰더라도 남과 같이 주변성 있게 서둘렀으면
아무려나 집 한 채 못 얻어 걸릴 것이 아니었다고 부인은 분해 하는 것
이다. 그러나 생각이 어떻게 들어서 그런지, 난 벼슬하려 공
부한 것이 아니라, 내가 통역하려 영어를 배웠던가 싶으냐
하며 꼬장꼬장한 소리만 하고 앉았으니, 전쟁통에 그 고생을
하고 파산까지 하고서 이 지경으로 겨울은 닥쳐오는데 거리
에 나앉게 된 것이 무엇 때문이었던가를 생각하면, 이판에

38선

무슨 큰 수는 못 나도 그 보충은 될 만큼 약게 놀아야 살아가지 않는가
하는 불평이 나날이 쌓여가는 것이다.

　"그래 벼슬을 하고 통역을 하는 것은 건국에 이바지하는 도리가 아
니요?"

이렇게 권고를 해도,

"글쎄, 난 싫다는데 어쩌라는 거요?"

하고 눈을 곤두세우며 역정을 내는 것이었다.

"그럼 처자식을 거리로 나앉으라는 거요?"

하고 애원을 하면,

"흥, 그야 제 팔자대로 살겠지!"

하고 코대답이다. 스물한 살 먹은 맏아들놈을 병으로 내놓고 나서 소
개를 한뒤, 해방이 된 지도 일 년이 넘도록 *종무소식인 것을 부부간에
라도 아무쪼록 입 밖에 내지 않고 지내자니 더욱이 속이 썩어서 술만
마시려 들고 세상일이 귀찮아하는 듯싶다는 동정도 가나, "저의 팔자
대로 살겠지!" 하는 그 말은 이런 데서 우러나오는 간국같이 쓰고 짠
소리일 것이다.

"그러니까 아까 그 색시가, 이 채에 들려고 몸이 달아 그러는 게로
군? 그래 그 색시가 쥔마누라의 둘째딸이란 말야?"

영수는 잠자코 술만 마시다가 한마디 한다. 주인마누라 말이, 자기

**종무소식**
끝내 아무 소식이 없음.

'둘째딸이 집에 몰려서, 이 뒤채로 들어오니까 어서 내주어야 하겠다는 말을 늘 들었기에 하는 말이다.

"글쎄요. 난 그 *흑구자가 안집 섹시의 시뉘구, 둘째딸이란 것은, 따루 있는 줄 알았더니…… 이 채에 와서들 둘째딸이란 것이 그것이라면 큰딸과는 애비가 다른 것인지!"

영수댁은 이런 소리를 한다. 이 집은 원체 일본사람이 여관이거나 *마치아이 같은 것을 경영하던 집인 듯싶은 크낙한 집인데, 미군이 쓴다고 해서 부랴부랴 내놓게 한 것인데, 급기야에 와서 드는 사람을 보니, 기생퇴물 같은 *똑딴 양장미인과 그 모친이란 오십쯤 된 중년부인하고, 금옥이라는 열댓 살 된 계집애년의 세 식구뿐이요, 안라는 주인의 동생이란 말을 무슨 말 끝에 들은 법한데 하여간 여기 와서 자지는 않는다.

"아, *파닥지를 보면 모르나! 아무러면 그 귀신같은 것이 양장미인의 동생일 리는 없으니, 남편의 누인지 시눈지! 검둥이의 첩인지? 허허허."

영수도 안채의 양장미인을 힐끗 원공으로 한번 보고, 허어. 상당한 미인이라고 감탄도 하였지마는 주인이 어떤 작자인지 보지는 못하였어도 어느 놈의 소실이거니 하는 짐작은 든 것이다.

"그건 어쨌든 말눈치를 들으면 아마 미군들의 놀이터로 양요릿집이거나 호텔 같은 것을 만들겠다구 청을 해서 이 집을 맡아냈나 봅디다."

"그야, 그렇겠지. 이 크낙한 집을 무엇에 쓰나. 하여간 이 뒤채는 우리에게는 똑 알맞은데……."

영수는 방안을 새삼스레 휘 돌아다보았다.

하여간 앞채는 아래위층에 방이 열서넛은 되고 그중에 팔 조 십이 조 하는 큰 방은 '댄스홀'이나 양식 식당으로 고쳐 꾸밀 수도 있고 *장

**흑구자**
흑귀자(黑鬼子). 흑인이나 까만사람을 낮추어 부르는 말.

**마치아이**
다방을 가리키는 일본말.

**똑따다**
찍어낸 듯이 닮다.

**파닥지**
상판대기의 속말.

**장지**
방과 방 사이. 또는 방과 마루 사이에 칸을 막아 끼우는 문.

지를 떼어내면 얼마든지 넓게 쓸 수 있는 원체 요릿집으로 된 것이다. 이북에서 온 사람이 길이 좋아서 맡아놓고도 자본을 끌어내지 못하여 미루미루하다가 한 가구 두 가구 *면에 못 이겨 피난민을 들이기 때문에 지금은 다다미가 엉망이 되었으니 외국인을 상대로 영업을 한다면 그까짓 것이 문제가 아니다. 이 뒤채는 원체 일인이 살 때에 늙은 주인의 거처였던지 팔 조 사 조 반에 온돌이 하나 있고 온돌에 달아서 아궁이 쪽으로 사랑 부엌 같은 것이 한 평 가량 달려 있으니 부엌으로 넉넉히 쓰고 있는 터요, 변소까지 있다. 영수는 서울 올라와서 올봄까지 셋방으로 전전하며 고생을 하다가 요행 연줄이 닿아서 올 초봄에 힘에는 겨우건마는 세 식구 살림에는 똑 알맞아 그때 시세로는 비싼 줄 알면서도 이천 원씩 세를 내고 쫓겨나간 전 주인에게 얻든 것이었다.

"그러나저러나 인제는 떠날 집까지 얻어 바쳤다는 핑계가 또 하나 생겼으니 더 부쩍 *들쌀 텐데 이걸 어떡한단 말요?"

이런 소리를 들으면 영수는 가뜩이나 막걸리 같은 시큰한 술맛이 더 없어졌다.

"바깥주인이 누군지나 알면 맞대놓고 담판이라두 하련마는……."

영수는 입맛을 쩝쩝 다시고 앉았다.

"떠나온 지 벌써 보름이나 돼야 낯두 코빼기나 볼 수 있기요. 자기 본집이 있고 며칠만큼씩 와서 자는 모양인데 마루 끝에 구두가 놓인 날두 얼굴을 뵈지 않구 색시두 밤낮 싸지르는지 꼼짝 않구 들어앉았는지 좀체 눈에 안 띕니다."

아내는 저녁때 물을 길러 들어가보면 하루 걸러 이틀 걸러큼씩 *엉정벙정하고 술들을 먹고 놀기도 하는 모양이나 원체 넓은 집이라 어디서들 노는지 주인의 방이 어디인지 알 수가 없다 한다.

면
'체면'을 예스럽게 이르는 말.

들쌓다
'들볶다'의 방언.

엉정벙정
쓸데없는 것들을 너절하게 벌여 놓은 모양.

동리사람과 교제가 없으니 밖에 평판은 무어라는지 알 길 없고 부엌에서 물을 길으면서 금옥이란 년에게 물어보면 주인이 간혹 미국손님도 데리고 와서 놀고 간다 하나, 그 외에는 저도 사실 모르는지 주인의 단속이 *도저해서 입을 봉하는지, 기가 나서 *내평을 알자는 것은 아니나 좀체 말이 없고 드나드는 여자들은 뭐시깽이들인지 알 수가 없었다.

　　"잘못하다가 매음굴에 들어앉은 셈쯤 되지는 않을지?"

　　남편의 이 소리에 아내는

　　"설마! 사람들은 조촐하던데."

하면서도 웃어버리는 양이 속으로는 그런 의혹도 없지는 않은 모양이다.

　　"하여튼 *모리배의 소굴로도 괜찮고 강도단 도박단의 소굴로도 십상일 거라. 그 요염(妖艶)한 미인의 얼굴을 보면 '*지고마' 단의 여왕감으로 *쩍말없을 거라."

　　남편이 이런 소리를 하니깐 아내는

　　"듣기 싫소. 무서운 소리 그만 하슈."

하고 눈살을 찌푸렸다.

　　하여간 누가 있으라는 것은 아니지만 나이 차가는 딸을 데렸는데 이런 구석에서 좋지 못한 꼴이나 보이고 들어앉았기가 하루가 민망하게 싫고 불현듯이 떠나고 싶었다. 그러나 이런 일이 있은 뒤로 영수 부인이 물을 길러 들어가도 주인마누라가 그전같이 그리 *실쭉해 하는 내색도 보이시 않고 딸이란 미인도 간혹 눈이 띄면 좋은 낯으로 인사를 하게 되었다. 집 사단도 요새 며칠은 그리 조르지 않고 '흑구자' 가 나중에 의논하자던 초동집 문제도 아무 소식 없고 말았다. 보배모친은 인제 아마 차차 영어 덕을 보나 보다 하는 생각을 하며 웃었다.

**도저하다**
행동이나 몸가짐이 빗나가지 않고 곧아서 훌륭하다.

**내평**
밖으로 드러나지 않은 평판이나 비평.

**모리배**
온갖 수단과 방법으로 자신의 이익만을 꾀하는 사람. 또는 그런 무리.

**지고마**
1911년에 제작 상영된 프랑스 영화의 주인공으로 복면의 도적.

**쩍말없다**
썩 잘되어 더 말할 나위 없다.

**실쭉하다**
마음에 차지 아니히여서 고까워하는 태도를 드러내다.

# 3

이른 저녁때다. 보배가 학교에 다녀오다가 이 집 문전에 와서 보니 미군 트럭이 한 채 놓이고 인부 두셋이 안락의자며 테이블이며 *세간 짐을 내려놓기에 부산하다. 또 무슨 세간짐이 오나 싶었다. 힐끔 보기에도 보통 조선집 세간은 아니요 어떤 *양관(洋館)의 응접실을 그대로 옮겨오는지 훌륭한 응접세트다. 안락의자가 대여섯, 찬란한 무늬 있는 우단 소파(장의자)가 두엇, 번즐번즐한 큰 테이블이 두엇이요, 둘둘 만 양탄자까지 있다. 탁자니 화병이니 전기스토브니…… 보배는 저런 것을 사자면 지금 시세로 아마 한 십만 원은 할 거라는 생각을 *허턱대고 하며 옆 골짜기로 *꼽들어 뒷문으로 들어오려니까 마당에 주인집 딸이 모친과 서서 이야기를 하다가 반색을 하는 눈치다. 한 지붕 밑에서 살건마는 서로 대면할 기회도 없고 이러한 뒤채에는 발그림자 하나 하지 않던 눈이 부실 듯한 이 미인이 섰는 것을 보니 보배 생각에는 *진객이나 온 듯싶이 반갑기도 하고 부끄러운 생각도 든다. 학생복에 너절한 외투를 걸친 자기 주제를 내려다보면 이 미인은 자기와는 저만치나 떨어진 딴 세상 사람 같다.

"마침 잘 왔다. 너 이거 좀 봐드려라."

모친은 마루편으로 돌쳐서는 딸에게 뒤에서 말을 건다. 보배가 마루에 책보를 놓고 돌아서니까 주인 딸은 위에 입은 스웨터 포켓에서 착착 접은 편지 같은 종이쪽을 꺼내들고 다가온다.

"미안하지만 이것 좀 보아주세요."

생글 웃어 보이는 양이 저번 '흑구자'와는 딴판이다. 아무려니 이 여

자는 살결이 희니 백인종에 가깝고 흑구자는 역시 흑구자기 때문은 아
니리라. 보배는 종잇조각을 잠자코 받아서 펴본다. 이렇게 씌어 있다.

사랑하는 미쓰리.
어제는 고맙고 미안하였습니다. 말씀하신 응접세트를 보내드
립니다. 유쾌한 방을 꾸미실 줄 압니다. 영업상 필요한 것이 있으
면 사양 말고 알려주시오. 내일은 점심때 찾아 주셨으면 합니다.
오정까지 기다리겠습니다.
당신의 진실한 벗, 리차드슨.

보배는 그러면 그렇지 그 훌륭한 양가구를 돈으로야 샀으랴 하는 생
각을 하며 번역을 하여 들려준다.
"사랑하는 미쓰리……"
보배는 '사랑하는'이란 말이 선뜻 입에서 아니 나와서 그만두어버
릴까 하다가, 그거야 서양 사람의 편지투에 보통 쓰는 말이니 *계관할
것이 무어 있으랴 하는 생각으로 학교에서 *독본 번역 하듯이 기계적
으로 읽으면서도 귀밑이 뜨뜻해지는 것을 깨달았다. 앞에 섰는 미인의
얼굴도 살짝 발개졌으나 그것은 한순간에 지나지 않았다. 도리어 가만
히 귀를 기울이고 섰는 이 여자의 얼굴에는 반기는 듯하고 흡족해 하
는 화려한 웃음까지 떠올라왔다.
다 읽고 나니까 이 미인은 편지를 받으며 그래도 좀 *열적은 듯이
웃으며
"고맙습니다. 이 '리차드슨'은 바깥양반 친구인데 어제 우리집에 놀
러왔다가 방에 아무 치장도 없는 것을 보고 접수해둔 양가구가 있으니

**계관**
어떤 일에 참견을 하거
나 주의를 기울임. 또는
그런 참견이나 주의.

**독본**
글을 읽어서 그 내용을
익히기 위한 책.

**열적다**
좀 겸연쩍고 부끄럽다.

갓다가 쓸 테거든 쓰라구 보내준 거예요."

하며 변명삼아 양가구의 내력을 설명하는 것이었다.

"헤에, 그거 좋군요."

모친은 얼마나 좋은 것인지 보지도 못하구 *허청대고 대꾸를 하여 준다. 이 부인도 딸의 입에서 '사랑하는' 어쩌고 하는 소리가 흘러나올 제 에구 망측스러워라 하고 주름살진 얼굴이 붉어졌던 것이다. 도대체 그러한 편지를 딸에게 번역을 시키게 한 것이 잘못이라고 하였으나 이 것도 집 없는 탓이니 어쩌는 수 없다고 속으로 혀를 차는 것이다.

"어머니 그 색시 남편이 있나요?"

안집 색시가 들어간 뒤에 보배는 모친을 따라 방으로 올라오며 이런 소리를 한다.

"아, 그럼 남편 있지. 왜 편지에 무어라구 했던?"

"글쎄 말예요. 편지에 '미쓰' 라고 한 것은, 처녀에게 쓰는 말인데요, 지금 또 색시 말을 들으면, 바깥양반 친구니 어쩌니 하니 말이죠……."

보배는 그 색시가 서양 사람에게는 처녀행세를 하는 것인지? 리차 드슨이 '미세스' 라고 쓸 것을 잘못 쓴 것인지 어정쩡해 하는 것이다.

"누가 아니. 처녀거나 *갈보거나 아랑곳할 것두 없지만, 아마 첩인 가 보더라."

이 말은 전부터 들은 말이다.

"옷 입은 맵시가 딴은 그래요. 하지만 기생인지도 모르죠."

"그두 모르겠지만 그 어머니란 이가 얌전한 여염집 아낙네인 걸 보 면 기생퇴물 같진 않구……."

모친은 딸에게 그 꼴을 보이기도 싫고 이러니저러니 *입초에 올리 기도 싫으나, 대체 본탈이 무엇인구 하는 호기심은 모녀가 똑같이 가

**허청대다**
확실한 계획이 없이
마구.

**갈보**
남자들에게 몸을 파
는 여자를 속되게 이
르는 말.

**입초**
'입질' 의 방언. 이러쿵
저러쿵 남의 흉을 보는
입의 놀림.

지고 있는 것이다.

보배는 제 방에 들어가서 옷을 갈아입고 책보를 풀고 하면서도 지금 본 편지 사연이 머리를 떠나지 않았다. 얼른 보기에는 아무런 사연도 없고, 물건을 보낸다는 말과 점심에 초대를 하듯이 내일 만나자는 말에 지나지 않으나, 남편과 친구라면서, 남편은 어째 아니 청하누? 하고 그 '미스'란 말과 같이 역시 보배에게는 알 수 없는 일이요 짐작이 잘 나서지를 않으니만치 궁금하다.

'마이 디어 미스리!' 라는 첫 구절을 생각하면 훤칠한 코 큰 남자가 자그마한 이쁜 색시의 등을 툭툭 치는 양이 보이는 듯도 싶지마는, 어제는 고맙고 미안하였다는 말이, 남편이 어제 집에 데리고 와서 대접을 한 *치사라고 아까 그 색시는 변명을 하였지마는 요새 며칠은 안채에 손님이 온 기척도 없었고 위아래층에 전등불이 캄캄히 꺼져 있었는데 그런 거짓말은 왜 하는지 그 *역 알 수 없다.

보배는 대관절 그런 편지를 받는 여자의 마음이 어떨까 하는 생각도 하여보았다. 남자에게서 편지라고 받아본 일이 없는 보배는 징그러운 생각부터 든다. 그러나 또 한편으로 그런 남자의 편지, 아니 남자의 편지는 아니라도, 사랑하는 동무가 있어서 편지를 주거니 받거니 하며 재미있게 지내보았으면 하는 충동도 깨닫는 것이었다.

보배는 다른 때 같으면 벌써 숙제장을 펴놓거나 영어책을 들고 나섰을 터인데 오늘은 책상 모퉁이에 멀거니 앉아서, 저고리에 솜을 두고 있는 모친의 손길만 바라보고 있다.

"어머니, 참 정말 요리점이고 뭐고 개업을 하나 보죠?"

'리차드슨'이란 자의 편지 사연이 또 머리에 떠올라서 보배는 불쑥 이런 소리를 꺼냈다.

치사
고맙고 감사하다는 뜻을 표시함.

역
또한.

"응, 참 그 편지에도 그런 말눈치지?"

모친은 이렇게 대꾸를 하면서도 안집 이야기는 딸과 하고 싶지 않았다.

"요릿집을 차리고 갈보나 들끓고 하면 시끄럽구 챙피해서 어떻게 있에요."

보배는 눈살을 찌푸린다.

"내 말이 그 말이다! 어쩌면 이렇게 빡빡할 수가 있니!"

바느질을 붙들고 앉은 모친은 한숨을 내리쉰다.

"그래두 아버지께서 나스셔서 서둘러보시면 적산 집은 하나 걸리련마는……."

"애, 그런 꿈 같은 소리는 하지두 마라. 아버지 수단에 그 좋아하시는 약주 한 잔인들 공짜가 걸린다던! 그런 주변성 없는 이는 처음 봤으니까……."

모친은 부친의 주변 없는 이야기를 하기 시작하면 신이야넋이야 하는 것이다.

**꿉적꿉적**
잇달아 머리를 숙이거나 몸을 굽히는 모양.

"그런 말씀 마슈. 그럼 노인네가, 술잔이나 얻어 자시구 *꿉적꿉적하구 다니셨다면 어쩔 뻔했겠어요."

보배는 부친이 모친을 꼬집는 소리를 하면, 모친의 역성을 들고, 모친이 부친에게 몰이해한 소리를 하면 부친 편을 드는 중립파였다. 모친도 딸의 말이 그럴싸하면서도

"세상의 늬 아버지같이 꼬장꼬장한 양반이 어디 있니! 물이 맑으면 고기가 없는 법야."

하고 *핀둥이를 준다.

**핀둥이**
핀잔.

"흐린 물에는 송사리는 꼬일지 몰라도, 큰 고기는 바다의 맑은 물 속

286 염상섭

에 놀죠!"

하고 보배는 생글 웃는다.

그 역 일리가 있다고 모친은 생각하며 딸이 벌써 자라서 그런 소리를 하게 되었나? 하고 신통한 듯이 웃는 낯으로 쳐다본다. 그러나 자기 남편 같은 성미로 남에게 잘 *째지를 못하니 평생 고생이라는 생각이 늘 있는 것이다.

# 4

모친은 저고리에 솜을 다 *두어서 어느 틈에 뒤집어가지고 안섶에 코를 빼고 *도련에 *인두질을 치고 나더니 착착 개켜서 인두판에 얹어 밀어놓고는 일어선다. 저녁밥을 지으러 부엌으로 내려가는 모양이다. 보배도 따라 일어섰다.

"넌 왜 나오니? 어서 공부해라."

다른 때 같으면 보배는 상을 물린 뒤에 설거지나 하고 부친의 손님이 와서 약주 시중이나 들게 되어야 부엌에 내려가는 것이지만 오늘은 어쩐지 마음이 뒤숭숭한 한편에 집 걱정에 팔려서 공부할 생각이 아니 나기에 따라나선 것이다.

"이리 주세요. 제가 씻지요."

모친이 씻으려는 쌀 이남박을 보배는 씻었다. 요새 배급쌀이라는 것이 하도 돌멩이가 많이 섞여서 부친을 위하여 오백원이나 주고 소꿉 같은 *이남박을 샀지마는 세 식구 한 끼니 양식이래야 요 조그만 이남박의 바닥에 붙었다. 불과 서너 줌밖에 안 되

**쌔다**
싸이다. 사람들과 함께 잘 어울리다.

**두다**
이부자리나 옷 따위에 솜 따위를 넣다.

**도련**
저고리나 두루마기 자락의 가장자리.

**인두질**
인두로 구김살을 펴거나 꺾은 솔기를 누르는 일.

인두

**이남박**
안쪽에 여러 줄로 고랑이 지게 돌려 파서 만든 함지박. 쌀 따위를 씻어 일 때에 돌과 모래를 가라앉게 한다.

는 쌀을 들여다보며 요까짓 쌀 때문에 모친은 배급날이면 어둑어둑해 일어나서 배급소 앞에 나가 떨고 섰다가 오늘은 배급을 주느니 안 주느니 하고 들락날락 하는 것을 생각을 하던 보배는 씻던 쌀을 들여다보며 손을 쉬고 가만히 앉았다. 그나마 세 식구가 큰 양도 아니건마는 배를 곯리고 한 달에 부족한 *소두 한 말을 사들이려고 모친이 애를 부덩부덩 쓰는 양을 생각하면 기가 막혔다. 쌀통장에 유령인구 하나 못 넣은 것을 보면 주변 없기로는 부친만 나무랄 것이 아니라 세 식구가 매한가지지마는 또 한편으로 생각하면 그까짓 더럽게 세상을 그렇게 살면 무얼 하나 싶은 생각도 든다. 남의 앞에 어엿하니 마음이 언제나 가뜬하여 좋지 않으냐는 생각도 든다.

**소두**
한 말의 반이 되는 말.
곧 닷 되들이 말이다.

보배가 밥을 안치고 물 대중을 보아달라 하여서 모친이 찌개를 마련하다가 솥을 들여다보려니까 부엌문 밖에서

"계시오?"

하는 곱살스런 목소리와 함께 문이 바스스 열린다. 안채의 딸이 또 나왔다.

해죽 웃으며,

"벌써 저녁 지세요?"

하고 들어온다. 손에는 무엇인지 종이갑을 들었다.

"어서 오슈."

모친은 속으로는 어쨌든지 웃는 낯으로 알은체를 하였다.

"아이구 학생아가씨가 밥을 지으시는군요."

색시는 인사성 있게 말을 붙인다. 스물세 살을 먹도록 밥이라고 몇 번이나 지어보았을지? 더구나 살림 들어앉은 뒤로 부엌에 내려와보는 일이 없는 이 평민적(平民的) 공주(公主) 아가씨의 눈에는 여학생의 밥

짓는 양이 신기해 보이는 모양이다.

"이건 변변치 않은 것이지만 장난삼아 맛보세요."
하고 안집 색시는 손에 든 과자갑을 마루 끝에 내어
놓는다. 영어로 쓴 마분지 갑을 보면 '초콜렛' 이
나 '드롭쓰' 인 모양이다.

"그건 뭐라구……그만 두슈……우린 그런
서양것 잘 먹을 줄도 모르구……갔다가 노
인네나 드리슈."

"아녜요 집에는 그런 것이 생겨두 아
이들두 없구……학생아가씨 주세요."

속눈썹이 긴 반짝하는 눈에 웃음을
머금어 보이며

"학생아가씨 좀 놀러오슈. 저녁에
는 더구나 아무두 없구 쓸쓸할 지경
예요."
하고 보배에게 이따라도 저녁 먹
고 놀러오라고 다지고 나간다.
보배는 웃어만 보였다.

"어쩌면 얼굴이 그림같이 곱
고 그렇게 이쁠까요!"

보배는 안집 딸이 나간 뒤에 아궁이에서 타 나오는 불을 디밀며 이
렇게 얼굴을 칭찬한다. 갸름한 판이 어느 한구석 흠잡을 데가 없이 너
무 꼭 *째어서 어떻게 보면 얄밉상스럽기도 하나 원체 천성이 고운지
붙임성이 있고 귀여운 맛도 있어 보이는 얼굴이다.

**째다**
'짜이다' 의 준말.

"얼굴만 반반하면 뭘 하니? 그 얼굴 땜을 하느라고 팔자가 센거 아니냐?"

보배는 팔자가 세다는 뜻이 무엇인지도 자세히 모르겠고 그 여자가 어째서 팔자가 세다는 것인지 알 수는 없으나 이왕 여자로 태어난 바에는 그렇게 이뻤봤더면 하는 부러운 생각을 어렴풋이 하며 과자갑을 들어서 영자를 들여다보니까 모친은 끓는 찌개 맛을 보다가

"그것두 영어 덕이로구나!"

하고 웃는다.

"두 번씩이나 번역을 해준 인사겠지마는 아이년을 시켜 보내도 좋을 것을 손수 가져오구 너더러 놀러오라구 하는 품이 너하구 친하자는 모양이라. 그러다가 서양사람이 오면 너를 불러내서 통역이라도 해달라지 않을지 모르겠다."

모친은 슬며시 딸더러 들어두라는 듯이 이런 소리를 한다.

"통역은 내가 회화를 할 줄이나 알게요!"

보배는 부친 덕에 간단한 회화라도 못하는 것은 아니지마는 설마 그런 여자의 서양사람 교제에 통역을 써줄라구! 하는 생각이다. 그는 고사하고 '리차드슨'인가 하는 사람이 내일 만나자 하였으니 그런 사람을 만나면 손짓 눈짓으로 반벙어리 행세를 할 것을 생각을 하고는 혼자 웃었다.

"무언가 좀 뜯어보려므나."

어린애가 없고 규모로만 사는 이 집에 '캔디'니 '초콜렛'이니 하는 것이 생전 들어와본 일도 없는지라 모친도 구경이나 하고 싶은 모양이다. 보배가 과자갑을 다시 들어서 거죽에 싼 '파라핀'지(紙)를 뜯으려니까 밖에서 "음!"하고 부친이 들어오는 기척이 난다.

보배는 뜯던 과자갑을 든 채 부엌문을 열고 뜰로 나섰다. 모친도 뒤따라나왔다.

"그건 뭐냐?"

부친은 보배의 손으로 먼저 눈이 갔다.

"안에서 내온 과자예요."

"흐응…… 그건 어째?"

하고 영수는 아내에게로 눈을 돌린다. 오다가 선술집에라도 들렀었는지 주기를 띤 낯빛이다.

"어디를 가셨다가 이렇게 늦으셨소?"

"응, 오다가 뉘게 끌려서 빈대떡집에 들어가보았지."

빈대떡집이란 *선술집 같은 데인 모양이다. 빈대떡을 몇 조각이나 먹었는지, 영수는 매우 *신기가 좋았다.

"좋군요. 소원을 푸셨으니……"

마누라도 실없이 웃었다.

"소원이라니? 소원이 빈대떡이란 말요?"

영감은 다리가 *따분한지 유리창이 열린 마루에 가서 걸터앉으며 껄걸 웃는다.

"늘, 공술 한잔 안 걸린다구 하시기에 말이죠."

마님은 부엌문 앞에 세워놓은 빗자루를 들고 와서 마당 앞을 쓴다.

"아무러면 내가 그런 소리를 했을까. 세상에 공게 어디 있을라구."

"주변 없는 영감이나 *공게 없지. 신문만 봐두 세상 것이 모두 공짜 같습디다요."

"마누라두 인젠 늙었군! 그따위 천착한 허욕만 늘어가구……"

영수는 구두끈을 풀고 마루를 올라선다. 보배도 손에 들었던 과자갑

선술집
술청 앞에 선 채로 간단하게 술을 마실 수 있는 술집.

신기(身氣)
몸의 기력.

따분하다
착 까부라져서 맥이 없다.

공게
공것이. 힘들이지 않고 얻은 물건이.

을 유리창으로 들여놓고, 시중을 들러 뒤따라 올라갔다. 영수는 모자와 외투를 벗어서 딸에게 주고 선들한 맛에 다시 마루 끝에 주저앉으며 과자갑을 들어 '*렛텔'에 쓴 영자를 들여다본다.

**렛텔**
레테르. 라벨.

"이건 누가 가져왔니? 누가 왔었소?"

"오긴 누가 와요. 들여다보는 사람두 없지만, 생전 가야 사탕 한 알갱이 먹어보라구 갖다주는 사람 사람 못 봤어."

마누라는 모은 쓰레기를 쓰레받기에 긁어 담는다.

"내, 이렇게 공거 좋아하는 것 봤나!"

하고 영감은 웃다가,

"응, 저기서 내온 거로군?"

하고 영수는 인제야 알았다는 듯이 안채에 대고 턱짓을 해 보인다.

마나님은 잠자코 쓰레기를 내다버리고 나서, 부엌에 들어가 끓는 찌개를 보고 나온다.

"그건 왜 내왔을꾸?"

영수는 저리 밀어놓은 과자갑을 또 한 번 돌려다본다. 집을 내놓으라고 들것질을 하는 판이요 음식을 서로 주고받고 하는 터도 아닌데, 안집에서 별안간 무슨 마음먹고 그런 것을 주었을까? 하는 약간의 호기심도 있고, 어느 틈에 여편네끼리 사이가 좋아졌나 싶어 그것이 궁금한 것이었다. 안에서들 친해져서 대립관계가 다소라도 완화되었다면, 당장 거리에나 앉는 수는 없으니 싫어도 *삼동을 예서 나게 될까 하는 *일루의 희망이 없지 않은 것이다.

**삼동**
겨울의 석달.

**일루**
한 오리의 실이라는 뜻으로, 몹시 미약하거나 불확실하게 유지되는 상태를 이르는 말.

"그야말로 공짜가 어디 있습디까?"

마님은 영감의 구두를 치우고 마루 끝에 앉으며 대꾸를 한다.

"그럼 왜?……"

마님은 사내가 그까짓 것쯤 본체만체 할 일이지, *잘게도 묻는다는 듯이 잠깐 잠자코 있다가,

"그것도 영어 덕이라우. 우리는 영어 덕두 고작해야 그런 것밖에 더 걸린답디까!……"

하며, 또 영어 덕을 쳐들며 코웃음을 친다.

"흠……, 그건 또 무슨 소리야?"

영감은 눈살이 찌푸려졌다.

"제가 또 편지를 번역해주었다우. 쥔 딸이 제게 온 영어편지를 가지고 나와서 읽어달래서 변역을 해주었더니, 그 인사루 지금 손수 가지구 나왔구먼……."

"흠……무슨 편진데?"

영감의 낯빛은 좀더 흐려졌다.

"정말 무슨 구락분지 요릿집인지 꾸미나 보군요. 조금 전에 서양 사람한테서, 훌륭한 양가구(洋家具)를 한 '트럭크' 실어오구, 그걸 받으라는 편진데, 어떤 놈팽인지 내일은 제 집으루 와달라는 그런 편진가 보던데……"

"흠……."

세 번째 '흠'에는 영감의 입귀가 뒤틀리며, 눈에 모가 났다. 마나님은 좀 *점직한 생각이 들어서 영감을 달래듯이,

"저두 그런 편지를 읽어 달래놓고 부끄러운 생각이 들었든지, 입을 막느라고 그런지, 이때껏 얼씬두 안하던 이쁜 아씨가 손수 그걸 들고 나와서 살살대며 보배더러 놀러 들어오라 하구 친하자는 눈치군요."

하며 마나님도 그러는 동안에는 집 내놓으란 성화가 식어질까 하는 생각에 웃음이 떠오른다.

잘다
생각이나 성질이 대담하지 못하고 좀스럽다.

점직하다
부끄럽고 미안하다.

"그까짓 것들하구 친해서는 무얼 해……."

영수는 침이나 탁 뱉듯이 한마디 내던진다.

"……그애하구 상종을 왜 하게 하드란 말요. 자라는 계집애년에게 그따위 편지를 읽어주라는 마누라가 딱하지!"

영수는 역정을 와락 낸다.

"그럼 어쩌우? 모르면 하는 수 없지만, 뻔히 아는 것을 모른다나. 이런 처지가 아니라두 그만 부탁을 안 들어줄 수 없는데, 어떻게 차차 그렇게 해서 매일 같은 그 성화나 면하게 되면 좋지 않은가……."

마나님은 무심코 한숨이 나온다.

"이런 처지란 어떤 처지란 말요? 딸자식을 시켜 그따위 년놈의 그런 더러운 편지쪽이나 번역을 시켜가며, 사탕알갱이나 얻어먹고 앉았어야 할 처지란 말야?"

주기가 있는 벌건 얼굴이 퍼래지니까, 흙빛같이 되며, 눈을 까뒤집고 대든다.

"그건 누구 탓이오? *입찬소리 그만 하구, 그런 처지가 안 되게 만들어놓구려."

마나님도 맞서며 벌떡 일어나서 댓돌 위에 피해 섰다.

"무어 어째? 이게 무언지나 알구 이야기요?……이게 어떻게 생긴 것인지나 알구서 말을 해요!"

영수는 과자갑을 들어 내어밀며 *당조짐을 한다.

"……그래 이걸 딸자식에게 먹여야 옳단 말야? 보배 입에 들어가는 것을 보고 앉았으란 말야?"

하는 소리와 함께, 휙 하더니 과자갑이 땅에 털썩 떨어지는 소리가 난다. 그 소리와 함께 영수는 훌쩍 자기 서재로 들어 가버린다.

**입찬소리**
자기의 지위나 능력을 믿고 지나치게 장담하는 말.

댓돌

**당조짐**
정신을 차리도록 단단히 단속하고 조임.

어슴푸레해가는 초겨울의 푸른 하늘은, 드높고 수정알 눈동자처럼 맑았다. 사방이 괴괴하고, 햇발이 진 쓸쓸한 마당에 마나님은 얼이 빠진 듯이 섰다가 과자갑을 먼 *광으로 찾아보니, 간 반 틈쯤 *격한 차면 넘어로 굴러 떨어진 것이 차면 밑으로 보인다.

마나님은, 안에서 누가 보지나 않을까 하는 선뜻한 생각이 들면서 가만가만히 집으러 가려니까, 방에서 발자취를 죽이며 나오던 보배의,

"어머닌……."

하고, 눈을 찌푸린 소리가, 옷자락을 잡아다니듯이 뒤에서 난다.

그래도 보배어머니는 도적질이나 하러 들어가듯이, 흘금흘끔 안채를 엿보며 발소리를 죽이고 가서 과자갑을 집어들고 단걸음에 나왔다.

"에이 그건……."

보배는 모친이 더러운 것이나 만지는 듯이 또 눈살을 찌푸린다. 모친의 거동이 천덕구니같이 보여서 더 싫었다.

"그럼 어쩌니! 누가 물건이 아까워서 그러니? 먹는 데 더러워 그러니? 내가 아쉬니까 그렇지! 당장 내쫓기면 갈 데가 어디냐?…… 이 과자갑을 제 울안에서 보고, 가만있을 사람은 누구요, 그 마음은 어떻겠니? 남 욕을 뵈두 체면이 있지……."

모친의 말에도 고개가 숙었다. 보배는 소리 없이 한숨을 지으며, 어두워가는 마루 끝에서 언제까지 먼 산을 쳐다보고 섰다.

『해방문학선집』, 1948.

**광**
빛.

**격하다**
시간적으로나 공간적으로 사이를 두다.

# 두 파산

# 1

"어머니, 교장 또 오는군요."

학교가 파한 뒤다. 갑자기 조용해진 상점 앞길을, 열어놓은 유리창 밖으로 내다보고 등상에 앉았던 정례가, 눈살을 찌푸리며 돌려다본다. 그렇지 않아도 돈 걱정에 팔려서 테이블 앞에 멀거니 앉았던 정례 모친도 저절로 양미간이 *짜붓하여졌다. 점방 안에는 학교를 파해 가는 길에, 공짜 만화를 보느라고 아이들이 저편 구석 진열대에 옹기종기 몰려 섰다가, 교장이라는 말에 귀가 반짝하였는지 조그만 얼굴들을 쳐든다. 그러나 모시 두루마기 자락이 펄럭하며, 우둥퉁한 중늙은이가 단장을 짚고 쑥 들어서는 것을 보고, 학생아이들은 저희끼리 눈짓을 하고 킥킥 웃어버린다. 저희 학교 교장이 온다는 줄 알았던 모양이다.

**짜붓하다**
찡그리다.

"어째 이렇게 쓸쓸하우?"

영감은 언제나 오면 하는 버릇으로 상점 안을 휘휘 둘러보며 말을 건다.

"어서 옵쇼……아침 한때와 점심 한나절이 한참 붐비죠. 지금쯤이야 다 파해 가지 않았에요."

안주인은 일어나지도 않고 앉은 채 무관히 대꾸를 하였다. 교장은, 정례가 앉았던 등상을 내어주니까 대신 걸터앉으며,

"딴은 그렇겠군요. 그래도 팔리는 거야 여전하겠죠?"
하고 눈이 저절로 테이블 위의 손금고로 갔다. 이 역시 올 제마다 늘 캐어묻는 말이지마는, 또 무슨 딴 까닭이 있어서 붙이는 수작 같아서 정례 어미는,

"그야 다소 들쭉날쭉이야 있죠마는, 온 요새 같아서는……."

하고 시들히 대답을 하여준다.

**좌처(座處)**
여장을 풀거나 가게를
벌일 자리.

"어쨌든 *좌처가 좋으니까……하루에 두어 번쯤 바쁘고, 편히 앉아서 네다섯 식구가 뜯어먹고 살면야, 아낙네 소일루 그만 장사가 어디 있을까마는, 그래 그러구두 빚에 쫄리다니 알 수 없는 일이로군."

왜 그런지 이 영감이 싫고 멸시하는 정례는 '누가 해달라는 걱정인감!' 하는 생각에 입이 삐쭉하여졌다.

**쏠쏠히**
품질이나 수준, 정도
따위가 웬만하여 괜찮
거나 기대 이상인.

"날마다 *쏠쏠히 나가기야 하지만, 원체 물건이 자(細)니까 남는 게 변변해야죠."

여주인은 마지못해 늘 하는 수작을 뇌었다. 그러나 오늘은 이 영감이 더 유난히 물건 쌓인 것이며 진열장에 늘어놓인 것을 눈여겨보는 것이었다. 정례 모녀는 그 뜻을 짐작하겠느니만큼 불쾌하였다.

여기는 여자 중학교와 초등학교가 길 건너로 마주 붙은 네거리에서 조금 외진 골목 안이기는 하나, 두 학교를 상대로 하고 벌인

학용품 상점으로는 그야말로 좌처가 좋은 셈이다. 원체는 선술집이었다든가 하는 방 한 칸 달린 이 점방을 작년 봄에 8천 원 월세로 얻어가지고 이것을 벌이고 앉을 제, 국민학교 안에는 벌써 매점이 있어서 어떨까도 하였으나, 여학교만은 시작하기 전부터 아는 선생을 새에 넣고 선전도 하고 *특약하다시피 하였던 관계인지, 이때껏 재미를 보는 편이지, 이 장삿속으로만은 꿀리는 셈속은 아니다.

특약(特約)
특별할 조건을 붙인 약속.

"이번에, 두 달 셈을 한꺼번에 드리겠더니 또 역시 꿀립니다그려. 우선 밀린 거 한 달치만 받아가시죠."

정례 어머니는 테이블 위에 놓인 손금고를 땡그렁 열고서 백 원짜리를 척척 센다.

"이번에는 본전까지 될 줄 알았는데, 이자나마 또 밀리니……장사는 *깔축없이 잘되는데, 그 원 어째 그렇단 말씀유?"
하며, 영감은 혀를 찬다. 저편에서 만화를 보며 소곤거리던 아이들은 교장이라던 이 늙은이의 본전이니 변리니 하는 소리에 눈들이 휘둥그레서 건너다본다.

깔축없다
조금도 축나거나 버릴 것이 없는 모양.

"7천5백 원입니다. 세보십쇼. 그러니 댁 한 군델 세야 말이죠. 제일 무거운 짐이 아시다시피 김옥임이네 10만 원의 1할 5부, 1만 5천 원이죠. 은행 조건 30만 원의 이자가 또 있죠……기껏 벌어서 남 좋은 일 하는 거예요. 당신에게 이자 벌어드리고 앉았는 셈이죠."

영감은 옆에서 주인댁이 하는 말은 귀담아듣지도 않고 골똘히 돈을 세더니, 커다란 검정 헝겊 주머니를 허리춤에 꺼내서 넣는다. 옆에 섰는 정례는 그 돈이 아깝고 영감의 푸둥푸둥한 넓적한 손까지 밉기도 하여 가만히 내려다보고 있으려니까,

"그래 이달치는 또 언제쯤 들르리까? 급히 내가 쓸 데가 있으니까

아무래도 본전까지 해주어야 하겠는데……."

하고, 아까와는 딴판으로 퉁명스럽게 볼멘소리를 하였다. 만화를 들여다보던 아이들은 또 한 번 이편을 건너다본다.

부영고 점잖게 생긴 신수가 딴은 교장 선생 같고, 저기다가 양복이나 입고 운동장의 교단에 올라서면 저희들도 꿈질하려니 싶은 생각이 드는데, 이잣돈을 받아 넣고 나서도 또 조르고 두덜대는 소리를 들으니, 설마 저런 교장이 어디 있으랴 싶어서 저희들끼리 또 눈짓을 하였다.

"되는 대로 갖다드리죠. 하지만 본전은 조금만 더 참아주십쇼. 선생님 같으신 어른이 돈 5만 원쯤에 무얼 그렇게 시급히 구십니까."

**얼레발**
엉터리. 남의 환심을 사기 위하여 서두르는 짓

정례 어머니는 본전을 해내라는 데에 *얼레발을 치며 설설 기는 수작을 한다.

"아니, 이자 안 물구 어서 갚는 게 수가 아니겠나요?"

"선생님두 속 시원한 말씀을 하십니다."

정례 어머니는 기가 막혀 웃어 보인다.

"참, 그런데 김옥임 여사가 무어라지 않습니까?"

그만 일어설 줄 알았던 교장은 담배를 붙이며 새판으로 말을 꺼낸다.

"왜, 무어라구 해요?"

정례 모녀는 무슨 말이 나오려는지 벌써 알아채고 입이 삐쭉들하여졌다.

**대지르다**
찌를 듯이 대들다.

"글쎄, 그 20만 원 조건을 *대지르구 날더러 예서 받아가라니 그래 어떻게들 이야기가 귀정이 났지요?"

영감이 말이 떨어지기가 무섭게 정례는 잔뜩 벼르고 있었던 듯이 모친의 앞장을 서서 가로 탄한다.

"교장 선생님! 그따위 경위 없는 말이 어디 있어요? 그건 요나마 우

리 가게를 *판들어 먹게 하구 말겠단 말이지 뭐예요!"

하고, 얼굴이 발끈해지며 눈을 세로 뜬다.

"응? 교장이라니? 교장은 별안간 무슨 교장……허허허……"

영감은 허청 나오는 웃음을 터뜨리며 저편 아이들을 잠깐 거들떠보고 나서,

"글쎄, 그러니 빤히 사정을 아는 터에 이럴 수도 없고 저럴 수도 없고……"

하며 말끝을 어물어물해버린다. 이 영감이 해방 전까지 어느 시골선지 오랫동안 보통학교 교장 노릇을 하였다는 말을 옥임에게서 들었기에

이 집에서는 이름은 자세히 모르고 하여 교장 교장하고 불러왔던 것이 입버릇으로 급히 튀어나온 말이나, 고리대금업의 패를 차고 나선 지금에는 그것을 내세우기도 싫고, 더구나 저런 소학교 아이들 앞에서는 창피한 생각도 드는 눈치였다.

"교장 선생님이 이럴 수도 없구 저럴 수도 없으실 게 뭐예요. 그 아주머니한테 받으실 건 그 아주머니한테 받으십쇼그려."

정례는 또 모친이 입을 벌릴 새도 없이 풍풍 쏘아준다.

"앤 왜 이러니!"

모친은 딸을 나무라놓고,

"그렇겐 못하겠다구 벌써 끝낸 말인데 또 왜 그럴꾸."

하며, 말을 잘라버린다.

"아, 그런데 김씨 편에서는 댁에서 승낙한 듯이 말하던데요?"

영감의 말눈치는 김옥임이 편을 들어서 20만 원 조건인가는 여기서 받아내려는 생각인 모양이다.

"딴소리! 내가 아무리 어수룩하기루 제 *사폐만 봐주구 제 춤에만 놀까요?"

정례 어머니는 코웃음을 쳤다.

김옥임의 20만 원 조건이라는 것이, 요사이 이 두 모녀가 자나깨나 큰 걱정거리요, 그것을 생각하면 밥맛이 다 없을 지경이지마는, *자초(自初)는, 정례 모녀가 이 상점을 벌이고 나자, 장사가 잘될 성부르

니까 김옥임이가 저도 한몫 끼자고 자청을 하여 10만 원을 들여놓고 들어왔던 것이다. 그리고 그 가지고 들어온 *동사 밑천 10만 원의 두 곱을 빼가고도 또 새끼를 쳐서 오늘에 와서는 22만 원까지 달라는 것이다.

# 2

정례 모친은 남편을 졸라서 집문서를 은행에 넣고 *천신만고하여 30만 원을 얻어가지고, 부비 쓰고 당장 급한 것 가리고 한 나머지 이십 이삼만 원을 들고 이 가게를 벌였던 것이었다. 8천 원 월세의 보증금 8만 원은 말 말고라도 점방 꾸미고 탁자 들이고 진열대 세 채 들여놓고 하기만도 육칠만 원 들었으니, 갖다놓은 물건이라야 10만 원 어치도 못 되는 것이었다. 그러나 학생아이들이 차츰 꾀게 될수록 찾는 것은 많아가고 점심 때에 찾는 빵이며 과자라도 벌여놓고 싶고, 수(繡)실이니 수틀이니 여학교의 수예(手藝) 재료들도 갖추갖추 갖다놓고는 싶은데, 매일 시내로 팔리는 것을 가지고는 미처 무더기 돈을 돌려 빼내는 수도 없는데, 쫄끔쫄끔 들어오는 그 돈 중에서 조금씩 뜯어서 당장 그날그날 살아가야는 하겠으니, 자연 쫄리는 판에 김옥임이가 한 다리 걸치자고 덤비니, 동사랑 애초에 재미없는 일이거니와, 요 조그만 구멍가게를 동사로 해서 뜯어먹을 것이 무에 있겠느냐는 생각도 없지 않았으나, 당장에 아쉬우니 5만 원씩 두 번에 질러서 10만 원 밑천을 받아들였던 것이다. 그러니 말이 동사지 2할이 넘어의 고리(高利)로 십만 원 빚을 쓴 거나 다름없었다. 빚놀이에 눈이 벌게 다니는 옥임이는 제 벌이가 바빠서도 그렇겠지마는, 하루 한 번이고 이틀에 한 번 저녁 때 슬쩍 들러서 물건 판 *치부장이나 떠들어보고 가는 것밖에는 별로 거드는 일도 없었다. 실상은 그것이 *쌩이질이나 하고 *부라퀴같이 덤비는 것보다는 정예 모녀에게는 편하기도 하였던 것이다. 하여튼 그러면서도 월말이 되면 이익의 3분지 1가

수틀

**천신만고(千辛萬苦)**
천 가지 매운 것과 만 가지 쓴 것이라는 뜻으로, 온갖 어려운 고비를 다 겪으며 심하게 고생함을 이르는 말.

**치부장**
치부책, 돈이나 물건이 들고나고 하는 것을 기록하는 책.

**쌩이질**
바쁠 때 쓸데없이 남을 귀찮게 구는 짓.

**부라퀴**
자신에게 이로운 일이면 기를 쓰고 덤벼드는 사람.

두 파산 303

**변(邊)**
변리. 남에게 돈을 빌
려 쓴 대가로 치르는
일정한 비율의 돈.

**삼칠제(三七制)**
예전에 수확한 곡식의
3할을 지주에게 소작
료로 주고 나머지 7할
을 소작인이 가지던
제도.

**모개**
죄다 한데 묶은 수효.

량은 되는 2만 원 돈을 또박또박 따가곤 하였다. 담보물이 있으면 1할,
신용 대부로 1할 5푼 *변(邊)인데, 동사랑 말만 걸고 2할, 2할이 안 될
때도 있었지마는 셈속 좋은 때면 2할 이상의 배당도 차례에 오니, 옥임
이 생각에는 실속으로는 이익이 좀 더 되려니 하는 의심도 없지 않았으
나, 그래도 별로 힘드는 일을 하는 것도 아니요, 가만히 앉아서 2할이
면, 허구한 날 뻘뻘거리고 싸지르면서 긁어들이는 변리 돈보다는 나은
셈이라고 생각하였던 것이다. 하여간 올 들어서 밑천을 빼어가겠다고
하기까지 아홉 달 동안에 20만 원 가까운 돈을 벌어갔던 것이다.

그러나 정례 부친이 만날 요 구멍가게서 용돈을 얻어다 쓰는 것도
못할 일이라고, 작년 겨울에 들어서 마지막 남은 땅뙈기를, 그야 예전
과 달라서 *삼칠제(三七制)인데다가 세금이니 비료니 하고 부담에 얽
매이니까 그렇겠지마는, 하여간 아버지 전장으로 물려받은 것의 마지
막으로 남은 것을 팔아가지고 연래에 없는 눈이라고 하여, 서울 시내
에 전차가 사흘 못 통할 동안에, 택시를 부르면 땅 짚고 기기라 하여,
하이어를 한 대 사들여 놓고 택시로 부려보았던 것이라서, 이것이 사
흘 돌이로 말썽을 부려 고장이요 수선이요 하고, 나중에는 이 상점의
돈까지 하루만 돌려라, 이틀만 참아라 하고, 만원 2만 원 빼내가고는
시치미를 떼기 시작하니 점방의 타격은 의외로 큰 것이었다. 이 꼴을
본 옥임이는 에그머니나 하는 생각이 들었던지, 올 들어서부터는 제
밑천은 빼내가겠다는 것이다. 사실 잘못하다가는 자동차가 이 저자 터
까지 들어먹을 판인데, 별안간 옥임이가 빠져나간다니 한편으로는 시
원하나 10만 원을 *모개로 빼내주는 도리가 없었다.

"이렇게 거덜거덜할 바에야 집어치우지."

겨울방학 때라, 더구나 팔리는 것은 없고 쓸쓸하기도 하였지마는,

옥임이는 날마다 10만 원 재촉을 하러 와서는 이런 소리도 하는 것이었다. 남은 집문서를 잡혀서 이거나마 시작해놓고, 다섯 식구의 입을 매달고 있는 터인데, 제 발만 쓱 빼놓겠다고 이런 *야멸친 소리를 할 제, 정례 모녀는 얼굴을 빤히 쳐다보곤 하였다.

"세전 보증금이나 빼내구 뉘께 넘겨버리지? 설비한 것하구 물건 남은 것 얼러서 한 10만 원은 받을까? 그렇다면 내 누구 하나 지시해줄까?"

이렇게 권하기도 하는 것이었다. 뉘께 넘기게 해서라도 자기가 10만 원만 어서 뽑아가려는 말이겠지마는, 어떻게 보면 10만 원에 이 점방을 자기가 맡아 잡겠다는 말눈치인 듯도 싶었다.

"내가 바쁘지만 않으면 *도틀어 맡아가지고 훨씬 화장을 해놓으면 이 꼴은 안 되겠지만, 어디 내가 틈이 있는 몸이어야지……."

이렇게 운자를 떼는 것을 들으면, 한발 들여놓고 한 발 내놓는 수작 같기도 하였다. 자동차 *동티로 밑천을 홀짝 집어먹힐까 보아서 발을 뺀다는 수작이다. 한편으로는 이렇게 한참 꿀리고, 학교들은 방학을 하여 흥정이 없는 이 판에, 번히 나올 구멍이 없는 10만 원을 해내라고 못살게 굴면, 성이 가시니 상점을 맡아가라는 말이 나오고 말리라는

**야멸치다**
남의 사정은 돌보지 아니하고 자기만 생각하다.

**도틀어**
도파니. 이러니저러니 여러 말 할 것 없이 죄다 몰아서.

**동티**
건드려서는 안될 것을 공연히 건드려서 스스로 걱정이나 해를 입음.

솔개미

까치집

**자수**
자기 혼자의 노력이
나 힘.

**돌라매다**
이자 따위를 본전에
합하여 새로 본전으
로 삼다.

**내남직없이**
내남없이, 나와 다른
사람이나 모두 마찬
가지로.

배짱 같아 보이는 것이었다. 모녀는 그것이 더 분하였다.

"저의 \*자수로는 엄두도 안 나구, 남이 해놓으니까 꿴 듯싶어서, 솔개미가 까치집 채어들 듯이 이거나마 뺏어가지고 저의 판을 만들어보겠다는 것이지만, 첫째 이런 좋은 좌처를 왜 내놓을라구."

누구보다도 정례가 바르르 떨었다.

"매사가 그렇지 될성부르니까 뺏어 차구 앉겠지. 거덜거덜하면 누가 눈이나 떠본다던!"

정례 모친은 코웃음을 치기만 하였다.

하여간 이렇게 졸리기를 반달 짝이나 하다가 급기야 8만 원 보증금의 영수증을 옥임에게 담보로 내주고, 출자금 10만 원은 1할 5푼 변의 빚으로 \*돌라매고 말았다. 옥임으로서는 매삭 2할 배당의 맛도 잊을 수 없었으나, 이왕 상점을 제 손으로 못 휘두를 바에는 이편이 든든은 하였던 것이다.

그러고도 정례 모친은, 옥임이와 가끔 함께 들러서 알게 된 교장 선생님의 돈 5만 원을 얻어가지고, 개학 초부터 찌부러져가던 상점의 만회책을 다시 세웠던 것이다. 그러나 땅뙈기는 자동차 바람에 날려 보내고, 자동차는 수선비로 녹여버리고 나니, 상점에서 흘려내간 칠팔만 원이라는 돈은 고스란히 떼버렸고, 그 보충으로 짊어진 것이 교장의 빚 5만 원이었다. 점점 더 심해가는 물가에 뜯어먹고 살아야 하겠고, \*내남직없이 종이 한 장, 연필 한 자루라도 덜 사갔지 더 팔리지는 않으니, 매삭 두 자국 세 자국의 변리만 꺼가기도 극난이었다. 그러고 보니 자연 좋지 못한 감정으로 헤어진 옥임이한테 보낼 변리가 한두 달 밀리기 시작했던 것이다. 8만 원 증서가 집문서만큼 믿음직하지 못하다고 기어이 1할 5푼으로 떼를 써서 제멋대로 매놓은 것이 얄미워서, 어디 네가 그 이자를 긁어다가 먹나, 내가 안 내고 배기나 해보자는 뱃심도 정례 모친에게는 없지 않았다. 옥임이 역시 제가 좀 과하게 하였다고 뉘우쳤던지, 또 혹은 8만 원 증서를 가졌느니만큼 마음이 놓여서 그런지, 별로 들르지도 않으려니와 들러서도 변리 재촉은 그리 아니하였다. 도리어 정례 어머니 편에서 변리가 밀려 미안하다는 말을 꺼내고 그 끝에,

"이 여름방학이나 지내고 개학 초에 한몫 보면 모개 내리다마는 원체 1할 5부야 과한 것이요 그때 형편에는 한 달 후면 자동차를 팔아서라도 곧 갚겠거니 해서 아무려나 해둔 것이지만 벌써 이월서부터 여덟 달이나 됐으니 무슨 수로 그걸 다 내우. 1할씩만 해두 8만 원이구려. 어이구……한 반만 깎읍시다."

하고 슬쩍 비쳐보면 옥임이도 그럴싸한 듯이,

"아무려나 좋도록 합시다그려."

하고 웃어버리곤 하였다. 그러던 것이 개학이 되자 이달 들어서 부쩍 *재치면서 1할 5부 여덟 달치 변리 12만 원 어울러서 22만 원을 이 교장 영감에게 치러달라는 것이다. 급한 조건으로 이 영감에게 20만 원을 돌려썼는데, 한 달 변리 1할 2만원을 얹으면 22만원 *부리가 맞으니, 셈치기도 좋고 마침 잘되었다고 생글생글 웃어가며 조르는 옥임이의 늘어가는 얼굴이 더 모질어 보이고 얄밉상스러워 보였다. 마치 22만원 부리를 채우느라고 그동안 여덟 달을 모른 체하고 내버려두었던 것 같다. 정례 어머니는 기가 막혀 말이 아니 나왔다. 옥임이에게 속아 넘어간 것 같아서 분하였다. 그러나 분한 것은 고사하고 이러다가 이 구멍가게나마 들어먹고 집 한 채 남은 것마저 *까불리지나 않을

**재치다**
재우치다. 빨리 몰아치거나 재촉하다.

**부리**
이자가 붙음.

**까불리다**
재물 따위를 함부로 써버리다.

**깔축**
조그만 축.

**동록**
구리의 표면에 녹이 슬어 생기는 푸른 빛의 물질.

**어리보기**
말이나 행동이 다부지지 못하고 어리석은 사람을 낮잡아 이르는 말.

**조밥**
맨 좁쌀로 짓거나 입쌀에 좁쌀을 많이 두어서 지은 밥.

**양잿물**
서양에서 받아들인 잿물이라는 뜻으로, 빨래하는 데 쓰이는 수산화나트륨을 이르는 말.

까 하는 생각을 곰곰하면 가슴이 더럭 내려앉는 것이었다. 소학교 적부터 한 반에서 콧물을 흘리며 같이 자라났고 동경 가서 여자대학을 다닐 때도 함께 고생하던 옥임이다. 더구나 제가 내놓은 10만 원은 한 푼 *깔축을 안 내고 20만 원 가까운 돈을 벌어주었으니, 아무리 눈에 돈 *동록이 슬었기로 제가 설마 내게 1할 5푼 변을 다 받으려 들기야 하랴! 한 반절 얹어서 16만 원쯤 해주면 되려니 하는 속셈만 치고 있던 자기가 *어리보기라고 혼자 어이가 없어 실소를 하였다. 그러나 십오륙만 원이기로 한꺼번에 빼내는 수도 없으니 이번에 변리 6만 원만 마감을 하고서 본전은 5만 원씩 두 번에 갚자는 요량이었다. 집안 식구는 *조밥에 새우젓 꽁댕이를 우겨대더라도 어떻게든지 이 겨울방학이 돌아오기 전에 그 아니꼬운 옥임이 조건만이라도 끝을 내고야 말겠다고 이를 악무는 판인데, 이렇게 둘러대고 보니 살겠다고 기를 쓰고 기어 올라가는 놈의 발목을 아래에서 붙들고 늘어지는 것 같아서 맥이 풀리고 사는 것이 귀찮은 생각만 드는 것이었다. 평생에 빚이라고는 모르고 지냈는데 펀펀히 노는 남편만 바라보고 있을 수가 없어서 시작한 노릇이라서 은행에 30만 원이 그대로 있고 옥임에게 22만 원, 교장 영감에게 5만 원 도합 57만 원 빚을 어느덧 걸머지고 앉은 생각을 하면 밤에 잠이 아니 오고 앞이 캄캄하여 *양잿물이라도 먹고 싶은 요사이의 정례 어머니다.

"하여간 제게 10만 원 썼으면 썼지. 그걸 못 받을까 봐 선생님을 팔구 선생님더러 받아오라는 것이지만 내가 아무리 죽게 돼두 제 돈 떼먹지 않을 거니 염려 말라구 하셔요."

정례 어머니는 화를 바락 내었다. 해방 덕에 빚놀이를 시작해가지고 돈 백만 원이나 착실히 잡았고, 깔려 있는 것만도 백만 원 이상은 되리라는 소문인데, 이 영감에게 20만 원 빚을 쓰다니 말이 되는 소린가. 못 받을까 애도 쓰겠지만, 12만 원 변리를 본전으로 돌라매어놓고 변리의 새끼 변리, 손자 변리까지 우려먹자는 수단인 것이 뻔한 노릇이었다. 10만 원에 1할 5푼이면 1만 5천 원밖에 안 되나, 22만 원으로 돌라매놓으면 1할만 해도 매삭 2만 2천 원이니 7천원이 더 붙는 것이다.

"그야, 내 돈 안 쓴 것을 썼다겠소. 깔려만 있고 회수가 안 되면 피차 돌려두 쓰는 것이지마는, 나 역, 한 자국에 20만 원씩 모개 내놓고 오래 둘 수는 없으니까, 이렇게 하면 어떻겠소……?"

영감은 무척 생색을 내고, 이편 사폐를 보아서 석 달 기한하고 자기 조카의 돈 20만 원을 돌려주게 할 터이니, 다시 말하면 조카에게 20만 원을 1할로 얻어 쓸 터이니, *우수리 2만 원만 현금으로 내놓고 표를 한 장 써내라는 것이다. 옥임이는 이 영감에게로 미루고, 영감은 또 조카의 돈을 돌려쓴다고 표를 받겠다는 꼴이, 저희끼리 무슨 꿍꿍이속인지 알 수가 없으나, 요컨대 석 달 기한의 표를 받아놓자는 것이요, 그 사품에 7천 원 변리를 더 받겠다는 수작이다. 특별히 1할 변인 대신에 석 달 기한이라는 조건을 붙이는 것도 무슨 계교 속인지 알 수가 없다. 석 달 동안에 20만 원을 만드는 재주도 없지마는, 석 달 후면 마침 겨울방학이 될 때니 차차 꿀려 들어가는 제일 어려운 고비일 것이다. 정례 어머니는, 이년놈들이 무슨 원수를 겼다고 이렇게 짜고서들 못살게 구는 것인가, 하는 생각에 한바탕 들이대고 싶은 것을 꾹 참으며,

"신생님께 쓴 돈 아니니, 교장 선생님은 아랑곳 마세요, 옥임이더러, 와서 조르든, 이 상점을 떼메어 가든 마음대로 하라죠."
하고 딱 잘라 말을 하여 쫓아 보냈다.

**우수리**
일정한 수나 수량에 차고 남은 수나 수량.

# 3

그 후 근 일주일은 옥임이의 그림자도 보이지 않았다. 정례 모녀는 맞닥뜨리면 말수도 부족하거니와 아귀다툼하는 것이 싫어서, 그날그날 소리 없이 넘어가는 것만 다행이나, 어느 때 달려들어서 또 무슨 조건을 내놓고 졸라댈지 불안은 한층 더하였다.

"응, 마침 잘 만났군. 그런데 그만하면 애기는 끝났을 텐데. 웬 세도가 그리 좋아서 누구를 오너라 가너라 하구 아니꼽게 야단이야……."

정례 모친이 황토현 정류장에서 차를 기다리며 열 틈에 끼어 섰으려니까, 이리로 향하여 오던 옥임이가 옆에 와서 딱 서며 시비를 건다.

"바쁘기야 하겠지만 좀 못 들를 건 뭐구."

정례 모친은 옥임이의 기색이 좋지는 않아 보이나, 실없는 말이거니 하구 대꾸를 하며 열에서 빠져 나서려니까.

"그래 그 돈은 갚는다는 거야 안 갚을 작정야? 세도 좋은 젊은 서방을 믿고 그 *떠세루 남의 돈을 무쪽같이 떼먹으려 드나 보다마는, 김옥임이두 그렇게 호락호락하지는 않아……."

원체 예쁘장한 상판이기는 하면서도 쌀쌀한 편이지마는, 눈을 곤두세우고 대드는 품이 어려서부터 30년 동안을 보던 옥임이는 아니다. 전부터 "네 영감은 어째 점점 더 젊어가니? 거기다 대면 넌 어머니 같구나" 하고 새룽새룽 놀리기도 하고, 60이 넘은 아버지 같은 영감 밑에 쓸쓸히 사는 옥임이는 은근히 부러워도 하는 눈치였지마는, 밑도 끝도 없이 길바닥에서 '젊은 서방'을 들추어내는 것을 보고 정례 어머니는 어이가 없었다.

**떠세**
재물이나 힘 따위를 내세워 젠체하고 억지를 쓰는 짓.

"늙은 영감에 넌더리가 나거든 젊은 서방 하나 또 얻으려무나."

하고, 정례 모친도 비꼬아주고 싶었으나 열을 지어 섰는 사람들이 쳐다보며 픽픽 웃는 바람에,

"이거 미쳐나려나? 이건 무슨 *객설이야."

하고, 달래며 나무라며 끌고 가려 하였다.

"그래 내 돈을 곱게 먹겠는가 생각을 해보렴. 매달린 식솔은 많구 병들어 누운 늙은 영감의 약값이라두 뜯어 쓰려구. 이렇게 쩔쩔거리구 다니는, 이년의 돈을 먹겠다는 너 같은 의리가 없는 년은 욕을 단단히 봬야 정신이 날 거다마는, 제 사정 보아서 싼 변리에 좋은 자국을 지시해 바친 밖에! 그것 두 마디니, 남의 돈 생으로 먹자는 도둑년 같은 배짱 아니구 뭐냐?"

오고 가는 사람이 *우중우중 서며 구경났다고 바라보는데, 원체 히스테리증이

**객설**
객쩍게 말함. 또는 그런 말.

**우중우중**
몸을 일으켜 서거나 걷는 모양.

두 파산 **311**

상투
늘 써서 버릇이 되다시
피 한 것.

있는 줄은 짐작하지마는, 창피한 줄도 모르고 기가 나서 대든다. 히스
테리는 고사하고, 이것도 빚쟁이의 돈 받는 *상투 수단인가 싶었다.

"누가 안 갚는대나? 돈두 중하지만 이게 무슨 꼬락서니냔 말이야."

정례 어머니는 그래도 달래서 뒷골목으로 끌고 들어가려 하였다.

"난 돈밖에 몰라. 내일모레면 거리로 나앉게 된 년이 체면은 뭐구,
우정은 다 뭐냐? 어쨌든 내 돈만 내놓으면 이러니저러니 너 같은 장래
대신 부인께 나 같은 년이야 감히 말이나 붙여보려 들겠다던!"

하고 허청 나오는 코웃음을 친다. 구경꾼은 자꾸 꾀어드는데, 정례 모
친은 생전 처음 당하는 이런 *봉욕에 눈앞이 아찔하여지고 가슴이 꼭
메어 올랐으나, 언제까지 이러고 섰다가는 예서 더 무슨 창피한 꼴을
볼까 무서워서 선뜻 몸을 빼쳐 옆의 골목으로 줄달음질을 쳐 들어갔
다. 뒤에서 발소리가 없으니 옥임이는 저대로 간 모양이다. 정례 모친
은 눈물이 핑 돌았다.

스물예닐곱까지 동경 바닥에서 신여성 운동이네, 연애네, 어찌네 라
고 멋대로 놀다가, 지금 영감의 후실로 들어앉아서, 세상 고생을 알까,
아이를 한번 낳아보았을까, 40 전의 젊은 한때를 도지사 대감의 실내
마님으로 떠받들려 제멋대로 호강도 하여본 옥임이다. 지금도 어디가
40이 훨씬 넘은 중늙은이로 보이랴. 머리를 곱게 지지고 엷은 얼굴 단
장에, 번질거리는 미국제 핸드백을 착 끼고 나선 맵시가 어느 댁 *유한
마담이지, 설마 1할, 1할 5푼으로 아귀다툼을 하고 어려운 예전 동무를
쫓아다니며 울리는 고리대금업자로야 누가 짐작이나 할까. 해방이 되
자, 고리대금이 전당국 대신으로 터놓고 하는 큰 *생화가 되었지마는,
옥임이는 *반민자(反民者)의 아내가 되리라는 것을 도리어 간판으로
내세우고 부라퀴같이 덤빈 것이다. 중경 도지사요, 전쟁 말기에는 무

봉욕
욕된 일을 당함.

유한마담
유한계급의 부인. 생활
이 넉넉하여 놀러 다니
는 것을 일삼는 부인을
이른다.

생화
먹고 살아가는 데 도움
이 되는 벌이나 직업.

반민자(反民者)
민족 반역자.

슨 군수품 회사의 취체역인가 감사역을 지냈으니 반민법이 국회에서 통과되는 날이면, 중풍을 3년째나 누웠는 영감이, 어서 돌아가주기나 하기 전에야 으레 걸리고 말 것이요, 걸리는 날이면 떠메어다가 징역은 시키지 않을지 모르되, 지니고 있는 집간이며 땅섬지기나마 몰수를 당할 것이니, 비록 자신은 없을망정 자기는 자기대로 살길을 차려야 하겠다고 나선 길이 이 길이었다. 상하 식솔을 혼자 떠맡고 영감의 약값을 제 손으로 벌어야 될 가련한 신세같이 우는소리를 하지마는 그래야 남의 욕을 덜 먹는 발뺌이 되는 것이다.

옥임이는 정례 모친이 혼쭐이 나서 달아나는 꼴을 그것 보라는 듯이 곁눈으로 흘겨보고 입귀를 샐룩하여 비웃으며, 버젓이 사람 틈을 헤치고 종로 편으로 내려갔다. 의기양양할 것도 없지마는, 가슴속이 후련하니 머릿속이고 가슴속이고 무언지 뭉치고 비비 꼬이고 하던 것이 확 풀어져 스러지고 회가 제대로 도는 것 같아서 기분이 시원하다. 그러나 그 뭉치고 비비 꼬인 것이라는 것이 반드시 정례 어머니에게 대한 악감정은 아니었다. 옥임이가 그 오랜 동무에게 이렇다 할 감정이 있을 까닭은 없었다. 다만 아무리 요새 돈이라도 20여만 원이라는 대금을 받아내려면은 한번 혼을 단단히 내고 제독을 주어야 하겠다고 벼르기는 하였지마는, 얼떨결에 나온다는 말이 젊은 서방을 둔 떠세냐 무어냐고 한 것은 구석 없는 말이었고 지금 생각하니 우스웠다. 그러나 자기보다도 훨씬 늙어 보이고 살림에 찌든 정예 모친에게는 과분한 남편이라는 생각은 늘 하던 옥임이기는 하였다. 남의 남편을 보고 부럽다거나 샘이 나거나 하는 그런 몰상식한 옥임이도 아니지마는 자식도 없이 군식구들만 들썩거리는 집에 들어가서 몸도 제대로 가누지 못하는 늙은 영감의 방을 들여다보면 공연히 짜증이 나고, 정례 어머니가 자식들을 공부시키느라고 어려운 살림에 얽매고 고생하나, 자기보다 팔자가 좋다는 생각도 나는 것이었다. 내년이면 공과 대학을 나오는 맏아들에 중학교에 다니는 어머니보다도 키가 큰 둘째아들이 있고, 딸은 지금이라도 사위를 보게 다 길러놓았고, 남편은 펀둥펀둥 놀며 마누라가 *조리차를 하는 용돈이나 받아쓰고, 자동차로 땅뙈기는 까불렸을망정 신수가 멀쩡한 호남자가 무슨 정당이라나 하는 데 조직부장이니 훈련부장이니 하고 돌아다니니 때를 만나면 아닌 게 아니라 장래 대신이 되지 말라는 법도 없을 것이다. 팔구 삭 동안 *동사를 하느라고 매일 들러서 보면, 젊은 영감을 등이라도 두드리고 머리를 쓰다듬어줄 듯이 지성으로 *고이는 꼴이란 아닌 게 아니라 옆에서 보기에도 부러운 생각이 들 때가 없지 않았지마는, 결혼들을 처음 했을 예전 시절이나 도지사(道知事) 관사에 들어서 드날릴 때에야 어디 존재나 있던 위인들인가? 그것이 처지가 뒤바뀌어서 관 속에 한 발을 들여놓은 영감이나마 반민자로 지목이 가다니, 이런 것 저런 것을 생각하면 쭉쭉 뽑아놓은 자식들과 한참 활동적인 허우대 좋은 남편에 둘러싸여 재미있고 기운찰게 사는 양이 역시 부럽고 저희만 잘된다는 것이 시기도 나는 것이었다. 보기 좋게 이년 저년을 붙이며 한바탕 해대고 나서 속이 후련한 것도 그러한 은연중의 시기였고, 공연한 자기 화풀이였던지 모른다.

옥임이는 그길로 교장 영감 집에 들러서,

"혼을 단단히 내주었으니까 인제는 딴소리 안 할 거외다. 내일가서 표라두 받아다 주슈."

하고 일러놓았다.

조리차
알뜰하게 아껴 쓰는 일.

동사
같은 종류의 일을 함. 또는 그 일.

고이다
'봉양하다'의 방언.

# 4

"오늘은 *아퀴를 지어주시렵니까? 언제 갚으나 갚고 말 것인데 그 걸루 의 상할 거야 있나요?"

이튿날 교장이 슬쩍 들러서 매우 점잖은 수작을 하는 것이었다.

"이렇게 말씀드리면 교장 선생님부터가 어떻게 들으실지 모르겠지만 김옥임이가 그렇게 되다니 불쌍해 못 견디겠어요. 예전에 *셰익스피어의 원서를 끼구 다니고, 「인형의 집」에 신이 나구, *엘렌 케이의 숭배자요 하던 그런 옥임이가 동냥자루 같은 돈 전대를 차구 나서면 세상이 모두 노랑 돈닢으로 보이는지, 어린애 코 묻은 돈푼이나 바라고 이런 구멍가게에 나와 앉았는 나두 불쌍한 신세지마는 난 옥임이가 가엾어서 어제 울었습니다. 난 살림이나 파산 지경이지 옥임이는 성격 파산인가 보더군요……".

정례 어머니는 분하다 할지 딱하다 할지 속에 맺히고 서린 불쾌한 감정을 스스로 풀어버리려는 듯이 웃으며 하소연을 하는 것이었다.

"그런 말씀을 하시니 나두 듣기에 좀 *괴란쩍습니다마는 다 어려운 세상에 살자니까 그런 거죠. 별수 있나요. 그래도 제 돈 내놓고 싸든 비싸든 이자라고 *명토있는 돈을 어엿이 받아먹는 것은 아직도 양심이 있는 생활입니다. 입만 가지고 속여먹고 등쳐먹고 알로 먹고 꿩으로 먹는 허울 좋은 불한당 아니고는 밥알이 올곧게 들어가지 못하는 지금 세상 아닙니까……허허허."

하고 교장은 자기변명인지 옥임이 역성인지를 하는 것이었다.

이날 정례 어머니는 딸이 옆에서 한사코 말리며, "그따위 돈은 안 갚

아퀴
일을 마무르는 끝매듭.

셰익스피어(William Shakespeare, 1564~1616)
영국의 극작가. 희극, 비극, 사극 등 「햄릿」, 「리어왕」, 「맥베드」, 「오델로」, 「로미오와 줄리엣」, 「베니스의 상인」, 「한 여름 밤의 꿈」 등의 작품이 있다.

엘렌 케이(Ellen Key, 1849~1926)
스웨덴의 교육학자로 여성 해방주의자.

괴란쩍다
얼굴이 붉어지도록 부끄러운 느낌이 있다.

명토
구체적인 지적.

**정장**
소장(訴狀)을 관청에 냄.

아도 좋으니 *정장을 하든 어쩌든 마음대로 하라구 내버려두세요"하며 팔팔 뛰는 것을 모른 척하고 20만 원 표에 2만 원 현금을 얹어서 옥임이 갖다가 주라고 내놓았다.

정례 모친은 그 후 두 달 걸려서 교장 영감의 5만원 빚은 갚았으나, 석 달째 가서는 이 상점 주인이 바뀌어 들고야 말았다. 정말 교장 영감의 조카가 나서나 하였더니 교장의 딸 내외가 들어앉았다. 상점을 내놓고 만 바에는 자질구레한 셈속을 따진대야 죽은 아이 귀 만져보기지 별수 없지마는, 하여튼 20만 원의 석 달 변리 6만 원이 또 늘어서 26만 원인데 정례 모녀가 사글세의 보증금 8만 원마저 못 찾고 두 손 털고 나선 것을 보면, 그 8만 원을 아끼고 남은 18만 원을 점방의 설비와 남은 물건값으로 치운 것이었다. 물론 옥임이가 뒤에 앉아 맡은 것이나,

권리 값으로 5만 원 더 얹어서 교장 영감에게 팔아넘긴 것이었다. 옥임이는 좀 더 남겨먹었을 것으로되 교장 영감이 그 빚을 받아내는 데에 공로가 있었기 때문에 5만 원만 얹어 먹고 말았고, 또 교장은 이북에서 내려온 딸 내외에게는 똑 알맞은 장사라는 생각이 있어서 애초부터 침을 삼키고 눈독을 들이던 것이라, 이 상점을 손에 넣으려고 애도 썼지마는, *매득하였다고 좋아하였다.

**매득**
물건을 싼값으로 삼.

정례 모녀는 1년 반 동안이나 죽도록 벌어서 죽 쑤어 개 좋은 일 한 셈이라고 *절통을 하였으나 그보다도 정례 모친은 오래간만에 몸이 편해져서 그렇기도 하였겠지마는 몸살감기에 울화가 터져서 그만 누운 것이 반달이나 끌었다.

**절통**
뼈에 사무치도록 원통함.

"마누라, 염려 말아요. 김옥임이 돈쯤 먹자고 들면 삼사십만 원쯤 금세루 녹여내지. 가만있어요."

정례 부친은 앓는 마누라 앞에 앉아서 이렇게 위로하였다.

"옥임이 돈을 먹자는 것두 아니지마는 무슨 재주루."

마누라는 말리는 것도 아니요 부채질 하는 것도 아닌 소리를 하였다.

"김옥임이도 요사이 자동차를 놀려보고 싶어 한다는데 마침 어수룩한 자동차 한 대가 나섰단 말이지. 조금만 참아요. 우리 집문서는 아무래두 김옥임 여사의 돈으로 찾아 놓고 말 것이니……."

하며, 정례 부친은 앓는 아내를 위하여 *뱃속 유하게 껄껄 웃었다.

**뱃속 유하다**
걱정이 없다.

염상섭전집 10, 민음사, 1987.

**1897년 8월 30일_1세** 서울 종로구 적선동에서 부친 규환과 모친 김경주의 6남 2녀 중 3남으로 태어남. 본명은 尙燮, 필명은 想涉이며, 아호는 횡보(橫步), 천주교명은 바오로.

**1902년_6세** 대한제국 중추원 참의였던 조부에게서 『동몽선습』을 배움.

**1907년_11세** 대한제국 관립사범부속보통학교에 입학.

**1909년_13세** 보성소학교로 전학.

**1910년_14세** 보성중학교 입학.

**1911년_15세** 보성중학을 2학년 1학기에 중퇴하고 일본으로 유학, 동경 마포(麻布) 중학교에 편입.

**1912년_16세** 일본 성학원(聖學院)으로 전학. 침례교 세례를 받음.

**1917년_21세** 일본 교토로 옮겨 교토 부립 제2중학교를 졸업. 경응(慶應)대학 문학부 예과 입학.

**1918년_22세** 경응대학 중퇴.

**1919년_23세** 3·1독립운동이 일어나자 오사카 천왕사(天王寺)공원에서 독립만세운동을 주도하다 검거·투옥되어 학업 중단. 오사카 감옥에 있을 때 담

당 검사의 호의로 문학서적을 차입받아 습작을 시작.

**1920년_24세** 《동아일보》 창간과 더불어 정치부 기자로 입사. 『폐허』 창간 동인. 정주 오산중학교 교사
가 됨.

**1921년_25세** 처녀작 단편 「표본실의 청개구리」(『개벽』, 8~10월) 발표.

**1922년_26세** 단편 「암야」(『개벽』), 「E선생」(『동명』), 중편 「제야」(『개벽』), 「묘지」를 『신생활』과 《시대
일보》 창간호에 발표.

**1923년_27세** 변영로, 오상순, 황석우, 최남선 등과 '조선문인회' 결성에 참여. 주간지 『동명』 편집장
맡음. 「죽음과 그 그림자」를 『동명』에, 「해바라기」와 「너희들은 무엇을 얻었느냐」를 《동아일보》
에 발표.

**1924년_28세** 소설집 『남방처녀』(평문관), 『해바라기』(박문서관), 『견우화』(박문서관) 간행. 중편 「묘
지」가 『만세전』(고려공사)으로 개제되어 출간.

**1925년_29세** 주간지 『동명』이 《시대일보》로 바뀌면서 사회부장직 역임. 「윤전기」를 『조선문단』에
발표.

**1926년_30세** 「신흥문학을 논하여 박영희 군의 소론을 박함」으로 프로문학파와 논전을 벌임. 다시
도일. 단편 「초연」, 「조그만 일」, 「유서」 등을 발표. 작품집 『고독』(글벗집) 발간.

**1927년_31세** 『사랑과 죄』(《동아일보》, 8. 15~1928. 5. 4)를 연재. 단편 「남충서」, 「밥」, 「미해결」, 「두 출발」 발표.

**1928년_32세** 귀국한 뒤 장편 『이심』(《매일신보》, 10. 22~1929. 4. 24) 발표.

**1929년_33세** 숙명(淑明) 출신의 의성 김씨 영옥과 결혼. 《조선일보》 학예부장을 역임하면서 장편 『광분』(《조선일보》, 10. 3~1930. 8. 2) 연재. 「출분한 아내에게 보내는 편지」를 「신생」에 발표.

**1930년_34세** 단편 「세 식구」(「대중공론」), 「타락」(「삼천리」) 발표.

**1931년_35세** 장편 『삼대』(《조선일보》, 1. 1~9. 17) 연재. 그 속편에 해당하는 『무화과』(《매일신보》, 11. 13~1932. 11. 12) 연재.

**1932년_36세** 장편 『백구』(《조선중앙일보》, 10. 31~1933. 3. 31)를 연재함.

**1934년_37세** 매일신보사에 입사. 동지에 『모란꽃 필 때』(《매일신보》, 2. 1~7. 8)를 연재.

**1936년_39세** 장편 『불연속선』(《매일신보》, 5. 18~12. 30) 연재. 《만선일보》 주필 겸 편집국장으로 초빙되어 만주로 이주.

**1938년_41세** 가족이 만주 장춘에 정착. 「삼천리」에 「자살미수」 발표.

**1939년_42세** 『사랑과 죄』(박문서관) 출간. 만주 안동으로 이사. 대동항(大東港) 건설국 홍보 담당 촉탁으로 근무. 장편 『개동(開東)』《만선일보》 연재. 만선일보 사직.

1941년_44세 『이심』(박문서관) 출간.

1945년_48세 해방. 11월 신의주 학생사건을 체험함. 만주 안동 조선인회 부회장 역임.

1946년_49세 10년 만에 귀경. 《경향신문》 편집국장 역임. 단편 「첫걸음」(《신문학》, 11월) 발표.

1947년_50세 경향신문사 사직. 성균관대학교에 출강하면서 창작에 몰두.

1948년_51세 「효풍」(《자유신문》, 1. 1~11. 3) 연재. 작품집으로 『삼대』(을유문화사), 『만세전』(수선사), 『삼팔선』(금룡도서) 간행.

1949년_52세 단편집 『해방의 아들』(금룡도서) 간행. 문협에 참가.

1950년_53세 장편 「난류」(《조선일보》, 2. 10~6. 25)를 연재하다 6·25로 중단함. 9월 해군 소령으로 임관, 정훈장교로 복무.

1951년_54세 「해방의 아침」, 「거품」, 「탐내는 하꼬방」, 「잭나이프」, 「순정」 등을 발표. 부산에서 해군으로 근무.

1952년_55세 장편 「취우」(《조선일보》, 7. 18~1953. 2. 20) 연재.

1953년_56세 해군 중령 예편. 서울 북아현동에 정착.

1954년_57세 장편 「미망인」(《한국일보》, 6. 15~12. 6) 발표. 장편 「취우」로 서울시 문화상 수상. 예술원 초대회원에 피선, 종신회원으로 추대됨. 서라벌 예술대학 학장 취임. 「모란꽃 필 때」(한성

◇ 횡보 염상섭의 장편 '삼대' 의 첫 회가 실렸던 1931년 1월 1일자.

조선일보 2001.3.19

도서), 『그리운 사랑』(문학당), 『신혼기』(금룡도서), 『취우』(을유문화사) 간행.

**1955년_58세** 장편 『지평선』(《현대문학》, 1~6월) 및 「젊은 세대」(《서울신문》, 7. 1~11. 21) 연재.

**1956년_59세** 「짖지 않는 개」로 제3회 아세아 자유문학상 수상. 장편 『화관』(『삼천리학』, 9~1957. 9.) 연재.

**1958년_61세** 장편 『대를 물려서』(『자유공론』, 12~1959. 12.) 연재.

**1960년_63세** 단편집 『일대의 유업』(을유문화사) 간행.

**1962년_65세** 성북동으로 이사. 3·1문화상 수상. 대한민국 문화훈장 대통령상 수상. 「횡보 문단 회상기」를 『사상계』에 발표.

**1963년 3월 14일_66세** 오전 9시, 서울시 성북구 성북동 자택에서 직장암으로 별세. 서울 도봉구 방학동 천주교 묘지에 안장.

# 격동의 시대에 대한 소설적 증언

김 경 수 (서강대학교)

횡보 염상섭은 한국 현대소설의 형성에 지대한 공이 있는 작가 가운데 한 사람이다. 1921년 단편 「표본실의 청개구리」를 발표하면서 문단에 데뷔한 그는, 이후 「만세전」과 『삼대』처럼 식민지 시대의 한국인들의 삶을 종합적으로, 그리고 심도 있게 그려내는 작품들을 잇달아 발표함으로써 식민지 시대 우리 문학의 토대를 닦았는데, 이 시기에 발표된 그의 작품들은 춘원 이광수가 『무정』으로 근대소설의 장을 연 후 우리 소설이 다다른 성숙의 정점이라고 해도 과언이 아니다.

「만세전」과 『삼대』의 소설적 성취는 나라 잃은 백성으로서 산다는 것이 어떤 것인지에 대한 작가 특유의 고뇌의 산물이다. 다시 말해 국권을 빼앗긴 조국에 대한 망국민(亡國民)으로서의 자각과, 그럼에도 불구하고 개인적이고 민족적인 그러한 부끄러운 현실을 증거하지 않으면 안 된다는 남다른 직업의식이 그의 소설들을 식민지 시대를 증언하는 살아 있는 풍속화로 만들었던 것이다.

그러나 이 책에 수록된 그의 해방기 소설들, 그러니까 「이합(離合)」, 「삼팔선」, 「양과자갑(洋菓子匣)」, 그리고 「두 파산」과 같은 작품들은 작가로서 염상섭의 현실인식 능력이 식민지 시대는 물론 해방 직후 및 미군정 치하의 현실에서도 여전히 뛰어나게 발휘되고 있었다는 것을 보여준다. 그리고 해방 후의 우리 사회에 대한 그의 작가적 관찰력은 이후 발발한 한국전쟁기에도 그대로 작동하고 있는데, 문학사적으로 그 성과가 공인된 「취우」와 같은 장편소설의 존재가 바로 이에 대한 증거가 된다. 그러니까 결국 염상섭은 근 반세기에 걸친 작가생활 내내 자신이 살아갔던 시대를 동시대의 어느 작가들보다도 깊이 있게 그려낸 작가였던 셈인데, 바로 이런 점에서 염상섭의 소설은 길지 않은 우리의 근대 문학사에서 아주 특별한 위치를 차지하고 있는 것이다. 아래에서 이 작품에 수록된 작품들을 중심으로 염상섭 소설의 성취에 대해 알아보기로 하자.

위에서도 이야기한 것처럼, 염상섭의 「만세전」은 식민지 시대 우리 소설이 거둔 성과 가운데 우뚝 서는 금자탑과도 같은 작품이다. 이 작품은 일본에 유학 가 있는 한 조선인 유학생이, 고국에 있는 아내가 위독하다는 전보를 받고 조국으로 돌아오는 전 여정을 취급하고 있는 소설이다. 작품은 조국으로 돌아오는 유학생 이인화의 귀국 여정을 시간 순서대로 그리고 있는데, 이 과정에서 일본 제국과 식민지의 관계 및 일본의 식민지로 전락한 조선이 변해가고 있는 모습이 사실적으로 그려지고 있다.

조선으로 가는 배를 타기 위해 시모노세키로 오는 길, 그곳에서 배를 타고 부산으로 오는 길, 그리고 다시 기차 편으로 갈아타고 서울로 오는 길에서 이인화는 무수한 인물군상들을 만난다. 그중에는 물론 조선인이라면 일단 제국에 대한 불순분자로 간주하고 의심하고 감시하는 일본인 형사와 순사들도 있고 또 조선인들을 일본 공장의 노동인력으로 팔아먹는 악질 일본인 거간들도 있지만, 주인공 이인화에게 줄곧 관심의 대상이 되는 사람들은 그들의 통치 아래에서 살아남기 위해 적응해가는 동포들이다.

부산으로 향하는 배에서 만난, 자신이 조선인이면서도 서툰 일본말을 써가며 스스로의 국적을 속이는 하급관리, 조선인 어머니와 일본인 아버지 사이에서 태어났으면서도 어머니 대신 아버지의 나라인 일본을 지향하는 부산 술집의 여급, 단발을 하게 되면 일본인들과 수작해야 할 일이 귀찮아 그냥 상투를 자르지 않은 채로 살면서 일본 관헌들에게 구박받는 편이 오히려 낫다고 생각하는 시골 노인, 그리고 나라의 쇠망 따위에는 무관심한 채일본인이 들어와 땅값이 오르게 된 것만을 내심 기뻐하면서 한편으로는 구시대적인 윤리관에 기대어 첩치가를 하는 친형 등이 바로 그 사람들이다.

주인공이 서울로 오는 길에 만나는 이러한 다양한 인물들은, 주인공과의 친소관계와는 무관하게 식민지 체제가 공고하게 될 즈음 조선인들이 살아남기 위해 스스로의 의지로나 타의에 의해 어떻게 변해가는가 하는 다양한 현실적응의 양태를 대표한다. 비교적 이른 시기에 조선을 떠나 근대화된 일본의 중심지에서 유학하고 있던 주인공에게 이들의 모습이 어떻게 비치는가는 새삼 말할 필요도 없다. 이 과정에서 그가 느끼는 감정은 일종의 환멸이라고 할 수 있다. 자신의 동포가 유학생의 신분으로서는 상상도 못했던 속물들에 불과했다는 씁쓸한 자각이 바로 그것인데, 그가 서울로 오는 내내 자신의 눈에 띈 이 인물들에게 줄곧 냉소적인 태도를 보이는 것은 바로 이 때문이나.

주인공 이인화가 경험하는 이런 환멸의 감정은 묘지 문제와 연관되어 특히 강조되고 있다. 일제가 공동묘지제도를 시행하기로 한 정황 속에서 종형이 팔아먹은 집안의 산소

문제는 주인공이 김천에 올라온 순간부터 친형과 나누는 대화에서 하나의 중요한 초점이었을 뿐만 아니라 갈등의 원인이 되기도 한다. 뿐만 아니라 그는 서울로 오는 기차 속에서도 공동묘지제도에 대해 의구심을 갖고 있는 갓장수와의 대화를 통해 나라의 흥망과는 무관하게 가문과 선영 지키기에만 혈안이 되어 있는 전근대적인 의식의 일단을 접한다. 이런 일련의 과정을 겪으면서 그는 조선의 현실을 "무덤 속"이라고 인식하게 되고, 이런 인식 끝에 아내의 주검을 청주의 선산에 묻는 것에 반대하고 공동묘지에 묻게끔 하는 것이다.

이런 비굴한 동포들의 모습과 시대착오적인 집안 어른들의 태도로 인해 주인공 이인화는 자신의 변두리적 정체성에 눈떠가게 되는데, 작품 「만세전」은 바로 이런 각성의 과정을 또 하나의 주제로서 형상화한다. 작품에서 시종일관 자신의 주변적 정체성에 혼돈을 겪었던 이인화는 아내의 죽음을 경험하고 또 그것을 처리하는 과정을 겪으면서 비로소 자신의 그러한 변두리적 정체성을 자신이 극복해야 할 하나의 숙명으로서 인식하는 것이다. 이는 그가 유학지인 일본에서 교제하고 있던 카페의 여급인 정자(靜子)에게 보내는 마지막 편지에서 확인된다. 즉, 그는 아내의 죽음이 자신에게 스스로를 구하여야 할 책임이 있음을 일깨웠다고 편지를 쓰면서 무엇보다 근대적인 개인으로 거듭나야 한다는 각오를 다지는 것이다.

여기서 우리는 주인공 이인화가 조선으로의 여행을 통해 비로소 조국의 현실을 자기의 운명으로 떠안을 수밖에 없다는 자각에 도달했음을 확인하게 된다. 물론 그것은 환멸스러운 것이다. 근대화의 세례를 받았다는 점에서 자신도 일본인과 다름이 없다는 우월의

식으로부터 시작된 관찰의 결과가 자신도 야만의 백성의 일원이라는 자각으로 이어졌다는 의미에서 그렇다. 「만세전」의 주인공 이인화가 도달한 이러한 인식의 결말은, 그 심리적인 자성(自省)의 깊이와 근대적인 개인으로 홀로 서고자 하는 의지의 결연함의 측면에서 우리 근대소설의 한 이정표로서의 몫을 톡톡히 하고 있는 것이다. 식민지 시대 염상섭 소설의 성과는 바로 이런, 자신을 속이지 않는 엄청난 현실인식으로부터 비롯된 것이다. 식민지 시대에 누구보다도 왕성한 창작활동을 했던 염상섭은 식민지 시대 후반부에 가서는 절필에 들어간다. 그것은 그가 1930년대 중반 이후 일본이 세운 괴뢰 만주국의 기관지인 《만선일보》의 편집국장으로 초빙되어 가면서 창작활동을 중단했기 때문이다. 염상섭이 작품활동을 재개한 것은 조국이 해방된 직후인데, 이런 외적 정황과 사실로부터 그의 소설세계를 편의상 식민지 시대와 해방 후로 나누어 살펴보는 것이 가능해진다.

염상섭이 해방 후부터 전후에 이르는 시기에 지속적으로 소설을 발표했다는 것은, 식민지 시대 초기와 마찬가지로 해방 후와 전후의 현실이 그에게 그만큼 문제적인 시기였음을 반증하는 것일 텐데, 이를 입증하는 작품들이 「해방의 아침」에서부터 「엉덩이에 남은 발자국」, 「삼팔선」, 「이합」과 「재회」, 그리고 「양과자갑」과 「두 파산」과 같은 작품들이다. 「해방의 아침」과 「엉덩이에 남은 발자국」이 해방 직후 만주 지역으로부터 조선으로 들어온 유민들의 삶을 그리고 있는 작품이라면, 그 이후의 작품들은 시기적으로 해방 후의 작품들로서, 해방 후 이 땅 위에서 벌어졌던 수다한 혼란의 양상들과 분단이 가시화되고 급기야 전쟁으로 이어지던 시기의 일상인들의 삶이 어떠했는가를 사실적으로 그려 보이고 있는 작품들이다.

먼저 「이합」과 「삼팔선」부터 살펴보기로 하자. 「이합」은 전쟁 직전 북한에서의 삶을 증언하고 있는 작품이다. 해방과 더불어 만주에서 북으로 건너와 교원생활을 하고 있는 주인공 장한(章漢)은, 많은 사람들이 남으로 내려가는 와중에도 처고모부가 군(郡) 교육과장으로 있는 북쪽 지방에 그대로 눌러앉아 교원생활을 한다. 그러나 북한의 통치체제가 정비됨에 따라서 부인인 신숙이 부인회의 부위원장이 되어 밤낮없이 열성적으로 일하느라고 가정을 돌보지 않게 됨에 따라 부부간의 갈등이 깊어진다. 그리하여 그런 부부간의 문제로 인해 학교에서 자신의 사상이 의심받는 지경에 이르게 되자 그는 모든 가능성을 포기한 채 아들을 앞세워 남행을 결심한다.

이상이 「이합」의 줄거리인데, 작가는 이 작품에 뒤이어 장한이 삼팔선을 넘어가기까지의 과정과 형의 집에 기식을 하고 있다가 이후 다시 이남으로 내려온 부인과 어색하게 화해하는 이야기를 담고 있는 「재회」라는 후속작을 발표한다. 이 두 편의 연작을 통해서 염상섭은, 해방 이후 서로 다른 이념에 의해 장악되어 모든 것이 정치논리에 의해 평가되는 남과 북의 상황이 사실상 다를 바가 없으며, 결국은 그러한 현실 속에서는 모두가 피해자라고 하는 인식을 내보인다. 철책과 같은 형체도 없으면서 사람들의 의식을 규정하고 있는 '삼팔선'이란 것이 그 한 상징이 되거니와, 좋지 않은 전화사정을 두고 "전화는 해방 안됐나요!" 하고 내뱉는 음식점 주인의 말이라든가, 장한의 처지를 듣고, "참 기막힐 일이 아닌가! 해방 덕에 남북이 갈려서 잘됐달 놈이야 어디 있겠나마는 살림을 파방치구 이혼하자는 해방이더란 말인가?"라고 외치는 처남의 말은, 해방이라는 말을 한 가정사에서부터 일상적인 생활의 모든 것의 질서를 무너뜨린 당시의 시대적 혼란을 지칭하는 비유로 확장

유로 확장시켜 사용함으로써 사정이 어느 지경에 이르렀는가를 여실히 증거하고 있는 것이다.

「삼팔선」은 말 그대로 전쟁 직전 남북의 분단이 가시화될 무렵을 배경으로, 작가 자신이 삼팔선 이남으로 남하하던 과정을 시간 순서대로 그리고 있는 작품으로서, 「이합」에서 장한처럼 궁지에 몰려 남하를 결정한 사람들의 목숨을 건 탈출기라고 할 수 있다. 무슨 이유인가로 남하를 결정한 주인공은 자신의 가족을 포함한 몇몇 사람들과 더불어 사리원을 거쳐 삼팔선을 넘는 길에 나선다. 그러나 열악해진 열차 사정은 물론이려니와 자동차를 통한 교통편마저 쉽게 구할 수 없는 것은 둘째로 하고, 곳곳에 보안소와 소련군이 배치되어 검문을 하고 있어 운이 나쁜 경우에는 목숨까지 내놓아야 하는 상황에서 이들의 남행은 순조롭게 진행되지 않는다. 게다가 아이들은 물론이거니와 임산부까지 함께 한 이들의 이동은 더더욱 힘겹다.

물론 작품에서 이들의 남행은 우여곡절 끝에 성공한다. 그러나 지식인으로 보이는 이 작품의 주인공의 눈에 비친 이런 현실은 서글프기 짝이 없다. 무엇보다도 자신들을 통치하던 식민제국이 물러간 뒤에도 자신들의 삶의 조건은 여전히 변하지 않고 있다는, 그러니만큼 해방이라는 말에 부합하는 낙관적인 삶의 가능성이 아주 좁아지고 말았다는 비관적 인식 때문이다. 예컨대 삼팔선 부근을 이동할 때 일행을 보면서 느끼는 그의 소회가 드러난 아래와 같은 대목이 그렇다.

행진이 시작되는 것을 보니, 저절로 비장한 마음이 든다. 추방당한 약소민족의 이동과는 다르다. 아무리 약소민족이기로 손바닥만 한 제 땅 속에서 왔다 갔다 하는데 이렇듯 들볶이는 것을 생각하면 절통하다. 배 주고 뱃속 빌어먹기에 이골이 나고 예사로 알게쯤 된 이 민족이기로 이꼴이 되다니, 총부리가 올 테면 오라고 악에 바치는 생각도 든다.

해방된 조국에서 이곳에서 저곳으로 옮아가는 데에도 목숨을 걸어야 하는 정황은 암만 보아도 정상이라고는 할 수 없다. 사방에 어느 편인지도 알 수 없는 무장병들이 파수를 보는 가운데, 밤을 도와가며 가야하고 평지를 놓아두고 산길을 택할 수밖에 없는 정황 앞에서 주인공은 진정한 해방이 아직은 도래하지 않았다는 비관에 젖어드는 것이다.

해방 후 서울에서의 삶의 혼란상에 대해서도 염상섭은 남다른 관찰력을 발휘한다. 「두 파산」과 「양과자갑」은 그런 정황을 생생하게 보여주는 작품들이다. 일제 잔재의 청산이라는 맥락에서 반민특위가 거론되던 때를 시대적 배경으로 하고 있는 「두 파산」은, 해방된 조국의 새로운 정당정치에 연락이 있는 남편을 둔 정례모친과, 그녀의 친구로서 일제 때 도지사를 역임하고 전쟁 말기에는 군수품회사의 취체역까지를 지냈던 친일파 남편을 둔 김옥임이라는 여성의 상반된 삶의 방식을 대비시킴으로써 두 가지 현실적응의 방식을 보여준다. 정례모친과 함께 동경에서 공부를 하기도 했던 김옥임은, 반민법이 통과되면 남편의 재산이 몰수될 것을 염려하고 고리대금업으로 도생의 방편을 삼는다.

그러다가 그녀는 친구인 정례모친이 가산을 털어 소학교 앞에다 연 문방구점의 가능성을 알아보고 동업형식으로 투자를 하여 본전 이상의 수익을 얻는다. 그럼에도 불구하고 심하게 추궁하여, 결국은 정례모친으로 하여금 자신의 대리인격인 교장에게 차용증을 쓰게 함으로써 정례모친으로부터 목 좋은 가게를 빼앗는 데 성공한다. 이 과정에서 정례모친은 친구였던 옥임으로부터 대낮에 사람들이 많은 길거리에서 곤욕을 치르기도 한다. 정례모친은 자신과 옥임의 처지를 비교하여 아래와 같은 생각을 하게 되는데, 이 작품의 주제는 바로 아래와 같은 인식과 연관되어 있다.

> "이렇게 말씀 드리면 교장 선생님부터가 어떻게 들으실지 모르지만 김옥임이
> 가 그렇게 되다니 불쌍해 못 견디겠어요. 예전에 셰익스피어의 원서를 끼구 다니
> 구, 『인형의 집』에 신이 나구, 엘렌 케이의 숭배자요 하던 그런 옥임이가 동냥 자루
> 같은 돈 전대를 차구 나서면 세상이 모두 노랑 돈닢으로 보이는지? 어린애 코묻은
> 돈푼이나 바라고 이런 구멍가게에 나와 앉았는 나두 불쌍한 신세지마는 난 옥임이
> 가 가엾어서 어제 울었습니다. 난 살림이나 파산 지경이지 옥임이는 성격파산인가
> 보더군요……."

이 작품의 제목인 '두 파산'은 정례모친의 경제적 파산과 옥임의 성격파산을 함께 일컫는 것이라고 볼 수 있다. 그러나 비록 이 두 개의 파산이 대비적으로 그려져 있기는 하지만, 작가가 이 두 파신 가운데 어느 한쪽 편을 들어주고 있는 것으로 보이지는 않는다. 언뜻 보기엔 정례 쪽에 윤리적 무게를 두고 있는 것같이도 보이지만, 결말 부분에서 정례부친의 행태도 함께 희화화되고 있는 것으로 보아 딱히 단정할 수도 없다. 따라서 만일 그

것을 작가의 냉정한 균형 감각이라고 할 수 있다면, 이 작품에서 작가는 서로 대비가 되는 두 파산을 통하여 그러한 파탄을 초래한 사회의 모순과 병리적 현상을 고발하고자 한 것으로 보인다. 해방기 우리 사회의 황폐함을 증거하고 있는 작품이 많이 있지만, 이 작품처럼 객관적인 위치에서 친일파나 그렇지 않은 사람들을 막론하고 시대와 사회가 초래한 정신적 황폐함을 그려낸 작품은 매우 드물다. 그 점에서라도 이 작품은 해방기 우리 소설이 거둔 문제작 가운데 한 편이라고 할 만하다.

염상섭은 해방과 더불어 남한과 북한에 미국과 소련이 진주함으로써 빚어진 조선의 현실을 묘파하는 데에도 게을리하지 않았는데, 「양과자갑」은 바로 이런 작가의 관심의 정도를 보여주는 작품이다. 이 작품의 주인공 영수는 일제 강점기 때 미국에 가서 영어를 공부한 지식인이다. 그는 일제 말기의 흉흉한 시점에 미국 출신이라는 것이 문제가 되어 감시소에 갇히기까지 했던 인물로서, 해방 직전에 철원으로 소개해 나갔다가 해방 후 정세의 변화에 따라 급한 김에 부랴부랴 서울로 나와서 부인과 딸 보배와 함께 셋방살이를 하고 있다. 그러던 어느 날 집주인의 여동생인 안라(安羅)라는 여인이 영어로 된 문서의 번역을 영수에게 요청하는 일이 벌어진다. 하지만 영수는 그 부탁을 일언지하에 거절하고, 그 바람에 부인은 딸 보배에게 그 일을 부탁한다. 그 즈음 주인집이 자신들의 이사 문제를 자주 거론하고 있던 터라, 그녀는 마지못해 딸 보배에게 번역 일을 부탁한 것이다. 이 일로 인해 보배는 안라의 연애편지까지 번역해주게까지 되는데, 그에 대한 답례로 안라는 초콜릿 등이 들어 있는 양과자갑을 영수네에게 선물한다. 그러나 바로 그날 퇴근하여 전후사정을 알게 된 영수는 그 양과자갑을 마당에 내동댕이치고, 보배모친은 남편이 내동댕이친 양과자갑을 행여 주인의 눈에 들키기라도 할까봐 걱정하며 어두워가는 가운데 다시 주워 들인다.

이런 줄거리에서도 알 수 있듯이, 이 작품은 해방 이후 미국의 영향력이 어떤 식으로 일반인들의 일상적 삶의 세계로 파급되어 오는지를 담담히 증거하고 있다. 미국으로 유학까지 다녀온 영수는 자신이 유창하게 구사할 수 있는 영어가 마음먹기에 따라서는 현실적으로 출세할 수 있는 도구가 될 수 있음에도 불구하고 끝내 그것을 거부한다. 이런 영수의 태도는 그의 아내로부터 현실적인 생존 문제와 관련하여 다소간 주변머리 없는 행동으로 질타받기도 하지만, 그러나 꼼꼼히 살펴보면 그의 아내나 딸 보배가 영수의 이런 태도를 부정적으로만 바라보고 있는 것은 아니다. 보배가 안라가 부탁한 편지의 번역 건을 두고 "돈은 군정청 사환아이만큼도 못 벌어들이는, 대학의 시간강사이지마는, 영어로 소설도 쓰고 시도 읊는 영문학자인 자기 부친에게 이따위 대서소 쉼직한 일을 청하는 것부터 싫은 일"이라고 생각하는 대목에서도 알 수 있듯이, 영수네 가족은 나름대로 해방기의 현실을 올곧게 살아내려는 의지를 가지고 있는 것이다.

뿐만 아니라 영수 부부는 일정 말기에 스물한 살 먹은 아들을 학병으로 내보내 놓고 그때끼지 생사도 모르고 있는 것으로 그려져 있는데, 그런 정황 속에서도 영어를 동원해 한 몫 보겠다는 생각을 죄악시하는 영수의 태도는 자못 비장하기까지 하다. 능력 유무와 상관없이 그저 살아남기 위해 시류에 편승하는 인물과 삶이 어렵더리도 나름대로 마지막까지 자존을 지키고자 하는 두 인물을 대비시키고 있다는 측면에서, 이 작품 또한 「두 파산」과 마찬가지로 해방된 조국에서 살아남는 서로 대척적인 두 가지의 삶의 양태를 보여주고 있다고 할 수 있다.

이처럼 염상섭은 식민지 시대는 물론 해방 후 한국전쟁이 발발하기 직전의 혼란기를 무대로 하여 활발한 작품활동을 했다. 이 시기에 그가 발표한 작품들은 식민지 백성들의 부끄러운 자화상에서부터 해방된 조국의 파행적 상황 속에서 살아남기 위해 발버둥치는 사람들과 나름대로 민족적 자존심을 지키려고 하는 사람들에 이르기까지 다양한 인물들의 초상을 보여주고 있다. 이런 사람들의 초상화만으로도 염상섭의 소설은 지나간 시대를 증언하는 훌륭한 풍경화가 되기에 족하지만, 염상섭의 소설이 지니는 중요성은 비단 이런 사실들만이 아니다. 그의 소설은 식민지에서부터 해방기에 이르기까지 지속된 혼란의 와중에서, 명실 공히 독립된 국가의 인민으로 살아남기 위해 우리가 가져야 할 삶의 가치가 어떤 것인지를 동시에 일깨우고 있다는 측면에서 여타의 기록들과는 다르다. 그리고 그가 이 작품들을 통해 발견해내고 고발하고 있는 제반 삶의 가치와 윤리들은, 오늘을 살아가는 우리들에게도 여전히 적용될 수 있는 소중한 것들이라는 점에서 그 중요성이 더하다. 그의 소설이 발표된 시대를 뛰어넘어 오늘날까지도 여전히 그 생명력을 잃지 않는 이유는 바로 이 점에 있는 것이다.